Scarlet
스칼렛

www.b-books.co.kr

Scarlet

스칼렛

www.b-books.co.kr

맛이
참
예뻐
요

맛이 참 예뻐요

1판 1쇄 찍음 2018년 12월 21일
1판 1쇄 펴냄 2018년 12월 28일

지은이 | 솔 겸
펴낸이 | 정 필
펴낸곳 | (주)뿔미디어

기획 · 편집 | 박경희, 권지영, 문지현
표지 디자인 | 김수진

출판등록 | 2002년 9월 11일 (제1081-1-132호)
주소 | 경기도 부천시 원미구 소향로 17, 303(두성프라자)
전화 | 032)651-6513 / 팩스 032)651-6094
E-mail | scarlets2012@hanmail.net
블로그 | http://blog.naver.com/dahyangs
비북스 | http://b-books.co.kr

값 9,000원

ISBN 979-11-315-9411-7 03810

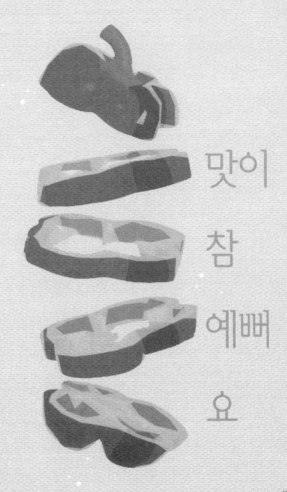

맛이

참

예뻐

요

SCARLET

ROMANCE

STORY

CONTENTS

1. 달에게 부치는 노래

방과 후 해방감은 잠깐이었다. 재잘재잘 웃음꽃을 터트리며 수도권 도시의 여고 정문을 빠져나가는 학생들 사이에서 희주는 바짝 긴장하였다. 언제부터인가 집이 가까워질수록 가슴이 무겁게 내려앉았다. 하늘에 가득한 먹장구름 탓일까. 오늘은 교문을 나서는 순간부터 기분이 찌뿌드드했다.

희주는 이어폰을 꽂고 버스에 올라탔다. 늦봄의 차창으로 갑자기 어둠이 엄습하더니 곧 빗방울이 내리쳤다. 젖어 가는 창밖의 울긋불긋한 거리를 바라보며 음악에 빠져들다 보니 집으로 향한다는 긴장감이 다스려졌다. 동생 때문에 빨리 집에 들어가야 했던 희주는 걸음을 서둘렀다.

희주는 버스에서 내리기 전에 빙긋거리며 이어폰을 빼냈다. 그러고는 음원의 주인공인 카운터 테너, 안드레아스 숄에게 감사를 전했다.

"고마워요, 덕분에 오늘도 마음이 가벼워졌어요."

이어서 또 다른 감사의 대상이 떠올랐다. 안드레아스 숄을 알게 해 준 누군가의 목소리다.

그날은 방을 함께 쓰는 사촌 언니가 여행을 가서 혼자였다. 부모님에 대한 그리움이 층층으로 쌓여 자다 깨다를 반복했던 새벽녘, 창을 열고 겨울바람과 진눈깨비를 마주하던 그때 어디선가 노래가 날아들었다. 성별도 나이도 가늠하기 어려운 노랫소리는 비현실적으로 아름다웠다. 희주는 넋을 놓고 귀를 기울였다.

아련하게 들려오던 두 곡의 노래는 희주의 영혼 구석구석을 부드럽게 쓰다듬어 주었다. 꿈이라고 하기엔 아침까지 멜로디가 생생했다. 기억에 살아남은 가사 일부를 가지고 검색한 끝에 한 곡의 노래를 찾아냈다. White as lilies. 안드레아스 숄이 작곡해서 부른 곡이었다.

당장 음원을 구입했고, 다른 카운터 테너도 좋아하게 되었으며, 한동안 멀리했던 음악 자체를 오롯이 사랑하게 되었다. 그러자 음악은 마음을 다스려 주고 위로해 주는 든든한 친구로 자리매김하는 중이다.

희주는 우산을 펴 들고 동네 치킨 가게에 들러 동생, 진우가 좋아하는 오븐치킨 한 조각을 샀다. 넉넉하게 먹이고 싶었지만 여유가 없었다. 고모부 사업이 어려움에 처한 탓인지 갈수록 용돈이 줄어들고 있었다. 버스에서 들었던 노래를 허밍으로 부르며 집으로 향했다. 빗줄기와 불빛과 어둠이 뒤엉킨 고층 아파트는 동화 속의 성 같았다. 희주는 다시금 방긋 웃었다. 그래, 나는 이 동네에서 가장 비싼 아파트에서 호강하고 있어. 애써 마음을 달래 본다.

하지만 웃음은 오래가지 못했다. 집 안으로 들어서자 술병을 앞에 둔 고모부와 고모의 표정이 심상치 않았으며, 거실, 부엌 할 것 없이 잔뜩 어지럽혀 있었다. 특히 거실 한쪽에 자리 잡은 진우의 컴퓨터 모니터가 박살 나 있었다. 진우는 집에 없었다. 희주는 고모와 몇 마디를 나누고는 허겁지겁 신발을 꿰신었다.

"내버려 둬! 그놈은 고생 좀 해 봐야 철이 든다고!"

고모의 앙칼진 목청을 뒤로한 채 희주는 우산도 없이 밖으로 내달렸다.

동네 피시방에서 진우를 발견하지 못하자 왈칵 불안감이 차올랐다. 가랑비를 맞으며 동네를 헤매 보아도, 전화도 여러 번 했지만 여전히 연결되지 않는다. 충동적으로 집을 뛰쳐나간 적은 몇 번 있었어도 이렇듯 연락이 되지 않은 적은 없었다. 나중에 안 사실이지만, 진우는 휴대폰도 돈도 없이 뛰쳐나갔단다.

"진우야, 흐흑."

어지간해서는 울지 않고 살아왔는데 거리에서 한 시간을 보내자 그만 꺼이꺼이 울음이 터졌다. 딱히 동생 때문에 터지는 눈물은 아니었다. 힘겨운 시간들을 시시각각 삭제해 주곤 했던 희망이라는 기둥이 순식간에 무너지는 것 같았다. 희주는 허공에 대고 소리쳤다.

"나도야! 나도 힘들었어!"

비가 그치고 서늘한 밤바람이 젖은 몸으로 스미었다. 어쩌면 진우는 이미 집으로 돌아갔을지 모른다는 실낱같은 기대를 안고 아파트로 향했다. 그러던 중 단지 어귀에서 누군가 팔을 낚아챘다.

"희주야."

맞은편 집인 1305호의 선아였다. 지금은 아이 엄마지만 대학생 때부터 알아왔기에 지금도 언니라고 부르곤 했다.

"어, 선아 언니. 안녕하세요."

그 와중에도 희주는 인사를 잊지 않았다. 진우가 질색해하는 습관 중의 하나였다.

"진우 찾으러 다녔지?"

"혹시 진우 봤어요?"

선아가 머리카락의 물기를 털어 주고는 등을 토닥여 준다.

"걱정 마. 지금 우리 엄마랑 같이 있어. 진우가 네 폰 번호를 안 알려 주더라. 가자."

단지 어귀에서 웅크린 채 비를 맞고 있는 진우를 선아가 발견한 건 그나마 다행이었다. 선아는 근처 커피숍으로 희주를 데려갔다.

진우는 선아의 친정 엄마인 윤 여사와 마주 앉아 있었다. 윤 여사는 오래전부터 대학교수인 남편과 1305호에서 살아왔다. 지금은 그 집으로 사위를 불러들여 함께 사는 중인데, 워낙에 화목한 가족이라 그런지 희주는 그 집의 현관문만 바라봐도 마음이 따뜻해지곤 했었다. 희주를 진우 옆으로 앉게 한 선아는 뒤돌아 자리를 떠났다.

"어떻게 된 거니."

희주는 진우에게 꿀밤을 먹이려다가 멈칫했다. 진우가 고개를 확 돌리며 급하게 얼굴을 감추었지만 보고 말았다. 중학생 동생의 터진 입술과 볼의 피멍까지. 누가 그랬는지 어림짐작이 되는데도 아니길 바라며 물었다.

"싸웠니?"

"글쎄. 진우가 도무지 말을 안 한다."

정작 질문에 답해야 할 사람은 묵묵부답인 채 윤 여사가 안타까운 표정을 지으며 끼어들었다. 말은 그렇게 하지만 가해자가 누군지 빤히 알고 있는 것 같았다. 그래서 희주는 굳이 윤 여사를 의식하지 않은 채 거리끼지 않고 입을 열었다.

"진우야…… 설마 고모부가…… 아니지?"

손찌검은 전에도 몇 번 있었지만 훈계 차원이라고 받아들일 수 있는 수준이었지 지금처럼 완연한 폭력은 없었다. 그나마 진우가 함구해서 고모의 입을 통해 나중에야 알게 된 사실이었다. 진우는 멍든 볼을 손으로 가리면서 고집스레 입을 다물었다.

"말을 좀 해. 맨날 말을 안 하니까 누나가 도울 수 없잖아."

거듭된 채근에 진우의 얼굴이 일그러졌다.

"말하면!"

"뭐?"

"말하면 어쩔 건데!"

진우의 음울한 짜증이 가시처럼 마음을 콕콕 찔러 댔다. 참으라고, 참고 지내는 수밖에 없다고 앵무새처럼 답변해 왔던 누나를 힐난하고 있었다. 하지만 희주는 진우가 정말로 고모부에게 맞았다면, 이번에는 진지하게 상의할 터였다.

"속을 털어놔야 누나가 도와줄 수 있지."

"병신."

"이 자식이 누나한테! 근데 너 고모부한테 진짜 욕했니?"

"아니."

"근데 고모랑은……."

"함께 게임하는 새끼한테 욕한 건데, 고모부가 갑자기 달려와 시비 걸었다고."

아마 맞는 말일 것이다. 다만 고모부가 일이 잘 안 풀려 예민한 상태로 집에 들어와 술을 마시고 있다가 과하게 반응했으리라.

"요즘 고모부 상황도 안 좋은데 피시방 가서 하지 그랬어."

"맨날 하는 시간에 했어. 고모부가 거실로 나온지도 몰랐어. 역시나! 너하곤 말 안 할래."

"알았어, 알았어. 누나가 어떻게 도와줄까?"

희주는 고개를 숙여 진우와 눈을 맞추려고 했다. 한사코 시선을 피하던 진우가 비장하게 침을 꿀꺽 삼켰다.

"방…… 얻어 줘."

"뭐?"

"따로 살고 싶어."

"야, 오진우."

희주는 말문이 턱 막혀서 건너편을 바라보았다. 윤 여사는 시종 차분하게 진우를 지켜보고 있을 뿐 관여할 기미를 내비치진 않았다. 희주는 나름대로 설득을 시도했다.

"야, 나가면 누나랑 같이 나가야지. 때가 될 때까지 조금만 더……."

"병신, 지는 고모 집 가정부라 이쁨 받고 잘 지내면서. 난 밥만 축내지만 누난 밥값 하니까 그냥 남아 있어도 되잖아. 지가 진짜 가정분 줄 안다니까. 남 빨래에다 청소까지 다 해 주고."

야유하는 진우에게 희주는 발끈하지 못했다. 진우의 목소리는 음울하게 젖어 있었다.

"그래도 진우야……."

한 번 더 설득해 보려고 억지웃음을 짓는데 다시금 진우의 얼굴에 자리한 피멍이 보였다. 상처 입은 짐승 같은 진우의 눈길과 마주친 순간 숨이 턱 막혀 왔다. 그렇다. 얼굴에 남은 야만적인 폭력의 증표만 생각했다. 그보다 더 큰 상처는 미처 헤아리지 못했다. 피멍이 가셔도 어린 영혼의 상처는 오래도록 남을 터였다. 진우의 눈길은 슬픔과 원망이 뒤섞여 있었다. 누나에게 속내를 털어놓고도 기대감은 갖지 않는 눈치였다.

다시금 윤 여사를 바라보았다. 의외로 진우를 바라보는 윤 여사의 시선은 따뜻했으며 조용한 웃음까지 보태졌다.

그날 밤, 고모와의 담판은 의외로 싱겁게 마무리되었다. 말대꾸한 번 안 한 채 4년 동안 때론 식모처럼 있는 듯, 없는 듯 조용히 지내던 조카가 동생 문제로 부당함을 지적하며 단호하게 나올 때는 펄쩍 뛰었지만, 희주의 완강한 태도에 이내 잘못을 수긍하는 듯했다.

"실은 고모부 회사 부도로 아파트가 넘어갈 판이다. 해서 작은 평수 월세로 이사할 참이었어. 아무래도 같이 살긴 힘들지 않을까 싶다. 너희들한텐 당장 원룸밖에 해 줄 돈이 없어. 어차피 오래 살지 않을 거면 월세가 수월할 거야."

부모님 두 분의 교통사고 보상금으로 고모부 내외가 관리하던 건 희주와 진우의 학비며 생활비로 거의 소진되었다는 말도 덧붙였다.

"너희들끼리 한번 살아 봐. 이것저것 들어가는 돈이 보통 많은 게 아냐. 그래도 너희가 어디 남이냐. 고모가 생활비야 어떡하든 다달이 보태 줄 테니 아껴서 잘 살아. 참, 희주야. 할머니한텐 우선 비밀로 해 줄래? 상황 봐서 내가 설명할 테니."

"예, 저도 할머니한텐 당장 알리고 싶지 않아요."

시골에서 할아버지 병수발로 발이 묶인 할머니에겐 좋은 소식만 전하고 싶었다.

"그나저나 진우 그놈, 게임에 미쳐 인성이 개판이더라. 고모부가 때린 게 잘했단 건 아냐. 근데 어른 계신 자리에서 그렇게 욕하는 건 정말 아니다. 오빠네 집에서도 진우 때문에 너까지 나한테 보냈던 거잖아. 앞으론 네가 잘 좀 가르쳐. 그리고 고모부가 재기

하면 다시 부를 테니까."

하지만 희주는 지금 집을 나가면 다시는 고모 집으로 돌아오지 않을 것 같다는 예감이 들었다. 다만 진우의 상황이 어떻게 될지 모르니 여지는 남겨 두었다.

다음 날, 희주는 선아를 만났다. 선아, 아니 윤 여사 덕분에 새로운 주거지는 의외로 손쉽게 해결되었다.

✕ ✕ ✕

교통사고로 부모님이 돌아가신 뒤 처음에는 큰아버지 집에서 살았다. 그곳에서 여섯 달을 보낸 뒤 부모님의 통장과 함께 남매는 고모 집으로 인계되었다. 그 당시 중학생이 된 희주는 피아노가 너무 치고 싶었다. 많은 소녀들이 그러하듯 한때 예고를 진로 중 하나로 생각하고 착실히 쌓아 가던 실력은 어쩌면 어쭙잖은 기교일 뿐이었다.

부모님과 더불어 부모님의 집과 피아노도 잃게 된 한참 뒤에야 진정으로 음표 속에 감정을 담고 싶다는 간절함이 찾아들었다. 고모는 남매의 진로를 일찌거니 취업을 염두에 두며 이끌었다. 취미로라도 치겠다며 학원을 보내 달라는 희주에게, 고모는 학업에 도움이 되는 영어 학원이라면 보내 줄 수 있지만, 같은 학원비여도 피아노는 안 된다고 했다.

희주는 어느 날, 놀이터 모래밭에 피아노 건반을 그려 놓고 손가락을 놀렸다. 그때 어떤 여대생이 흥미롭게 지켜보았다. 바로 1305호의 선아였다. 그날부터 선아에게 이끌려 멋진 방음부스와 피아노가 있는 그 집에서 몇 차례 함께 시간을 보냈었다. 선아는 피아노를 잘 쳤으며, 지금은 독일에서 사는 큰언니가 성악가라고 했다. 방음부스는 큰언니가 집에서 음대를 다닐 때 설치한 것이라고 한다. 하지만 희주는 진우를 챙기느라 그 집에 자주 가 보지는 못했다. 희주가 집에 없으면 진우가 자꾸 밖으로 돌아다녔던 탓이다.

윤 여사가 안내한 집은 도심 외곽에 자리한 작은 초등학교 뒤편에 있었다. 그곳은 시市에 포함되면서도 면사무소 관할의 작은 동네였고, 작은 공장과 논밭과 축사가 공존했다. 동산을 뒤로 둔 2층 벽돌집은 아담한 별장 같았다. 대문 옆으론 셔터가 내려진 납작한 차고가 붙어 있었고, 발코니는 정원과 초등학교를 향하고 있었다. 1층 현관에 이르기 직전에 2층으로 오르는 계단이 따로 설치되어 있었다. 윤 여사는 남매를 2층으로 이끌었다.

"으슥해 보여도 초등학교가 있으니 치안은 괜찮을 거야."

1층은 아들이 사용하는데 지금은 군대를 가서 비어 있다고 했다. 2층 내부의 주방 앞으론 작은 방과 욕실이 나란히 붙어 있었다. 정면의 슬라이딩 도어를 지나면 큰방과 발코니로 이어졌다. 발코니로 나갔더니 커다란 플라타너스 나무들이 초등학교와 경계를 이루고 있었다. 희주는 날마다 싱그런 아름드리나무와 마주하며 살 생각을 하니 벌써부터 들떴다.

"너무 멋져요."

희주의 반응에 윤 여사는 긴장감을 내려놓고 환하게 웃었다.

"시골이라서 가끔 분뇨 냄새가 나긴 해도 살다 보면 익숙해질 거야."

집 안을 요모조모 살핀 뒤 희주는 진우를 바라보고 눈으로 물었다. 진우가 고개를 끄덕였다. 지켜보던 윤 여사가 미리 준비한 계약서를 꺼냈다.

"네가 부탁한 대로 1년 계약서를 써 놓았다만 더 살고 싶으면 집주인하고 상의해 보도록 하렴. 어지간해선 들어줄 거야."

"네? 아주머니가 주인 아니세요?"

"후후, 아들이 집주인이야. 난 관리인 정도?"

고운 피부와 우아한 말씨의 50대 중후반의 여자는 드물게 장난기 가득한 웃음을 흘렸다.

"걱정 말고 집주인이 제대하면 잘 지내 봐. 고 녀석이 나중에라도 집세 올리려 들면 나한테 꼭 알려 주고."

아들을 언급하는 윤 여사의 밝은 표정에서 자식을 향한 애정을 헤아릴 수 있었다. 뿐만 아니라 희주나 진우를 바라보는 눈길에도 시종일관 애정이 가득했다. 희주는 문득 묻고 싶었다. 우리한테 왜 이리 잘해 주세요?

"뭐가 이상하니?"

계약서에 사인을 하려다가 희주는 멈칫했다. 보증금도, 월세도 예상보다 많이 적었다.

"어, 저도 나름 인터넷에서 시세를 알아보았는데…… 집세가 많이 싸서요."

갑자기 막연한 불안감이 밀려들었다. 물론 이 집에서 살고 싶었다. 버스 배차 시간만 잘 맞추면 통학 거리도 꽤 괜찮았다. 그런데 왜 이리 불안한지 모르겠다. 무엇보다 윤 여사가 이토록 저희를 배려해 주는 이유를 도무지 모르겠다. 아들이 좀 특별한 탓에 아무나 세를 들일 수 없어서 계속 2층을 비워 두었다는 말도 뒤늦게 불안감을 보탰다. 희주의 속내를 읽은 양 윤 여사가 희주의 손을 그러쥐었다.

"희주야, 살다 보면 별다른 이유가 없어도 유달리 정이 가는 사람이 있는 법이란다. 내가 너희들 지켜본 세월이 4년이야. 내가 지금은 너희를 돕는 것 같지만, 어쩌면 내가 도움을 받는 걸 수도 있어."

갸웃하는 희주의 볼을 윤 여사가 살짝 건드렸다.

"너흰 참 예쁘게 자랐더라. 희주는 키도 크고 예쁘고, 진우는 속이 깊고."

"예? 진우 요게 속이 깊다고요?"

난데없는 칭찬에 희주는 의아한 듯 물었다. 한 발짝 떨어져 묵묵히 서 있던 진우는 머쓱한 듯 먼 산으로 시선을 돌렸다.

"원래 남매간에는 매력이 잘 안 보여서 모른단다. 환경만 받쳐주면 진우는 멋진 남자로 클 거야. 그보다 우리 아들이 여기서 혼자 외롭게 살잖니? 내가 믿는 사람들이 가까이 있어 준다면 좋겠다고 생각하던 차였어. 그런 거 있잖니. 그냥 근처에 향기 좋은 사람이 있다는 위안 같은 거……."

쓸쓸하게 말꼬리를 흐리더니 곧 환하게 웃었다.

"어쨌거나 희주야, 이젠 네가 가장이야. 살다 보면 뜻하지 않게 돈이 필요할 때가 생기는 법이란다. 남는 보증금은 일단 통장에 넣어 둬. 그리고 나도 외손주 봐주느라 자주 오지는 못할 테니 너희가 주인이라 여기고 편히 살아라."

그렇게 남매는 2층집에서 새 둥지를 틀었다.

한 달이 지났을 무렵, 새벽녘 희주는 노랫소리를 들었다. 아름답고 신비로운 그 목소리는 결코 생소하지 않았다. 2년 전 힘겨운 겨울에 들었던 바로 그 목소리였다. 아침에 일어나 오래도록 생각을 이어 간 끝에 꿈이 아닌 현실에서 들었다는 결론을 내렸다. 하지만 이웃집은 멀리 떨어져 있었으며, 1층의 주인이 돌아온 흔적은 전혀 없었다.

그럼에도 희주는 들려오던 그 곡을 생생하게 기억하였기에 꿈이 아니라고 믿었다. 헨델의 '라르고'로 알려진 '그리운 나무그늘'의 가사를 검색해 본 희주는 신이 저희 남매를 응원하기 위해 노래하는 천사를 보내 줬다고 생각하며 눈앞의 플라타너스를 향해 두 손을 모았다.

나의 사랑하는 플라타너스의
아름답고 부드러운 무성한 잎이여
그대를 위해 운명은 반짝인다
......

※ ※ ※

독립을 한 뒤 처음 한 달은 느긋했다. 고모에게 보증금의 반만 쓰고도 좋은 집을 얻었다고 말한 게 실수였을까. 고모의 마음을 편하게 해 주려고 윤 여사의 배려를 밝혔을 뿐이었다. 그런데 두 달째부터 부모님의 보험금으로부터 나오는 생활비를 보내오지 않았다.

사실 통장의 잔액에는 여유가 있었다. 그렇지만 줄어들기만 하는 잔액이 은근한 초조함을 안겨 주더니 나중에는 생존의 공포로까지 발전해 갔다. 아끼는 데는 한계가 있었으며 한창 예민할 나이인 진우가 기가 죽지 않도록 옷이며 신발에 가끔은 큰돈을 쓰기도 했다.

결국 희주는 여름방학이 되자 아르바이트를 찾아 나섰다. 지금 사는 동네에선 여고 2년생이 마땅히 할 일이 없었다. 예전에 살던 동네이기도 한 시 중심가를 무작정 헤매며 여기저기를 두드려

보았다. 이틀째 되는 날에는 힘들다는 식당이나 고깃집도 찾아갔다. 그중에서 관심을 보여 준 갈빗집에서 면접을 보고 나오다가 선아와 마주쳤다.

"고등학생이 무슨 아르바이트야?"

"어, 쪼들린 건 절대 아니고요, 방학 때 사회 경험도 할 겸 잠깐 해 보려고요."

그래야 고3 때 더 집중할 수 있을 것 같다는 허술한 변명도 덧붙였다.

"이십 일 정도의 아르바이트라……. 고딩이 잠깐 아르바이트할 수 있는 자리는 쉽지 않을 텐데. 식당도 술을 파는 데는 안 되고, 보호자나 후견인 동의서도 있어야 될 거고. 그렇다고 아무 광고나 보고 이상한 데 찾아다니면 절대 안 되고."

선아는 희주가 미안할 정도로 함께 고민해 주고는 급한 일이 있다며 자리를 떠났다. 그러고는 다음 날 전화를 걸어 왔다.

"식당 설거지도 괜찮다면 하루만 해 볼래?"

선아가 소개한 식당은 도로변의 주차장을 제외하곤 숲으로 둘러싸여 있었다. 한여름에 큼직한 개수대의 뜨거운 물과 세척기 앞에서 설거지를 하는 일은 쉽지 않았다. 무시로 흘러내리는 땀방울 탓에 눈으론 짠물이 들어오고 몸은 이내 쉰내가 배었다. 희주는 흐르는 시간과 함께 시급을 속속 계산해 나갔다. 덕분에 머릿속까지 들끓는 더위 속의 노동을 기꺼이 감당할 수 있었다.

부산한 점심에 이어 저녁 설거지까지 끝낸 희주는 상쾌한 바깥 공기를 들이마셨다. 지금 사는 집처럼 싱그런 풀 냄새가 나는 이곳이 썩 마음에 들었다. 마음을 짓누르던 공포가 점점 사라져 가는 것만 같았다. 지그시 눈을 감고 촉촉한 숲의 향기를 누렸다.

"희주야, 뭐 하니?"

신 사장의 목소리에 희주는 머쓱해하며 돌아섰다. 식당의 주인
이면서 공동 주방장인 그녀에게 무조건 점수를 따야 하는데도 멍
하니 일손을 놓고 있었다.

"죄송해요. 다음엔 어떤 일 할까요?"

마치 큰 잘못을 한 것처럼 희주가 주눅 들어 하자 그 모습이 마
뜩잖은 듯 신 사장은 이맛살을 찌푸렸다.

"죄송은 무슨. 어서 저녁 먹자."

"밥은 집에 가서……."

"어서! 후딱 먹어 치우고 정리하자."

먼저 주방을 나서는 신 사장에게 한 번 더 사양하려고 했는데
배 속에서 꼬르륵 소리가 났다. 12시 직전에 출근했다 점심부터
먹고 시작하라는 말에 얼결에 먹고 왔다고 거짓말을 했던 일은 멍
청했다. 신 사장과 비슷한 50대 중반의 주방장인 안 여사가 꼬르
륵, 소리를 들었는지 짓궂게 웃고는 희주의 손을 잡아끌었다.

"한참 먹을 때잖아. 어서 나오거라."

결국 홀의 배식대로 다가갔다. 가정식의 저렴한 뷔페식당인 이
곳은 인근의 공장 직원들이 주로 이용했다. 식판에 반찬을 담으려
던 희주는 머뭇거렸다. 넉넉히 남아 있는 뼈다귀김치찜은 진우가
특히 좋아했던 것이다. 키에 민감해 있는 녀석은 요즘 들어 검은콩
도 곧잘 먹었다. 마른 새우를 곁들인 애호박볶음도 동생이 즐기는
몇 안 되는 반찬 중 하나였다. 희주는 침을 꼴깍 삼키고는 먼저 식
탁에 앉은 신 사장과 눈을 맞췄다.

"죄송하지만…… 좀 늦게 먹고 싶은데요. 반찬을 가지고 가서

집에서 먹어도······."

당돌한 행동이었을까. 깐깐한 교장 선생님 같은 외모의 신 사장이 딱딱한 표정으로 알 수 없는 눈길을 던졌다. 희주는 얼굴이 화끈거려 고개를 숙였다.

"집에 가서 또 먹더라도 밥은 다 같이 먹자."

묵직한 권위가 담긴 신 사장의 말을 따를 수밖에 없었다. 밥은 더없이 맛있었다. 굶은 탓만은 아니었다. 어쩌면 이리도 반찬을 맛있게 할까? 음식을 오물거리며 저도 모르게 신 사장에게 감탄 어린 시선을 보냈더니 신 사장이 갸웃했다.

"왜?"

희주는 당황해서 손사래를 치다가 엉뚱하다면 엉뚱한 대답을 하고 말았다.

"어, 예뻐서요. 마, 맛이."

안 여사가 웃음을 터트렸다.

"호호, 맛이 이쁘다고? 사장이 이쁜 게 아니고?"

북한에서 살았던 안 여사는 사장뿐 아니라 어느 누구에게도 '님' 자를 붙이지 않았다.

"어, 그게 아니라 다들 예쁘세요. 근데 맛이 정말 예뻐요. 아름다운 음악처럼."

"아이구, 이쁜 학생이 말도 참 예쁘게도 하지."

안 여사는 기특하다며 머리를 쓰다듬었고, 신 사장은 엷은 웃음을 흘렸다.

예쁜 음식이 담긴 식판을 깨끗이 비우고 설거지와 청소를 마친 뒤 조용히 기다렸다. 과연 일당을 주려는지 신 사장이 손짓으로 불렀다. 그런데 그녀는 돈 봉투가 아닌 한약방 가방을 건네주었다.

"자취한다고 해서 반찬 좀 쌌다."

가방은 꽤 묵직했다. 고맙다는 말을 하고 싶은데 얼굴이 빨개지고 입이 열리지 않았다. 신 사장이 안경을 추켜올리고는 찬찬히 바라보았다.

"학생치곤 손이 빠르더라. 이십 일 정돈 할 수 있다고 했지?"

"아, 네. 그보다 며칠 더 할 수도 있어요. 방학 끝날 때까지……."

"삼 주 동안 하면 되겠다. 그때까지 사람 비니까."

"감사합니다! 감사합니다!"

방학 동안 이곳에서 아르바이트를 하고 싶었다. 하지만 억센 아주머니들도 힘겨워하는 일을 여고생이 어떻게 견디겠냐며 신 사장은 일단 하루만 해 보라고 했다. 근무 시간은 12부터 저녁 7시까지였다. 신 사장이 깊은 눈길을 보냈다.

"점심도 여기 와서 먹어라. 밥은 식구가 다 같이 먹어야지, 원."

불퉁거리는 신 사장의 모양새가 싫지 않았다.

잠시 후 버스에 올라타 반찬 가방을 끌어안고 앉았다. 긴장이 풀리자 온몸이 뻑적지근했다. 한여름에 장화와 고무장갑을 낀 덕에 손발도 따가웠다. 하지만 무난히 일을 치렀다는 뿌듯함에 웃음이 새어 나왔다. 태어나 처음으로 돈을 벌었다. 앞으로도 얼마든지 돈을 벌 수 있다는 자신감도 얻었다. 일하는 도중 안 여사를 통해 오늘 못 나온 아르바이트생이 계속 안 나올 것 같다는 말을 듣고 최대한 손을 빨리 했다. 고모 집에서 틈틈이 설거지며 집안일을 도왔던 일이 도움이 되었다.

오늘 제 손으로 돈을 벌었다는 것과 내일도 일할 곳이 있다는 사실에 흥이 났다. 희주는 안드레아스 숄의 노래를 허밍으로 부르며 차창의 시원한 살바람을 음미했다.

버스 정류장에서 내리자 반바지에 슬리퍼를 신은 진우가 어깨를
머쓱해하며 다가왔다.

"너 어디 아프니?"

"왜?"

"네가 마중을 다 나오고."

"지나가다 누날 본 거야. 이리 줘."

진우가 반찬 가방을 들었다. 통 하지 않던 행동이었다. 그러고
보니 고모 집을 나온 뒤로 녀석이 누나를 배려하는 모습을 간간이
내비쳤다.

2층 벽돌집에 이르자, 희주는 습관적으로 1층을 살폈다. 어두운
집은 여전히 사람이 사는 기척이 없었다. 셔터가 내려진 차고 역시
한 번도 열린 걸 본 적이 없었다.

"배고프지?"

"뭐 그냥."

2층으로 들어서자마자 희주는 씻는 것도 잊은 채 부랴부랴 식탁
위로 찬을 꺼냈다. 뭐가 이리 많지? 갸웃하며 하나씩 내용물을 확
인했다. 저녁에 먹었던 찬뿐 아니라 오징어채무침과 멸치볶음 같
은 반찬도 넉넉히 담겨 있었다. 진우가 좋아하는 뼈다귀김치찜을
얼른 데워 상을 차렸다. 진우의 눈이 휘둥그레 커졌다.

"이게 뭐야?"

꽤 배가 고팠었는지 진우는 단번에 젓가락을 들었다. 하지만 이
내 눈동자가 불안하게 흔들린다.

"누나…… 혹시 고모 집 갔다 온 거야?"

"거길 내가 왜 가니. 알바하는 식당에서 싸 온 거야."

"식당?"

"오늘 식당 알바 간다 했잖아."

"난 빵집이나 패스트푸드점인 줄 알았지."

"야, 일단 먹어 봐."

과연 진우는 몇 술 떠 보고는 고개를 끄덕였다. 희주는 냉장고를 열어 아침에 먹다 남긴 김치찌개를 버렸다. 그러고는 빈 통에 반찬을 옮겨 담았다. 가게에서 먹었던 찬도, 새로운 찬도 더없이 훌륭한 맛이었다. 어쩜 이리도 음식을 잘하실까. 문득 기분이 이상했다. 왜 나한테 이리도 잘해 주실까. 신 사장을 떠올리자니 고마움과 함께 의문이 꼬리를 물었다. 아무래도 윤 여사나 선아를 통해 뭔가 연민을 불러일으키는 말을 들은 듯싶었다.

그런 건 싫은데.

밤이 깊어지자 희주는 식탁에서 보던 책을 접고 큰방으로 건너가려고 했다. 작은방을 사용하는 진우가 문을 열어 둔 채 누워 있다가 입을 열었다.

"누난 다시 고모 집에 돌아가도 되잖아? 거기가 학교 다니기도 더 편하고."

"거길 왜 가니."

"그래도 누난……."

"그만! 누나도 고모 집 불편했어."

"……."

"괜찮은 척한 거야."

진우는 갑자기 벌떡 일어나더니 선풍기를 들고 나와 슬라이딩 도어를 열고 큰방으로 집어넣었다. 그러고는 제 방으로 돌아가 문을 닫았다.

"야, 큰방은 시원해서 괜찮아."

"내 방이 더 시원해."

그날 밤 희주는 자다가 발이 간지러워 깨어났다. 식당의 안 여사는 땀 때문에 발이 가려우면 장화 속과 살갗에 식초를 뿌린다고 했다 다음에는 한번 저도 식초를 뿌려 볼까 했다. 밤에는 시원해서 켜지도 않았던 선풍기가 눈에 들어오자 배시시 웃음이 나왔다. 희주는 발코니의 밤하늘을 향해 속삭였다.

엄마, 아빠. 우리 진우가 철이 들었어요. 누나를 배려할 줄도 알아요. 공부를 안 해서 탈이지 좋은 어른으로 잘 클 것 같아요. 참, 이젠 싸움도 안 하는 것 같고 진로 문제도 제법 고민하더라고요. 그러니 우리 걱정 말고 편히 쉬세요. 정말 우린 괜찮거든요.

하루 수백 명이 다녀가는 식당인지라 어쩌면 네 명뿐인 주방 인력은 터무니없이 적은지도 모른다. 다음 날에야 알았다. 새벽에 출근해 점심을 치르고 퇴근하는 직원과 주방 바깥의 창고에서 야채 등을 손질하는 젊은 남자가 있다는 사실을.

밀차라고도 불리는 납작한 식자재 카트를 밀고 창고 문을 연 희주는 신음을 삼켰다. 눈부신 햇살이 내리쬐는 바깥에 비해 상대적으로 어두운 창고에서 두 눈동자와 식칼이 번뜩였던 것이다. 양파, 양배추 등이 잔뜩 쌓인 안쪽에서 칼로 무를 손질하던 남자가 동작을 멈추었다. 모자를 눌러쓴 남자는 카트를 힐끗 보고서야 눈빛이 무뎌졌다. 몸을 일으킨 남자는 키가 무척 컸다.

그는 국거리용으로 다듬은 무가 담긴 식자재 박스를 카트로 올렸다. 온통 근육질의 탄탄한 팔이 묵직한 박스를 솜처럼 가볍게 옮기는 것을 신기하게 지켜보았다. 박스를 다 옮긴 그는 손을 털고 돌아섰다. 이제 카트를 끌고 창고를 나가면 될 터였다. 희주는 그에게 인사를 해야 한다고 여겼다. 하지만 어떤 말을 꺼내야 하는지 가늠이 되지 않았다.

그가 휙 고개를 돌렸다. 이미 낮은 조도에 적응되었기에 모자 아래의 얼굴을 또렷하게 볼 수 있었다. 맑으면서도 타는 듯한 눈동자와 거뭇거뭇 거칠게 돋아난 수염, 그리고 찡그린 표정은 희주를 주눅 들게 했다. 그런데도 시선을 떼지 못한 채 멍하니 바라보았다.

초식동물 앞의 포식자처럼 위압감을 주는 그의 얼굴은 제법 탁월한 균형미를 갖추고 있었다. 압도적인 그의 분위기로 인해 온몸에 전율이 일었다. 스무 살의 반항적인 표정과 서른 살의 무게감이 섞여 있어선지 나이는 쉽게 가늠이 되지 않았다.

"뭐야."

그가 입을 다물고 있었음에도 목소리가 들려왔다는 착각이 들었다. 퍽이나 공격적으로 들리는.

"어, 이, 인사를 드리려고요. 새로 온 알바생입니다. 고맙습니다."

꾸벅 고개를 숙이고는 재빨리 카트를 잡아당겼다. 등으로 칼날 같은 눈길이 따라붙는 것 같았다.

그 후로 며칠 더 겪어 본 창고의 남자는 무섭지 않았다. 무엇보다 건성으로 식자재를 실어 주는 것 같았지만 조금만 살펴보면 희주가 조금이라도 편하게 운반할 수 있도록 배려하는 것을 알 수 있었다.

"희주야, 니는 안 무섭냐?"

안 여사가 속달거리며 물었을 때, 희주는 생긋 웃었다.

"무섭긴요. 은근히 자상하던걸요."

"아이구, 다행이다. 다른 야들은 창고엘 안 가려 들어서 내가 고생했지 뭐야."

안 여사는 멀리 있는 신 사장을 힐긋 본 뒤 말을 이었다.

"말이 없어서 그러지 삼촌이 나쁜 사람은 아니야. 사실은 그 양반이⋯⋯."

젊은 남자를 삼촌이라고 호칭했던 안 여사는 문득 손으로 입을 가리며 말을 삼켰다. 다시금 신 사장을 힐긋거리고는 속달거렸다.

"사장한테 들었을 테지만 여기 일은 밖에다 말하고 다니진 말거라."

"예."

희주에게 윤 여사도 계약을 하기 전에 그런 말을 했었다. 사는 집에 관해 바깥에 말을 퍼트리지 않으면 좋겠다고. 희주 또한 받은 은혜가 있어 그런지 신의를 지키려 애썼다.

"휴우, 사장 팔자도 참."

안 여사는 신 사장을 보며 긴 한숨을 토했다. 안 여사의 말로 미루어 볼 때 창고의 남자 직원은 신 사장과 무관하지 않은 것 같았다. 남자는 주방이나 홀로 들어오지 않은 채 오로지 창고에만 머물렀다.

식당을 나간 지 닷새째 되는 날의 하늘은 종일 흐렸다. 손발에 좁쌀처럼 돋아난 땀띠로 잠을 제대로 자지 못한 까닭에 저녁 무렵엔 어지럽고 몸이 휘청거렸다. 신 사장에게 약한 모습을 보이기 싫어서 악착같이 감당했다. 하지만 그녀의 눈썰미를 피해 갈 순 없었다.

"아파 보이네?"

"아녜요. 더워서 잠을 좀 못 자서요."

애써 표정 관리에 들어갔지만 신 사장은 믿지 않는 듯했다.

"쉬엄쉬엄해라."

퇴근 무렵에는 왁자한 장대비가 쏟아졌다.

"저 차 타고 가라."

신 사장이 출입문 바깥의 승용차를 가리켰다.

"버스 타도 되는데요."

사실 너무 견디기 힘겨워 식당을 벗어난 뒤엔 택시라도 불러야 하나 생각했었다. 그나마 금요일이어서 다행이다. 주말에 컨디션을 추스르면 월요일엔 다시 씩씩하게 출근할 수 있으리라.

"우리 아들이 지금 시내 나간다니 타고 가라."

"아드님이……."

아들 이야기는 처음 들었다.

"어서 타라."

떠밀리다시피 차에 올라타고 보니, 창고의 남자가 운전대에 앉아 있었다. 여전히 거뭇거뭇한 수염에 모자를 눌러쓰고 있었다. 그가 신 사장의 아들이라는 사실에 희주는 별로 놀라지 않았다.

그는 말없이 차를 출발시켰다. 무심코 눈에 담은 그의 옆모습을 쳐다보았다. 묵묵히 전방을 주시하던 그가 휙 고개를 틀었다. 희주는 황망히 반대편 바닥으로 시선을 내렸다. 왜 이리 어지럽고 가슴이 뛰는지 모르겠다. 빗물을 밀어 내는 와이퍼의 분주한 동작이 심장의 박동과 그 크기를 같이 했다. 문득 그가 집을 묻지 않았음을 깨달았다.

"제가 사는 동네를 아세요?"

그는 전방을 주시한 채 고개를 까닥했다. 가는 동안 빗방울이 잦아들자, 와이퍼의 속도도 줄어들었다. 그가 음악을 틀었다. 투명한 피아노 선율이 차 안에 흐르자 신기하게도 가쁜 숨이 진정되었다.

그가 희주가 안고 있는 한약방 가방을 힐끗 보았다. 희주는 얼굴을 붉혔다. 가방에서부터 반찬 냄새가 새어 나오고 있었나 보다. 희주는 가방 입구를 최대한 막고는 배에 찰싹 붙였다. 그는 더 이상 관심을 기울이지 않고 운전대에만 집중했다. 그러고 보니 몸에서도 시큼한 냄새가 가득했다. 종일 땀을 흘리고 일했으니 당연한 일이었다. 그는 사정을 다 알고 있을 텐데 나 혼자 왜 이리 신경이 쓰일까. 바보 같은 성격을 정말이지 바꾸고 싶었다.

한동안 잠잠하더니 심장이 다시금 가쁘게 뛰기 시작했다. 어지럼증도 심해져서 옆으로 눕고 싶었다. 참고 또 참았더니 이번에 기어이 구역질이 터져 나오려 했다. 창을 열면 머리가 맑아질 것 같았지만 빗물이 들어오게 할 순 없었다. 여느 때보다 일찍 어두워진 거리를 살피며 익숙한 풍경이 빨리 나오길 기도했다. 인내심이 한계에 도달했을 즈음 예전에 살았던 도심으로 진입했다. 바깥 공기가 시급했다. 머리를 식힌 후 택시를 타면 될 터였다.

"여기서 내려 주세요."

태연한 척 말을 쥐어짰다. 그가 속도를 줄이며 힐끔 보고는 이맛살을 찌푸렸다.

"괜찮아?"

"뭐, 뭐가요."

"안색이."

"괜찮…… 어서 내려 주세요."

그가 다시금 찡그리며 차를 세웠다. 서둘러 차 문을 여는 희주에게 우산을 쥐여 주었다.

"괜찮은데……."

"사장님이 준 거야."

그가 우산을 도로 집어넣는 게 귀찮은 양 팔랑팔랑 팔을 저으며 떠밀었다.

"고맙습니다."

희주는 힘겹게 인사를 건네고는 우산을 펼쳐 들었다. 하지만 오래 걷지는 못했다. 우산을 놓치며 풀썩 스러지는 와중에도 집에서 기다리는 진우가 떠올라 이를 악물었다. 쓴물을 토해 내고 심호흡을 했더니 머리가 가벼워졌다. 일어났다가 다시금 비틀거렸다. 그때 휘뚝거리는 몸을 누군가 불쑥 받치더니 그대로 안아 들었다.

"괜찮기는! 제기랄!"

그는 희주의 이마에 우직한 손바닥을 대 보고는 투덜거렸다. 이대로 죽으면 안 된다는 공포감과 부끄러움이 바삐 다투었다.

"괜찮…… 내려……."

말을 뱉은 기운도 모아지지 않았다.

"가만있어!"

성난 그의 외침이 또 하나의 오싹한 한기를 보탰다. 그는 희주를 안은 채 빗길을 가르며 지척의 병원을 향해 달렸다. 아파서 흘린 눈물과 빗물이 시야를 덧씌워서 모든 사물이 물에 잠긴 듯 흔들렸다. 한순간 하늘로 붕 떠서 날아가는 것 같았다. 밀착된 그의 가슴에서 쿵쿵 소리가 들렸고, 지척에서 들려오는 그의 숨결에서는 피비린내가 느껴졌다. 정신을 놓지 않고자 안간힘을 쏟으며 그에게 몸을 맡겼더니 어느덧 응급실 침상에 누워 있었다.

"다 젖었잖아. 옷부터 갈아입자고."

돌아선 채 짜증스레 환자복을 건네주는 그의 도움도 마다하지 않았다.

병원에서 진찰받은 결과 온열 질환의 일종이라는 진단이 나왔다. 링거를 맞고 있자니 졸음이 밀려왔다. 시종 짜증스러운 표정을 짓고 있던 남자에게 몇 가지 바람을 간곡히 웅얼거리다가 까무룩 잠이 들었다.

깨어났을 때는 응급실이 아닌 1인실 병실이었다. 침대 옆에 마련된 의자에는 희멀건 피부에 살짝 마르고 키가 큰 20대 중반쯤 돼 보이는 남자가 앉아 있었다. 짧은 머리카락과 주름이 잡힌 이마와 큼직하고 맑은 눈동자, 그리고 오똑 솟은 콧등이 꽤나 이국적인 느낌의 남자였다. 그리고 어쩐지 낯이 익었다. 두리번거리는 희주를 향해 그가 부드럽게 웃었다.

"재하는 일이 있어서 갔어."

갸름한 외모만큼이나 맑은 목소리였다.

"재하……."

"응. 박재하가 학생을 병원에 데려왔잖아?"

식당에선 '삼촌'으로 통하던 남자의 이름을 비로소 알았다. 희주는 잠시 기억을 정리해 보고는 눈앞의 남자를 향해 물었다.

"누구신데……."

"난 재하 친구, 하주원이야. 카페에서 재하를 만나기로 했는데 약속 장소를 여기로 변경하네."

"아, 죄송해요. 저 때문에."

"신경 쓰지 마. 덕분에 재하가 착한 일 했잖아."

번쩍 안아 들며 투덜거리던 재하의 모습이 떠오르자 얼굴이 화끈거렸다. 귀찮은 일에 엮였다는 심정을 노골적으로 드러낸 그 모습이 야속하지는 않았다. 아무튼 신세를 졌다. 희주는 머리맡의 휴대폰을 집어 들었다. 과연 진우에게 문자가 와 있었다. 그런데 누군가 진우와 통화를 한 듯 보였다. 주원이 설명했다.

"동생한테 전화 왔었어. 좀 늦는다고 하고 안심시켰어."

"아, 네. 고맙습니다. 근데 의사샘은 뭐라 말씀하세요?"

"응. 탈수 증상 외엔 빈혈이 좀 있을 뿐 크게 이상한 곳은 없다니까 걱정 안 해도 돼."

"아, 다행이네요, 다행이다."

희주는 안도의 숨을 길게 내쉬었다. 다정하게 내려다보는 주원의 선한 눈매가 희주의 긴장을 한층 풀어 주었다. 과연 살짝 몸을 일으켜 보았더니 어지럼증은 가신 것 같았다. 물론 말할 기운도 회복되었다. 주원에게 아직 3분의 1이 남은 링거를 가리키며 말했다.

"그만 맞아도 될 것 같은데요."

"다 맞아야 해."

"꼭 그래야 할까요?"

"그걸 감시하려고 내가 지키고 있는 거잖아."

주원의 웃음은 매혹적일 만큼 요염했다. 그리고 그 앞에서는 이상하게도 고질적인 낯가림 증세가 발동하지 않아서 희주는 기분이 좋았다. 하지만 이내 걱정이 밀려왔다.

"재하…… 삼촌은 언제 오시나요?"

"안 올 수도 있어."

"어, 꼭 부탁할 게 있는데."

잠이 들기 전에 웅얼웅얼 건넸던 부탁을 그가 확실히 들었는지 확신이 서지 않았다.

"부탁할 거 있으면 나한테 해. 집까진 내가 태워다 줄게."

"아니에요. 가까우니 혼자 갈 수 있어요."

"내가 안 괜찮아. 재하를 대신해 널 책임져야 해."

"어, 재하 삼촌은 책임질 일 없는데요. 제가 도리어 신세만……."

"재하네 가게 직원이잖아. 학생이 잘못되면 재하 어머닌 악덕 업주가 되겠지?"

"아녜요. 얼마나 좋은 분이신데요."

"그렇지. 참 좋은 분이시지."

"전 거기서 계속 일하고 싶어요."

간절함을 읽었는지 주원의 눈빛에 연민이 걸렸다.

"으음. 재하한테 부탁할 게 있다는 게 혹시……."

"예, 사장님껜 제가 아팠던 일 비밀로 해 주셔야 되거든요. 진 짜 평소엔 엄청 튼튼하거든요."

"으음."

그가 손으로 턱을 괸 채 희주를 지그시 내려다보았다.

"좋아. 내가 돕지."

그의 흔쾌한 대답에 희주는 함박웃음을 지었다. 훤칠한 외모의 남성이 여성적인 부드러운 매력을 갖춘 탓일까. 짧은 시간에 이렇 듯 편하고 포근한 사람은 일찍이 만난 적이 없었다. 문득 땀과 빗 물로 절어 악취가 날 것 같은 몸이 신경이 쓰였다. 종일 장화를 신 어서 꿉꿉한 발 냄새도. 그런데 가려움증으로 애를 먹이던 발이 이 상하게 시원했다. 맙소사. 양말이 벗겨져 있었다.

주원이 휴대폰을 들고 자리를 비운 사이에 벌떡 일어나 담요를 들추고는 양쪽 발을 살폈다. 종아리부터 발가락까지 투명하게 어떤 약이 발라져 있었다. 곰곰이 살폈더니 약을 바르기 전에 깨끗하게 씻어 냈다는 것을 알 수 있었다. 누굴까. 어림해 보는 와중에 침상 밑으로 놓인 가방에서 반찬 냄새가 올라왔다. 재하는 그 와중에 반 찬 가방도 착실히 챙겨 놓은 듯했다. 고마웠던 마음이 문득 자괴감으로 돌변했다. 왜 이리 사람들에게 신세만 지고 사는 것일까.

통화를 마치고 돌아온 주원은 링거를 다 맞을 때까지 병실을 지켰다. 그러고는 기어이 집까지 태우고 가겠다며 버텼다.

"같은 집인데 뭘."

"예?"

"이름이 오희주 맞지?"

희주는 멍하니 그를 쳐다보았다.

"계약서 봤어. 앞으로 잘 지내 봐. 난 재하 친구이면서 학생 집주인이기도 해."

"아! 군대 가셨다던."

과연 그의 얼굴에서 윤 여사의 모습이 엿보였다.

"어제 제대했어."

비는 계속 내리고 있었다. 혼란스러운 인연의 고리들을 가늠해 보며 병원을 나선 희주는 이내 생글생글 웃으며 그의 차에 올라탔다. 일단은 집주인이 너무 마음에 들었다. 조수석에 앉아 와이퍼의 움직임을 바라보자니 엉뚱하게도 한 가지를 당장 묻고 싶었다.

혹시 제 발을 닦아 주셨어요?

그러나 차마 묻지 못했다.

※ ※ ※

집에 들러 진우의 잔소리를 감당한 뒤 샤워를 했다. 발코니로 나갔더니 아래층에서 불빛이 새 나오고 있었다. 정원 모서리의 어둠을 도려낸 오렌지색 불빛으로 투명한 빗방울이 그어져 내렸다. 한껏 무성한 플라타너스의 이파리를 두드려 대는 빗소리가 여느 음악 못잖게 달달했다. 고층아파트에선 들을 수 없었기에 소중한 소리이기도 했다. 체력을 회복하기 위해 빨리 자야 한다는 부담감과 빗소리를 더 듣고 싶은 욕심을 저울질하다가 발코니 문을 활짝 열어 두고 거실에 누웠다.

살 속 깊이 잦아드는 한기에 깨어났다. 발코니 안쪽 문을 닫으려는 순간 번쩍, 번개가 내리꽂혔다. 천둥소리가 이어지더니 거친 빗물이 쏟아졌다. 재빨리 문을 마저 닫으려다가 아래층의 불빛이 보여서 멈칫했다. 아직까지 안 자고 무얼 하실까? 희주는 문득 귀를 쫑긋 세웠다. 분명히 노랫소리였다. 그것도 귀에 익은 헨델의 '라르고'였다.

노래는 소란스러운 빗소리를 뚫고 희주의 귓불로, 가슴으로 감미롭게 날아들었다. 빗방울은 여전히 사방의 다른 소리들을 삼키는 중이다. 지금의 노래는 결코 멀리서 날아온 것이 아니었다. 그리고 꿈을 꾸는 것도 아니었다. 아래층 발코니 앞으로 서면 플라타너스 숲을 향해 노래를 부르는 사람이 보일 터였다. 순간 윤 여사의 집에서 설핏 보았던 가족사진 속의 청년과 방음부스, 성악가인 큰딸, 그리고 오래전 새벽녘에 들었던 아름다운 노래 등이 동시에 떠올랐다.

"아아, 그분이 바로 이분이셨어!"

집중할수록 빗소리는 걸러지고 아름다운 노랫소리만 마음 깊이 스미었다. 노래가 끝난 지 한참 뒤에야 희주는 뜨거운 눈물을 훔쳤다. 감동을 주는 노래에 더해 가장 힘들었던 날에 위로를 주었던 노래의 주인공을 찾아냈다는 희열로 몸이 떨렸다.

병원 신세를 질 만큼 지친 상태에서 잠까지 설쳤는데도 도리어 몸이 가볍고 머리는 맑았다. 드문드문 갈색으로 번져 가던 널찍한 플라타너스 이파리는 모처럼 비 온 뒤 맑게 갠 햇살 아래 싱그럽게 흔들렸고, 노래로 정화된 희주의 마음은 공연히 들떴다.

유튜브를 통해 안드레아스 숄 이외의 카운터 테너를 검색하다가 필립 자루스키의 모습에서 눈을 떼지 못했다. 주원을 처음 보았을 때 낯익게 여겨졌던 이유를 알겠다. 과연 청년 시절의 필립 자루스키의 모습을 곰곰이 살펴보니 집주인 하주원과 분위기가 겹쳐졌다. 두툼한 입술을 빼고는 외모도 꽤 닮았다. 희주는 곧장 휴대폰의 배경사진을 필립 자루스키로 교체했다. 그러고는 이전의 배경사진 주인공인 안드레아스 숄에게 사과했다.

"숄 오빠, 미안해요."

'친해지면 아들 집에 놀러 가도 괜찮을 것 같다만, 이 집 이야기가 새 나가거나 딴사람을 집에 들이는 것만 조심했음 좋겠다.'

윤 여사의 조심스러운 당부는 왠지 하주원을 방해하지 말라는 뜻 같았다.

오후에 외출한 주원은 밤까지 돌아오지 않았다. 아마도 윤 여사의 집에서 주말을 보내는 듯싶었다. 희주는 그가 노래하는 모습을 상상하면서 필립 자루스키의 노래를 듣고 또 들었다. 꿈에서는 하늘을 붕붕 날았다. 스스로가 아닌, 박재하의 품에 안겨 호박색 호수를 품고 있는 미지의 행성으로 날아갔다. 노래와 상상과 꿈으로 보낸 주말은 희주에게 삶의 에너지를 잔뜩 충전시켜 주었다. 부모님이 돌아가신 뒤로 이보다 더 좋은 주말은 없었지 싶다.

월요일 아침, 희주는 여느 때보다 힘차게 냉장고를 열었다. 식당에서 날마다 가져온 음식들은 점점 버리는 것이 많아졌다. 진우의 식성이 무시로 변했던 탓이다. 여러 음식을 데웠다. 그러고는 온라인 야구 게임에 빠져 있는 진우의 입으로 한 입씩 가져갔다.

사양했던 음식이나 먹다가 고개를 저은 것은 희주 몫으로 제쳐 놓고 잘 받아먹는 음식만 따로 차려 아예 점심까지 준비해 두었다.

게임을 하면서 노래에 맞춰 어깨를 들썩이는 진우의 모습에 희주는 방긋 웃었다. 고모 집을 나온 뒤 녀석이 부쩍 밝아졌다.

"그래, 노랫말처럼 니가 제일 잘나간다! 꼬박꼬박 밥 차려 주는 누나도 있고!"

공연히 진우의 뒤통수에 꿀밤을 먹였다.

"아, 뭐야!"

"이뻐서! 우리 진우가 이뻐서 그런다!"

"누나, 연애하냐?"

"뭐?"

"불금에 늦게 들어오더니 맛이 간 것 같아서."

"내가 뭐."

"아니면 병원 가 봐라. 심각해 보여."

"이 자식이!"

진우는 고개를 절레절레 흔들더니 모니터를 응시한 채 더 상대해 주지 않았다. 희주는 두어 시간 정도 책을 보다가 집을 나섰다. 가게에 도착해 '좋은밥상' 간판을 마주하자 새삼 상호가 퍽 어울린다고 생각했다.

신 사장은 희주의 얼굴을 빤히 바라보았다.

"괜찮니?"

"어, 제가 왜요."

재하는 비밀을 지켜 줄 것 같았다. 그래서 시치미를 뗐다.

"주말엔 안색이 안 좋던데."

"아! 그땐 잠을 못 자서 그랬다고 말씀드렸잖아요. 오늘은 괜찮아요. 푹 잤거든요."

희주는 주먹을 불끈 쥔 채 어깨를 으쓱거렸다.

애써 씩씩하게 설거지며 점심 뒷거둠을 마친 뒤 카트를 밀고 창고로 향했다. 빗속에서 그녀를 품고 내달렸던 재하의 모습이 떠올라 가슴이 쿵쾅거렸다. 그야말로 아이처럼 안긴 채였다. 코앞에서 떨어졌던 그의 거친 숨결이 되살아났다. 그리고 잔뜩 성난 목소리도.

노크를 한 뒤 창고 문을 열었다. 가져가야 할 손질된 양파는 식자재 박스 안에 준비되어 있었는데, 정작 사람은 보이지 않았다. 희주는 처음으로 창고 안을 찬찬히 둘러보았다. 야채 더미 한쪽으론 앉은뱅이 의자와 선풍기, 휴대용 오디오가 보였고 작은 싱크대 위로는 여러 종류의 칼과 숫돌, 도마가 깔끔하게 정리되어 있었다. 안쪽으로 걸음을 옮겼더니 숨어 있던 널찍한 공간이 드러났다. 은색 아령과 손목 근력기 등 각종 운동 기구가 널려 있었는데 손때가 가득한 야구공 하나가 유독 눈길을 끌었다.

창고 끝의 또 다른 문은 식당 뒷마당 꽃밭과 숲으로 나 있었다. 문틈으로는 햇살이 칼날처럼 들이쳤다. 설핏 문이 움직인다고 여겨진 순간 희주는 후다닥 창고를 나왔다.

주말까지 재하를 볼 수 없었다. 그는 새벽에 나와 일하고는 희주가 출근하는 정오 전에 퇴근한다고 한다. 주원도 집을 계속 비우는지 통 기척이 없었다. 저도 모르게 자꾸만 관심이 갔다.

토요일 아침에 빨래를 하려고 발코니로 나갔다. 세탁기 동작 버튼을 누르려다가 후딱 멈추었다. 따가운 볕 아래 뜨뜻미지근한 실바람과 함께 어디선가 희미한 악기 소리가 날아들었다. 귀를 기울여 보니 기타였다. 오디오가 아닌 누군가 손가락으로 튕기는 소리가 분명했다. 방학 중이라 조용한 근처의 초등학교와 나른함이 느껴질 정도로 고즈넉한 마을 덕분에 가느다란 선율은 희주의 귀에까지 온전히 전달됐다. 더욱이 칼라 보노프의 목소리로 많이 알려졌던 아일랜드 민요 'The water is wide'는 희주에게 익숙한 곡이었다. 1층의 주원이 연주하는 모습을 상상해 보면서 그 소리에 귀 기울였다.

다음 곡이 이어지지 않자 아쉬운 마음에 살금살금 1층으로 내려갔다. 단단하게 잠긴 1층 현관문을 보고는 걸음을 옮겼다. 주원과 마주치면, 집들이를 핑계로 점심 초대를 해 볼 생각으로 살며시 발코니 쪽을 기웃거렸다. 그때 발코니 문이 닫히는 소리가 들리더니 창가에 설치된 블라인드가 내려갔다. 희주는 안타깝다는 듯 얼굴을 찡그렸다.

어떡해. 방해했던 거잖아.

여하튼 방해받고 싶지 않다는 명백한 의사를 주원에게 통보받은 것 같았다. 이내 가슴이 탁하게 아파 왔다. 호감을 품은 누군가가 제 마음의 문을 조금 열어 주었는데, 이쪽에서 더 열려고 욕심을 내다가 도리어 문이 더 닫혀 버린 것 같은 아쉬움이었다.

바보, 바보.

스스로 꿀밤을 먹이며 역시 홀로 아픔을 수습했다.

그 일이 있은 이틀 뒤 비로소 주원과 만났다. 집을 나서다 차고 문이 열려 있어서 휙 고개를 돌렸더니, 1층 현관에서 주원이 나오고 있었다. 청바지와 반팔 티가 호리호리한 그의 체구와 썩 어울렸다. 희주는 시선을 내리며 인사하고는 대문으로 돌아섰다.

"희주!"

"아, 예."

당황하며 돌아보았다.

"알바 가는 거야?"

"아, 예."

주원의 얼굴을 똑바로 보지 못한 채 어색하게 대꾸했다. 그의 얼굴이 불쑥 코앞으로 다가왔다. 그는 키를 낮춰서 희주와 눈높이를 맞추고는 부드럽게 웃었다.

"사는 데 불편한 점 없어? 뭐 수리해야 할 거라든지."

"전혀요."

그의 목소리와 표정이 변함없이 부드럽다는 걸 알아차린 희주는 금방 기분이 좋아져서 힘차게 덧붙였다.

"너무 좋아서 날마다 집에게 하트를 날리는걸요."

"그거 다행이네."

그는 어깨를 으쓱하며 싱그럽게 웃었다.

"다녀오겠습니다."

더 이야기를 나누고 싶었지만 버스 시간 때문에 돌아서야 했다. 발길은 썩 가벼웠다.

어느덧 아르바이트가 3주째에 접어들었다. 수시로 흘린 땀 때문인지 살도 빠지고 온몸이 쑤시고 결렸지만 웃음이 늘었다.

"아이구, 살림하던 아줌마들도 나가떨어지는 일을 어린 게 진득하게 잘하네."

갈수록 손이 빨라진다며, 안 여사는 칭찬을 아끼지 않았다. 재하는 여전히 새벽에 나와 일찍 퇴근했다. 궁금증을 담아 두지 못하는 성격이라 어쩌다 그 시간에 일하게 되었는지 안 여사에게 물어보았더니, 요리를 배우러 다닌다고 했다.

"삼촌은 칼질도 나보다 훨씬 잘하니 요리도 금방 배울 거다."

딱 거기까지만 말한 안 여사는 더 이상은 얘기하지 않았다. 주인이 없어도 창고 문을 열 때마다 긴장되었다. 그에게 안겼던 일이 쑥스러워 마주칠 용기가 없었는데도 막상 그를 발견하지 못하면 못내 아쉬웠다. 그리고 그를 생각할 때마다 생뚱맞은 궁금증이 일었다. 도대체 발은 누가 닦아 줬을까?

늦은 오후에는 태풍의 영향으로 뜨겁고 축축한 바람이 기승을 부렸다. 창고로 들어서자 문득 뒤뜰로 통하는 문이 열린 것 같아 걸음을 옮겼다. 순간 희주는 안쪽 벽에 덩그러니 놓여 있는 검은색 물체에서 시선을 떼지 못했다. 케이스를 열어 보지 않아도 한눈에 알 수 있었다. 그것은 어쿠스틱 기타였다. 두 사람이 친구라고 했으니, 재하도 주원의 집을 들락거릴 것이다.

"그렇다면……."

하지만 재하가 기타를 치는 모습은 쉽게 그려지지 않았다. 카트를 밀고 주방으로 돌아오자, 안 여사가 홀을 가리켰다.

"사장이 급히 외출한단다. 나가 봐라."

홀로 나가자, 신 사장이 계산대 앞으로 불렀다. 대뜸 오늘 저녁만 부탁한다며 새로운 일거리를 알려 준다.

"손님이 오면 장부에 사인을 하는가 보고 국을 퍼 주면 돼. 카드 결제 하는 손님이 있으면 여기 이렇게……."

"제가 잘할 수 있을까요?"

"잘할 수 있다 생각하니 맡기지."

신 사장은 핸드백을 들고 부랴부랴 가게를 나갔다. 저녁에 식사하러 오는 인원은 그리 많지 않아서 어렵지 않게 맡은 일을 해 나가고 있었다. 그런데 끝 무렵에 들이닥친 네 명의 낯선 손님들이 영 불편했다. 스무 살 전후로 보이는 남자들은 하나같이 어깨가 벌어졌고 일부는 문신을 하고 있었다. 그들은 사장과 재하를 찾다가 그들이 자리에 없음을 알고는 요란을 떨었다.

"학생, 밥은 밥이고 뭔가 더 특별한 걸 가져와 봐."

난감해하는 희주에게 그들은 매상을 올려 주려 왔다면서 있지도 않은 소갈비 따위를 들먹였다. 거친 입담을 서로 나누는 그들에게 기가 죽은 희주는 주방의 안 여사에게 살며시 도움을 청했다.

"어린놈들이 어서 돈지랄이야."

안 여사는 금방이라도 뛰쳐나갈 것처럼 흥분했다,

"근데요, 재하 삼촌을 찾던데요?"

"뭐? 야가!"

안 여사는 황망히 희주의 입을 막았다.

"니 삼촌 이름은 어찌 알았냐?"

"어, 다들 알고 있지 않나요?"

하지만 생각해 보니 아무도 재하의 이름을 들먹인 적이 없었다.

"입조심해라. 그리고 애들한테 삼촌은 없다 하고 대꾸도 하지 말아라."

그들은 재하에게 전화를 걸려는 것 같았다. 어쩌면 이미 통화를 했으리라. 희주는 내키지 않지만 홀로 나가 그들에게 양해를 구했다.

"죄송해요. 주방에 따로 준비된 음식은 없다네요."

"아이씨, 매상 팍팍 올려 주려고 일부러 왔는데…… 근데 학생은 알바?"

"예."

알바라고 밝히는 순간 그들은 살짝 품고 있던 긴장감을 내던지고는 더욱 거만해졌다.

"대학생?"

전신을 훑는 남자의 음흉한 눈길에 희주는 한발 물러섰다. 다른 남자가 말을 받았다.

"에이, 고딩 같은데? 잘 봐. 좀 덜 여물었잖아."

밥이나 처먹어, 라는 말이 목구멍까지 올라왔지만, 희주는 살짝 찡그린 표정을 짓는 걸로 대신하며 돌아섰다. 뒤에서 남자가 소리쳤다.

"야, 소고기 없음 소주라도 가져와라."

노골적인 반말에 희주는 적이 뾰족하게 대꾸했다.

"저흰 술 안 팔아요."

"사다 주면 안 되냐?"

희주는 돌아보지 않은 채 주방으로 걸어갔다.

"야, 야! 손님이 말하는데 어딜 가!"

주방 어귀에서 안 여사가 서슬이 퍼런 눈길로 홀의 남자들을 쏘아보고 있었다.

또 다른 손님이 들어오자 희주는 계산대로 나갔다. 장부에 사인하는 것을 확인하고 국을 퍼 준 뒤 주방으로 들어가려는데, 밥을 먹던 남자들이 또 불렀다.

"야, 식당에서 술을 안 판다는 게 말이 되냐?"

"여긴 안 팔아요."

희주는 새치름하게 대꾸했다.

"야, 근데 너 손님한테 싸가지가 없다? 아르바이트 주제에."

요란한 문신의 남자 하나가 유독 끈질겼다. 그리고 위협적이었다. 희주는 다시금 주눅이 들고 말았다.

"이리 와 봐."

"예?"

"이리 와서 앉아 봐."

희주는 설레설레 고개를 저었다.

"사장님 사업 번창을 위해 내가 종업원 교육을 시켜야겠으니, 와 봐."

희주는 슬금슬금 옆으로 걷다가 주방으로 쏙 들어가려 했다. 그 때 네 명의 남자들이 벌떡 일어나 90도로 허리를 접었다. 희주는 갑자기 벌어진 상황에 어안이 벙벙해 출입문으로 고개를 돌렸다. 홀로 들어선 박재하는 화가 잔뜩 난 표정이었다.

뚜벅뚜벅.

환청인지 몰라도 재하의 발소리가 너무도 선명하게 들렸다. 요란한 문신의 남자가 입을 열었다.

"형님, 저 아시죠? 용철이 형님이랑 같이 자리를 가진 적 있었는데."

재하는 그들을 무시한 채 턱짓으로 출입문을 가리켰다.

"용철이 형님이 시간 나면 형님 가게 가서 매상 올려 주라 하시길래……."

"다 먹었으면 가라."

"형님."

"가라."

뒷모습만 보이기에 희주는 재하의 표정을 볼 수 없었지만 그가 화나 있음은 충분히 느낄 수 있었다. 그 기세에 질렸는지 그들은 서로의 눈치를 살피다가 곧 가게를 나섰다. 재하는 희주를 힐긋 보고는 주방으로 들어갔다. 안 여사가 재하를 안쪽으로 데리고 들어

가며 무언가 속달거렸다.

창고로 들어갔던 재하는 금방 나왔다. 계산대에 어색하게 서 있는 희주에게 다가오더니 손을 팔랑거렸다.

"들어가."

"예?"

"집에 가."

"사장님이 안 계셔서 오늘은 제가 홀 마감을……."

"마감은 내가 할게."

신 사장과 마찬가지로 지시에 있어서 그는 일방적이고 완고했다. 지난번에 신세 진 일이 떠올라 늦게나마 감사 인사를 건네고 싶어서 머뭇거렸다. 그는 계산대의 장부를 건성으로 훑어보면서 쏘아붙였다.

"손님이라고 너무 숙이진 마. 만만하게 보이면 더 숙여야 돼."

안 여사가 어떻게 설명했는지, 그는 희주에게 화가 나 있었다. 희주는 감사 인사를 기어이 건네고 싶어서 애써 씩씩하게 입을 열었다.

"근데요, 삼촌은 손님이 아니라 고마운 분이니 많이 숙이겠습니다. 여러 가지로 고맙습니다."

허리를 잔뜩 숙여 고마움을 드러냈다. 그가 눈썹을 찡그렸다. 하지만 희주는 그의 입가에 아주 살짝 번졌던 웃음을 놓치지 않았다. 그것이 비록 싱거운, 혹은 어처구니없어하는 웃음이라 할지라도 기분이 좋았다. 희주는 밖으로 나와 희죽거리며 짓궂게 중얼거렸다. 난 재하 삼촌이 하나도 안 무섭거든요.

집으로 가는 길에 문득 궁금했다. 자신이 험악한 남자들 앞에서도 많이 겁먹지 않았다는 걸 깨달았다. 그 이유가 뭘까를 곰곰이 생각해 보았다. 곧 답이 나왔다. '좋은밥상' 가게 안에 있기 때문이었다. 안 여사와 한 공간에 있었고, 자리를 비운 신 사장과 재하도 은근히 버팀목이 되어 주었나 보다. 그중 박재하의 이름을 머릿속에 굴리며 버스에 몸을 맡겼다. 왜 그의 이름이 금기시된 것일까.

진우의 밥을 차려 준 뒤 컴퓨터 앞에 앉았다. 호기심에 '박재하' 라는 이름을 인터넷에 검색했다. 그러자 믿기지 않게도 그의 사진이 나왔다. 지금보단 꽤 어려 보이고 살이 빠져 보였지만 박재하가 분명했다. 그는 프로야구 선수였다. 프로필을 읽다가 생소한 용어를 만나자 희주는 검색 대신에 프로야구 중계며 평소 야구 게임을 즐기는 진우를 찾았다. 식탁에 앉아 밥을 먹던 진우는 희주의 호기심이 반가운지 씹던 밥알을 튕기면서까지 열심히 설명해 주었다.

"박재하? 당근 알지. 끝내주는 선수였지. 카리스마도, 공도 죽여주고. 안타깝게도 군대 제대하고 짤렸어."

"짤려?"

"고졸 특급 신인으로 날렸거든. 근데 어깨 부상으로 2군 갔다가 감독하고 대판 싸우고 시끄럽게 굴다가 임의 탈퇴 당했어."

"임의 탈퇴?"

"임시로 선수 자격을 박탈하는 거야. 최소 1년 동안은 야구를 못 해. 나중에 구단이 구제해 주려면 KBO 심사를 받아야 하고 여론도 좋아야 해서 골치 아파. 구단은 그동안 박재하가 군대를 미리 갔다 오는 게 좋다고 머릴 굴렸어. 그런데 막상 제대하고 난 뒤 테스트를 해 보니 수술한 어깨도 회복이 안 된 것 같고 모든 게 별로였대. 여론도 안 좋은데 욕먹으면서까지 데리고 갈 필요가 없었던 거야. 그래서 완전 퇴출시켜 버렸어. 근데 누나, 박재하는 왜?"

"아, 아냐. 그냥……."

희주는 얼버무리고 제 방으로 돌아와 모니터에 띄워져 있는 사진을 주시했다. 진우가 알려 준 박재하와 직접 겪어 본 박재하는 같고도 다른 사람이었다. 희주가 생각하는 박재하는 속이 따뜻하고 신중한 사람이었다. 그리고 차 안에서 피아노 음악을 틀어 주었으며, 어쩌면 기타를 능숙하게 연주할 줄 아는 사람이었다. 그리고 또 하나, 세상에서 가장 아름다운 노래를 부를 줄 아는 이곳 집주인의 친구였다.

주원은 박재하가 세상에 당당하다고 믿고 있다. 그래서 초면에 희주에게 재하의 이름을 스스럼없이 밝혔으리라. 그리고 진우는 인터넷을 통해 정보를 얻었을 것이고, 인터넷에 떠도는 정보는 지극히 주관적인 경우가 흔했다.

주방으로 건너와 식탁을 정리하는데, 냉장고의 음료수를 뒤지던 진우가 문득 생각난 양 휙 고개를 돌렸다.

"누나! 나 박재하 선수 본 것 같아!"

"뭐?"

"낮에 집주인 형하고 같이 온 형이 있거든. 그 형이 박재하 같아. 어디서 본 얼굴인가 했더니…… 이게 진짜라면 완전 소름인데!"

"낮에 집주인하고 왔다고?"

"응. 몇 번 다녀갔어. 오늘은 슈퍼 갔다 오다가 바로 앞에서 마주쳤는걸. 무슨 급한 일이 있는지 차 타고 거의 날아가던데."

"잠깐, 그게 몇 시쯤이었니?"

"여섯 시 반쯤?"

아마도 재하는 이곳에서 전화를 받고 가게로 서둘러 온 듯싶었다.

"참! 진우야, 몇 번 다녀갔다면 전에도 봤다는 거니?"

"응. 집 앞에 차에서 내리는 형들을 본 적 있어. 집으로 들어간 후에 피아노나 노랫소리 같은 게 났거든. 말하는 소리도. 그땐 모자를 눌러써서 제대로 못 봤는데 오늘은……."

그러고 보니 아까 재하는 들어올 때 모자를 쓰지 않았다. 아마도 급하게 가게로 달려오느라 미처 챙기지 못한 듯싶다. 결론적으로 그가 빨리 와 줘서 곤경에서 벗어날 수 있었다. 말도 안 되는 일일 테지만 희주 자신의 안위를 위해 달려와 준 게 아닌가, 하고 몇 초간 즐거운 착각을 했다. 곧 스스로를 비웃고는 진우를 새치름하게 쏘아보았다.

"야, 왜 나한테는 한마디도 안 했니?"

"말했어야 해?"

"뭐라고?"

희주는 말문이 막혔다. 그때 뭔가가 떠올라서 제 방으로 들어가려던 진우의 어깨를 붙들었다.

"너, 아주머니가 주의하라 했던 거 기억나지?"

"뭐였지?"

"이 집의 일들 밖에 알리지 않기."

"응. 기억나."

"그럼, 박재하 선수는 못 본 거다. 닮는 사람도."

"아! 그런 거구나. 대박! 그래서 주의하라 한 거구나."

"더구나 박재하 선수는 집주인 친구거든. 진우 너도 이 집이 좋지?"

"응."

"그럼 집주인을 화나게 하지 말자. 알았지?"

"접수, 쉿!"

진우에게 신신당부하고 제 방으로 돌아온 희주는 왠지 억울했다. 내가 없을 때 노래할 게 뭐람. 투덜거리면서도 머릿속에선 재하를 떠올렸다.

요리를 배우러 다닌다던 재하는 오후 시간을 여기서 주원과 함께 보내고 있었다. 남자들끼리 집 안에서만 지낸다는 사실에 갸웃하다가 재하 또한 음악을 좋아한다는 걸 떠올리자 고개가 끄덕여졌다.

마을은 아홉 시만 되면 온통 조용했다. 하릴없이 대문을 나섰다가 돌아오면서 1층을 살폈다. 어디에도 불빛은 보이지 않았다. 돌아서려는 순간 안쪽에서 길쭉한 빛 하나가 넓어졌다. 어떤 방이기에 밖으로 전혀 빛이 새 나오지 않았을까? 갸웃하는데 거실 등이 켜졌다. 희주는 움찔하며 2층 계단으로 방향을 틀었다. 그때 1층 현관문이 열렸고, 주원이 배쭉 얼굴을 내밀었다.

"희주."

"어? 안녕하세요."

그가 밖으로 나왔다. 여름밤임에도 주원의 차림새는 허술하지 않았다. 그는 바지 주머니에 양손을 집어넣은 채 희주의 차림새를 재빨리 훑었다.

"어디 갔다 와?"

"어, 산보요."

"차 한잔 마실까?"

"괜찮…… 제가 타 드릴 테니 2층으로 가실래요?"

희주는 그와 마주할 기회를 놓치고 싶지 않았다. 더욱이 주원은 할 말이 있는 듯했다. 어림짐작 되는 것도 있었다. 제일 가까운 찻집은 차를 타고 시내로 나가야 했고, 그렇다고 그의 공간을 탐내면 안 될 것 같아서 그렇게 말했다. 주원은 그 말을 듣자 싱긋 웃었다.

"풀벌레 소리 좋아해?"

"예."

"허브티는?"

"라벤더 빼고 다 좋아요."

"시원한 거?"

뜨거운 것이 더 먹고 싶었지만 희주는 너무 많은 걸 부탁하나 싶어 그냥 고개를 끄덕였다.

"오케이, 저기서 마시자. 잠깐만 기다려."

주원은 발코니 앞 자그마한 정원을 가리키고는 안으로 들어갔다 가 곧 캠핑용 의자 두 개를 가지고 나왔다. 희주가 받아 풀밭 위로 놓았다. 그는 모기향을 피웠다. 그러고는 발코니를 향해 희주와 나 란히 앉은 뒤 알알이 물방울이 맺힌 용기 속 음료를 컵에 따라 주 었다.

"캐모마일 괜찮지?"

"예, 좋아해요."

"라벤더만 싫다고?"

"예. 여유를 즐기고 싶어 마시는 게 차의 매력인데, 라벤더는 세탁기나 욕실을 떠올리게 하는 향기라서요. 그래서 저한테 허브 차로는 파산했죠."

"후후, 그렇겠군."

무엇이 재미있는지 그는 생글생글 웃었다. 그 웃음에서 맑은 별 빛이 느껴졌다. 그리고 이지러진 달은 구름 속에 있는데도 달빛이 훤했다. 1, 2층의 발코니 불빛이 바로 달빛이 되어 있었다. 제법 시원한 바람 한 줄기가 매운 모기향을 밀어 내며 풀벌레 소리를 실어 왔다. 그중 귀뚜라미 소리는 요정이 달에게 바치는 노래라는 상상이 날개를 폈다. 문득 노래가 듣고 싶었다. 그의 아름다운 노랫소리가. 마치 그가 지닌 영혼의 향처럼 느껴지는 찻물을 오물거리다가 조심스럽게 입을 열었다.

"성악…… 전공하셨어요?"

"누가 그렇게 말해?"

"아뇨. 아무도 말하지 않았어요. 노래를 직접 들었어요."

"내 노래를?"

"직접 부르신 게 사실이라면, 여러 번 들었어요."

그는 흐뭇하게 웃었다.

"2년 전, 아파트에서 처음 들었어요. 진눈깨비 오던 날에요. 여기서도 두 번 들었어요. 눈물 나게 아름다운 노래였어요."

그 노래를 새김질하며 희주는 지그시 눈을 감은 채 소곳이 말을 이었다.

"저한테 너무 힘이 되는 노래였거든요. 하늘에서 제게 노래하는 천사를 보내 준 줄 알았어요."

"다행이네."

희주는 노래를 들었을 당시의 감흥을 떠올리다 그의 대답을 한참 뒤에야 헤아렸다. 다행이라니! 눈을 뜨고 고개를 돌렸다. 그는 조용히 웃으며 눈앞의 발코니만 바라보다가 위쪽을 보고는 손을 흔들었다. 2층 발코니에 진우가 서 있다가 쏙 들어갔다.

"재하하고 진우가 오늘 마주쳤어."

화제가 갑자기 바뀌자 왠지 아쉬웠다. 노래에 관해 더 이야기하고 싶은데.

"진우가 야구 좋아해?"

"예. 박재하 선수도 알 만큼요."

"희주도 재하가 선수였던 걸 알았어?"

"한 시간 전에 알았어요."

주원에게 머쓱하게 대답했다. 희주는 그에게 신뢰받고 싶었다. 그러려면 관계의 초입에 닥친 불신의 위험을 매끄럽게 넘겨야 했다. 박재하가 노출되는 것을 걱정하는 듯한 그에게 솔직하게 대응하기로 했다.

"어머님께서 이 집 계약할 때, 집 밖으로 이야기 새 나가는 거 조심해 달라고 당부하셨어요. 딱히 그게 아니라도 저흰 말할 사람도 별로 없어요. 몇 년 동안 친구들을 집으로 초대한 적도 없었고, 앞으로도 그럴 것 같고요. 으음, 무엇보다 지금 이 상태가 너무 좋아요. 날마다 하트를 날리고 싶은 집도……."

아름다운 목소리의 집주인도 단지 입을 잘못 놀려 잃고 싶진 않아요.

그런데 집이 어디인지를 말하고, 친구를 초대할 수 없었던 환경을 떠올리자니 갑자기 사무쳤다. 엄마, 아빠가 보고 싶었다. 늘 보고 싶었지만 지금은 미치도록 그리웠다. 시선을 내리깔고 마음을 진정시키는데 주원이 나지막이 말했다.

"오해하진 마. 어머닌 희주를 믿었으니 이 집에 들였던 거야. 어머니가 믿으시니 나도 믿었고."

"알아요. 그래서 고마워요. 병원에서 선뜻 재하 삼촌 이름을 말해 주셨잖아요."

"으음, 그거야 좋은밥상에서 일하니까 언젠가 알게 될 것 같아서. 그리고 우린 한 지붕 아래 살잖아. 초면부터 감추고 시작하면 마음의 문을 열지 못한 채 지내야 하는 게 싫었어."

어쩐지 세입자가 아닌 가족을 받아들인 마음가짐으로 와닿아 울컥했다. 부모님 생각에서부터 비롯된 눈물샘이 기어이 넘치고 만다.

"공연히 내가 부탁하려고 했네. 너희들이 알아서 조심해 줬을 텐데."

미안해하는 주원에게 희주는 대답하지 않았다. 입을 열면 울음을 들킬 것 같아서.

"희주?"

비로소 희주 얼굴의 물기를 확인한 주원이 눈을 동그랗게 떴다.

"아, 아녜요."

좋은 시간, 좋은 사람 앞에서 눈물을 보이는 일이 미안하고 창피했다. 손등으로 슥 닦고는 하늘의 조각달을 치어다보았다.

"달을 보니 노래가 생각나서요. 귀뚜라미가 달을 보면서 노래하는 것 같잖아요. 물의 요정이 달에게 바치는 노래처럼 말예요."

드보르작의 '달에게 부치는 노래'는 인간 왕자를 사랑하게 된 물의 요정 루살카가 달에게 간절한 바람을 건네는 내용이다. 부모님이 좋아했던 곡이었다. 희주는 이따금 그 노래를 들으며 달을 바라보곤 했다. 그리고 물의 요정이 그랬던 것처럼 이젠 저와 다른 세상에 계신 부모님을 향한 그리움을 달에게 털어놓곤 했다. 풀 냄새와 귀뚜라미 소리가 날아올 때부터 간절히 그 노래가 그리웠다.

주원이 아무 말도 하지 않자 희주는 눈물을 마저 훔쳐 낸 뒤 환하게 웃으며 고개를 돌렸다. 순간 모든 동작을 멈추고 멍하니 바라보았다. 달을 향해 양손을 뻗은 주원이 노래를 시작했다. 맑은 고음으로 시작된 그 곡은 바로 희주가 듣고 싶었던 '달에게 부치는 노래'였다. 한껏 소리를 낮춰 불렀지만 희주를 위로하기엔 충분했다.

노래를 마친 주원이 고개를 기울이며 바라보았다. 여운을 음미하던 희주는 뒤늦게 뿌듯한 웃음을 지었다.

"달콤했어요."

"그래?"

그가 수줍어하며 머리를 긁적였다.

"최고였어요."

"반주도 없이 자장가처럼 불렀는데?"

"피아노 반주는 제 마음속으로 하면서 들었어요."

"참! 희주는 피아노를 좋아하지."

"아세요?"

"연주하는 걸 봤어."

"봤다고요?"

놀라는 희주에게 그가 천진하게 웃었다.

"으음, 언제였냐면…… 희주가 건반을 직접 만들어 연주할 때."

희주는 고개만 실긋거렸다.

"놀이터 모래밭."

"아아! 그때 절 보셨군요."

"아파트에 갔다가 연주가 너무 멋져서 훔쳐봤어. 쇼팽이었지, 아마?"

"어? 건반은 조금만 그려 놓고 막 쳤는데 어떻게……."

희주는 벌린 입을 다물 수 없었다.

"찍었는데 맞췄나 봐. 사실 전공이 피아노야."

"성악이 아니고요?"

"그건 미래의 일이고. 그때 희주 연주는 멋졌어."

"와! 주원 삼촌은 농담 안 할 줄 알았는데요."

"농담 아냐. 소리는 내 마음속으로 만들어 감상했어."

"어, 그건 아까 제가 한 말이잖아요."

희주는 달빛을 닮은 발코니의 전등을 바라보며 잇달아 까르르 웃었다. 그 웃음에 반응하듯 정원의 단풍나무가 흔들렸다. 산들바람 때문인지 모기향이 꺼져 있어도 벌레가 꼬이지 않았다. 희주는 동산을 가리켰다.

"이 집에 이사 온 후로 행복이 날마다 저 동산을 타고 넘어오는 것 같아요. 혹시 바람이 실어오는 거라면 상을 줘야겠어요."

"참 잘했어요, 스탬프는 내가 찍어 줄게."

"개근상으로 해요. 날마다 오니까."

"그럴까?"

두 사람은 잠시 말없이 웃음 지으며 조각구름을 건너는 조각달을 치어다보았다. 달에 시선을 두자니 난데없이 재하의 모습이 떠올랐다. 아니, 보다 정확히는 꿈이 떠올랐다. 그녀를 안은 채 호박색 호수를 품은 행성으로 날아갔던 꿈. 그때 생각났다. 병원을 향해 달리면서 재하의 모자가 벗겨졌던 듯싶다. '제기랄' 투덜거리며 그는 계속 달렸다. 혹시 재하는 얼굴을 가릴 모자가 없어서 병원에서 일찍 돌아갔던 걸까? 주원에게 물으려다가 말았다. 지금은 아름다운 노래의 주인공과 누리는 오붓한 시간에 집중하고 싶었다.

그런데도 기어이 이름을 들먹이고 말았다.

"재하 삼촌도 노래 많이 좋아하죠?"

"재하는 내 노래의 힘을 처음으로 인정해 준 친구야. 아무런 선입견 없이 오로지 노래로."

주원은 지그시 하늘로 시선을 던졌다. 그러고는 마치 물의 요정이 인간을 그리워하는 것처럼 달을 쳐다보며 갸름한 얼굴에 무언가 그리움을 새겼다. 그것이 그리움인지 어떻게 아느냐고 주원이 묻는다면 주저하지 않고 대답할 수 있었다. 저도 그리워해 봤으니까요. 그리움의 모양을 알아차릴 만큼 오래오래 그리워해 봤으니까요.

"루살카 오페라 내용은 알아?"

주원이 달에게 시선을 떼지 않은 채 말했다.

"대충요. 근데요, 노래의 멋진 가사에 비해 전체 내용은 설득력이 없어요."

"그래?"

"가령 루살카가 첫눈에 왕자한테 반한다는 거요. 한 번만 보고 지독한 사랑에 빠진다는 게 영 그래요. 가령 물에 빠진 루살카를 왕자가 구해서 품에 안고 병원으로 달렸다면 모를까."

"병원……."

갑자기 주원의 얼굴로 알 수 없는 고통이 그려졌다. 하지만 금세 표정을 숨겼기에 희주는 착각이라고 여겼다. 이내 주원은 어리벙벙한 표정을 내비쳤다.

"그런데 희주, 물의 요정이…… 물에 빠져?"

단번에 모순을 알아차렸지만 희주는 버텼다.

"으음. 다리에 쥐가 날 수도 있잖아요."

"줄거리를 보충해 주자면, 왕자가 마신 호수의 물은 물의 요정 자체였어. 즉 왕자는 루살카에게 키스를 했던 거야."

"하지만 왕자는 그저 물을 마셨을 뿐이잖아요."

"맞아. 누군가는 호수에 입을 댔을 뿐인데, 누군가에겐 사랑의 열병을 안겨 주는 키스가 되었지."

그는 뜻 모를 작은 한숨을 허공으로 날렸다.

"혹시 카운터 테너 좋아해?"

"저는요, 주원 삼촌의 목소리를 처음 듣고 그냥 좋았어요. 닮은 소리를 찾다 보니 카운터 테너를 좀 알게 됐어요. 그들이 성악가니까 주원 삼촌도 성악을 공부하신 줄 알았고요."

희주의 말이 마음에 들었는지 살짝 긴장된 표정으로 대답을 기다렸던 주원이 함박웃음을 지었다. 이때까지 본 중 가장 큰 웃음이었다. 그 매혹적인 웃음에 전염됐는지 희주도 같은 표정을 지었다.

"주원 삼촌은 어떤 노래를 주로 들어요?"

"잡식이야. 느낌이 좋으면 어떤 장르, 어떤 목소리건 즐겨. 희주는?"

"저도 잡식이에요. 유행가만 빼고."

그가 요즘 아이치곤 의외라는 둥의 되묻는 말을 하지 않자, 희주가 또 말했다.

"좋아했던 노래를 금방 질려 하거나 잊어버리는 일이 점점 서글 펐어요. 그러다 보니 오래도록 살아남은 곡들만 즐기게 되더라고요. 그래서 친구도 쉽게 사귀지 못하나 봐요."

"으음, 학교에서 인기 있을 것 같은데?"

"선생님들하곤 잘 지내는데 친구들하곤…… 모르겠어요. 친구들이 날 가까이하지 않는지, 내가 벽을 쌓았는지."

주원은 퍽 진지하게 고민에 잠겨 보더니 조심스럽게 입을 열었다.

"그래도 친한 친구는 한 명 정도 있지 않나?"

"한 명 있어요."

"그럼 된 거야!"

"네?"

그가 드물게 힘차게 선언하는 말이 쉽게 소화되지 않았다.

"오희주는 친구가 존재한다는 진실. 그 진실에 숫자가 중요하진 않잖아?"

"아, 그렇군요."

순간 언어의 여과기가 생각났다. 언제부터인가 생각을 머릿속에서 한 번 더 걸러 낸 뒤에야 입 밖으로 드러냈다. 그런데 주원 앞에서는 여과기가 제 구실을 못 했다. 평소라면 얼결에 드러낸 속내 때문에 심란했을 터였다. 하지만 주원 곁에서는 마음이 간질간질했다. 그와 함께한 시간이 얼마나 된다고 벌써부터 앞으로도 이렇게 잘 지낼 수 있을지가 걱정된다. 부디 이 관계가 잠시가 스쳐 가는 바람이 아니기를 달에게 기원했다.

"늦었네. 가서 쉬어야지?"

발코니에 다시 나타난 진우를 눈길에 담은 주원이 엉덩이를 털며 일어났다.

"이야기 즐거웠어."

집으로 들어가기 전에 건네준 그의 말이 진심으로 와닿아 희주는 반색했다.

"저도요."

2층으로 들어서자마자 진우가 볼멘소리를 했다.

"무슨 할 말이 그리 많은 거야."

"생산적인 미학 시간이었지."

진우는 비웃음을 툭 쏘아 대더니 제법 심각한 표정을 지었다.

"근데 집주인 형 좀 이상하지 않아?"

"뭐가?"

"남자치곤 너무 부드럽게 굴고, 노랫소리도 이상하고."

"야, 내가 카운터 테너 이야기해 줬잖니."

"그럼 누나가 맨날 듣는 그런 식의 가수야?"

"응."

"그럼 집주인 형도 내시……."

옴츠리며 부르르 떠는 진우에게 희주는 꿀밤을 먹였다.

"야! 그건 옛날에 사라진 카스트라토 이야기야. 카운터 테너는 정상적인 남자 성악가라고."

"그러니까 집주인 형이 내시는 아니란 거지?"

"당연하지."

"확실해?"

"그렇다니까."

거듭 묻고서야 진우는 돌아섰다. 그러더니 뭔가 의아한지 제 방문을 열다가 홱 고개를 돌렸다.

"확실하다고? 그걸 누나가 어떻게 알지?"

짓궂은 심사보단 의혹이 더 짙은 진우의 표정 앞에서 희주의 볼이 붉어졌다.

"야, 오진우! 지금 무슨 상상 하는 거야!"

희주가 주먹을 불끈 쥐고 달려가자, 진우는 날쌔게 방 안으로 사라졌다.

희주는 그날 잠들기 전에 주원의 노래를 새김질하며 달을 한 번 더 치어다보았다. 이지러진 달은 온전히 둥근 달보단 더 친근한 모양새였다.

✄ ✄ ✄

주원이 아파트 단지로 들어섰을 때 내리쬐는 빛의 색깔은 한결 투명해졌으며 하늘은 부쩍 높아졌다. 파란 하늘에 마음으로 음표를 그리자 피아노 해머가 허공을 두드리는 모양이 펼쳐졌다. 시선을 내리자 놀이터 모래밭에서 피아노를 치던 소녀가 귀를 쫑긋 세우는 것 같다. 사람을 빨아들이는 것 같은 까맣고 맑은 눈동자는 주원의 어떤 모습, 어떤 이야기도 받아들일 준비가 되었다고 말하고 있었다. 4년 전과 간밤의 모습이 그렇게 하나로 합쳐져 주원의 상상 속에서 재현되었다.

주원이 집을 나오기 며칠 전에 어린 남매가 앞집으로 이사를 왔다. 윤 여사는 호기심을 집 안에 풀어놓았다. 한 귀로 흘려들으며 외출하던 주원이 1층 승강기에서 내릴 때였다. 기껏해야 중학생 정도의 소녀가 울고 있는 열 살 남짓한 남자아이를 어르고 있었다. 주원은 걷다가 돌아보았다. 지하 주차장을 거친 승강기가 돌아오자 벽을 향했던 소녀는 남자아이를 힘겹게 안으로 이끌었다. 주원은 다가가 승강기 램프를 바라보았다. 13층이라면 아마도 아침에 이사를 왔다는 남매이리라.

그 후 독립한 뒤에 아파트 단지로 들어섰다가 소녀를 다시 보았다. 주원은 방해하지 않으며 소녀가 모래밭 건반에 손가락을 놀리는 것을 지켜보았다. 한참을 가만히 보다가 걸음을 돌렸다. 집으로 돌아와 선아와 이야기를 나누던 도중 놀이터의 소녀가 생각났다.

'누나, 앞집에 피아노가 있던가?'

'없다고 들었어. 소리를 들은 적도 없고.'

'누나, 그럼 부탁 하나만 할게.'

마침 집을 나간 동생에게 무조건적인 도움을 주고 싶어 방법을 찾느라 골몰해 있던 선아는 기꺼이 주원의 부탁을 들어주었다. 선아는 즉각적으로 실행에 옮겨 그날부터 소녀를 집으로 들여 피아노를 마음껏 치게 해 주었다.

'피아노 반주는 제 마음속으로 하면서 들었어요.'

간밤에 희주가 건넸던 말이 떠올라 주원은 흐뭇하게 웃었다. 첫눈부터 마음을 아프게 했던 그 소녀가 어느덧 주원의 말 친구가되어 주고 용기를 주는 학생으로 올곧게 자라 있었다. 문득 재하를언급할 때마다 살짝 상기되던 그녀의 얼굴이 떠올라 은근한 걱정에 잠겼다.

아닐 거야.

주원은 곧 머리를 흔들며 아파트 안으로 들어섰다.

모처럼 가족 모두가 모인 평일의 점심은 어색하게 마무리되었다. 무거운 분위기의 하 교수와 주원은 서재로 들어가 마주했다. 주원은 첫마디에서 본론을 꺼냈다.

"성악을 공부하고 싶어요."

"휴우, 피아노 공부가 아깝진 않냐?"

하 교수의 탁한 한숨은 짧았다. 이미 아들의 답을 예상했나 보다.

"같은 공부예요."

"하긴 독일 성악 입시에 피아노도 필수지. 그런데 끝내 카운터테너고?"

"네, 일부러 선택하는 게 아니라 원래부터 제가 가지고 있던 것이니까요."

"주원아, 유명 테너들이 처음부터 벨칸토 창법을 가지고 있진않았다. 다 공부의 결과야. 그러니 미리 단정하지 말고 배우면서또 생각하자."

하 교수는 음악을 좋아했다. 특히 오페라 아리아를. 하지만 아들이 한국을 떠나 성악을 공부하는 것은 완강히 반대했다. 바로 카운터 테너를 목표로 한다는 이유로. 음대 진로 자체를 반대하며 인문대를 권했던 하 교수였던지라 주원은 타협할 수밖에 없었다. 결국 어릴 때부터 능숙했던 피아노를 전공할 수 있는 걸로 만족해야 했다.

하지만 부자간의 타협은 4년 전의 오해가 불러일으킨 비극을 계기로 깨져 버렸다.

✕ ✕ ✕

그날, 고졸 루키 재하는 연승에 도전하는 경기를 앞두고 있었다. 주원은 중계를 놓치기 싫어서 일찌감치 정미의 집을 찾아갔다.

정미는 술을 마셨지만 시치미를 떼고는 오페라 아리아를 부르기 시작했다. 술 냄새를 싫어하는 주원은 모른 척하며 피아노 반주를 맡았다. 같은 도시에서 오랜 시간을 공유하다가 정미만 서울의 대학교로 진학하는 바람에 오랜만에 재회했다. 때문인지 고교 때부터 밀폐된 개인 연습실에서 무수히 함께한 그녀인데도 새삼스럽게 긴장됐다. 무엇보다 정미의 상기된 볼과 야릇한 시선이 부담스러웠다.

한순간 그녀의 노래가 끊겼다.

"목이 뒤집혀졌네. 근데 오늘 이상하게 주원이 네가 딴사람같이 보여."

"딴사람?"

"응. 네가 남자로 보여."

사람과 사람으로 만나는 중인데 그녀는 굳이 남자와 여자가 만나는 중이라고 주장하는 듯싶어 주원은 쓴웃음을 지었다. 그녀가 주원을 일으켰다.

"자리 바꾸자."

어깨를 짚는 작은 접촉인데도 주원은 화들짝 놀라 몸을 뺐다. 그 모습에 정미가 코웃음을 치며 피아노 앞으로 앉았다.

"불러."

주원은 목청을 가다듬었다. 이 집을 방문한 원래 목적은 정미를 위한 피아노 반주였다. 양쪽 부모들이 명분을 주었고, 주원은 그 기회를 통해 정미에게 전문적인 발성을 배울 수 있었다. 주원은 그녀의 배려에 진심으로 고마워하고 있었다. 부모의 반대와 카운터 테너라는 특수성 때문에 남자에게 성악을 가르쳐 줄 수 있는 소프라노를 만나기는 쉽지 않으니 말이다.

정미는 시종 여느 때와 달리 행동했다.

"목하고 배 힘을 일부러 빼려고 들지 마."

카운터 테너 특유의 두성보단 진성을 듣고 싶다는 바람도 드러냈다.

"오늘은 여성적인 가성이 왠지 얄미워서 그래."

그런데도 주원은 만족하게 노래를 마쳤다. 목청껏 노래를 부를 수 있는 공간이 그에겐 더없이 소중했던 것이다.

시간을 확인하고 돌아갈 준비를 하는 주원을 그녀가 거실로 이끌었다.

"시원한 거 마시고 가."

가사도우미가 일찍 가고 없는 널찍한 거실엔 고즈넉하고 나른한 기운이 가득했다. 정미의 오빠들에 이어 그녀까지 실질적으로 서울 집에서 생활하다 보니 이곳은 세컨드 하우스나 다름없었다. 최근 잘나가는 정치인의 막내딸인 그녀는 집안에서 유일하게 원하는 삶을 살아가고 있었다. 일찍부터 오빠들이 부모의 뜻대로 착실히 엘리트의 길을 밟아 간 덕분이리라.

문득 발코니로 시선을 돌렸다. 바깥의 무자비한 땡볕은 주원의 하얀 살갗도 익혀 버릴 것 같았다. 어른어른 떠다니는 열기에 살이 고기처럼 지글지글 익어 가는 상상에 소름이 돋았다. 그때 재하가 생각났다. 이 더위에 어떻게 강속구를 던질 수 있을까? 중계방송을 놓치지 않으려면 어서 빨리 집으로 가야 했다.

음료를 다 비우고 엉덩이를 들썩이는 주원에게 정미가 못마땅한 표정을 지었다.

"급한 일 있니?"

"집에 가서 볼 게 있어서."

"야구 중계?"

"어?"

허를 찔린 그는 당황했다. 넘겨짚은 게 맞아떨어져 재미있다는 양 그녀가 해맑게 웃었다.

"오늘 박재하 선발 등판이잖아. 여기서 보다가 시원해지면 가."

"야구 좋아하니?"

주원이 묻자 그녀가 짓궂게 되받았다.

"그런 넌 야구를 좋아하니?"

순간 그는 말문이 막혔다. 그리고 화가 났다. 박재하는 제 친구니 친구가 하는 야구도 좋다, 하고 시원하게 대답하지 못하는 자신에 관한 부아였다.

어색한 기류가 두 사람 사이로 흘렀다. 음료를 마저 비운 정미가 그의 등을 가볍게 쳤다.

"주원아, 박재하 알레르기 반응 좀 그만해라. 난 무죄야. 너하고 박재하를 주위에서 다들 이상한 눈으로 보는 건 사실이잖니."

그녀는 리모컨을 들고 와서 그와 나란히 소파에 앉았다. 경기는 아직 시작하지 않았다. 그녀는 무음으로 설정해 놓고 TV를 계속 켜 놓았다.

"주원아, 맥주 마실래?"

"아니."

그녀는 냉장고에서 맥주 두 캔을 꺼내 왔다. 그는 캔 뚜껑을 따서 그녀에게 건네주었다. 채 술기운이 가시지 않았는데도 또 마시려 드는 그녀가 문득 궁금했다. 그가 알고 있는 그녀는 술을 못 마셨다.

"대학 가서 술 많이 마셨나 봐?"

그녀의 얼굴에 순간 그늘이 졌다.

"주로 혼술."

"왜 혼자⋯⋯."

"비싼 주원이가 술 상대 안 해 줄 것 같아서."

농담처럼 대꾸하던 그녀는 무슨 생각을 하는지 얼굴의 그늘이 더욱 짙어졌다. 주원은 나머지 캔의 뚜껑을 따서 딱 반 모금을 들이켰다. 그러자 그녀가 정색하며 그의 등을 탁 쳤다.

"야, 농담이야. 그냥 목구멍 청소할 겸 가끔 마시는 거야. 근데 넌 전공도 아니면서도 목 관리는 진짜 프로 같더라."

인위적인 감정이 개입되는 것이 싫어서 술을 피하는 거야, 하는 말을 그는 삼켰다. 그녀가 그의 맥주를 빼앗아 갔다.

"주원아, 술친구 안 해 줘도 되니 부탁 하나만 들어주라."

그녀는 한참을 머뭇거리다 침을 꿀꺽 삼켰다.

"노래 한 곡만 더 해 줘라. 여기서."

어려운 부탁은 아니었다. 그녀가 덧붙였다.

"처음부터 끝까지 내 얼굴을 똑바로 보고 불러 줄 수 있어?"

그리 어려운 부탁은 아니었다. 마침 오랜만에 함께 부르고 싶었던 노래가 있었다.

"이중창은 어때?"

그의 제의에 그녀는 술기운 탓인지 이례적으로 수줍게 볼을 붉히며 고개를 끄덕였다. 어느덧 그녀의 얼굴에서 그늘이 지워진 듯싶어 그는 기꺼워하며 호흡을 가다듬었다.

두 사람은 소파에서 일어나 마주 보며 오펜바흐의 '호프만의 뱃노래'를 불렀다. 메조와 소프라노의 이중창을 참고하여 그가 카운터 테너의 음색으로 먼저 시작했고, 여자는 소프라노 파트로 합류했다. 노래로 교감을 나누자 부쩍 친밀하게 느껴졌다. 그리고 마주한 그녀가 기쁘게 노래하자 그 또한 행복했다.

노래를 마친 그녀의 눈망울이 축축했다.

"고맙다. 정말 끝까지 내 얼굴을 피하지 않더라."

정미는 맥없이 소파에 앉았다. 그는 조심스럽게 옆으로 앉았다. 그녀가 서러움을 내 흘렸다.

"학교에서…… 남학생들은 이야기할 때 내 얼굴을 안 보더라. 뭐, 내가 봐도 마주하고 싶은 얼굴은 아니니 남자들 탓만 할 순 없고……."

그는 위로해 주고 싶었어도 딱히 할 말이 떠오르지 않았다. 무엇보다 외모에 관한 언급이 싫었다. 4년 동안 친구로 지냈으면서도 여자의 얼굴을 객관적으로 재단하고 판단해 본 적은 없었다. 굳이 표현한다면 집안 배경과는 달리 수더분하고 편한 인상이라는 정도였다.

"여기서 학교 다닐 땐 다들 우리 집 배경 알고 있었잖니. 그래서 다들 웃어 줬던 거야. 서울 가선 완전 비밀로 하고 다녔더니 내 얼굴이 정직한 평가를 받은 거지."

그녀는 웃으며 말하지만 눈물을 흘렸다. 마음이 아파 온 그는 따스한 시선으로 위로를 대신했다. 그녀가 문득 TV로 눈길을 돌렸다가 손뼉을 쳤다.

"어머! 시작했다."

그녀는 눈물을 수습하고, TV의 무음을 해제했다.

― 헛스윙 삼진! 또 157이 찍혔습니다! 고졸 루키 박재하 선수의 경이로운 구속은 오늘도 계속됩니다!

흥분한 아나운서의 목청에 이끌려 주원은 TV를, 그 속의 박재하 투수를 쳐다보았다. 대각선으로 햇볕이 내리쬐는 마운드에서 땀을 뻘뻘 흘리며 포수의 사인을 바라보는 재하의 눈에는 불꽃이 이글거리는 듯했다. 타자가 그 눈빛을 마주한다면 지레 기가 눌리리라.

― 중심을 잡아 줄 하체도 완벽합니다. 박재하 선수의 몸은 그야말로 투수의 이상형이죠.

해설자는 시종 투수를 칭찬했다. 하지만 투아웃을 잡은 뒤 다음 타자에게 연속으로 파울을 허용하자 쓴소리를 한다.

― 고집스럽게 속구로만 승부하니까 타자가 예측해서 스윙을 하잖아요. 프로, 그것도 1군에서 살아남으려면 구속만 가지곤 안 되죠. 다양한 공을 가지고 있으면서 왜 직구만 고집하는지 모르겠네요.

해설자를 비웃듯 재하는 또 직구를 던져서 결국에는 삼진을 잡아냈다. 끈질긴 베테랑 타자를 이겨 낸 투수는 비릿한 웃음을 지으며 이닝을 마쳤다. 그런데 그 웃음이 문제가 되었는지 삼진을 당한 타자가 화를 내는 모습이 광고 직전에 언뜻 보였다.

"어휴, 여전하구나."

정미가 탄식했다. 야구부가 있는 남고는 여고와 같은 재단이었다. 그래서 고교 때부터 이름을 날리던 재하에 관해 알았다. 실력에 더해 외모와 카리스마, 혹은 거친 성격으로. 그녀는 주원을 힐긋 본 뒤 맥주를 들이켜고는 TV를 무음으로 했다. 그러고는 한숨을 내쉬었다.

"후우, 박재하는 인물까지 타고났어. 얼굴도, 몸매도."

그는 '몸매'라는 말이 거슬렸다. 그녀가 천장을 향해 뇌까렸다.

"나, 수술할까?"

"어디 아파?"

"바보야, 얼굴 공사. 엄마가 수능 끝나면 하자고 했었거든. 조금만 더 있다가 생각하자고 했어."

"하긴 크면서 더 예뻐질 수도……."

"바보야, 내가 성장기 어린이니? 지금 못생긴 여잔 평생 못생긴 여자로 사는 거야. 못생긴 성악가는 프리마돈나를 꿈꿀 권리도 없거든. 뚱뚱한 몸엔 운동이나 식이요법 같은 처방이 있듯이, 못생긴 얼굴은 수술이라는 처방이 있는 거야. 모두 꼭 성공한다는 보장은 없지만."

그는 비로소 그녀의 외모를 객관적으로 저울질해 보았다. 물론 매스컴에서 은근히 기준으로 삼는 미모와는 상당히 거리가 있었다. 그렇다고 딱히 못생겼다고 단정할 순 없었다. 아니, 그저 일반적인 기준과 거리가 있을 뿐이었다. 사실 못생겼다는 기준 자체가 존재할 수 없는 허상이었다. 지구상엔 70억의 다름이 있을 뿐이니 말이다. 그런 생각을 굴리고 있던 중에 그녀가 물었다.

"솔직히 주원이 네 눈에도 내가 못생겼지?"

"예뻐. 내 기준으론."

"예뻐? 네 기준으론?"

그는 힘차게 고개를 끄덕였다. 그녀는 발그레하게 볼을 붉히며 진심으로 기뻐하는 것 같았다.

"믿어도 돼?"

"응."

그녀는 맥주를 완전히 비우고는 짓궂게 웃었다.

"못 믿겠어."

"뭐?"

"증명해 줘."

그는 어깨를 으쓱해 보고는 제법 고민에 잠겼다. 술기운이 가득한 몸짓을 하며 그녀가 방법을 알려 준다.

"키스해 줘. 지금."

그녀는 이내 눈을 감고 얼굴을 내밀었다. 그러고는 소곳이 속삭였다.

"뽀뽀 말고 키스."

주원은 그녀처럼 얼굴을 붉히지는 않았다. 머리만 맹렬히 회전했다. 남녀를 떠나서 소중한 친구에게 상처를 주지 않고 이 상황을 벗어나고 싶은 마음이 우선이었다. 그때 재하가 생각났다. 만약 지금의 상황에서 상대가 여자가 아니고 박재하였으면 어땠을까? 머릿속으로 타인의 침이 침입하는 상황이 그려졌다.

문득 알코올이 섞인 더운 숨이 가까워지나 했더니 그녀가 그를 와락 껴안고 입술을 덮쳤다. 그는 이를 악물고 이겨 내고 싶었다. 그리하여 그녀에게 상처를 주고 싶지 않았다. 그때 그의 하체에 수상한 변화가 일어났다. 역겨워하면서도 본능은 원하고 있었다. 열일곱 살에 처음으로 몽정을 한 뒤 가졌던 불쾌감과는 차원이 달랐다.

"앗!"

주원의 거친 손짓에 밀려난 그녀는 비명을 지르며 소파 밑으로 나뒹굴었다.

"우엑!"

주원은 기어이 구역질을 하고 말았다. 그녀는 바닥에 누운 채로 멍하니 쳐다보기만 했다. 그녀는 울지 않았다. 버썩 마른 웃음을 힘없이 지었다. 그것은 우는 것보다 더 깊은 울음 같았다.

"내가…… 못생긴 여자가 아니라……."

그녀는 이내 울먹였다.

"박재하였어도 밀어 냈을까?"

"그, 그건 오해야."

그는 비틀거리며 다가갔다. 그녀가 양손으로 블라우스 단추를 움켜쥐었다.

"너도 남자 맞잖아!"

두둑.

그녀가 양손에 힘을 주자 블라우스 단추가 줄줄이 떨어졌다.

"재하는 이런 몸이 아니잖아!"

브래지어가 드러나자 그는 황망히 고개를 돌렸다.

"보라고!"

그녀가 소리쳤다. 하지만 그는 그녀의 가슴을 필사적으로 보지 않으려고 했다.

"박재하하고 너하고 난 소문을 난 안 믿었어. 아니, 안 믿고 싶었다고! 그러니 여길 봐!"

"오해야, 오해!"

그는 정미에게 절대로 상처를 주고 싶지 않았다. 지금이라도 꾹 참고 그녀에게 키스해야 할까. 그는 한사코 그녀의 가슴을 피하며 무릎을 꿇었다.

"맥주를 한 모금 마셨더니 속이 안 좋았어."

사실 그는 그간 술을 입에 대지 않았다. 그래서 자신의 주량도 모른다. 그녀가 반은 믿는 듯한 표정을 지었다. 그는 신에게 힘을 달라고 기도를 한 뒤 그녀에게 정성스럽게 키스하려고 심호흡을 했다. 그녀는 자신의 가슴에서 필사적으로 눈길을 피하는 그를 지켜보다가 마른 웃음을 흘리며 옷깃을 여미었다.

"관두자."

그는 더럭 겁이 났다. 오랜 시간을 가꾸어 온 소중한 관계의 문이 이렇듯 허망하게 닫히게 할 순 없었다.

"키스할게."

"싫어."

하지만 그는 이를 악물고 얼굴을 가까이 했다.

"싫어! 싫다고!"

순간 그녀의 손톱에 할퀴고 말았다. 그는 따가운 볼을 감싸며 그녀로부터 떨어졌다. 그녀는 엎드린 자세로 얼굴을 가린 채 오열했다.

"작년에 그냥 수술을 했어야 했어! 네가 뭐라고 바보같이. 가! 박재하한테 가 버려!"

"오해……."

"제발! 꺼져 줘! 제발!"

세상은 늘 정해진 답을 제시하며 선택을 강요했다. 그때마다 그는 답을 찾을 수 없어 고통에 빠졌다. 우선 그는 그녀를 진심으로 좋아하며—좋아한다는 것이 스킨십을 원한다는 것과 동류가 아니라면— 네가 생각하는 그런 게 아니라고 밝혀야 할 듯싶었다. 하지만 무언가를 규정한다는 자체는 항상 망설임을 불러일으켰다.

그는 그녀가 술이 깰 때까지 기다릴 순 없었다. 오늘은 그녀의 부모님이 귀가하시기 전에 빨리 돌아가는 게 좋을 것 같았다.

햇볕이 작열하는 정원을 가로지를 때, 대문 옆 차고의 자동문이 열렸다. 이어서 승용차 한 대가 들어왔다. 막 출입문을 통과하려던 그는 머뭇거렸다. 마지막까지 이글거리는 태양이 이성적인 사고를 태워 버리기나 한 것처럼 그는 제 뺨을 가로지르는 붉은 생채기를 가늠하지 못한 채 운전석에서 내리는 그녀의 모친에게 착실히 인사를 건넸다.

정미는 전화를 받지 않았다. 다음 날에도 아무런 답장도 없었다.

늦은 밤에 그의 방으로 부친인 하 교수가 들이닥쳤다. 만취한 하 교수는 비틀거리며 아들을 노려보았다.

"그저께 김 의원 집 갔다지?"

처음 듣는 노기가 묻어 있는 목소리였다. 그와 정미는 고등학교 1학년 때 부모님의 모임에 따라나섰다가 서로 알게 되었다. 그가 피아노를 잘 친다는 사실에 그녀의 부친인 김 의원은 반색하며 집으로 놀러 오라 청했고, 정계 진출을 차근차근 준비하던 하 교수는 적극적으로 그를 떠밀었다. 훗날 그녀가 음대로 진로를 정하자, 김 의원은 자택에 방음부스가 설치된 연습실을 만들어 주었다. 그녀는 성악가로부터 레슨을 따로 받았지만, 그의 피아노 반주 소리에 맞춰 연습하는 것을 즐겼고, 김 의원과 하 교수도 기꺼워했다. 하

지만 지금 하 교수의 표정은 그녀의 집에 갔다 온 일 때문에 화가
난 듯싶었다.

"예, 반주 해 주려요. 근데 무슨 일이……."

그는 그녀에 관한 걱정으로 어둡게 일렁이는 가슴을 어르면서
귀를 쫑긋 세웠다.

"무슨 일이 있었는지는 네가 더 잘 알지 않냐?"

"예?"

"사람 같지도 않은 놈 같으니라고!"

태어나서 처음 듣는 욕이었다. 하 교수의 눈동자가 광기로 번뜩
이나 싶더니 그의 멱살을 움켜쥐었다.

"오늘 김 의원 만나서 다 들었다! 사실이냐!"

숨이 막히도록 멱살을 움켜쥔 이가 다름 아닌 존경하는 아버지
란 사실에 그는 부르르 떨기만 했다.

"그 집에서 있었던 부끄러운 짓거리가 사실이냐고!"

"쿨룩, 아마…… 오해……."

"오해? 커밍아웃이 오해라고?"

"네?"

대체 그녀는 어떤 말을 했던 것일까. 예상과는 다른 말을 듣자
그는 당혹감보다는 참담함에 사로잡혔다.

"그쪽에선 네놈이 겁탈한 줄 알고 고소를 생각했다더라. 차라
리 그게 더 나았을 거다. 그쪽은 어떡하든 조용히 해결하고 싶었
을 거고, 이 기회에 너를 인정하는 쪽으로 덮고 싶었을 거다. 그
런데 김 위원 딸내미가 브레이크를 걸었어. 자기가 먼저 키스를
하려 했는데, 네놈이 욕지기까지 하면서 거부했다고 말이다. 그
자리에서 아주 당당히 커밍아웃까지 했다지? 자, 여기서 해명해야

될 부분이 있냐?"

여전히 멱살이 잡혀 있던 주원은 대답하지 않은 채 그녀의 진심을 헤아려 보았다. 하지만 생각이 도무지 모아지지 않았다. 하 교수가 그를 거칠게 내동댕이쳤다.

"하필 큰일을 코앞에 두고!"

하 교수는 자신의 가슴을 탁탁 치면서 욕설을 뱉었다. 주원은 낯선 부친의 모습에 시종 기가 질렸다. 하지만 이틀 전 흐느끼던 그녀의 모습이 그를 일으켰다. 그녀는 괜찮은지 그가 물었다.

"괜찮냐고? 네놈이 앞으로 만나지만 않으면 괜찮을 거다. 김 의원이 통보했다. 앞으론 접근도 하지 말라고."

하 교수는 분에 못 이겨 욕설을 뱉다 거실로 나갔다. 이미 만취한 하 교수는 또 술을 마셨다. 가족의 만류에도 진열장의 양주를 다 비운 하 교수는 침실을 향해 비틀거리다가 방향을 틀었다. 주원은 다시금 하 교수에게 멱살을 잡혔다.

"하필 왜 지금이야! 아빠가 정치에 발 담근 거 알았으면 더 조심했어야지. 왜, 왜!"

하 교수는 그나마 남아 있던 이성마저 날려 버리며 주원의 멱살을 흔들었다. 주원의 뒤통수가 벽에 쿵쿵 부딪혔다. 아픔을 느낄 수 없었다. 더 큰 가슴의 아픔, 혹은 공포 때문에.

"상대가 누구야! 박재하지! 그놈이 난 진즉부터 마음에 안 들었어. 아니, 사내새끼 둘이 꼭 붙어 다닐 때부터 맘에 안 들었어! 가만, 당당히 커밍아웃할 정도라면……."

하 교수의 벌건 눈이 주원의 하체를 훑었다.

"설마 박재하하고 했냐? 그 더러운 짓 말이다!"

주원이 날카롭게 외쳤다.

"아니에요!"

"실토해!"

"아니라고! 아니라고요!"

막무가내로 다그치는 하 교수의 분노 앞에서 주원은 절망하며 방을 뛰쳐나갔다. 거실을 가로질러 발코니로 질주하던 주원은 화분을 넘어뜨리며 뒹굴었다. 윤 여사가 뒤에서 잡아챘던 것이다.

"안 돼, 주원아!"

선아도 합류해 주원을 꼭 붙들었다. 모녀는 주원을 거실로 끌고 와 양쪽으로 붙어 앉았다. 주원은 계속 구역질이 나왔다. 속을 게 워 내는 것을 윤 여사가 속속 받아 냈다. 선아가 수건으로 주원의 입을 닦아 주었고, 윤 여사가 재빨리 담요를 가져와 차가워진 몸을 덮어 주었다. 주원의 방에선 여전히 술기운에 사로잡혀 있는 하 교수가 넋이 나간 얼굴을 하고 있었다. 그러다가 돌연 자신의 양손을 보더니 흐느꼈다.

"내가…… 내가 주원이한테 무슨 짓을 한 거지?"

윤 여사도, 선아도 그 누구도 대꾸하지 않았다. 모녀는 밤새 주원의 곁을 지켰다. 주원은 입을 열지 않았다. 아침에 하 교수가 애원을 해도 굳게 입을 다물었다. 하 교수가 집을 나서자, 윤 여사가 죽을 끓여 마주 앉았다. 윤 여사는 하 교수를 실컷 미워하라고 했다. 당신도 많이 밉고 용서가 안 된다고 하면서도 하 교수를 대신한 변명을 조심스럽게 늘어놓았다.

"아빠 김 의원 추천으로 정권인수위 교육 정책을 도왔잖니. 원래는 나중에 정년퇴직하고 이 지역 정치인을 염두에 두셨어. 그러다가 김 의원이 떠밀어 내년에 경기교육감 출마를 저울질하셨어. 그러려면 이 지역에서 힘깨나 쓰는 김 의원 조직력이 아빠에겐 중요했겠지."

주원이 전혀 반응이 없자, 윤 여사가 멋쩍어하며 말을 이었다.

"또 김 의원이 당에서 중요한 자리를 차지했으니 아빠에게 요직을 추천할 수도 있는 상황이야. 어느 쪽이든 간에 일단 나서면 가족이나 재산 같은 게 다 알려지잖니. 그런데 가족 중 다수가 꺼리는 사람이 있으면 약점이 된단다."

커밍아웃은 오해라고, 주원은 항변하지 않았다.

그날 밤, 하 교수는 가족에게 정치를 포기한다고 전했다. 그러고는 조심스럽게 주원의 방문을 두드렸다. 문을 열어 준 주원에게 하 교수는 손을 그러잡았다.

"내가 권력이라는 광기에 잠깐 전염된 거다. 아빠를 용서하지 않아도 좋다."

"아녜요. 저도 이제 어른이잖아요. 제 인생은 스스로 개척하고 싶어요. 그리고 독립하고 싶어요."

주원은 하 교수의 얼굴을 차마 마주하지 못한 채 말했다. 용서를 떠나서 낯선 광기와 폭력을 하 교수의 얼굴에서 다시 찾아낼까 봐 두려웠다.

"그리고 저, 정식으로 성악 공부 할래요."

"카운터 테너……."

"예."

하 교수는 골똘히 생각에 잠겼다가 애써 부드럽게 설명했다.

"주원아, 오디션 프로그램에서 시청자를 열광시켰던 참가자들이 정작 프로 무대에선 맥을 못 추는 이유가 뭔지 아냐? 그들이 아마추어이기에 사람들은 기대치를 낮춘 상태에서 상상 이상의 능력을 보고는 박수를 친단다. 그런데 막상 데뷔하게 되면 이미 기대치가 높아진 상태라 더 이상 감탄하지도 열광하지도 않아. 아주 특별한 목소리나 기교는 희귀성 때문에 박수를 받지만 더 단명하고."

주원은 하 교수의 설득에 조금도 흔들리지 않았다. 방을 나간 하 교수는 다음 날 다시 그를 설득하려 들었다.

"일단 피아노는 계속 가져가면서 더 생각해 보자. 대신 독립하는 건 반대 안 하겠다. 이사할 집에 연습실도 꾸며 줄 테니 거기서 맘대로 노래도 해라. 그리고 가능하면 일찍 입대해라. 군대를 다녀와서도 네 결심이 변함없다면 더는 반대 안 하겠다."

하 교수는 군대를 통해 주원이 남성성을 찾을 수 있다고 믿는 듯했다.

"그건 그렇고, 독립해서 살 집은 가까운 곳이면 좋겠다. 난 아니지만, 네 엄마는 쉽게 들여다볼 수 없는 곳이라면 허락 안 할 거다."

며칠간 윤 여사가 고심 끝에 결정한 집은 주원을 만족시켰다. 주변 환경도 마음에 들었지만, 무엇보다 재하의 어머니가 운영하는 식당과 가까웠다. 재하는 원정경기는 숙소에서 보내야 했지만 홈경기는 출퇴근을 했다. 그리고 이 도시는 홈구장과 멀지 않아 재하는 종종 집에도 들른다. 식당 뒤론 자택이 따로 지어져 있었다. 모두 재하의 프로 입단 계약금으로 사들인 땅 위에 지은 것이다.

피아노학과 2학년을 마친 뒤 입대를 위해 휴학계를 내고 오랜만에 집에 돌아왔을 때. 윤 여사가 앞집 소녀의 소식을 전해 주었다. 소녀는 집으로 들어가기 전에 음악을 여러 번 듣고는 심호흡을 한다고 했다.

'집에 들어갈 때마다 어찌나 긴장해 보이는지 짠해 죽겠어. 음

악 들으면서 으싸으싸 하는 게 빤히 보이지 뭐니.'

동생을 혼자 둘 수 없어서 요즘엔 피아노도 치러 오지 않는다고
했다.

새벽까지 뒤척거리던 주원은 음악을 통해 힘을 얻는 소녀를 떠
올렸다. 주원은 스스로가 행복하기 위해 음악을 선택했다. 하지만
피아노와 달리 정작 좋아하는 노래는 항상 밀폐된 공간에서만 불
렀다는 사실을 깨달았다. 문득 세상을 향해 불러 보고 싶다는 욕망
이 치밀어 벌떡 일어나 창을 열었다. 바깥은 진눈깨비가 내리고 있
었다. 이웃이 겹겹이 문을 닫는 겨울에도 소리가 퍼질까 봐 걱정했
던 소심함은 과감히 내던졌다. 순백색 어린 영혼의 소녀를 떠올렸
던 탓일까. 안드레아스 숄의 노래가 저절로 새 나왔다.

White as lilies.

세상을 향해 당당히 불렀던 첫 노래였다.

❉ ❉ ❉

전날 밤, 그 노래도 희주가 들었음을 알게 되었다. 주원은 그리
놀라지 않았다. 은연중에 그녀의 귀에까지 가 닿았을 것이라 여기
고 있었나 보다.

희주에게 윤 여사는 안드레아스 숄의 이름을 들을 수 있었다.
윤 여사는 휴가 나온 아들에게 그 소식을 승전보인 양 전했다.

'요즘 애들은 카운터 테너 좋아한다는 말이 맞는가 봐.'

그렇게 희주는 본인도 모르는 사이에 윤 여사를 위로해 주었다.
이웃으로 받아들일 수 있냐고 윤 여사가 물었을 때, 주원은 반대하
지 않았다.

말년 휴가를 나와 조용히 집에 들렀더니 과연 남매가 이사를 와 있었다. 새벽에 눈을 뜬 주원은 소리와 빛이 차단된 연습실에서 나와 발코니 창을 열었다. 봄밤의 향이 코끝을 간질이는 어둠 속에서 플라타너스 무리를 지그시 바라보았다. 이어서 이웃을 환영한다는 마음으로 노래를 불렀다.

그 노래 또한 희주가 들었다는 사실을 간밤에 확인했다. 묘하게도 희주와 소통하는 통로는 필요할 때마다 열려 있었다.

군복무를 마친 뒤 하 교수와 마주 앉은 이 순간에도 그녀는 그의 마음속에서 속삭이고 있었다. 노래를 불러 줘서 행복했다고, 그러니 본인의 재능을 믿고 더 많은 사람과 소통하라고.

"주원아?"

하 교수의 목소리에 주원은 긴 회상에서 깨어나 비장하게 말했다.

"지금 제 노래에는 충분한 명분이 있어요. 노래로 누군가를 위로하고 행복하게 해 줄 수 있었어요. 이보다 더 단단한 명분이 또 있을까요?"

하 교수는 한참 뒤에야 너털웃음을 흘렸다.

"허허, 군대를 갔다 오면 생각이 바뀔 줄 알았더니…… 그래도 갔다 오길 잘한 것 같다. 많이 단단해진 모양이구나."

오랜만의 웃음이 부자간의 단단한 어떤 벽을 조금은 허물어 주는 것 같다고 주원은 생각했다.

2. 좋은밥상

행복한 나날이 이어지면 그저 즐기면 될 일인데도 막연한 불안
을 마음에서 지우지 못했다. 희주는 까닭 모를 불안감에 잠겼다.
그때 전화가 걸려 왔다. 서울의 큰아버지였다. 인사를 건네자마자
대뜸 묻는다.

— 너희들 고모 집 나왔다지?

"아, 예."

— 왜 나한텐 알리지도 않았냐?

이마에 주름살을 잔뜩 만들고 한숨을 푹 쉬는 모습이 눈에 선했
다. 여섯 달 동안 함께 살면서 무시로 들었던 탓에 소리만 가지고
도 표정을 가늠할 수 있었다.

— 왜 말이 없냐?

대답이 궁해 입을 다물고 있으면 언성이 올라가는 습관도 여전

했다. 그래서 꾸지람을 듣거나 추궁당하면 고집스럽게 입을 다물어 버리는 진우가 특히 적응하지 못했다. 진우는 가두었던 울분을 학교에서 싸움질로 터트렸고, 급기야 그 집의 사촌형에게 주먹질로 맞서기에 이르렀다. 진우 때문에 한숨이 늘어난 큰집에 미안해서 희주 자신이 진우 몫까지 더 잘하려고 발버둥을 쳤지만 결국 남매는 고모 집으로 인계되고 말았다.

— 그건 그렇고, 진우 그놈은 여전하냐?

"잘 지내요."

— 아직도 쌈박질하니?

"아녜요. 아주 착해요."

— 착하긴. 네 고모한테 다 들었다.

반발심이 생겼다. 잘 알지도 못하면서 지극히 주관적인 잣대로 전하는 사람에게도, 그대로 받아들이는 사람에게도. 목소리가 뾰족해지고 만다.

"근데 무슨 일이세요?"

— 아, 그래. 조만간 할머니한테도 설명해야 할 것 같아서 네 큰엄마랑 너희들 장래를 의논해 보았다. 진우는 아직 어리니 장항으로 보내자.

장항은 할아버지의 고향이며 그곳의 오래된 집에서 할머니가 할아버지의 병수발을 하고 계셨다.

— 걔는 어차피 공부론 틀린 것 같으니 일찍 기술을 배울 수 있는 고등학교로 보내자꾸나.

함께 살았던 어린 시절엔 몰랐다. 그때도 노상 이런 식이었던 것 같다. 어떻게 중요한 진로 문제를 본인이 배제된 상태에서 일방적으로 정할 수 있단 말인가.

생각해 볼게요, 하는 말을 삼켰다. 순간을 모면하려고 소극적으로 대응하는 삶이 이제는 싫었다.

— 왜 대답이 없냐!

"저희들도 생각이 있는데…… 너무 일방적이라서요."

— 일방적이라니. 그래서 미리 상의하는 게 아니냐.

상의가 아니다. 다른 의견을 꺼내면 기어이 설득하려 들고 급기야 선택의 여지가 없다고 못 박는 일을. 고모도 마찬가지였다. 문과를 원하는 희주에게 취업의 용이성을 들먹이며 기어이 이과를 선택하게 했다. 그리고 약방의 감초처럼 따라붙는 이야기가 있었다. 다 너희들 장래를 위해서다.

"전 진우랑 계속 같이 지낼 거예요."

— 넌 하나만 알고 둘은 모르구나. 진우는 어른하고 같이 있어야 돼. 더 잘못되기 전에 조금이라도 빨리.

희주는 항변하려다가 삼켰다. 그래도 할머니라면 진우를 사랑으로 품어 줄 터였다.

— 네 큰엄마랑 나름 고민 많이 하고 내린 결론이다. 다 너희들 장래를 위해서.

상투적인 뒷말에 막연한 부아와 서러움이 왈칵 치밀었다.

"죄송한데요, 저희들 장래는 알아서 할게요."

이어서 눈물이 쏟아졌다. 희주는 젖어 버린 목소리를 여과 없이 토해 냈다.

"그리고요, 우리 진우가 어디가 문젠데요? 고작 아홉 살에 부모님을 잃었잖아요! 그리고 말예요……."

희주는 진우보다 두 살 많은 큰집의 사촌동생을 들먹이고는 울부짖었다.

"······걔보단 우리 진우가 훨씬 속이 깊다고요! 두고 보세요! 우리 진우가 훨씬 바르게 클 거라고요. 진우는 절대로 아무 데도 안 보낼 거예요! 그러니 내버려 두시라고요, 흑흑!"

전화를 끊어 버리고 엎드려 꺼이꺼이 울었다. 벨이 울려도 받지 않았다.

문득 생각이 나서 휙 돌아보았다. 언제 제 방에서 건너왔는지 진우가 우뚝 서 있었다. 희주는 바닥에 앉은 채 황망히 눈물을 훔쳤다. 진우는 가만히 희주를 바라보았다. 얼굴이 고통스럽게 일그러지나 했더니 휙 돌아서서 제 방으로 쏙 들어갔다. 희주는 울음을 털어 내고 잠깐 고민했다. 어디부터 들었을까? 진우의 얼굴엔 눈물뿐 아니라 불안감이 가득했다. 무언가 안심을 시키고 싶은데 딱히 방도가 떠오르지 않았다.

그때 진우가 휴지를 들고 방에서 나왔다. 희주의 무릎께로 조심히 내려놓고는 다시 제 방으로 들어갔다. 희주는 휴지로 눈물을 닦아 냈다. 다시 진우가 나왔다. 손에는 선풍기가 들려 있었다. 역시 시선을 마주하지 않은 채 희주 앞으로 내려놓고 쏙 들어갔다. 또 방에서 나온 진우가 이번에는 냉장고를 열어 생수를 꺼냈다. 한 컵을 따라서 희주 앞으로 내려놓았다.

"야, 뭐 하니?"

"더운 것 같아서."

진우는 새삼 머쓱하게 머리를 긁적였다. 어색하게 웃는 입과 달리 지금도 붉은 기운이 남아 있는 눈자위가 가시가 되어 마음을 콕콕 찔러 댔다.

"그만해라, 오진우. 너야말로 더위 먹은 것 같다."

희주는 새치름하게 쏘아붙인 뒤 웃음을 지었다. 진우도 피식 웃으며 희주 옆으로 쪼그려 앉았다. 큰아버지와 고모네 집에선 자칫하면 터질 것 같은 폭탄을 품고 있던 얼굴이었다. 이사를 온 뒤로 한결 편안해진 까닭인지 잘난 인물이 더 살아났다. 희주는 진우의 짧은 머리카락을 헤집었다.

"자식, 잘생겼단 말야."

두 사람은 발코니를 향해 나란히 앉아 한참 동안 플라타너스 나무만 바라보았다. 서로가 통화 내용은 들먹이지 않았다. 마치 그런 일이 없었던 것처럼.

식당으로 출근하자, 안 여사가 자그마한 연고 하나를 건네주었다.

"별일이야. 삼촌이 선물을 다 주지 뭐니."

장화나 발에 식초를 바르지 말라며 습진 약을 주방 직원 수대로 사 주었다고 한다. 희주는 병원에서 발을 닦아 준 사람이 또 궁금했다. 이번에는 재하 쪽으로 기운다. 해죽거리며 연고를 주머니에 넣었다. 재하의 큰 덩치가 주머니에 쏙 담긴 것 같다는 엉뚱한 상상이 스몄다.

아침부터 꽉 막혀 있던 머리가 식당을 오고부터 시원해지는 것 같았다. 만약 이곳을 다니지 않았다면, 그리하여 언제든 돈을 벌수 있다는 자신감을 얻지 못했다면 큰아버지에게 감히 맞서지 못했으리라. 진우 문제에 관한 불안함이 온전히 가신 것은 아니지만 적어도 어른들의 일방적인 개입에 끌려가지만은 않을 거다. 어느덧 사흘 후면 식당 알바가 끝난다. 인연을 훗날에도 계속하고 싶다는 바람을 품으며 눈앞의 설거지를 부지런히 해치웠다.

2시부터 한 시간 동안 직원들은 손을 놓고 방에 들어가 쉰다.

하지만 신 사장은 계속 움직였다. 그렇게 해야 직원들이 쉬어도 저녁 장사를 느긋하게 할 수 있었다. 희주는 곁에서 쭈뼛거리며 조심스레 참견했다.

"사장님, 혼자만 일을 많이 하시네요."

신 사장은 프라이팬의 소시지전을 뒤집다가 힐긋 본 뒤 엷은 웃음을 흘렸다.

"쉬어라."

여느 때처럼 말이 짧았다. 거들고 싶어서 그대로 서 있었더니 신 사장이 뚱한 얼굴로 보았다. 그 곰살궂지 못한 시선을 희주는 환하게 웃으며 고스란히 받아 냈다. 큰아버지와 통화한 뒤부터 새삼 보고 싶었던 그 얼굴을 향해 고맙다는 듯 웃었다. 신 사장은 코웃음을 치며 심드렁하게 말한다.

"천천히 해도 되는데 시간에 쫓기는 게 지겨워서 그래."

뒤쫓는 시간을 멀찍이 떼어 놓는 게 휴식보다 더 유익하다고 신 사장은 말하고 있었다. 희주는 계란물에 담긴 소시지를 가리켰다.

"저도 해 보고 싶어요."

신 사장은 싱거운 웃음만 흘릴 뿐 내쫓지는 않았다. 이내 희주는 두 개의 프라이팬 중 하나를 차지했다. 신 사장이 그랬던 것처럼 계란물에 적셔진 소시지를 작은 볼로 건져 프라이팬에 부은 다음 조리장갑을 낀 손으로 펴 냈다. 신 사장은 간간이 바라볼 뿐 아무런 말이 없었다. 희주는 용기를 내서 더 과감하게 전을 부치었다. 한참 뒤에야 한마디가 날아들었다.

"해 봤구나."

칭찬으로 들려 희주는 살짝 어깨를 추어올렸다.

"……예."

그곳이 고모 집이었다는 말은 나오지 않았다. 진우 때문에 애를 먹는 고모 식구에게 미안해 도울 일을 찾다가 이것저것을 익혔다. 처음에는 청소와 설거지였고, 고모가 집을 비울 때는 주방 일을 배워 나갔다. 고모는 처음에는 관두라고 만류했지만, 희주가 제법 해내자 차츰 희주에게 집안일을 맡기기 시작했다. 사촌 언니 역시 당연한 것처럼 희주에게 먹고 싶은 것을 주문하기도 했다. 계란물을 입힌 스팸이나 소시지는 그곳 가족은 물론이거니와 진우도 좋아했다. 덕분에 지금 익숙하게 해낼 수 있었다. 많은 양을 요리하는 건 가정에서 하는 것과는 차원이 달랐다. 힘들어도 신 사장을 도울 수 있다는 사실에 흠뻑 땀에 젖어도 즐겁기만 했다.

"이번 식혜는 잘 됐더라."

냉장고에서 식혜를 떠 온 신 사장이 희주 몫의 식혜도 따라 놓았다. 마시라는 둥 그리고 수고했다는 둥의 말은 꺼내지 않는다. 모자가 여러모로 참 닮았다는 생각이 스민다. 주머니 속의 연고가 떠오르자 배시시 웃음이 나왔다.

저녁을 먹는데 여전히 맛들이 참 예뻐서 웃으며 오물거렸다. 순간 오전부터 고민하던 진로 문제에 관한 답을 찾았다. 주원은 자신의 노래가 단 한 사람에게라도 위로와 행복을 줄 수 있다면 그걸로 충분하다고 했다. 희주도 누군가에게 위로와 행복을 줄 수 있는 직업을 가지고 싶다. 그것이 음식이라면 썩 괜찮을 것 같다. 신 사장만큼 음식을 맛있게 만들 수만 있다면 말이다.

집에 왔더니, 진우가 빨래를 해 놓았다. 제대로 펴지도 않은 채 대충 널어놓은 엉성한 손길이었지만 연신 진우에게 기특하다는 시선을 보내며 해사하게 웃었다.

저녁을 먹는 진우를 흐뭇하게 지켜보다가 이내 마음이 아렸다.

진우의 얼굴에 남은 불안감을 발견해 버렸다.

"식당 계속 나가려고. 개학하면 주말에 나가고, 방학하면 평일에도 나가고."

진우가 멀거니 바라보자, 희주가 덧붙였다.

"오래! 내가 일 잘한대."

희망사항이었다. 오늘은 밝히지 못했지만 내일은 꼭 신 사장에게 말해 볼 터였다.

"그리고 나, 조리학과 가려고. 2년만 공부하면 되거든."

진우는 밥을 꿀꺽 삼키고는 찡그렸다.

"야, 누나가 타고난 실력을 썩히면 많은 사람들이 행복할 기회를 잃는 거거든. 열심히 배울 거야. 음식으로 사람들을 행복하게 해 줄 거야. 그러려면 지금부터 공부해야 해. 알바가 아니라 실습, 그래 실습!"

여전히 진우가 대답이 없자, 다가가 머리카락을 마구 헤집었다.

"야, 오진우. 왜 무반응이야. 누나 재능을 못 믿는 거야?"

"아, 알았어."

귀찮다는 양 희주의 손을 밀어 낸 진우가 피식 웃었다. 그 웃음에 조금은 희주의 염려가 누그러졌다.

"야, 그리고 우린 현재 부자야. 당분간 우리끼리 사는 건 문제없으니……."

"아침에 말했잖아."

진우가 짜증스레 말을 잘랐다. 아침엔 별다른 말은 하지 않은 채 걱정 없이 살 수 있는 집이 있고, 통장에 이렇게 돈이 많다며 보여 주었다. 어떻게든 동생을 안심시키고 싶었지만, 진우는 현실을 거론하는 자체가 달갑지 않은 것 같다.

진동으로 해 두었던 휴대폰이 울어 댔다. 진우의 등을 살갑게 탁 쳤다.

"누나, 마실 갔다 올게."

애써 흥겨운 표정을 지으며 밖으로 나왔다. 주위는 완연한 밤이었다. 1층엔 불빛이 없었다. 긴장하며 휴대폰을 확인하니 고모의 전화였다. 방금도 끊어졌으니 벌써 네 번째 받지 않는 거다. 어른들이 이곳으로 들이닥치는 최악의 상황은 피하고 싶어서 통화버튼을 눌렀다. 연결이 되자마자 큰아버지에게 이야기 들었다는 말을 시작으로 추궁과 탄식이 날아들었다.

— 희주 넌 어쩜 그리 이기적이니. 생각은 형편없이 짧고 말이다. 너 때문에 온 집안이 난리가 아니다. 할머니하곤 통화했냐?

"아뇨."

— 그나마 다행이다. 아직 아무것도 결정된 건 없으니 섣불리 전화하지 말아라.

아무것도 결정된 것이 없다는 말에 어른들의 일방적이었던 통보들이 떠올라 희주는 바로 답했다.

"저희는 이미 결정했어요. 그러니 저희 뜻을 존중해 주세요."

— 그러니까 네가 이기적인 게야. 네가 세상을 얼마나 살았다고 진우 인생까지 맘대로 주물러?

"저, 죄송한데요. 그러는 큰아버지나 고모는 진우한테 직접 상의 한 번이라도 해 보셨어요?"

— 뭐라? 아이구, 야가 당돌하네. 어린애한테 무슨 상의야. 세상을 살아 본 어른들이 옳다고 생각한 길을 알려 줘야지. 그리고 진우 걔가 상의가 통하니? 뭐든지 무조건 싫다고 인상 쓰는 걔가?

"지금은 안 그러는데요."

희주는 작지만 또렷하게 대답했다.

— 지금은? 어째 네 큰아버지나 날 탓하는 말 같네?

희주는 아니라는 말을 입 안에 굴리다가 삼켜 버렸다.

— 넌 고집대로 어떻게 살아도 좋은데 진우는 할머니하고 같이 사는 게 좋을 거다. 그러니 희주 네가 진우를 위해 다시 생각해 봐라. 안 그래도 엉망이었는데 통제하는 어른마저 없으면 깡패밖에 더 되겠어?

뭔가 울컥하는 말이 가슴을 치고 올라와 목울대를 간지럽혔다. 윤 여사에게는 예의 바르고 배려하는 아이로 기억되었던 진우였다.

"어른…… 아니, 제가 어른처럼 노력해서 진우를 잘 돌볼게요."

하늘은 먹구름을 가득 품고 답답하게 내려앉아 있었다. 통화를 마친 희주는 간밤에 보았던 이지러진 달을 상상으로 띄웠다. 가장 행복한 날 중의 하루를 새김질해 보면서 삶은 낮은음과 높은음, 그리고 어두운 음과 밝은 음으로 짜여 있음을 기억했다. 이렇듯 지금의 제 삶도 아름다운 음악이 진행되는 도중에 어두운 음표 하나를 만났을 뿐이라고 스스로를 위로했다.

그때 피아노 소리가 들렸다. 지극히 낮고 투명하면서도 선명했다. 1층 발코니로 아까는 못 보았던 가느다란 불빛이 새 나오고 있었다. 희주는 발코니 옆 벽으로 몸을 붙이고 소리에 온 마음을 맡겼다. 마침 흘러나오는 드뷔시의 '달빛'은 좋아하는 곡 중의 하나였다. 또 다른 눈물이 흘러나왔다. 슬픔으로 흘린 눈물에 이어 행복해서 흘리는 눈물이었다.

눈을 감았더니 습기를 머금은 바람이 정원을 휘돌아 투명한 피아노 선율을 달빛처럼 뿌려 대는 풍경이 펼쳐졌다. 방음부스의 문을 열어 놓고 피아노를 치는 아름다운 남자도 보였다. 건반을 부드럽게 쓰다듬는 길고 하얀 손은 희주의 영혼도 어루만져 주었다.

'달빛'의 선율이 긴 꼬리를 남기고 사라지자, 또 다른 달이 건반으로 변화되었다. 드보르작의 '달에게 부치는 노래'가 피아노 반주와 함께 날아들었다. 간밤처럼 소리를 죽이지 않고 부르는 주원의 노래에 희주는 또 눈물을 흘렸다. 아름다워서, 행복해서.

더 아름다운, 더 친절한, 더 가족 같은 사람들이 가까이 있다는 사실은 서러움을 지울 명분으로 충분했다. 오롯이 충전된 상태로 활짝 웃으며 2층으로 들어섰다.

진우는 제가 비운 그릇을 설거지해 놓았다. 희주는 진우 방을 향해 아무 일 없었던 듯 평온한 소리로 물었다.

"야, 오진우! 뭘 설거지야. 안 어울려. 하던 대로 해!"

냉장고를 정리하는데 토마토 스파게티가 담긴 그릇이 보였다. 못 보던 음식이다. 손에 들고 진우 방을 두드렸다. 게임에 빠진 모습이 새삼 반가웠다.

"이게 뭐니?"

"아차, 누나 먹으라고 남겼는데 깜빡했네."

"뭔데?"

"집주인 형이 줬어. 친구 솜씨래."

"친구?"

"박재하 형이 오긴 왔는데…… 안 어울리지?"

희주는 '오빠' 소리도 차마 하지 못하는데, 어린 진우는 '형'이란 말을 천연덕스럽게 한다. 여하튼 재하가 요리를 배우러 다닌다는 말은 들었지만 안 어울리긴 했다.

"근데 맛있어."

진우의 감탄에 희주는 손가락으로 면을 집어 맛보았다. 이어서 그릇을 입에 대고 한입 가득 집어넣었다. 진우가 이마를 찌푸렸다.

"더럽게."

약간 칼칼한 맛이 독특했으며 소스의 맛이 깊었다. 씹을수록 만족감이 더해졌다. 소스에 버무려진 채 꽤 시간이 지났는데도 면은 그리 퍼지지 않았다. 진짜 재하의 솜씨라면 재능을 인정해 줄 터였다. 음식을 오물거리며 끄덕끄덕 고갯방아를 찧었다.

"연구 대상이라니까."

"나도."

"넌 신경 끄는 게 도와주는 거야."

"멋있는 형이야."

"형들이겠지."

주원도 멋진 형으로 묶어 주길 바라는 희주 앞에서, 진우는 잠깐 고민했다.

"집주인은 좋은 형이야."

건성으로 내뱉고는 모니터에 집중했다. 그래도 게임 도중에 이렇듯 오래 말 상대를 해 준 적은 없었지 싶다.

이어폰을 끼고 드뷔시의 '달빛'과 '아라베스크'를 듣다가 잠이 들었다.

다음 날, 식당에 들어서자 휴학생이라는 여자 한 명이 보였다. 이틀의 근무가 남았는데도 희주의 후임이 출근했던 것이다. 미라 엄마로 불리는 주방 직원이 희주에게 귀띔해 주었다.

"여기 일이 힘들잖니. 왔다가 그날로 줄행랑치는 야들이 많으니까 미리 시켜 보는 거야."

세척기로 하는 설거지는 단순했다. 신참은 첫날부터 너끈히 일을 나누어 제 몫을 해냈다. 덕분에 희주는 여유롭게 움직였다. 한결 땀을 덜 흘린 희주는 쉬는 시간이 되어 신 사장을 돕고자 했다. 가마솥의 뜨거운 기름을 가리키며 신 사장은 손사래를 쳤다.

"위험해. 그냥 쉬어."

한번 뱉은 말은 쉬 양보하지 않는 성격을 아는지라 돌아섰다. 주차장의 나무 그늘에 앉아 친구인 지영과 오래간만에 통화를 누렸다. 남매의 사정을 잘 아는 유일한 친구였기에 당면한 고민을 얘기할까 주저주저하면서 틈을 보았다. 아무래도 한 번 더 생각해 보는 게 나을 것 같아서 이따 다시 통화하자고 했다.

그때 공장으로 이동 급식을 나갔던 차가 돌아왔다. 신 사장의 음식은 중독성이 있나 보다. 여기서 밥을 대 먹다가 회사가 멀리 이사해서도 끊지 못하니 말이다. 직원이 많은 회사였기에 신 사장도 아까워하며 유지하기로 했고, 그 결과 알바 기사가 생겼다고 했다. 중년의 기사는 여느 때처럼 집기와 식판 따위를 세척기 앞으로 운반했다. 11시에 출근한 그는 이제 퇴근해 본업인 대리운전을 준비할 터였다.

신 사장뿐 아니라 주방 직원 모두에게 따스함을 선물받았다는 생각에 조금이나마 힘이 되어 주고픈 마음에 일찍 일어났다. 휴식후 함께 처리하던 설거지를 조용히 시작했다. 요란한 세척기 사용을 제외한 잔반 정리와 집기 설거지를 마쳤다. 오늘 하루는 조금이나마 직원들이 느긋하게 일할 수 있을 거란 생각에 뿌듯했다. 오후 휴식을 마친 직원들이 방에서 나왔고, 튀김 요리를 끝낸 신 사장은 시장으로 향했다. 세척기 주변을 훑은 안 여사가 기특하다는 듯 웃음을 지었다.

"아이구, 희주가 다 했네? 어째 같이 쉬지 않고."

"내일이면 끝나는데 신세만 져서 작은 거라도 돕고 싶어서요."

"기특하긴. 그래, 희주가 쏘는 거라 여기고 냉커피 한 잔씩 하고 천천히 시작하자."

그런데 다른 직원들은 희주의 시선을 피하며 입술을 비죽였다. 미라 엄마가 나지막이 불퉁거렸다.

"어쩐지. 시끄러워서 잠을 못 자겠더라니."

희주는 아차 싶었다. 주방의 환풍기 소리가 워낙에 요란해 그보다 작은 소린 괜찮을 줄 알았다. 그 후로도 미라 엄마의 불만은 오래갔다. 나물거리를 씻는 희주에게 새삼 매운 핀잔을 던졌다.

"그냥 건지면 어떡해. 휘젓고 흙을 더 털어 내야 할 게 아냐!"

이 정도 힐책이야 나물을 담당하는 미라 엄마니까 괜찮았다. 하지만 뒷말은 소화가 되지 않았다.

"갈수록 건성이야. 사장님은 불쌍해서 오냐오냐한 건데 지가 잘난 줄 알고."

신 사장이 여기서 왜 거론되는지 모르겠다. 어쨌거나 희주 자신 때문에 잠을 못 자 짜증을 내는 것이라고 여기며 감당했다. 이대로 저만 참으면 끝날 일을 안 여사가 키우고 만다.

"야, 못된 것아. 잘하고 있는 야한테 어째 성질이냐!"

안 여사의 날카로운 힐난에 미라 엄마도 목청을 높였다.

"언니도 오냐오냐만 하니까 애가 눈치가 꽝이 된 거요!"

"흥! 너나 잘해라. 희주 야는 어디 가서도 이쁨 받을 게다."

"픽이나! 남들 억수로 불편하게 해 놓고 지 혼자 이쁨 받는 게 어디 온당키나 하요?"

두 사람이 잇달아 얼굴을 붉히자 희주는 안절부절 어찌할 바를 몰라 했다. 그래서 안 여사가 희주 뒤편을 힐긋 보곤 입을 닫는 의미도, 누군가 뒤에서 지나가는 기척도 채 헤아리지 못했다.

"어제 사장님 옆에서 아부 떨던 건 그렇다 치고, 오늘은 신참까지 왔잖소. 희주가 일하니까 가시방석에 앉아 쉬는 기분일 거 아니오!"

안 여사가 혀를 찼다.

"쯔쯧, 남 끌어들이는 버릇 하며 쥐방울 속은 못 고친다니까. 그러니까 자식들하고 맨날 싸우지."

안 여사는 고개를 절레절레 흔들며 물러섰다.

"죄송해요."

희주는 미라 엄마에게 고개를 숙이고 돌아섰다. 급기야 눈시울을 달구었다. 눈물샘이 터지기 전에 은신처를 찾고 싶었다. 마침 가져올 식자재도 있고 해서 카트를 잡았다.

창고에 들어서자마자 벽에 기댄 채 쭈그리고 앉았다. 얼굴을 무릎에 파묻고 어디서부터 어떻게 그릇되게 행동했는지 가늠해 보았다. 혼자는 답을 못 찾겠다. 부모님께 전화를 걸 수 있다면 답을 얻을 것 같았다. 무릎에 얼굴을 파묻고 마음껏 울었다. 온전히 지금의 모든 감정을 털어 내고 주방으로 돌아갈 터였다.

눈물을 훔쳐 낸 뒤 일어나 카트를 잡았다.

"으흠."

낮고 굵은 헛기침 소리에 희주는 소스라치게 놀라 홱 고개를 돌렸다. 언제부터 여기 있었을까. 재하가 저쪽 싱크대에 비스듬히 서서 팔짱을 끼고 희주를 바라보았다.

"죄, 죄송해요. 이 시간엔 안 계실길래……."

희주는 허겁지겁 카트에 실을 식자재 박스를 잡았다. 재하가 다가와 박스를 한 손으로 눌렀다. 동그랗게 눈을 뜨고 올려다보았다. 그가 시큰둥한 얼굴로 빈 카트 바닥을 가리켰다.

"앉아."

"예?"

"앉으라고."

그는 바라보기만 할 뿐인데도 우직한 힘에 어깨를 눌린 양 희주는 카트로 앉았다. 재하는 한 걸음 물러서더니 벽으로 붙어 쭈그려 앉았다. 아까 희주가 취했던 모양새였다.

"너 공부 잘해?"

퉁명스럽고 뜬금없는 질문이었다.

"그냥 조금……."

"담임 선생 과목은 항상 잘했지?"

"그걸 어떻게……."

휘둥그레진 희주의 눈을 힐끗 보고 재하는 코웃음을 쳤다.

"그럴 줄 알았어. 학교 다닐 때 그런 재수탱이들을 많이 봤거든."

희주는 젖은 기운이 채 가시지 않은 눈을 흘겼다. 야유하는 재하가 미운 게 아니라 희주가 마음에 담고 있는 재하의 모습에서 엇나가는 게 야속했다. 천장에 시선을 둔 그의 말투가 변한다.

"너무 잘하려고 들지 마."

잃은 점수를 만회하기에 충분한 진심이 느껴지는 말씨였다.

"외롭다고 티 내는 짓이야. 멍청하기도 하고."

"죄송한데요, 전 외롭지는 않거든요."

단정하는 그를 향한 작은 반항이었다. 시종 짧은 눈길만 던지는 그가 천장을 향해 비린 웃음을 흘렸다.

"정정하지. 절박해 보였다고."

"정말 제가 그렇게 보였어요?"

"내가 맞을 수도 있고 틀릴 수도 있어."

무책임한 말이었다. 희주는 찡그리는 것으로 대답을 대신했다. 그가 다시금 힐끔 보고는 투덜거렸다.

"내 눈엔 그리 보였다는데 따지긴. 가 봐."

살짝 토라진 듯한 그에게서 진우의 모습이 겹쳐져 피식 웃음이 나왔다. 그 웃음에 그가 험악하게 찡그렸다. 희주는 움찔하며 일어났다. 그도 일어나 식자재 박스를 실어 주었다.

"고맙습니다. 여러 가지로."

내일이 마지막 근무여서 뒷말을 붙이고 돌아섰다.

"잠깐."

뒤돌아보았더니, 그가 싱크대를 가리켰다.

"세수하고 가라."

"어어, 제 얼굴이……."

처음에는 눈물 자국을 지우라는 줄 알았다. 그런데 무언가 얼굴이 불편했다. 눈물 때문만은 아닌 듯싶어 휴대폰으로 얼굴을 비춰 보았다. 맙소사! 이동급식 반찬 통을 정리하면서 국물 따위가 튀었던 거다. 거기에다 눈물을 짜내고 또 훔쳐 냈으니 얼굴이 성할 리가 없었다. 그런데도 그는 한 번도 웃지 않았다. 그에겐 웃기지 않고 절박해 보이는 얼굴이었을까? 엉뚱한 생각을 하다가 물었다.

"흉하죠?"

"아니."

그는 희주를 처음으로 오래도록 바라보더니 한숨처럼 덧붙였다.

"무섭다."

희주는 잠깐 멍하니 서 있다가 후다닥 카트를 돌렸다.

"세수하고 가라니깐."

뒤에서 그가 나지막이 투덜거렸다. 희주는 반만 고개를 돌리고는 새치름하게 응수했다.

"샤워장 가서 할래요."

"흥, 그러든가. 빨리 해. 손님 오기 전에."

저녁 손님은 한 시간 후에야 받기 시작한다. 왠지 그가 심통을 부리는 것 같아서 입술을 삐죽이며 카트를 밀었다.

"네 손님이야."

"예?"

희주는 휙 돌아보았다. 그는 못마땅한 듯 비아냥거렸다.

"질질 짜는 얼굴 하고 있으면 엉뚱한 사람들이 욕먹으니 알아서 처신해."

"제 손님……."

희주가 고개를 실긋거리며 서 있자, 그가 손을 팔랑팔랑 내저었다.

"빨랑 가서 세수나 해."

엉뚱한 사람들이 욕먹는다는 으름장에 서둘러 샤워장에서 세수를 하고 주방에 이어 홀을 둘러보았다. 찾아온 사람은 없었다. 느타리버섯 한 상자를 다 찢어 내도록 재하가 말한 손님은 나타나지 않았다. 창고를 향해 눈을 흘기며 연신 입술을 실룩였다. 얼굴이 무섭다는 그의 말은 전혀 농담 같지 않았다. 정말로 무서운지 나중에는 얼굴을 전혀 안 보면서 이야기했다.

여하튼 그가 말한 '손님'은 재하의 아이 같은 심술 같았다. 덕분에 억울하고 서러운 시간들을 잠시 잊을 수 있었지만 하나도 고맙지 않았다.

설거지에 몰두하다가 문득 주위가 너무 조용해서 주변을 둘러보았다. 안 여사를 비롯하여 난감한, 혹은 호기심이 서린 얼굴들을 거쳐 홀을 바라보았다. 순간 희주는 몸이 굳어 버렸다.

"하, 할머니!"

할머니는 곁의 홀 담당 여사에게 살짝 고개를 숙인 뒤 성큼성큼 걸어왔다. 맞이하는 안 여사에게 할머니가 고개를 숙였다.

"내가 희주 할미유. 실례 좀 허것슈."

할머니는 주변 시선을 거리끼지 않은 채 희주 앞으로 섰다. 만나면 품에 안기고 싶었던 할머니였다. 하지만 지금은 왠지 더럭 겁이 났다. 60대 후반의 나이에도 짱짱한 몸과 총기가 가득한 눈동자를 가진 할머니는 희주를 찬찬히 훑어보았다. 눈빛에 애잔한 기운이 번지나 했더니 사색이 된 희주의 얼굴을 두 손으로 감쌌다.

"내 새끼, 어디 보자."

요모조모 얼굴을 돌려 보았다.

"에구, 웬 물을 뒤집어썼나 했더니 죄 땀인 겨?"

손수건으로 희주의 얼굴과 목덜미의 땀을 닦아 주었다. 무슨 말인가 꺼내서 할머니를 납득시켜야 하는데 한사코 입이 열리지 않았다. 할머니의 한숨이 뜨겁다고, 너무 뜨거워 데일 것 같다고 여기는 그때 안 여사가 조심스레 끼어들었다.

"희주야, 시원한 홀에 가서 할머니랑 이야기 나누거라. 어서. 할일도 없잖냐."

떠밀려 할머니와 홀에서 마주 앉았다. 안 여사가 음료수를 가져다주었다.

"참하고 바지런한 손녀를 두셔서 좋으시겠소."

덕담을 남기고는 곧 두 사람만 남겨 두었다.

"다들 좋은 분이세요."

겨우 말의 물꼬가 트였다. 간절한 눈길로 할머니를 향해 밑도 끝도 없이 말을 이었다.

"요즘 너무너무 행복해요."

할머니는 희주의 손을 잡아당겨 찬찬히 살폈다. 습기로 피부가 뜬 손바닥과 팔목의 땀띠를 한참 동안 쓸어 댔다.

"못된 녀석. 할미가 장님이고 귀머거리여? 금방 들통 날 일인데 두 나한테 기별도 안 하고선."

할머니의 살짝 젖은 목소리와 눈동자에 울컥해진 희주는 살며시 손을 빼냈다. 그렇게 할머니의 체온을 떼어놓아도 눈물을 참기가 힘겨워 말머리를 돌렸다.

"근데 할머니, 여긴 어떻게……."

할머니는 창유리를 힐끔 보았다. 희주는 바깥을 찬찬히 살폈다. 낯익은 승용차에 이어 도로 곁 벤치로 두 남자가 앉아 있는 게 보였다. 거리가 멀어도 단번에 주원과 진우인 줄을 알아차렸다. 어설 픈 거짓말은 도움이 안 된다는 현실도 알아차렸다.

"무슨 말씀을 들으셨는지 모르겠지만, 진짜 저희들 요즘 행복해 요."

할머니는 오래도록 깊은 눈길만을 보냈다. 평소에 말수가 적지 만은 않은데 지금은 과묵하기만 했다.

"전 거짓말한 적 없잖아요, 네?"

할머니는 고개를 끄덕이더니 비로소 입을 열었다.

"그려. 그래도 한 번 더 묻자."

"예?"

"참말로 행복한 겨?"

내미는 얼굴에서 그득한 정을 느낀 희주는 반색하며 고개를 힘차게 주억거렸다.

"그럼요. 집주인도, 진우도, 여기 식당도 다 좋아서 행복해요."

"그려. 집주인은 괜찮아 보이더라. 첨엔 산적같이 생긴 양반이 집주인인 줄 알고 놀랐지만 말여. 날도 더운데 모자는 왜 또 뒤집어쓰고선, 쯔쯧."

누구를 말하는지 희주는 곧 알아차렸다.

"집주인 친군데 진우가 좋아해요."

"넌 가까이 말어라. 아예 말을 섞을 기횔 만들지 마."

재하를 두둔할 여유는 없었다. 주원의 집에서 계속 산다는 전제로 충고를 건네는 할머니의 의중을 반기느라.

"참! 진우가 얼마나 속이 깊어졌는지 아세요?"

"알어."

"예?"

"갸하고 일부러 말을 많이 섞어 보았더니 철이 들어도 야무지게 들었어. 너무 철이 들어서 짠할 만큼 말여."

할머니는 창유리 바깥으로 기특하다는 시선을 던졌다. 도통 속내를 드러내지 않아서 어른들의 애를 태웠던 진우가 어떻게 할머니에게 인정을 받았는지 신기했다.

"갸가 지 속을 내놓더라. 내놓는 법을 깨우친 겨. 장하다, 희주야. 니가 못난 어른들보다 낫다."

희주는 애써 참는데, 정작 할머니는 참지 못하고 손수건으로 뜨거움을 훔쳐 댔다.

"어디 너희끼리 잘 살 수 있긋어?"

"예, 할머니!"

의외로 원하는 답에 쉽게 가까워진다는 예감에 희주는 들떴다.
할머니가 눈을 흘겼다.

"쯔쯧, 어떡하든 할미하고 같이 살 궁리는 안 하고선…… 어쩌
겠냐. 젊은 집주인 양반 말마따나 친구도 그렇고 니 학교도 그러니
여기서 살어야제."

주원과는 또 어떻게 만나 무슨 이야기를 나누었을까. 궁금증을
접어 두고 일단은 원하는 답을 견고히 다졌다.

"정말 잘 살게요. 진짜 잘 산다는 걸 중간중간 보여드릴 테니
걱정 마세요."

"이 집 일 하는 건 낼까지라고?"

"예. 일하면서 정말 많이 배웠어요. 느낀 것도 많고요. 근데 할
머니, 전화도 없이 도둑고양이처럼 뭐예요."

이제야 조금 여유가 생긴 희주는 뒤늦게 어리광을 부렸다.

"말로만 들어서 뭘 알긋어. 니들도 말로는 아무 일 없었잖혀.
할미 눈으로 직접 확인하고 싶었어. 다행히 니가 억지로 일하는 것
같진 않아 보였어. 공부해야 할 손이 갯벌 아낙네처럼 불어 터져도
말혀. 못된 녀석, 그래도 할미한테 언질이나 해 주지. 말리진 않았
을 건디."

할머니는 긴 한숨을 내쉬고는 회한에 잠긴 표정으로 아빠 이야
기를 꺼냈다.

"군대 갈 때까지 땡전 한 푼 제 손으로 벌어 본 적이 없었어.
장가를 가서도 마누라가 시키는 일만 했지 뭐여."

첫 직장에서 실직한 뒤 아빠는 엄마가 차린 동네의 미술학원 차량을 운전했다. 잠시 맡겠다던 몇 시간짜리 일은 직업이 되었고, 남는 시간은 청소며 잔일로 채웠다. 희주의 기억으론, 큰돈은 벌지 못했지만 종일 붙어 지내다시피 했던 부모님은 행복했다. 하지만 할머니에겐 아쉬운 모양새였나 보다.

"곱게만 키워 놨더니만 당최 제 앞가림을 못 해 버린 겨. 그 피가 어디 가긋어? 니들은 일찌감치 고생도 해 보고 세상 쓴맛도 겪어 보는 것도 나쁘지 않어. 된 겨. 그만하면 된 겨. 그러니 앞으론 공부만 열심히 혀."

이미 엎어진 물을 두고는 왈가왈부하지 않는 할머니의 성격은 여전했다. 할머니는 벽시계를 힐끔거렸다. 그때서야 생각이 미쳐 희주는 움찔했다.

"참! 할아버진요?"

"똑같지 뭐. 경자한테 하루 봐 달라 하고 왔다."

경자 아주머니는 같은 마을에 살며, 할머니가 시장에서 분식집을 할 적에 그 앞에서 생선을 팔아서 자주 보았다. 어쩐지 무서워 남매가 가까이하지 못했던 키 작은 아주머니를 할머니는 친동생처럼, 때론 딸처럼 살갑게 대했다.

"가야긋다."

"어, 벌써요?"

"기차 시간 맞춰야 혀."

"다음 차 타면 안 될까요? 저녁이라도 드시고……."

"영감탱이 투정 땜에 맘이 안 편해서 그려."

버스를 타겠다는 할머니를 주원이 기어이 제 차에 태웠다. '긴급 상황'을 통보해 주지 않고 직무유기를 범한 진우는 할머니를 배웅한다는 명분으로 희주의 눈총에서 쏙 빠져나갔다.

주방으로 돌아갔더니, 안 여사가 곰살궂게 툭 쳤다.

"어린 게 어쩜 그리 고지식하냐."

자기들끼리 할 테니 일찍 퇴근하라는 안 여사의 호의를 물리쳤다고 하는 말이었다. 지금까지 근무 시간을 온전히 소화해 냈다. 마지막까지 그러고 싶었다. 없던 기운이 마구 생겨 힘차게 움직였다. 할머니의 관문을 이렇듯 쉽게 통과할 줄은 몰랐다. 주원과 진우가 어떻게 하고 있을지 궁금하긴 했지만 지금의 기쁨 앞에선 지극히 작은 일이었다. 할머니를 처음 발견했을 때 곁에 서 있었던 홀의 담당 직원이 다가와 변명했다.

"놀랐지? 삼촌 친구가 슬며시 들어와 '쉿' 하면서 할머니를 들이잖아. 모두한테 모른 척해 달라는 부탁도 하고."

당신 눈으로 직접 손녀가 어떻게 생활하는지를 보고 싶었던 할머니는 그렇게 손녀의 일하는 모습을 한참 동안 지켜보았나 보다. 미라 엄마가 언성을 높일 때가 아니어서 천만다행이었다. 희주는 창고 쪽을 쳐다보았다. 고마워해야 할까? 그까짓 무섭다는 말 한마디가 뭐라고 막연히 야속했다.

여하튼 할머니의 당부와는 달리 종종 시간이 될 때마다 식당 일을 나올지도 모른다. 앞으로도 계속 봐야 할지 모를 미라 엄마에게 시종 공손히 행동했더니, 마침내 그쪽의 날이 선 눈매가 누그러졌다. 어쩐지 오늘 하루를 통해 부쩍 어른이 된 것 같다. 여유가 생기자 창고 방향을 잇달아 힐끔거렸다. 할머니가 온 걸 알려 주려고 저를 찾아왔던 걸까? 피이, 기왕이면 확실히 말해 주지.

"희주야, 양배추 다섯 통만 가져와라."

"예!"

안 여사의 지시에 얼결에 반색하며 바구니를 들고 창고로 향했다. 재하는 목욕탕 의자에 엉덩이를 붙인 채 아까 그 자세로 책을 보고 있었다. 음식 사진이 담긴 걸로 봐서 요리책 같았다. 희주를 향했던 시선이 곧 책으로 돌아갔다.

"양배추 가지러 왔어요."

그는 대답이 없었다. 희주는 그를 지나쳐 양배추 더미 앞으로 쪼그려 앉았다. 추가로 가져가는 양배추는 이곳에서 손질한다. 솎아 낸 거친 잎은 염소 먹이 자루에 담아 둔다. 희주는 과도로 푸른 잎을 쳐 내며 뒤쪽을 의식했다. 그가 지켜보고 있다는 느낌에 고개를 돌렸다. 과연 후다닥 시선을 책으로 돌리는 그의 모습이 보였다. 무섭다고 했던 말이 떠올랐다.

피이, 뒷모습은 안 무서워요?

속내와는 다른 질문이 튀어나온다.

"손님…… 알려 주셔서 감사해요."

재하가 고개를 들었다. 희주는 저도 모르게 새치름하게 덧붙이고 만다.

"덕분에 안 무서운 얼굴로 맞이했어요."

그의 이마에 골이 잡히는 순간 얼른 양배추로 눈길을 돌렸다. 빈정거리는 소리가 날아들었다.

"손님이 든든한 비빌 언덕이었구나."

돌아보지 않은 채 고개만 갸웃였다.

"절박함이 사라졌길래."

오만한 그의 눈썰미에 거부감이 일어 반만 고개를 돌린 채 입술을 비죽였다.

"너무 장담하시네요."

"수 싸움에 능할 뿐이지."

"예?"

희주가 빤히 바라보았지만, 그는 눈길을 섞지 않은 채 퉁명스레 응수했다.

"표정을 보면 다 보여. 상대가 애송이라면 더욱."

애송이란 말에 왜 마음이 덜컥 어둡게 내려앉는지 모르겠다.

"저 열여덟 살이고 곧 민증 나와요."

"열여덟……."

그가 흠칫 놀라더니 천장을 멍하니 바라보았다.

"미친, 고작 열여덟 살짜리한테……."

그가 손에 쥔 책을 탁 접으며 불퉁거렸다. 희주는 당황하여 벌떡 일어나 꾸벅 숙였다.

"건방졌다면 죄송해요."

그는 여전히 희주를 보지 않은 채 일그러진 얼굴로 신음성을 토했다.

"아무 때나 숙이지 좀 마!"

분노보다는 고통을 호소하는 모습이었다.

"가 봐."

희주는 채 다듬지 못한 양배추를 허겁지겁 바구니에 담아 창고 문을 열었다. 길고도 탁한 한숨 소리가 문밖까지 따라붙었다. 재하가 옳았다. 멍청했다. 상대가 조금만 문을 열어 주면 더 열고 들어가려다 밀려나고 마는 멍청한 짓을 했다. 큰아버지와 고모 집에서 그렇게 겪었는데도 반복하고 말았다. 또 재하는 옳았다. 어느새 절박함이 사라졌나 보다. 그가 심각할수록 공연히 그것을 깨뜨리고 싶었던 짓궂고도 당돌한 마음이 된서리를 맞았는데도 상처가 되진

105

않았다. 화를 내던 모습도 흐려졌다. 고통으로 일그러졌던 그의 얼굴만 오래도록 남았다.

집 밖으로 마중 나온 진우는 좋은 소식을 접하고 연신 히죽거렸다. 그리고 희주는 진우를 통해 할머니의 상경에 얽힌 내막을 제대로 헤아릴 수 있었다.

※ ※ ※

방학이 끝날 무렵까지 놀러 오지 않는 남매가 걸린 할머니는 고모를 다그쳐 내막을 어림했다. 전화를 걸면 잘 지낸다는 말만 앵무새처럼 읊조린 남매를 불신한 할머니는 당장 상경해 고모를 앞세워 주원의 집을 찾아왔다. 진우를 꼭 품고선 2층으로 오르려는 할머니의 걸음은 얼마 안 가 가로막혔다. 곤혹스러워하는 진우에게서 다른 사람을 집으로 들이지 않겠다는 약속이 집주인과 돼 있다는 사실을 어렵게 알아냈다.

"그게 뭔 경우여. 할미도 다른 사람인 겨?"

진우의 처신은 할머니에게 불안함을 안겨 주었고, 급기야 1층 문을 두드리게 만들었다. 여차하면 방을 빼서 남매를 데리고 갈 태세였다. 하지만 주원의 안내로 1층 실내로 들어간 할머니는 시간이 갈수록 집주인을 신뢰하게 되었다. 대학교수인 부친을 비롯해 주원 가족의 확실한 신분도 도움이 되었다.

산적처럼 생긴 집주인 친구는 집 안에서 모자까지 눌러쓰고 있어서 첫눈에 거슬렸는데 알아서 뒤로 빠져 주고, 또 앞치마를 입고 점심까지 그럭저럭 맛깔스레 차리는 모습에 할머니의 매서운 눈길이 한결 누그러졌다. 더욱이 그는 상주하는 것이 아니라 이따금 낮에만 들를 뿐이라고 했다. '산적'은 설거지를 마치고 먼저 갔고, 주원이 차를 끓여 주고는 할머니와 또 이야기를 나누었다. 진우는 시종 곁에 붙어 귀를 쫑긋 세우고 간간이 제 의견을 꺼내서 할머니가 흡족한 웃음을 짓게 하였다.

주원과 진우는 희주가 다니는 식당 일을 좋게 봐 달라고 호소했다.

"즐겁게 일하는지, 어쩔 수 없이 하는지는 내 눈으로 보고 판단할 거유. 미리 알려 줘 버리면 내 안 믿을 테니 행여 오지랖 부리진 마시유."

할머니의 눈치는 거의 초능력급이라고 믿고 있던 진우는 특히 순종했다.

진우를 데리고 2층으로 올라온 할머니는 집안 구석구석을 살피다가 냉장고의 음식을 하나씩 맛보았다.

"누나가 식당에서 날마다 싸 와요."

"팔고 남은 거?"

"어, 아닌데요. 남는 게 아니라 미리 싸 주는 것 같아요. 가령 닭고기를 가져오면 닭다리가 많아요."

제법 의젓해진 진우가 기특한 할머니는 진로 문제며 희망 사항 등을 넌지시 물으며 오래도록 말을 섞었다.

"그러니까 우리 진우는 이 집에 살고부터 행복하단 말이구나."

"네. 이대로 살고 싶어요. 공부도 할 거예요."

공부하겠다는 소리를 처음 듣는 할머니는 불안하게 흔들리는 손자의 눈망울을 오래도록 바라보았다. 그러고는 서서히 고개를 끄덕였다.

※ ※ ※

집으로 들어섰을 때, 진우는 제 방이 아닌 식탁에 앉아 참고서를 펼쳐 들고 있었다. 내일은 해가 서쪽에서 뜨려나 하며 의아해하던 희주는 진우의 얘기를 듣고서야 이해했다. 진우는 냉장고를 가리켰다.

"돈가스 먹어 봐. 식었어도 맛있을 거야."

재하가 오늘은 돈가스를 만들었다고 했다.

"박재하 선수가 내 몫까지 챙겨 주는 거니?"

"그런가 봐. 맛보고 말해 달래. 어땠는지."

"칫, 결론은 시식용이군."

입술을 실룩이며 돈가스를 한입 베어 물었다. 맛있었다. 재하는 정말로 열심인가 보다. 특히 '좋은밥상'이 취약한 양식 쪽으로.

너무 늦지는 않은 시간임을 확인한 뒤에 서둘러 트레이닝복으로 갈아입었다. 1층 현관에서 머뭇거리다 문을 두드렸다. 적어도 지금은 명분이 있었다. 주원은 마치 기다렸다는 양 반겨 주었다.

"잠깐 기다려."

저번처럼 주원은 낚시 의자 두 개를 가지고 나왔다. 날이 기울었고 제법 서늘한 바람이 분 탓인지 모기는 없었다.

나란히 앉아 한결 청명해진 밤하늘과 띄엄띄엄 반짝이는 별들을 쳐다보았다. 희주는 살짝 옆으로 고개를 숙였다.

"오늘 정말 고마웠어요."

"할머니하고 이야기는 잘 됐어?"

"덕분에요."

"다행이다."

긴장한 듯 보였던 그의 얼굴로 환한 웃음이 가득 번졌다.

"후, 저보다 더 좋아하시는 것 같네요?"

"좋은 이웃을 놓칠까 봐 조마조마했어."

"정말요? 아, 아니 고마워요."

"재하가 미리 알려 줬지?"

"어, 글쎄요. 그랬던 것 같아요."

희주의 모호한 대답의 의미를 알겠다는 양 주원은 피식 웃으며 하늘을 보았다.

"재하는 언어에 불친절해. 대신에 행동으로 마음을 드러내지."

마치 연인의 장점을 상기하기라도 하는 듯 그는 뿌듯한 그리움을 얼굴에 그려 냈다.

"재하 삼촌이 만든 음식 말예요. 정말 맛있어요."

"그럴 줄 알았어."

"어, 친구분 솜씨라고 마구 신뢰하시는 것 아니에요."

"아니. 재하는 자신 없으면 하지 않거든. 뭐든지."

그래서 야구도 그만뒀을까? 왠지 돌출 행동보다는 성치 못한 어깨 때문에 구차하게 굴지 않고 떠난 듯싶었다.

"집중력이 워낙 뛰어나니까 뭐든지 하려 하면 최고가 될 거야."

"양식 파트를 파고드나 봐요?"

"전략상."

"전략…… 혹시 좋은밥상 메뉴에서 취약한 부분을……."

"희주는 역시 똑똑해."

그의 목소리는 아무리 들어도 물리지 않는다. 만약에 별이 반짝거리는 소리가 존재한다면, 또 나무가 햇살과 부딪치며 내는 소리가 존재한다면 그의 목소리를 닮았겠지 싶다.

"야구를 할 때도 재하는 수 싸움에선 최고였어."

"수 싸움······이 정확히 뭐죠?"

창고에서 재하가 꺼낸 말이었기에 희주는 주원을 바라보며 호기심을 드러냈다.

"바둑 용어인데 야구에선 경우의 수를 가지고 머리싸움을 하는 걸 지칭하지. 야구는 다른 운동과 달리 수 싸움이 재밌거든. 마운드에서 타석까진 18.44미터인데, 재하는 그 거리에서도 타자의 표정이 다 보였대. 무슨 공을 기다리는지도. 그래서 쉽게 타이밍을 빼앗고 제압했었지."

선뜻 믿어지지 않아 고개를 실긋거렸다. 주원이 그럴 줄 알았다는 양 빙그레 웃었다.

"실은 재하가 은근 학구파야. 그만큼 상대 팀 타자를 연구했던 거지. 학교 다닐 때도 수업 시간에 한 번도 졸지 않았어. 야구선수는 선생님이 자게 내버려 두는데도······."

주원은 회상에 잠긴 얼굴을 하면서 풋 웃었다.

그 시절을 음미하는 듯한 주원을 방해하지 않으며 희주는 잠자코 앉아 있었다. 여름이 스러진 것에 더해 가을이 성큼 입성했다는 걸 알리는 듯 바람이 오스스한 기운을 실어 왔다. 팔뚝으로 기분 좋게 파고드는 소름의 기운을 문지르며 희주는 조심스럽게 주원을 바라보았다.

"이상한 질문 하나 드려도 될까요?"

주원이 고개를 끄덕이자, 희주는 볼을 붉히며 시선을 떨구었다.

"제가······ 절박해 보였어요?"

주원은 고개를 가벼이 저었다.

"지금은 안 그래 보여."

이전에는 그리 보였다고 해석할 수 있는 대답이었다. 결국엔 재하와 같은 의견이다.

"앞으론 여유를 가질 거예요. 든든한 할머니에다가 또…… 든든한 주원 삼촌이 계시니까요."

"내가 뭘……."

주원이 머쓱하게 웃으며 볼을 붉혔다. 그 한 마디가 뭐라고 오래도록 흐뭇한 웃음을 유지했다.

"그리고요, 저 진로 정했어요."

"벌써?"

"빠른 건 아녜요. 개학하면 곧 진로 상담인걸요. 주원 삼촌 도움이 컸어요."

"응?"

"저도 누군가에게 위로와 행복을 줄 수 있는 직업이 욕심나더라고요."

"피아노?"

"에이, 제가 주제 파악 정돈 한다고요. 조리요. 조리학과 갈 거예요. 일단은 위로와 행복을 줄 수 있는 한 사람은 확보했거든요."

"진우?"

"와, 삼촌은 역시 똑똑하세요."

희주는 희망의 풍선을 하늘을 향해 띄우는 양 웃음 지었다. 비슷한 모습을 하던 주원이 작은 한숨을 쉬었다.

"희주가 이사 와서 나도 참 좋아. 이 집에서 오래오래 살아. 내가 집을 비워도."

"어디 가세요?"

"월말에 독일에 잠깐 들어갔다 올 거야. 그다음엔 오래 비울지도 모르겠고."

큰누나가 결혼해 살고 있는 독일에서 그는 음악 공부를 할 터였다. 성급한 이별의 아픔이 스며들어 풀이 죽었다. 그가 담담히 말했다.

"좋은 시간들을 즐기다 보면 시간이 멈추기를 소망하곤 했어. 예전 같으면 이 순간도 그렇게 기원했을 거야. 하지만 지금은 알아. 다들 연륜의 나이테만큼 옷을 갈아입는데 혼자만 멈춰 있으면 소통도 멈춘다는 걸. 나무가 가지를 키울수록 뿌리도 더 깊어져야 하는 이치와 같지. 곧 돌아올 거야. 그리운 사람들이 이 땅에 남아 있으니까."

"기다릴게요. 그리워하면서. 그리고요……."

희주는 손을 들어 머리 위로 한 뼘을 가득 만들어 올리고, 그 위로 또 한 뼘을 올렸다.

"그동안 저도 이만큼 성장해 있을게요. 마음도 능력도 말예요."

"믿어."

"저도 주원 삼촌을 믿어요. 지금도 제게는 최고의 성악가지만요."

주원이 수줍게 웃고는 하늘로 시선을 돌렸다. 희주도 하늘을 보았다. 여기서 하늘을 볼 때마다 주원의 노래와 말과 아름다운 얼굴을 그리워할 듯싶었다. 벌써부터 이별을 곱씹는 게 억울해 생각을 굴리다가 손뼉을 탁 쳤다.

"저 내일 돈 받아요! 생애 첫 월급 받는 기념으로 한턱내고 싶어요."

"파티 할까?"

"그래요! 제가 다 준비할게요."

"으음, 어떤 파티를 하지? 행복한 고민을 한번 해 볼까?"

주원은 재하를 초대하자는 말은 하지 않았다.

"시간은…… 으음, 내일 말고 모레 어때? 토요일 점심때."

"좋아요. 전 먹을거릴 준비할게요. 근데 어디서……."

1층과 2층을 머릿속으로 가늠하는 희주에게 주원은 난감한 표정을 지었다.

"으음, 장소는 낼 말해 줄게."

희주는 선선히 고개를 끄덕였다.

그날 밤, 희주는 주원이 불렀던 노래들을 듣다가 잠이 들었다. 새벽에 깨어나 꿈을 새김질했다. 재하의 품에 안겨 호박색 호수를 품은 행성으로 날아가는 꿈을 또 꾸었다. 그의 품에 안겨 병원을 향했던 모습이 그렇게 몽환적으로 각색되어 반복되었다. 그때 생각났다. 만약 그가 없었더라면 어찌 되었을까. 비약이라도 좋았다. 어쨌거나 그는 생명의 은인이었다.

다음 날, 희주는 여느 때보다 일찍 집을 나섰다. 차고는 여전히 셔터 문이 내려져 있어서 집주인의 차가 있는지 나갔는지는 가늠할 수 없었다. 두어 번 보았던 떠돌이 고양이 한 마리가 1층 발코니를 향해 납작 엎드려 있었다. 희주가 다가가자 멀찍이 도망가 버렸다.

평소보다 일찍 도착한 식당은 한산했다. 홀의 구석 자리에 앉아 준비한 선물 하나를 풀어냈다가 다시 포장했다. 그러고는 슬며시 창고로 향했다. 그를 애써 파티에 초대할 생각은 없었다. 그저 그동안 고마웠다 인사하고 싶었다.

창고 앞에서 문손잡이를 잡자 희미하게 음악이 새 나왔다. 노크를 해도 반응이 없어 문을 당겼다. 문을 열고 들어선 그의 공간은 카운터 테너의 노래로 가득했고, 재하는 어제와 같은 자세로 벽에 기대앉아 이마 위에 손을 올린 채 눈을 감고 있었다. 안드레아스 숄의 '그리운 나무그늘'이었다.

음악에 빠져 있는 지금의 재하가 낯설었다. 오만할 만큼 단단한 모습은 온데간데없고 삶의 무게에 짓눌려 축 늘어진 외로운 남자만 남아 있었다. 어쩐지 위로가 필요한 것 같았다. 그에게 작게나마 위로가 되어 주고 싶다는 생각에 흠칫 놀란 희주는 준비했던 선물을 문 안쪽에 내려놓고 조용히 문을 닫았다.

12시 직전에 가져올 식자재가 생겨서 카트를 밀고 다시금 창고로 향했다. 재하는 없었다. 여느 때처럼 정오 전에 자리를 비웠는데도 그가 야속했다. 그나마 두고 갔던 선물은 챙긴 것 같아 작은 위안을 얻었다.

오후의 휴식 시간에 신 사장은 이것 조금 저것 조금씩 여러 음식을 만들었다. 거래처에서 따로 포장해 달라고 주문할 때에나 볼 수 있는 모습이었다. 저녁 손님이 적어서 여유 있는 금요일인데도 안 여사까지 나서서 거들었다. 도울 틈도 없을뿐더러 미라 엄마의 충고도 걸리고 해서 희주는 음악을 들으며 쉬었다.

식혀 두었던 소고기장조림과 멸치볶음과 콩자반, 그리고 냉동고에 넣어 둔 닭갈비 등을 안 여사가 반찬 통과 위생 봉지에 옮겨 담았다. 도중에 희주와 눈이 마주치자 유독 정이 담긴 웃음을 건넸다. 그 흐뭇한 웃음 한 조각이 뭐라고 세상이 한 뼘 더 아름다워졌다. 그때 희주는 생각했다. 무심코 건넨 웃음 한 조각, 짜증 한 조각이 상대방에겐 세상을 바라보는 명암으로 작용한다고.

사용한 집기 정리가 다 끝날 무렵 신 사장이 불러서 홀로 나갔다. 마주 앉자 봉투를 건네주었다.

"더울 때 와서 고생 많았다. 동생이랑 맛있는 거 먹으라고 조금 더 넣었다."

"안 그러셔도 충분히 고마운데요."

저를 생각해 주는 신 사장의 마음까지 더해져서일까. 봉투를 손에 쥐자 뿌듯했다.

"나중에 주말에라도 필요하심 언제든 불러 주세요."

주말은 한산해서 안 여사와 신 사장이 교대로 일하는데, 일을 거들 직원이 각각 한 명이 필요했다. 그런데 다들 마지못해 나오는 것 같았다.

"봐서."

"그리고 저, 조리학과 전공할 거예요. 미리 실습하는 셈 치고 3학년 때도 알바하려고요."

신 사장은 찡그릴 뿐 대답하지 않았다. 곤란하다고 말하는 얼굴이었다.

"그리고요, 대학생이 되면 여기서 꼭 알바하고 싶어요."

"그러자."

이번에는 시원하게 대답했다. 신 사장은 곧 일어났다.

"놀러 와라."

마지막 날인데도 신 사장은 감정 표현에 인색했다. 그렇게 휑하니 먼저 퇴근하는 신 사장의 뒷모습을 향해 희주는 속삭이고 또 속삭였다. 정말 감사했다고.

직원들에게 일일이 인사를 건네고 퇴근하려 드는데, 안 여사가 불렀다.

"오늘은 무거워서 두 군데로 담았다. 닭갈비는 냉동고에서 넣었다가 나눠 먹거라."

반찬 가방을 보자 눈시울이 뜨거워졌다.

"제 거였어요? 제가 뭐라고…… 두 분이……."

눈물샘이 넘치려 들어 말을 잇지 못했다.

"희주야, 사장이 그러지 않다? 종일 얼굴 맞대고 일하면 그게 가족이라고. 가족끼리 그것도 못 해 준다냐?"

그때 옆에서 고추 꼭지를 따고 있던 미라 엄마가 입술을 비죽이며 악의 없는 힐난을 던졌다.

"아이구! 난 내놓은 가족이라 이날 이때까지 언니한테 반찬 한번 선물 못 받은 거요? 바가지만 잔뜩 받고 말이오."

뾰로통한 말투와는 달리 웃는 얼굴이었다. 안 여사가 혀를 찼다.

"탐나는 먹거리 있음 손님 받기도 전에 냉큼 싸 놓았다 잘도 가져가면서, 쯔쯧."

"그게 어디 언니가 따로 해 주는 정하고 같나?"

"쯔쯧, 날마다 해 주면 고마움이 당연지사로 둔갑한다더니, 딱 그짝이네."

"아, 알았소! 고마움 아는 희주나 잔뜩 챙기시구려. 참! 깻잎지 맛있게 됐던데 그것도 좀 싸 주지 그래요."

"맞다. 희주가 곧잘 먹지. 얼른 좀 싸 와라."

"알았어요."

미라 엄마가 냉장고로 향하자, 안 여사는 희주를 향해 조심스레 입을 열었다.

"노파심에서 하는 말인데, 행여라도 니가 불쌍해서 챙겨 준다는 생각은 일절 말거라. 니가 고마움을 아니까 그런다. 고마워하니까 더 챙겨 주고 싶고, 챙기면서 우리도 기쁘고 그래. 세상 사람이 다

너처럼 고마움을 아는 건 아니다……."

안 여사는 문득 속상한 일이 떠오르는 듯 미간을 모으며 한숨을 쉬었다.

"삼시 세끼 꼬박꼬박 챙겨 줘도 고마움을 모르는 족속도 있단 다. 나도, 사장도 그런 족속을 겪어 봤는지라 고마워하는 니 마음 이 더 예쁘게 보였던 거다."

안 여사는 반찬 가방 하나를 들어 주며 기어이 버스 정류장까지 따라 나왔다.

"두 분 음식 맛이…… 왜 예쁜지 알겠어요."

저만치 버스가 보이자 희주는 뜨거운 속내를 드러냈다.

"마음이…… 두 분 마음이 예뻐셔서……."

눈물을 보이기 싫어서 또 채 말을 잇지 못했다. 안 여사가 불쑥 껴안았다.

"아이구, 내 딸 같은 것. 언제든 놀러 오거라."

온몸을 간질이는 안 여사의 몽글몽글한 체온은 버스에 올라앉아 도 사라지지 않았다. 힘겹게 다스렸던 눈물샘은 기어이 넘치고 말 았다. 두 사람이 음식을 만들던 모습 때문이었다. 새김질해 보니 그들은 행복한 모습이었다. 어릴 적 엄마가 그랬던 것처럼, 그 음 식을 먹을 사람을 상상하면서 그득한 정을 온몸에 품고 조리하고 있었다. 반찬 통을 열면 동봉된 그들의 속삼임이 사르르 가슴으로 스밀 것 같았다. 사랑한다는.

삶의 뜨거움을 곱씹는 사이에 차창 밖의 어둠은 빛의 여진을 야 금야금 삼켰고, 시간을 먹은 버스는 집 앞에 이르렀다. 마중 나온 진우가 반찬 가방을 받아 들었다. 대문을 들어섰더니 모처럼 1층으 로부터 환한 불빛이 새 나왔다. 진우가 그곳을 가리켰다.

"누난 들어가 봤어?"

"아니."

"무지 커. 피아노 있는 이상한 방도 따로 있고."

피아노는 방음부스를 갖춘 방 안에 있으리라. 할머니와 함께 주원의 집에 들어갔던 진우가 새삼 부러웠다. 2층으로 올라가 진우의 저녁을 차려 주고는 반찬 가방을 정리하는데 다시금 울컥했다. 감정을 다스릴 요량으로 발코니로 나갔다. 그때 경쾌한 피아노 소리가 들렸다.

쇼팽의 '화려한 대 왈츠.'

희주가 놀이터 모래밭에서 손을 놀렸던 곡이었다. 예전에 드뷔시를 연주할 때는 애써 소리를 죽여서 치는 느낌을 받았다. 하지만 지금은 거리낌이 없는 힘찬 연주였다. 단순히 곡의 성격 때문만은 아니었다. 피아노 해머가 머릿속을 두드리는 듯한 그의 연주는 함께 피아노를 치는 것 같은 오롯한 행복감을 안겨 주었다.

한 곡으로 연주는 끝났다. 곡의 여운을 누리다가 번쩍 눈을 떴다. 선곡이 특별한 만큼 어쩐지 그가 부르는 신호로 와닿았다.

1층으로 내려갔더니 과연 주원이 정원으로 나와 있었다. 아쉽게도 의자는 보이지 않았다. 하늘을 향했던 그의 시선이 희주에게로 돌려졌다.

"왔어?"

"피아노…… 잘 들었어요."

"잘 들렸어?"

우연히 들은 곡이 아니라 저를 위한 선물임을 확인한 희주의 입꼬리가 올라갔다.

"생생히요."

주원은 수줍게 웃으며 불빛이 환한 1층 발코니로 시선을 던졌다.

"비가 시끄럽게 올 때면 가끔 문을 활짝 열고 쳤었어."

노래도 목청껏 부르셨죠.

잠자코 귀를 기울이다가 그가 말없이 발코니만 바라보자 입을 열었다.

"평상시에 치셔도 괜찮을 것 같아요. 소음이 아니니까."

그가 쓴웃음을 지으며 바라보았다.

"소리를 내보낸다는 건 듣는 사람으로부터 올 반응을 감당한다는 일이거든. 그게 언어이든 음악이든."

"반응은 자신하셔도 될 것 같은걸요? 마을 집들은 떨어져 있고, 가까운 곳에선 그 소리로 위안과 행복을 선물받는 삶이 있으니까요."

"후, 맞아. 번거로운 게 싫어서 밖으로 소리를 내보내기 싫었는데 희주가 가까이 있으니 소리를 내보낼 변명이 생겼지."

"저만 행복한 게 아닐걸요?"

"응?"

희주는 천진하게 웃으며 여기저기를 가리켰다.

"저기 나무들도 행복하고, 저 하늘의 달과 별도 행복하게 감상할 거예요. 그리고 말예요. 여긴 풀벌레와 귀뚜라미들이 유독 많잖아요? 그 아이들도 아마 주원 삼촌의 소리에 행복해서 모였을 거예요. 고양이도요."

"고양이……."

"주원 삼촌 소리를 기다리는 것 같았어요."

말하고 나니 억지 같아서 희주는 머리를 긁적였다. 특히 고양이는 공연히 들먹인 것 같다. 하지만 주원은 제법 심각한 표정으로 생각에 잠기더니 고개를 주억거렸다.

"으음, 희주 덕에 유익한 변명을 얻었어."

농담에 맞장구를 치는 것인지, 아니면 진지한 응수인지 헤아릴 수 없어서 희주는 고개를 숙인 채 볼을 붉혔다. 주원의 시선을 느끼고 고개를 들자, 그가 깜짝 놀라며 황망히 시선을 돌렸다. 그의 뺨이 붉게 물들어 있어서 희주는 갸웃했다.

"파, 파티는……."

주원이 풀밭을 가리켰다.

"여기서 하자."

이내 당혹감을 추스른 주원은 미안한 표정을 지었다. 아랑곳 않고 희주는 환하게 웃었다.

"좋아요."

"희주는 간식만 준비해. 메인 음식은 우리가 책임질게."

'우리'라고 했다. 주원은 재하를 초대했나 보다. 그래서 어제는 답을 미루었나 보다.

"난 무얼 준비하지?"

"제가 원하는 걸 말해도 괜찮아요?"

"응. 내가 준비하고 싶은 게 바로 그거야."

"예?"

"오로지 희주가 원하는 것."

새삼 그의 눈길이 깊었다. 원하는 것은 무엇이든 상관없다는 넉넉한 배려를 느낄 수 있었다. 그 과분한 친절에 희주는 수줍게 바람을 드러냈다.

"노래요. 주원 삼촌의 노래."

주원이 개구지게 웃는다.

"좋아. 대신 희주도 노래를 들려줘야 할걸?"

"어어, 아녜요! 저 엄청 음치예요. 피아노라면 모를까."

"피아노……."

얼결에 꺼낸 말 한마디에 주원은 생각에 잠겼다가 생긋 웃었다.

"그럼 피아노 연주해 줘."

"어, 그건……."

희주는 발코니와 풀밭을 번갈아 보았다. 무슨 뜻인지 알겠다는 양 주원이 자못 어렵게 입을 열었다.

"나하고 재하가 약속한 게 있거든. 서로가 집 안에 여자를 들이지 않기로."

말한 뒤 조심스레 반응을 살피는 주원에게 희주는 손사래를 쳤다.

"괜찮아요. 이해할 수 있어요."

"하지만 희주가 피아노를 칠 수 있도록 할 테니 꼭 연주해 줘. 해 주는 걸로 알고 준비해 둘게. 참! 희주네 학콘 음악실에서 피아노 칠 수 있어?"

"아뇨. 비싼 피아노라 샘이 못 만지게 해요. 다른 학콘 점심시간에 아무나 칠 수 있다던데……."

"그럼 오랫동안 못 쳤겠군. 연습이 필요하진 않아?"

"괜찮아요. 컴으로 복습할게요."

주원은 문득 깊은 눈길을 던졌다. 왠지 애잔한 느낌이다. 이내 집 안과 희주를 번갈아 보다가 어색하게 웃었다.

"언제 한번 누나가 놀러 오라 그랬어. 어머니네 가게 되면 그때 피아노도 마음껏 쳐."

집을 비울 동안에도 자신의 피아노를 허락할 수는 없다고 양해를 구하는 말이었다. 에둘러 하는 그 말에 서운함을 품다가 희주는 곧 스스로를 꾸짖었다. 또, 또! 문을 열어 주면 더 들어가려는 욕심!

방으로 돌아온 희주는 먼지가 내려앉은 악보를 꺼내 노래 한 곡을 찾아냈다. 또 인터넷을 통해 피아노 연주 동영상을 보며 손가락을 놀렸다. 다행히 오랜 시간이 지났어도 손가락이 악보를 기억하고 순조롭게 움직였다. 나름대로 색깔을 입혔던, 여백을 메워 줄 왼손의 장식음만 더 연습했다. 오랜만에 피아노를 칠 기회가 생기자 재하가 이 집에서 기타로 연주했던 것 같은 'The water is wide'가 먼저 떠올랐다. 당연한 일이었다. 나른한 한낮에 발코니를 통해 기타 소리를 들었던 그날부터 줄곧 피아노로 치고 싶었으니까.

다음 날, 방학의 마지막 주말인지라 진우의 몫까지 교복이며 책가방을 점검하고 대청소를 했다. 빨래를 널다가 풀밭을 내려다보니 파티 장소인 풀밭으로 초록색 비치 파라솔 테이블과 의자 네 개가 준비돼 있는 걸 보았다.

희주는 옷장 앞에서, 그리고 거울 앞에서 오랜 시간을 보냈다. 하지만 애송이가 아닌 성숙한 숙녀의 모양새는 좀처럼 낼 수 없었다. 골랐던 옷이 마음에 안 차 다시 옷장을 뒤지느라 진우의 볼멘소리를 들어야 했다.

"같이 좀 나르자!"

희주는 일회용 접시에 미리 담은 과자며 냉장고의 수박 화채 등을 1층으로 옮기는 일을 함께 했다. 얼린 바나나와 우유를 이용한 셰이크와 치즈케이크까지 올려놓자 테이블이 가득 찼다. 휴대용 레인지와 불판을 들고 나온 주원이 눈을 휘둥글게 떴다.

"간식을 사 온다더니 특급 요리를 했네!"

"참! 술은 따로 준비 안 했는데……."

"잘했어. 우린 안 먹거든."

주원의 시선을 따라갔더니 재하가 프라이팬과 집기를 들고 나왔다. 큰 덩치를 겨우 감당한 앞치마가 가련해 보인다고 생각한 순간 할머니의 말이 떠올라 피식 웃었다. 산적치곤 인물이 빼어났다.

"안녕하세요."

희주의 인사에 재하는 건성으로 대응하며 불판 위로 스테이크용 고기를 올렸다. 주원이 개인 접시를 하나씩 나눠 주었다.

"미디엄 상태야. 희주는 다 익힌 것?"

재하는 지글거리는 불판의 고기를 한입 크기로 잘랐다. 시종 희주와는 눈길을 섞지 않은 채 진우 몫의 고기는 손수 담아 주었다. 묻지 않고도 딱 진우가 맛있어할 굽기로.

"형도 드세요."

진우의 권함에 따르는 양 그도 앉았다. 희주는 꽤 놀랐다. 진우가 이처럼 누군가에게 식사를 권한 적은 한 번도 없었다. 큰집과 고모네 식구는 물론이거니와 제 누나에게도 인색했다.

식사를 끝내고 희주가 테이블을 대충 정리할 때였다. 불판과 접시를 집어 든 희주의 손으로 재하의 눈길이 내리꽂혔다. 어쩐지 화가 난 표정이어서 희주는 움츠렸다.

"서, 설거지는 제가 하려고요."

식당 일로 거칠어진 손을 감추며 말했다. 그 감추는 손을 재하의 눈이 기어이 좇았다. 갑자기 그가 벌떡 일어나 그릇을 낚아챘다.

"됐어."

무엇이 못마땅한지 그는 허공에 대고 무언가 탄식하며 안으로 들어갔다. 재하는 곧 돌아왔다. 손에는 기타가 들려 있었다. 그가 의자 하나를 저만치 당겨 앉아 기타 줄을 가다듬자 주원은 목청을 가다듬었다. 바로 공연으로 이어졌다.

"가을엔 편지를 하겠어요."

김민기의 '가을편지'를 주원이 특유의 높은 가성으로 소화해 냈고, 재하는 기타에 시선을 붙인 채 반주했다.

"가을엔……."

희주에게 다정한 시선을 던지며 노래하던 주원이 주춤했다.

"사람이 아름다워요."

그는 이후의 가사에서도 '여자'를 계속 '사람'으로 바꿔서 노래했다. 주원이 두 번째 곡을 부르려고 숨을 고를 때, 희주는 언젠가 들었던 기타 연주의 주인공이 재하임을 확신할 수 있었다. 그가 능숙하게 전주를 하는 곡이 바로 'The water is wide'였다. 주원의 소리가 시작되자 희주는 이내 빠져들었다. 무수한 가수들이 불렀지만 특히 칼라 보노프의 음색이 희주에겐 으뜸이었다. 하지만 단번에 그 으뜸은 주원으로 바뀌었다. 그리고 달콤한 우수를 담담히 그려 내는 재하의 연주도 아름답기 그지없었다. 주원이 재하에게 정이 가득한 눈길을 던졌다. 시선을 마주한 재하도 웃음을 지었다. 비록 어색하기 짝이 없는 투박한 웃음이었지만 처음 보았다. 재하가 웃는 모습을.

노래가 끝난 뒤에야 희주는 자신의 선곡을 바꿔야 하나 고민했다.

"이제 희주의 연주를 들어 볼까?"

"어, 그런데 저도 그 노래를 치려고 했는데……."

"그래?"

주원이 놀랍다는 표정을 지었고, 재하는 저 혼자 갸웃했다.

"상관없어."

주원이 좋은 생각이 떠오른 표정을 지었다.

"왜냐하면 희주가 연주하는 곡은 같고도 다른 노래가 될 테니까."

갸웃하는 희주에게 주원이 1층 출입문을 가리켰다.

"희주를 위해 특설무대를 준비했어."

다들 따라올 줄 알았는데 아니었다. 집 안으로 희주를 들인 주원이 발코니 쪽을 가리켰다.

"어머, 피아노가 저기……."

"방음부스 안에 걸 내왔어."

발코니 바로 앞의 묵직한 피아노로 다가선 희주는 그 자리에서 풀밭 위의 사람들을 바라볼 수 있었다. 그러니까 주원과 재하는 '여자'를 집 안으로 들이긴 했어도 함께 공간을 공유하지는 않은 채 연주를 들을 수 있도록 일종의 타협을 했다. 고가의 피아노는 윤 여사의 집에서 보았던 것과 같았다. 소리보단 울림이 더 소음을 유발하기에 바퀴엔 고무를 받쳐 고정시킨다. 그 고무받침을 빼고 옮기려면 보통 힘든 작업이 아니었으리라. 그런 번거로움을 감수할 만큼 그들의 약속은 견고하나 보다.

주원은 의자의 높이와 조율을 재확인하고는 밖으로 나갔다.

됐어. 이만큼 문을 열어 줬으면 된 거야.

희주는 스스로를 다독이며 어지러운 머릿속을 다스렸다.

관계의 거리, 그 적정선을 망치는 건 항상 욕심이었잖아.

어릴 때 대회에 나가서도 긴장한 적은 없었다. 다행히 낯선 긴장감은 금방 날아갔다. 무엇보다 재하와 주원이 연주 직전 머릿속에 생생히 심어 준 리듬이었기에 감정이 무난하게 실렸다. 1절을 마치고 간주곡을 칠 때 음의 여백으로 기타 소리가 들려왔다. 흐릿한 소리가 퍽 따뜻한 격려로 와닿았다. 2절로 넘어갈 때 주원의 목소리가 합류했다.

다른 가사였지만 즐겨 들어서 바로 알아들었다. 시셀의 'Summer snow'였다. 일본 드라마 '섬머 스노우'의 OST로 더 알려진 이 곡은 칼라보노프의 'The water is wide'와 같은 선율이다. 물론 원곡은 아일랜드 민요이고.

어쨌거나 주원은 지금 다른 노래를 부르고 있었다. 음악이 고마웠다. 세 사람이 소통할 수 있게 해 줘서. 재하의 기타와 주원의 노래를 이대로 끝내기가 싫어서 연주를 멈추지 못했다. 이어지는 연주에 주원은 마치 원래의 순서인 것처럼 아까 부르지 않았던 1절을 자연스레 노래했다. 재하의 연주도 계속되었다. 희주는 소망했다. 악보의 되돌이표처럼 지금의 시간도 그러하기를. 하지만 주원은 시간의 되돌이표에 갇힐 생각이 없는 듯했다. 재하 또한.

가장 행복한 순간 중의 하나인 이날의 모습은 두고두고 아쉬움으로 남았다. 적어도 한 번만은 더 반복했어야 했다. 그때는 몰랐다. 그런 자리를 다시 얻기까지 6년 이상이나 걸릴 줄은.

3. 관계의 거리

공기는 종일 음울하고 꿉꿉해 누군가 건드리면 미친놈처럼 폭주할 것 같았다. 따지고 보면 야구계에서 퇴출된 것도 타인의 욕설에 민감한 성격에서 비롯되었다. 이런 날은 사람들과 마주치지 않는 게 상책이다. 언제나처럼 스스로 창고에 유배되어 묵묵히 야채만 손질해야 했다. 그동안 잘 견뎌 왔다. 가십거리에 눈이 뒤집힌 기자 나부랭이도 제풀에 나가떨어졌다. 기자들과는 전생에 악연이라도 있었는지 엮이는 순간 욕설이 튀어나오고 주먹을 디밀곤 했다. 돌아오는 것은 더 교묘하고 악의적인 기사인데도 말이다.

오늘이 고비다. 돌이켜 보면 늘 마지막 고비를 넘기지 못하고 일을 그르쳤다. 친구가 돌아온다. 폭주를 다스려 줄 유일한 치료사이기도 한 친구가. 그러니 오늘만 사람들과 부딪치지 않고 조용히 지내면 된다.

늦은 오후엔 충충으로 내려앉았던 먹빛 구름이 비를 쏟아 냈다.

쏴쏴.

요란하게 퍼부어 대는 빗줄기 속으로 오래전 함께했었던 술 취한 중년 남자의 환영이 어른거렸다. 그는 단단한 주먹을 불끈 쥐었다.

되는 일이 없다고 절망하던 험악한 인상의 남자는 하기 싫은 일을 억지로 마친 뒤엔 늘 술과 야비한 폭력으로 울분을 풀어냈다. 집밖에는 만만한 상대가 없었던 탓에 힘없는 제 마누라와 어린 자식이 제물이 되어야 했다. 폭력이 두려웠던 딸은 일찍이 이모네로 피신해 제 살 길을 도모했지만, 어린 아들은 악착같이 남아서 깡마른 여자에게 날아든 주먹과 발길질을 제 몸으로 대신 받아 냈다. 아들은 죽어라 힘을 키웠다. 이윽고 열세 살의 나이에 중년 남자와 맞설 수 있었다.

'흐흐흐, 내 새끼 아니랄까 봐. 암! 그 피가 어디 가겠어.'

아들의 반격으로 나자빠진 남자는 그렇게 저주를 퍼부어 댔다. 더 이상 집 안에서 폭력을 행사하지 못하게 된 남자는 거리에서 취객과 시비가 붙은 끝에 도로에 방치되었다. 그러고는 떠돌이 개처럼 짓뭉개져 세상을 떠났다. 지금처럼 억수로 비가 퍼부어 대던 날이었다.

"망할 놈의 비!"

그는 창고 뒷문을 탁 닫고는 지난 기억을 털어 냈다. 친구를 만나고자 모처럼 외출하는 그에게 어머니, 신 사장이 애송이 알바생을 가리켰다.

"아파 보이더라. 태워다 줘라."

그녀가 친구의 집 2층에 살고 있는 줄은 진즉에 알고 있었다.

아르바이트도 친구의 누나가 신 사장에게 부탁해서 이루어졌다.

그녀는 과연 아파 보였다. 여고생 나이에 벌써부터 고단한 삶을 살아가는 그녀가 자꾸만 신경이 쓰였다. 느닷없는 타인의 삶에 관한 관심에 스스로 짜증이 나서 친구가 골라 준 음악을 들으며 마음을 다스렸다.

그녀는 여느 때보다 창백해 보였다. 온몸으로 고통이 새 나오고 있었다. 그것은 마치 산사태 직전에 땅에서 물이 콸콸 뿜어져 나오는 조짐과도 닮았다. 그녀는 곧 무너질 터였다. 그런데도 그녀는 괜찮다고, 아프지 않다고 고집을 부렸다. 그녀가 원하는 곳에 내려 주면서도 불편하기 짝이 없어서 차를 돌리지 못했다. 아니나 다를까 그녀는 빗속에서 휘청거렸다. 토악질까지 해 대자, 그는 뛰쳐나갔다.

"괜찮기는, 제기랄!"

쓰러진 그녀를 안아 들었다. 번화가였기에 익숙한 병원 건물이 시야에 들어왔다. 되돌아가 차에 태우기보단 달리는 게 빨랐다.

"괜찮…… 내려……."

바르르 떠는 그녀를 내려다보았다. 전혀 괜찮지 않아 보였다. 무게를 줄이려는 양 그의 어깨를 붙든 손아귀의 힘에서는 삶의 절박함이 담겨 있었다.

"가만있어!"

그의 뜀박질이 다급해졌다. 비바람에 모자가 날아갔다.

"제기랄!"

그는 개의치 않고 계속 달렸다. 그의 어깨를 붙든 손아귀의 힘이 느슨해지자 더 속도를 냈다. 긴박한 상황 속에서 그녀의 체온이 느껴졌다. 낯설고 미묘한 느낌에 안 그래도 빠르던 심장 박동이 더욱 거칠게 요동을 쳤다.

비와 땀과 씩씩거리는 숨소리를 흘리며 응급실로 들이닥치자 사
람들의 시선이 쏠렸다. 그는 개의치 않고 병원 직원의 안내에 앞서
빈 침상에 그녀를 내려놓았다. 다행히 그녀는 정신을 잃지 않고 있
었다. 더 다행인 것은 일단은 흔한 온열질환이라는 진단이 나왔다.
의사가 처치를 하는 동안 비로소 뭉친 근육과 엉킨 호흡을 다스렸
다. 그런데 이상했다. 진즉에 진정되어야 할 심장이 끈질기게 시끄
러웠다.

고갈된 수분과 영양을 보충하면 된다는 의사의 말에 그녀는 죽
다가 살아난 것처럼 눈물까지 짜면서 안도했다. 그러고는 바닥난
기운을 쥐어짜 애써 입술을 들썩였다.

"죄송한데요…… 부탁 좀……."

워낙 절박해 보여서 침상 옆으로 붙어 귀를 기울였다.

"별거 아니니까…… 사장님한텐 아무 말씀…… 말아 주세
요…… 전 정말 평소에 튼튼…… 계속 일하고 싶어요…… 제발."

웅얼거리는 그녀의 모습에 그는 화가 났다. 그까짓 설거지가 뭐
라고, 사람들이 오래 못 견뎌 허구한 날 바뀌는 그 자리가 뭐라고
그녀는 삶의 마지막 동아줄이라도 되는 듯 집착했다.

"제발……."

지금 말기암 환자 유언하냐? 하는 말을 그는 꿀꺽 삼켰다.

"알았으니 입 다물어."

그 퉁명스러운 약속이 뭐라고 그녀는 안도의 숨과 희미한 웃음
을 흘리고는 까무룩 잠이 들었다. 그는 직원을 불러 조용한 병실로
옮겨 줄 것을 부탁했다.

"조용한 곳이라면 1인실도 괜찮을까요?"

업무 모니터를 훑어본 직원이 물었다. 저쪽 침상에 붙어선 남자 둘이서 재하를 힐끔거리며 무언가 속달거렸다. '박재하 맞잖아?' 하는 소리도 가늘게 날아들었다. 그들을 일견한 재하가 대답했다.

"네, 1인실로 해 줘요."

조용한 병실을 단둘이 공유하자 잠잠해졌던 심장이 다시 들썩였다. 임시 보호자를 벗어나려면 진짜 보호자를 데려다 놓아야 했다. 중학생 동생과 단둘이 사는 사실을 빤히 알고 있는 그는 이곳으로 오고 있는 친구를 기다릴 수밖에 없었다. 병실 안으로 묘한 열기가 떠다녔다. 에어컨을 조절한다고 해결될 열기는 아니었다. 숨이 가빠 온 그는 신경질적으로 고개를 실긋거리며 침상을 바라보았다. 새근새근 숨소리를 내며 그녀는 잠에 빠져 있었다. 그 숨소리가 열기의 주범인 듯싶었다. 멀찍이 떨어져 보는데 담요 밑으로 비어져 나온 양말이 시선을 붙들었다. 더운 여름인데도 목이 길고 두꺼운 양말이었다. 아마도 장화를 신어야 해서 그런 듯싶었다. 젖어 있는 양말은 고개를 돌려도 어른거렸다.

"제기랄. 축축하면 알아서 벗겨 줄 것이지."

공연히 간호사를 탓했다. 직원을 부르려 하다가 이내 다가가 희주를 보며 나지막이 말했다.

"야, 양말 벗긴다."

새근새근 숨소리만 들렸다. 담요를 양말 바로 위까지 덮어 놓은 뒤 천천히 벗겼다. 꿉꿉한 습기와 시큼한 냄새가 어쩐지 그녀가 치러 낸 삶의 무게인 듯싶어 낯선 연민을 품었다. 연민은 부아로 발전했다. 드러난 그녀의 맨살 때문이었다. 온통 부르튼 발 여기저기로 생채기가 나 있었다.

도대체 연고값이 얼마나 한다고. 생소하고 울컥한 감정에 스스로 놀라 후다닥 담요를 집어 발을 덮었다.

세면실로 가서 찬물로 거듭 세수를 했다. 수건을 잡고 있자니 그녀의 부르튼 발이 어른거렸다.

거울을 보며 성을 냈다.

"제기랄!"

자신도 모르게 수건을 적셔 침상으로 향하고 있었다.

"야, 발 좀 닦는다."

역시 새근새근 숨소리만 날아든다. 그는 고개를 돌린 채 담요를 들춰 그녀의 발을 닦아 냈다. 발바닥을 훔칠 때 그녀가 움직였다.

"흐흥."

간지럼을 타는 듯한 소리에 화들짝 놀란 그는 수건을 내던지고 시치미를 뗐다. 천장을 향했던 시선을 슬그머니 돌렸더니, 그녀는 여전히 깊은 잠에 빠져 있었다. 아까보다 살짝 모로 누운 그녀를 비로소 찬찬히 훑어보았다. 그녀가 새근새근 잠이 든 소리를 가까이서 듣자 심장의 박동이 빨라졌다. 그녀의 목소리는 맑으면서도 코맹맹이 소리가 섞였다. 오똑한 콧등을 눈에 담자 머릿속으로 목소리가 들리는 것 같았다. 살짝 벌어진 붉은 입술 사이로도 숨이 새 나오는 중이다. 심장이 더욱 거칠게 뛰었다. 그녀의 입술이, 그녀의 콧등이 그의 온 영혼을 빨아들이려 들었다. 움찔하여 시선을 돌리니 이번에는 담요 밑으로 볼록하게 솟은 가슴이 눈에 들어왔다. 그는 자신의 가슴을 더듬었다. 아까부터 불쾌하고도 치명적인 쾌감의 흔적이 의아했는데, 바로 그녀의 가슴과 맞닿았던 자리였다. 그때 하체로 뜨거운 기운이 몰렸다.

"미친!"

그는 한 발짝 물러섰다. 아니, 물러서야 한다고 여겼다. 그런데 몸이 말을 듣지 않았다.

쫘악!

스스로 뺨을 때려 가까스로 정신을 차렸다. 세면실로 달려가 또 세수를 했다. 친구에게 전화를 걸었다. 거의 다 왔다는 말을 듣고 전화를 끊은 뒤, 얼굴을 보자마자 환자를 대신 돌봐 달라고 부탁한 뒤 허둥지둥 병실을 벗어났다.

정신없이 차를 몰다가 멈췄더니 친구의 집 앞이었다. 2층으론 불빛이 새 나왔지만 1층은 어두웠다. 1층 주인은 지금 병원에 있을 테니 당연한 일이었다. 감정이 폭주하면 늘 친구를 찾아와 진정시키곤 했던 습관이 이곳으로 오게 했던 것이다. 그는 이따금 재하가 없을 때에도 그 집에 들어가 기타를 치거나 하며 마음을 다스리곤 했다.

그는 차에서 내리자마자 내달렸다. 폭주를 가라앉히는 또 하나의 방식이었다. 어디선가 비웃는 소리가 날아들었다.

'그 피가 어디 가겠어!'

남자의 저주가 귀를 때리자 치미는 욕을 참으며 소리를 질렀다. 그는 화가 나도 좀처럼 욕을 하지 않았다. 그 남자와 닮은 짓은 뭐든지 피하려고 안간힘을 다했다.

'네놈도 장가가서 일 안 풀리면 마누라 팰 상이라고!'

'안 가! 그쪽 같은 가장이 될 바엔 혼자 산다고!'

'그게 니 맘대로 될 일이냐? 여자가 배불러 찾아오면 나처럼 데리고 살아야지 어쩌겠냐.'

'빌어먹을, 그럴 일을 애초에 안 만들면 되잖아!'

단순히 바락바락 대들다 튀어나온 선언은 아니었다. 코흘리개 때부터 이미 환멸을 느꼈다. 결혼이라는 자체를. 한때는 다정한 부부의 모습이었던 사진첩의 부모를 본 뒤로는 그 환멸이 결심으로 굳어졌다. 때문인지 줄곧 여자에겐 관심이 없었다. 고교 때부터 쪽지며 고백을 무수히 받았지만 한 번도 마음이 동하지 않았다. 프로 입단 후 이른바 한 얼굴 한다는 미인들이 교태를 부려도 '꺼져'라는 한마디밖에 내뱉지 않았다. 그랬던 만큼 느닷없이 찾아든 성욕은 충격적이었다.

"제기랄, 애송이 여고생한테 성욕이라니! 미친 새끼, 미친 새끼!"

급기야 그는 줄곧 자제했던 욕설을 내뱉고 말았다.

"짐승만도 못한 새끼."

눈물이 나왔다.

"아 놔, 씨팔, 좆같네!"

딱!

어두운 산길을 질주하다 보니 탁월한 운동 신경을 가지고도 나뭇가지를 미처 피하지 못했다. 주저앉아 이마를 문지르며 하늘을 향해 실성한 양 웃어 댔다.

"제기랄, 하필이면 여고생이 뭐야!"

그는 구원받고 싶다는 심정으로 가만히 병실의 일을 새김질해 보았다. 공기를 미묘한 열기로 오염시키는 그녀의 호흡, 그 숨이 새 나오는 붉고 두툼한 입술과 하얗게 솟은 콧등과 까만 눈동자를 덮은 촉촉해 보이는 눈썹, 그리고 젖살이 채 빠지지 않아 보이는 발그레한 뺨과 하얀 목까지 떠올리다가 이내 비명을 질렀다.

"아 놔, 씨팔!"

상상만으로 다시금 중심이 딱딱해지는 것만 같았다.

※ ※ ※

"제기랄!"

잠에서 깨어난 재하는 불퉁거렸다. 벌써 6년이 지났는데도 기억에 생생하고 빈번히 꿈으로 찾아든 장면들이었다. 특히 병실에서 잠든 그녀의 모습이 그랬다. 그리고 소년처럼 몽정까지 안겨 준다.

반쯤 일으킨 몸으로 주원의 체온이 와 닿고 있었다. 선뜻 몸을 떼어 내지 못했다. 주원은 일부러 접촉하지는 않는다. 그때마다 주원의 마음이 다치지 않도록 자연스레 몸을 떼어 내곤 했다. 그런데 주원의 온기가 새삼 불편하다. 심지어 순수한 우정이라는 관계 자체까지.

사실 관계에 관한 밑도 끝도 없는 불안감은 외부에서 비롯되었다. 세 개의 바퀴 중 하나가 떨어져 나가면 전체가 기울 듯이, 희주의 이탈 조짐이 주원과 재하의 관계까지 은근히 흔들어 댔다.

상대의 의중을 도무지 가늠할 수 없어서 희주와의 면담을 미루는 중이다.

새로이 옷을 차려입고 주원을 위한 아침을 만들었다. 처음에는 노래와 연주의 수고를 안겨 준 미안함으로 시작했는데, 언제부턴가 그를 위한 조리가 즐거웠다. 늘 맛있게, 행복하게 먹어 주니 말이다. 그리고 빼어난 미식가인 주원은 재하의 다양한 음식 실습의 객관적인 평가자로서도 제 몫을 거뜬히 해냈다. 그도 그럴 것이 그는 외국 음식을 두루 접했고, 지금도 경험하는 중이다.

"희주 사직서는 달래 봤어?"

밥을 뜨다 말고 주원이 물었다. 재하는 '오 대리'라고 꼬박꼬박 호칭하는데도 주원은 자신은 여기 직원이 아니라며 '희주'를 고집

했다. 하긴 철저히 공적인 관계로 선을 긋고 싶은 재하의 고집을 주원이 따라 할 필요는 없었다.

"일단 보류해 뒀어."

"보류는 좋은 생각은 아닌 것 같아. 어느 날 희주가 훌쩍 사라질 수도 있으니 단속 잘 해야 할 거야."

"영영 못 볼까 봐 겁나냐?"

"너는 아냐?"

"걱정 마. 오 대린 책임감에 목숨 거는 여자니까."

"재하야, 자만하지 마."

어른이 아이에게 건네는 말씨로 주원이 부드럽게 질책하자, 재하는 가만히 바라보았다. 고교 때부터 재하는 제법 어른스럽게 구는 주원의 충고에 귀를 기울여 왔다.

"사람의 가치관은 유동적이야. 과거 개울에 흐르던 물은 그저 개울물이었지만 지금은 강물의 일부고 바닷물의 일부일 수도 있잖아. 희주는 지금 개울에 갇힌 삶이 아냐."

주원은 물에 관한 비유를 즐겼다. 고교 시절 빗길에서 재하는 지나는 차에 더러운 흙탕물을 뒤집어썼다. 사실 같이 걷던 주원을 보호해 주려고 피하지 않았다. 안타까워하는 주원에게 재하는, 상관없어. 흙탕물 인생이 흙탕물 뒤집어쓴 건데 뭘, 하고 시큰둥하게 응수했다. 그날, 주원의 집에 들러 그의 연주와 노래를 들은 재하는 타인에게는 처음으로 죽은 아버지와 저주스러운 강박증을 털어놓았다. 그 일이 있는 후 어느 날 우산을 함께 쓰고 배웅해 주던 주원이 흙탕물을 가리켰다. 그러고는 다른 편의 맑은 물도 가리키며 말했다. 저 물도, 이 물도 똑같이 바다로 가는 물이야.

다른 사람이 건넨 말이면 개소리라고 치부할 터였다. 그런데 주원의 말은 위로로 와닿았다. 같은 반이어도 별 관심이 없었던 주원이었다. 이국적인 곱상한 외모 때문에 추근거리는 변태들이 몇 명 있었는데 함부로 건드리진 않았다. 이전에 문제가 있었는지, 아니면 대단한 배경이 작용하는지 교장이며 교사들이 주원의 주변을 감시했다.

어느 날, 음악실 앞을 지나던 재하는 여자인 듯 남자인 듯 헷갈리는 음색의 노래에 걸음을 멈추었다. 이내 안으로 들어가 억지로 주원에게 노래를 시키는 듯한 패거리를 내쫓은 뒤 의자를 끌어당겼다. 그러고는 계속 불러 보라고 시켰다. 그렇게 친구가 된 주원은 재하에게 있어선 저와 다른 삶의 호기심을 충족시키는 친우 정도였다. 그런데 희망을 발견했다. 쉬 폭주하는 흙탕물 영혼이 구원받을 수 있다는. 과연 주원과 함께 있으면 마음이 평안했고, 시합때도 포커페이스를 유지할 수 있었다. 무엇보다 주원은 모든 면에서 가장 닮지 않았다. 빗길에서 떠돌이 개처럼 죽은 남자와.

"재하야."

생각에 잠겨 있던 재하를 주원이 불렀다. 새삼 요요하게 와 닿는 눈빛과 붉은 소스가 묻은 입술로 인하여 한 여자가 떠올랐다. 진정한 친구 한 명만 존재한다면 평생 연애를 안 해도 외롭지 않다는 소신을 자꾸 흔들어 대는 여자다. 제기랄, 사직서를 내는 이유를 도무지 이해 못 하겠다. 과하지도 덜하지도 않은 관계의 거리. 딱 지금 이 상태가 좋은데.

"붙잡는 내가 이기적일까?"

알면서도 물었다.

"응. 이기적이야. 지금의 적당한 관계 유지도 위험할 수 있고."

"명분이 부족해 보여서 그래."

유능한 회사의 간부가 시골 분식집으로 자리를 옮기겠다면 누가 납득할 수 있겠는가.

"참! 네 누나 때문은 아니지?"

제 살 길을 도모하고자 일찍이 지옥 같은 집을 떠났던 누나, 진숙은 졸업 후 영양사로 일하면서 신 사장에게 주말마다 식단표를 보내 주었고, 훗날 재하가 기업형 회사로 키워 내자 필수 인력인 영양사로 합류했다가 수석 영양사 자리를 꿰찼다. 신 사장의 배려로 지금은 관리실장 직함을 달고 희주의 상사로 근무 중이다.

"오 대리가 어디 박 실장에게 휘둘릴 위인인가."

"하긴. 희주가 야무지지. 수줍음 많던 학생이 이리 야무지게 클 줄 몰랐어."

뿌듯한 표정의 주원에게 재하는 코웃음을 던졌다. 돌이켜 보면 어린 나이에도 제 할 말은 꼬박꼬박 다 했던 희주였다. 도리어 어른이 된 지금은 지나칠 만큼 공손한 한편 좀처럼 속내를 드러내지 않았다. 골똘히 무언가를 가늠하던 주원이 아쉬움을 흘렸다.

"휴우, 작년처럼 분명한 명분이 없다면 보내 줘야 할 것 같아."

작년에 재하가 일본으로 떠나기 전, 그녀는 이미 사직서를 품고 있었다. 하지만 재하의 꿈이 걸려 있는 문제라는 은근한 협박에 그녀는 물러섰다. 그때는 2년을 약속했는데 1년 만에 귀국했다. 때문에 재하는 1년의 시한이 더 유효하다고 여기고 있던 중에 사직서를 다시 받게 된 거였다.

식탁을 정리한 재하가 발코니 앞 등나무 의자로 앉자, 주원이 나란히 앉아 노래를 불렀다. 어렸을 적 희주가 좋아했던 헨델의 '그리운 나무그늘'이었다.

플라타너스의 이파리가 부쩍 습기를 잃고 누렇게 변색되었다.

이른 아침의 햇살은 투명했다. 운동하기에 좋은 날이다. 노래가 끝나자, 재하는 트레이닝복을 입고 운동 가방을 챙겼다. 주원이 갸웃했다.

"오늘도 출근 안 해?"

"아직은 오 대리가 있으니까."

"자만하지 말라니까."

희주가 중심을 잡아 준 덕분에 회사 일 걱정 없이 1년간 일본을 다녀올 수 있었다. 국내의 독립 리그도 가능할 만큼 몸을 만들었지만 그놈의 매스컴에 지레 질려 일본으로 방향을 틀었다. 더욱이 자비를 들여야 하는 국내와는 달리 일본은 독립 리그임에도 월급이 나온다.

6년 전, 희주를 통해 발견한 제 안의 욕망을 부정하고 싶어서, 그런데도 계속하여 어른거리는 그녀를 지우고 싶어서 미친 듯이 일에 빠졌다. 기업 형태의 식당을 목표로 정한 뒤 수전노가 되어 악착같이 벌었다. 물론 직원 급료나 시설 투자에는 돈을 아끼지 않았다.

취미로 하는 야구에도 돈을 아끼진 않았을 터였다. 일종의 에너지 충전이니까. 하지만 더 나이가 들기 전에, 그러니까 서른이 되기 전에 마지막으로 프로로 생존이 가능한지 확인하고 싶었다. 그래야 훗날에 두고두고 후회하지 않을 것 같았다. 다만 특급 신인으로 이름을 날렸던 이력인데도 자비를 들여야 야구공을 던질 수 있다면 이미 실격이라고 나름 기준을 정했다.

3년이 지나서 회사가 안정 궤도로 정착했고, 4년이 지나자 희주가 재하 몫의 업무를 온전히 해냈다. 그때부터 본격적으로 몸을 만들었고, 5년째 되는 해에 일본의 독립 리그 트라이아웃(프로선수 선발 및 입단 테스트)에 참여해 선택을 받았다.

2년을 목표로 했던 일본 생활은 1년으로 단축되었다. 그놈의 성깔이 가장 큰 이유였다. 어차피 국내에서 복귀를 타진할 생각인지라 미련 없이 귀국했다. 일단은 꾸준히 몸을 만들어 놓는 일이 중요했다.

"잠깐, 재하야!"

주원이 불러서 현관에서 돌아보았다. 그는 무언가 반가운 소식을 전하려는 표정이었다.

"희주 말야…… 혹시 남자 생긴 거 아닐까?"

주원의 표정이 썩 마음에 들지 않았다. 재하는 코웃음으로 응수하고 밖으로 나왔다. 하지만 이내 머릿속이 복잡해지고 만다. 비어 있는 2층을 한참 동안 쳐다보다가 차에 운동 가방을 넣어 둔 뒤 동산을 향해 달렸다. 6년 전 밤에 내달렸던 그 길이다. 고통으로 각인되었던 그날의 숲이 언제부터인가 의지를 다지는 장소로 변해 있었다. 결과적으로 그날의 고통은 은둔으로 부유하던 그의 삶을 세상 밖으로 내보냈고, 식품 회사 대표라는 직함과 재기 가능성이 높은 야구인이라는 선물을 안겨 주었다.

축축한 숲 사이로 소낙비처럼 쏟아지는 아침 햇살이 어떤 여자의 해맑던 웃음과도 같았다. 주원의 말이 머릿속에서 되살아난다.

'희주 말야…… 혹시 남자 생긴 거 아닐까?'

머릿속이 또 복잡해지고 만다.

❈ ❈ ❈

'좋은밥상' 뒤편으론 5년 전부터 '착한밥상'이란 간판이 생겼다. 소유주가 같으니 경쟁 식당은 아니다. 다른 도시에 직영점을 갖추고는 있지만 이곳의 '착한밥상'은 위탁 급식에 집중하는 법인 회사의 본부다. 입구로 들어서면 커다란 식자재 창고가 먼저 보이며, 널찍한 마당으론 배송 차량 여러 대가 수시로 들락거린다. 그리고 원래 있던 주택을 증축한 2층 건물은 사무실로 사용 중이다. 좋은밥상 주인 소유의 정원과 주택이 그렇게 변신한 것이다.

회사 옆 공터의 주차장에 차를 세운 젊은 여자가 마당을 가로지르자, 배송 분류 작업 중이던 직원들이 반가운 표정으로 인사를 건넸다.

"오 팀장님, 안녕하세요."

"네, 안녕하세요."

젊은 여자는 밝게 웃으며 인사를 받았다. 모든 직원들은 젊은 그녀에게 깍듯했다. 모르는 사람들이 보면 오너의 여식쯤 되는 줄 알 터였다. 하지만 회사에 몸담아 본 사람들은 안다. 그녀가 얼마나 유능한지. 그리고 자신들이 업무상 위기에 닥쳤을 때면 얼마나 지혜롭게 해결해 주는지도. 때문에 스물네 살의 대리가 지원팀 수장을 차지했을 때도 과하다고 여기는 사람은 거의 없었다.

"오 팀장, 일찍 나오네?"

40대의 타 부서 과장도 가던 발길을 돌려 그녀와 인사를 나누었다.

"어머, 과장님, 벌써 나오셨네요!"

"오늘 직원 한 명이 쉬니까 더 움직여야지, 허허."

일찍 출근해 일한다는 눈도장을 받고 싶어서 일부러 그녀와 눈길을 섞는 간부들도 더러 있었다. 그녀가 회사 대표의 눈이며 귀라고 알려진 탓이다. 하지만 딱히 그 이유가 아니더라도 그녀와 인사를 나누면 사과 향처럼 상큼한 기운이 마음을 기분 좋게 간질여서 너도나도 마주치려 든다.

과장과 동행했던 신출내기 직원이 고개를 갸우뚱거리며 그녀의 뒷모습을 지켜보다가 과장에게 호기심을 풀어놓는다.

"어린 아가씨가 벌써 팀장이니 대단하네요."

"벌써가 아니네, 이 사람아. 개국 공신이야. 나보다 더 고참이라고!"

"그럼 과장님과 직급이 같나요?"

"대리야. 오 대리. 그런데 그냥 대리가 아니고 자그마치 사장 대리야. 자네도 기억해 둬. 오 팀장 지시는 곧 사장의 지시니까 군말 말고 따라야 해. 뭐 어차피 그릇된 지시는 절대 안 하니까."

그녀는 '오 대리'와 '오 팀장'으로 널리 알려졌지만, 직원들은 그녀의 이름을 대부분 안다. 바로 '좋은밥상' 때문이다. 같은 시간에 그녀와 식사를 여러 차례 경험해 본 직원이라면 그곳의 조리장이 '희주야!' 하고 부르는 소리를 한두 번은 들어 보았으니까.

희주는 지금 '좋은밥상'을 먼저 들렀다가 오는 길이다. 아침은 집에서 먹었지만 안 조리장에게 인사를 건네기 위해서였다. 아침마다 맞잡은 손의 온기는 세상을 바라보는 시야까지도 다사롭게 해 준다. 부조리장인 미라 엄마가 "그놈의 손뽀뽀 어지간히 좋아들 하시네." 하고 쏘아붙이자, 희주는 맞잡은 안 여사의 손을 놓지 않은 채 "인간미 충전 중이거든요." 하고 넉살 좋게 응수했었다.

희주가 사무동의 2층 운영 관리실로 들어서자, 구수한 원두커피 향이 음악과 함께 풍겨 왔다. 감미롭고 익숙한 소리에 희주는 웃음을 머금었다. 사무실의 막내인 민지는 이렇듯 노래와 모닝커피로 여유를 누리고자 가장 일찍 출근한다.

"안녕하세요?"

"응, 좋은 아침. 요즘 민지 씨 박하 노래 자주 듣네?"

민지는 휴대폰에서 흘러나오는 음악 소리를 줄였다가 다시 키우고는 일어났다. 커피머신으로 향하면서 어깨를 으쓱였다.

"들을수록 좋아요. 어제 시디도 샀어요."

"그래? 음반까지 살 정도면 카운터 테너를 정말 좋아하나 봐?"

"박하 목소리가 좋은 거죠. 이름처럼 상큼하고요."

카운터 테너 '박하'의 예명은 민트의 의미가 아니고 두 남자의 성을 합친 것이다. 하지만 희주는 시치미를 뗐다.

"응. 상큼하지. 위로와 행복을 주고."

"맞아요. 목소리가 저를 쓰담쓰담 해 주는 것 같아서 아침마다 듣고 힘을 내요. 암튼 팀장님 덕분에 좋은 가수를 알게 됐어요. 드세요."

민지가 커피를 내려놓았다.

"고마워. 자고로 좋은 건 나눠야지. 윤 주임한텐 귀신 곡하는 소리만 듣는다고 무안 먹었는데, 귀동지가 생겨서 반가워."

"근데 아무리 검색해도 박하 얼굴을 못 찾겠어요. 팀장님은 아세요?"

"글쎄…… 얼굴이 중요하나?"

오래전 독일의 피아니스트가 올린 유튜브 동영상은 물론이거니와 첫 번째 앨범인 '별의 바다'에서도 주원의 얼굴은 공개되지 않았다. 밤하늘의 별꽃을 바라보는 뒷모습만 실렸을 뿐이다.

"당근 중요하죠. 언니, 아니, 팀장님만 해도 잘생긴 가수 좋아하잖아요. 거…… 필립……."

"자루스키."

"아, 맞아요. 팀장님이 박하 다음으로 좋아하는 필립 자루스키. 암튼 노래를 듣다 보면 가수 모습이 상상되잖아요?"

"그럼 동양풍 자루스키로 상상하면 되겠네?"

"네?"

비슷한 비주얼이니까.

폭로할 뻔했다.

"어, 뭐…… 음색이 조금 닮았잖아? 맑고 자연스러운 고음도 그렇고."

"듣고 보니 그런 것 같기도 하네요."

희주가 커피를 채 비우기도 전에 첫 번째 업무 전화벨이 울렸다.

"오늘 전쟁은 일찍 시작될 조짐인걸?"

희주의 예언대로 나머지 직원들이 출근하자마자 전화 폭탄이 날아든 사무실은 평소보다 더 분주다사했다. 회사에서 직영, 혹은 위탁 운영하는 50여 개의 구내식당은 점심 준비를 위해 직원들이 이제야 출근길에 오를 터였다. 그중에 아침을 차리는 식당은 상대적으로 적은 식수여서 느긋하게 배식을 할 시간이다. 하지만 구내식당 전체의 심장부격인 본사의 운영 관리실은 쉴 새 없이 울리는 전화벨과 통화 소리로 왁자했다. 특히 낮은 칸막이 하나로 네 명이 책상을 맞댄 매장지원팀이 가장 바빴다. 각 매장의 문제점에 즉각적으로 해결책을 제시해 주던 직원들은 빈번히 난감한 문제에 부딪혔다. 그때마다 그들은 희주를 바라보았다. 공석이었던, 그래서 한때 희주가 그 자리를 대신했던 관리실장 자리엔 이미 엄연히 누군가가 존재하는데도 말이다.

"팀장님, 하남전자 오늘은 조리실 사용을 못 한다는데 어쩌죠?"

"아! 거기 공사했죠? 주말에 비가 많이 와서 시멘트가 안 굳었나 봐요. 하남 직영점에서 조리해서 준비시킬 테니 윤 주임이 회사 탑차 가지고 배송해 줘요."

"넵, 팀장님."

희주보다 두 살 많은 건장한 남자는 젊은 상사의 시원시원한 대처에 절대적인 신뢰의 눈빛으로 응답했다. 이어서 막 전화기를 내려놓은 민지가 의자를 옆으로 돌렸다. 시종 난감하게 통화하던 2년 차 여직원인 민지는 희주와 눈길을 섞는 순간 든든한 언니나 엄마를 대하듯 느긋해졌다.

"팀장님, 새한병원 조리실장님이 못 나오신대요. 모친상이래요."

"어머, 결국 운명하셨구나. 근데 모친상이라면 동생분도 못 나오시겠네?"

"아, 맞아요. 두 여사님이 자매라서 며칠……."

"새한대학교로 지원 요청해. 오늘은 개장 준비 청소만 할 테니 전문조리사 지원 가능할 거야. 참! 장례식장은 호스피스 병동 옆이겠지?"

"어! 확인 못 했는데요?"

"쯔쯧, 민지 씨도 지역 담당한 지 꽤 됐잖아. 직원들 기본 정보는 숙지하고 있어야지. 그분들은 거기서 자그마치 15년 동안 근무하신 사장님들이야. 우리 회사가 인수하기 전까지 따져서 말야. 회사 차원으로 위로를 따로 하겠지만, 지역 담당인 자기가 우선 챙겨야 하지 않겠어?"

"죄송해요. 미처 생각 못 했네요."

나지막이 질책했는데도 감수성이 예민한 스물한 살의 민지는 풀이 죽었다. 희주 역시 그 나이 때 재하에게 무시로 타박을 받았던 일이 떠올라 윤 대리에게 대신 받으라는 사인을 보낸 뒤 민지 편으로 상체를 내밀고는 방긋 웃었다.

"민지 씨는 연말에 주임 직함 달 연차잖아? 부하 직원도 생길 텐데, 일 처리가 시원한 상사의 모습을 보여 줘야 하지 않겠어? 요즘 고졸 신입들 눈높이 알잖아?"

"아, 알죠. 근데 팀장님, 정말로 고졸 사원도 똑같은 연차에 주임 달아요?"

"그럼. 우리 사장님 방침이잖아. 대신 믿음을 보여 줘야겠지?"

"믿음을…… 제가 못 보여 줬죠?"

"보여 주는 중이야. 좀 더 보여 주면 더 좋고."

"어어, 고마워요, 팀장님. 잘할게요."

민지는 환하게 웃으며 결의를 다졌다.

"그나저나 팀장님은 머릿속에 슈퍼컴퓨터를 모셨나 봐요. 척하면 척이니 말예요."

"그런 소리 마. 사장님이 들으심 비웃으셔."

"그치만 옛날이야기잖아요. 요즘은 팀장님이 지휘자인걸요."

"쉿!"

하지만 민지의 소리를 박진숙 실장이 들은 듯싶다. 언제 왔는지 지척에 서서 민지에게 눈총을 보내고 있었다. 그때 두 대가 함께 울리는 전화는 반갑기 그지없었다.

"전화!"

희주는 민지에게 전화기를 가리키며 자신의 책상 것도 집어 들었다. 통화하는 동안에도 진숙은 따로 떨어진 자리로 돌아가지 않고 팔장을 낀 채 지원팀 직원들을 지켜보았다. 희주가 통화를 마치자, 30대 직원 한 명이 다가왔다. 이번엔 영업팀 최 주임이었다.

"오 팀장님, 평택으로 시식 음식 배송 가능할까요? 다음 주에 날 잡기로 했는데 갑자기 연락이 왔네요."

최 주임은 초조해 보였다. 희주는 대답 대신에 진숙을 바라보았다. 지원팀은 몰라도 적어도 영업팀에선 희주가 아닌 부서 전체의 지휘자인 진숙에게 조언을 구해야 했다. 과연 진숙은 최 주임을 향해 이맛살을 찌푸렸다.

"신규 예정 시식이라면 현장에서 직접 조리해서 신선도로 승부해야죠."

"실장님, 그게…… 아직은 조리실이 완비 안 돼서……."

"출장뷔페팀은 뒀다 뭐에 쓰게요? 평일 낮엔 일도 없는데."

"출장팀은 일이 없는 평일에 쉬죠. 오늘 죄다 쉽니다."

진숙의 대책 없는 힐난에 최 주임의 말씨가 살짝 꼬였다.

"거긴 왜 갑자기 시식을……."

진숙은 마땅한 방도를 꺼내지 못했다. 영업 실적은 곧 수당으로 이어졌다. 가능성을 코앞에 두고서 난감한 상황과 마주한 최 주임의 긴장감을 희주는 어림할 수 있었다. 그래서 조심스럽게 나섰다.

"최 주임님, 시식 회산 평택 어디쯤이죠?"

"포승공단입니다."

"식수는요?"

"오늘은 50인분을 원했어요."

"포승공단……."

희주는 진숙을 바라보았다.

"실장님, 포승공단에 우리 업장이 입주한 곳이 있는데, 그곳에서 더 만들어 식사 시간 맞춰서 보내면 어떨까요?"

"재료나 인력은 갑자기 어떻게 하고."

마뜩잖은 표정을 하면서도 진숙은 귀를 기울였다.

"인력 지원은 그 지역의 일당 도우미 한두 명 부르는 쪽으로 업장과 의논하고, 식자재는 거기 메뉴에 맞춰 여기서 지금 배송할게요."

"지금?"

"네, 실장님. 최 주임님이 지금 챙겨 출발하면 조리 시간은 맞출 수 있어요."

"아! 그러면 되겠네!"

단번에 얼굴에 화색을 띤 최 주임에게 시선을 돌리고 희주는 말을 이었다.

"최 주임님은 어차피 그쪽으로 가셔야 하니까, 포승 업장에서 잔일 도우면서 기다리셨다가 음식 나오면 직접 배송하시면 될 것 같아요. 참! 최 주임님은 양파 까기 달인이시죠?"

"하하, 왕년에 식당 일 배우러 갔다가 한 달간 양파만 깐 까닭이죠. 오 팀장님 말뜻은 잘 알아먹었습니다. 포승에 일 떠안긴 게 미안하니 음식 나올 동안 양파 죄다 까 주라는 거잖아요, 하하."

"그럼 식자재 목록은 제가 곧 물류팀으로 보낼 테니, 집기실로 가서 준비하세요. 참! 포승엔 밥통이 여유가 없던데 보온밥통은 꼭 챙겨 가세요."

"알겠습니다. 고맙습니다, 오 팀장님."

최 주임은 저보다 예닐곱 살이 어린 희주에게 깍듯이 고개를 숙이고는 돌아섰다. 이마를 손으로 받치고 서 있는 진숙의 표정이 복잡하게 일그러졌다. 희주가 고개를 돌리자 전화기를 손에 쥔 또 다른 팀원이 기다리고 있었다.

"팀장님, 오산 직영점 오븐이 고장 났다고 조기찜 메뉴 바꿔 달랍니다."

착한밥상의 주간 메뉴는 업장에서 임의로 바꿀 수 없다. 반드시 본사의 허락을 받아야만 했다. 그것도 사장의. 사장이 자리에 없을 땐 사장의 대리, 즉 오희주 대리의 허락이 필요했다. 때문에 희주는 습관적으로 응대했다.

"조기하고 소스는 다 준비됐고?"

"그렇답니다, 팀장님."

"그럼 튀기라 해요. 오븐보단 수분이 적어지니 소스는 염도를 줄인 다음 뿌려 주……."

아차 싶은 생각이 머릿속에 들었을 때는 늦었다. 지척에 새로운 사장 대리인 진숙이 서 있는 줄을 깜빡했다. 과연 진숙이 희주의 말을 댕강 자른다.

"튀기긴 뭘 튀겨. 보기 좋게 조리하려면 프라이팬에 지져야지."

물론 알고 있는 방식이다. 하지만 전판이라고 불리는 직사각형의 대형 팬으로 지진다고 해도 시간 소모가 너무 많다. 자그마치 400인분이다. 오븐으로 조리하면 20분씩 두 차례만 돌리면 끝나는 일을 오래 붙들고 있자면 다른 음식을 만들 시간이 부족할 터였다.

"못 들었어?"

두 상사를 번갈아 보며 난감해하는 팀원에게 진숙이 언성을 높였다.

"내 말대로 전하라고!"

"아, 네. 실장님."

진숙은 신 사장처럼 깡마른 체구다. 사무실의 수장을 차지한 한 달 동안 잔소리는 별로 안 했지만 무언가 성에 안 차면 이렇듯 짜증을 내곤 했다. 전화가 잠잠해진 틈을 타 진숙이 못다 풀어낸 짜증을 마저 토했다.

"까닥하면 팀장님, 팀장님! 매뉴얼을 숙지들 하라고! 도대체 언제까지 오 팀장한테 의지만 할 거야. 그것도 곧 그만둘 사람한테."

갑자기 팀원들의 얼굴이 굳어졌다. 진숙의 말에 담긴 어마어마한 사실을 뒤늦게 깨달은 양 희주를 제외한 팀원이 벌떡 일어났다.

"네?"

"팀장님이요?"

"그, 그만두다뇨!"

팀원의 시선이 희주에게로 모아졌다. 모두 얼빠진 표정이었다. 저쪽의 영업팀도 일손을 멈추고 멍하니 희주를 바라보았다.

"오 대리, 이야기 좀 해."

진숙이 턱짓을 하고 돌아섰다. 이제부턴 업장의 전화가 드물 것이고, 지원팀은 흩어져 다른 업무를 볼 터였다. 희주는 각 업장의 담당 영양사들이 업로드한 레시피를 점검하는 한편 생소한 메뉴가 출시된 업장은 직접 가서 레시피 준수 여부를 확인하며 도움을 줄 터였다. 영양사들의 충고를 한 귀로 흘려듣는 책임 조리사들도 희주 앞에서는 설설 기었다. 물론 사장을 대리한다는 막강한 지위도 한몫했지만, 무엇보다 희주의 지적은 설득력을 갖추었다. 한식, 양식, 중식 조리사 자격증을 두루 갖추고서 일식이며 유럽 음식에도 조예가 깊은 희주는 조리 현장의 일머리도 훤히 꿰고 있었다.

하지만 이젠 그 업무는 진숙이 대신할 터였다. 아니, 이틀 전부터 이미 진숙이 맡다시피 했다. 때문에 오늘처럼 많은 전화를 받아야 했다. 오후의 업장 점검 때 미리 확인하지 못한 문제점들이 아침에서야 드러난 까닭이다.

관리실 문밖으로 나간 진숙은 복도 끝의 사장실로 향했다. 그곳은 완벽하게 대화가 새 나가지 않는 회사의 유일한 공간이었다. 안으로 들어선 진숙은 소파에 마주 앉자마자 입을 열었다.

"미안해. 어쩌다 보니 오 대리가 사표 낸 걸 공표해 버렸네."

"뭘요. 어차피 알게 될 텐데요."

"결심은 여전해?"

"네. 사장님 최종 면담만 마치면 떠나려고요."

"사장님은 오늘도 오 대리 믿고 안 나올 작정인가 봐."

살짝 가시를 담은 말씨였다. 하지만 틀린 말은 아니다. 재하는 처음 약조한 2년을 얘기한 뒤 이 일을 회피하고 있었다.

'2년만 재하 대신 맡아 주렴.'

신 사장의 간곡한 당부만 아니었다면 작년에 이미 떠났을 것이다.

'걔가 얼마나 야구에 미쳤는지 난 봐 왔다. 지금 마지막 기회 놓치면 나이 먹어 두고두고 미련에 빠져 허우적댈 게 뻔해.'

하지만 눈앞의 진숙은 신 사장과는 생각이 달랐다.

"재하는 할 만큼 했어. 이젠 야구를 접고 경영에 충실할 때야."

사장이라는 직함 대신 새삼스럽게 '재하'라고 한다. 어쩐지 가족의 권리와 의무로 애정을 토로한다고 밝히는 것 같다.

"재하가 올해 서른이야. 회사 오너로선 젊은 나이지만, 야구선수로선 황혼이지. 지금 밖으로 도는 건 회사에 나와도 딱히 할 일이 없기 때문일지도 몰라."

"사장님 빈자리가 큽니다. 나오시면 할 일이 많……."

"재하 일은 오 대리가 죄 끌어안아 버렸잖아."

"덕분에 성장이 멈췄죠. 회사를 위해선 하루라도 빨리 나오셔야 합니다."

"안다니 다행이군."

비아냥거리는 투에 희주는 비위가 상했다. 재하에게 쪽지 하나만 남기고 홀쩍 떠나고 싶어도 진숙의 일 처리가 미덥지 못해 그나마 버티는 중이다. 그놈의 책임감이 뭐라고 야근은 물론이거니와 휴일이며 명절에도 편히 쉬지 못했다. 그리고 떠나는 마당에도 족쇄로 작용하는 중이다. 갑자기 진숙이 아닌 재하에 관한 반항심이 돈다. 어쩌면 오희주는 일방적으로 떠날 위인이 못 된다는 생각을 하고 있을지도 모른다.

지쳤다.

고작 한 걸음만 다가서도 이내 재하는 한 걸음 물러나 버린 줄도 모른 채 혼자 설렘을 누렸다. 더는 학생이 아니고, 애송이는 더욱 아닌데도 말이다. 그의 품에 안겼던 꿈을 꿀 때마다 스무 살을 간절히 기다렸다. 스무 살 생일 땐 미용실이며 화장대 앞에서 반나절을 보냈다.

대학생 신분이 되어 아르바이트로 첫 출근 한 그날, 완전한 성인으로 입성했음을 재하에게 에둘러 밝혔다. 그의 소감은 한숨으로 시작되었다. 그러고는 무엇이 못마땅한지 또 한숨을 토했다.

'넌 어째 나이를 먹어도 애기 같냐.'

그깟 타박이 뭐라고 눈물이 나왔다. 공들인 화장이 번졌고 미용실에 투자한 시간은 허사가 되었다.

'야, 어려 보인다는 게 뭐 어때서!'

당황하는 그를 외면한 채 창고를 개조한 제2 조리실을 뛰쳐나갔다. 그는 종일 슬금슬금 눈치를 보며 음료수를, 식혜를 지척에 갖다 놓곤 했다. 그런 모습에 진우의 과거 모습이 떠올라 피식 웃었다. 그 웃음 한 자락에 재하가 지척으로 다가왔다.

'화 풀렸어?'

그는 한사코 희주와 정면으론 눈길을 섞진 않았다. 그 점도 새삼 서운해 뾰로통하게 응수했다.

'삼촌, 아니 사장님은 연애하지 마세요. 여자한테 맨날 상처나 주는 말만 할 테니까요.'

그가 잠잠해서 고개를 돌렸다. 그는 천장에 시선을 둔 채 뇌까렸다.

'천천히…… 애송이 티 다 벗으면 그때 해라.'

'저, 스무 살이거든요!'

'따지긴. 그냥 내 눈엔 어린아이로 보인다니까, 으윽.'

허벅지를 꽉 움켜쥔 그의 얼굴이 갑자기 고통스레 일그러졌다.

그는 급히 밖으로 나갔다. 갈수록 허수한 구석을 내비친다. 이렇듯 결코 낭만적일 수 없는 행동들을 일삼는 그의 말 한마디에, 표정 하나에 민감하게 반응하는 자신을 이해할 수 없어서 희주는 고개를 절레절레 흔들었다.

잠시 지난 일을 회상한 희주는 진숙을 똑바로 바라보았다. 그러고는 결심을 굳힌 듯 말했다.

"직원들한테도 오픈된 마당이니 사장님 면담과 상관없이 주말에 떠날게요."

"주말에? 너무 촉박……."

진숙은 당황하더니 인수인계에 꼭 필요한 시일을 점검해 보는 양 생각에 잠겼다.

그때 벌컥 문이 열렸다. 운동복 차림의 재하는 급히 달려온 듯 숨소리가 적이 거칠었다. 희주는 벌떡 일어나 목례를 건네고 나가려고 했다. 재하가 가로막았다. 그러고는 소파 앞에서 엉거주춤 서 있는 진숙을 담담히 바라보았다.

"나가 줘."

"나? 아, 알았어요, 사장님."

진숙을 뒤따라 나가려는 희주를 재하가 제지했다.

"오 대린 남고."

재하는 집무 의자에 앉아 빙그르 반 바퀴 돈 뒤 책상 앞의 소파를 가리켰다.

"앉지."

그는 늘 이런 식으로 희주를 대했다. 그는 깍지를 낀 손을 책상 위로 올렸다.

"자, 오 대리. 협상을 시작해 볼까?"

'오 대리'라는 호칭이 귓전을 빙그르르 돌았다. 그가 과연 '희주'라는 이름을 기억하고 있는지 새삼 의심스럽다. 고2 여름의 알바를 마친 뒤 이따금 주말이면 신 사장의 부름을 받고 식당을 나갔다. 재하와는 좀처럼 마주칠 기회가 없었다. 식자재 창고는 양식 조리실로 개조되었으며, 재하는 그 안에 틀어박혀 나오지 않았다. 더 이상 창고가 아니었기에 희주가 그곳에 들어갈 일은 없었다.

'완전 미쳤어. 요리에 환장해 버렸다고.'

혀를 내두르는 안 여사를 통해 그가 음식 공부에 푹 빠졌다는 근황 정도나 들을 수 있었다. 수능을 치른 뒤 다시 알바를 갔을 때에는 재하의 지휘 아래 이동급식과 위탁급식 회사가 따로 차려져 있었다. 이동급식은 좋은밥상의 조리실에서 해결했기에 양식이며 특별 메뉴를 담당하는 재하를 날마다 볼 수 있었다.

'이봐, 넌 계량 기구 가지고 다니면서 나하고 안 여사님이 만든 음식 레시피 작성해. 표준 레시피 알지?'

'이봐' 라고 부르는 그가 새삼 못마땅했다.

'제 이름은 아시죠?'

당돌한 줄 알면서도 바람을 드러냈다. '희주야' 라는 호칭을 왜 그리 갈망했는지 모르겠다.

'이름?'

그는 잠깐 생각에 잠기더니 툭 내뱉었다.

'학생. 학생이라 부를게.'

'그냥 이름을 부르셔도…….'

'넌 학생이야. 난 네가 학생이란 걸 기억해야 하고.'

생뚱맞은 답변에 희주는 찡그렸다.

'학생이 싫으면 애송이?'

'싫어요. 애송이 소린.'

대학생이 되어서도 호칭은 '학생' 이었다. 다급하게 부를 때는 '야' 소리가 나왔을 뿐 '희주' 는 입에 올리지 않았다.

그의 음식 솜씨는 상상했던 것보다 훨씬 빠르게, 널리 인정을 받았다. 안 그래도 맛있던 좋은밥상의 음식은 재하의 양식과 별미가 추가되면서 젊은 사람들의 지지에 힘입어 번창해 갔다. 재하는 이동급식의 고객 정보를 세밀히 분석했다. 그리하여 맞춤형 식단으로 승부했다. 그가 기업 정보에 열중한 진정한 이유는 나중에야 알게 되었다. 성장 가능성이 큰 기업에 특히 공을 들였는데, 그 기업의 규모가 커지면 이동급식 방식 대신 직접 입주해 현지에서 조리실을 운영했다. 그렇게 그는 밖으로 나가지 않고서도 영업 사원과 배송 사원을 지휘하며 사업 규모를 키웠다.

대학생이 되어 처음 맞이한 방학에는 종일 근무를 했다. 신 사장은 설거지를 시키지 않았다. 덕분에 안 여사 곁에서 틈틈이 음식을 배웠다. 하지만 재하는 음식을 만들 수 있는 기회는 주지 않고 레시피 검증과 정리만을 맡겼다. 참신한 그의 레시피를 통해 고리타분할 만큼 기본에만 충실한 학교 수업의 갈증을 해소할 수 있었지만, 손이 근질거리는 것은 어쩔 수 없었다.

희주가 대학을 졸업할 즈음, 착한밥상은 재하가 구상했던 대로 위탁급식과 식자재 유통이 본업이 되었다. 즉 고비를 넘기고 정착 단계에 접어든 것이다. 새로운 사무동이 생겼고, 직원이 충원되었으며, 늘어만 갔던 좋은밥상의 인력도 일부 이동되었다.

'학생도 새 사무실로 가야 해.'

'어, 전 현장 일이 좋은데요.'

'현장을 순회할 거야. 레시피 준수 여부를 확인해야 하니.'

'그건 학생 때 일이고……'

'아, 이제 졸업하지. 오늘부턴 주임이야. 오 주임.'

입사 2년을 채우면 연봉이 훌쩍 뛰는 주임 직함을 안겨 준다는 이야기는 들었다. 하지만 희주의 2년은 알바로 띄엄띄엄 이어 간 세월이었다.

'레시피 관리 2년 했으니 특혜는 아냐.'

졸업했으니 무얼 할 거냐, 따위는 묻지 않았다. 졸업했으니 당연히 정식 직원으로 출근한다는 전제였다. 제 목소리 한번 내지 못한 채 쓸려 가는 게 영 내키지 않아 대답을 미룬 채 그를 빤히 쳐다보았다. 사무실 행사 관계 때문인지 그는 슈트를 입고 출근했다. 그는 한껏 성숙한 어른의 품위를 풍겼다. 희주는 어림해 보았다. 졸업생인 자신도 그에겐 어른으로 보이고 있는지. 희주의 시선을 의식한 양 그가 고개를 돌렸다. 그러고는 드물게 오래도록 희주와 눈길을 섞었다. 한순간 그가 움찔하더니 홱 시선을 돌렸다. 어쩐지 사적인 감정의 개입을 거부하는 몸짓으로 와닿아 희주는 쓸쓸히 입을 열었다.

'생각 좀 해 볼게요.'

'나, 나, 대신 밖으로 움직여 줄 사람이 필요해서 그래.'

희주의 미지근한 반응에 당황했는지 그는 말을 더듬었다. 하지만 진심으로 느껴지진 않았다. 눈길을 피하며 건넨 말이었기에.

'네, 생각해 볼게요.'

돌아서는 희주의 등으로 그가 다급히 외쳤다.

'네가 꼭 필요해!'

그 한마디에 갑자기 가슴이 뛰었다.

'다들 성실하긴 해도 너처럼 똑똑한 직원은 없어.'

이례적인 칭찬까지 보태지자 희주는 배시시 웃으며 돌아섰다.

'맨날 구박만 하더니 칭찬도 할 줄 아시네요.'

희주의 웃음을 일견한 그가 또 움찔하더니 시선을 돌리고는 코웃음을 쳤다.

'칭찬은! 사실을 말한 거지.'

그 칭찬 한마디에 조리실이 아닌 사무실 책상 하나를 차지했다. 그때부터 '학생'은 '오 주임'이 되었고, 나중에는 '오 대리'가 되었다.

곰곰 새김질해 보니 과연 그는 단 한 번도 '희주야'라고 부르지 않았다. 그깟 호칭이 뭐라고 지금이라도 눈앞의 그가 불러 준다면 떠날 마음이 흔들릴 듯싶다.

"오 대리?"

지난날을 되새기던 희주를 재하가 당면한 현실로 이끌었다.

"말씀하십시오, 사장님."

"장기 휴가를 줄게. 한 달이면 되나?"

역시 '오 대리'와 사장으로 엮인 협상이었다.

"부족합니다."

반발심을 담은 응수에 그가 빙그레 웃었다.

"그래? 그럼 얼마나……."

긴장감을 단번에 지워 내는 그의 여유가 참 밉다.

"10년을 요구하면 주시겠습니까?"

누군가는 사적으로 6년을 기다렸으니 상대는 공적으로나마 기다림을 겪어 보라는 나름의 야유였다. 그의 얼굴에서 웃음이 싹 가셨다.

"오 대리."

"그냥 보내 주십시오."

"고작 분식집으로 보내 달라고?"

한사코 자신의 주관적 판단을 우위에 두는 재하에게 희주는 차갑게 응수하고 만다.

"고작이 아닙니다. 제게는."

희주는 입술을 사리물었다.

재하는 그녀의 앙다문 입술을 뚫어지게 바라보았다. 구단에서 퇴출된 후론 주원과 신 사장을 빼고는 모두가 슬금슬금 피했다. 빤히 알면서도 그런 세상 이치가 뒤틀려 차라리 재하가 먼저 사람들과 벽을 쌓았다. 그런데 단 한 사람에겐 벽이 안 통했다. 구박을 해도, 뚱하게 굴어도 어린 여자는 넉살 좋게 제 할 말을 다 했다. 세월이 쌓이다 보니 그녀는 재하의 모든 면을 살갑게 수용해 줄 수 있는 여자가 되어 있었다.

하지만 지금 그녀는 재하 곁을 떠나겠다고 고집하며 협상도 거부한다. 마음에 낯선 어둠이 번진다. 무얼까? 그녀의 목소리가 차갑다. 언제까지나 재하에겐 초롱초롱 맑을 것 같았던 그녀의 눈동자도 무언가 원망을 담고 있었다. 주원의 말이 뇌리를 스쳤다.

'희주 말야…… 혹시 남자 생긴 거 아닐까?'

중요한 약속을 미루고 회사로 달려오게 만든 말이기도 했다. 일에 치여 연애할 시간도 없다고 볼멘소리를 해 대던 그녀였다. 하지만 주원이 허튼소리를 한 적은 없었다. 제기랄, 당장 확인하지 않고는 못 견디겠다.

"남자 생겼나?"

"예?"

"오 대리, 남자 사귀냐고."

그녀는 살짝 찡그리다가 새치름하게 응수한다.

"공적인 자리에서 사적인 이야긴 싫습니다."

"왜?"

"그 이윤 사장님이 더 잘 아실 거라 생각합니다."

어쩐지 야유하는 듯싶다. 물론 공적인 관계로 선을 그은 쪽은 재하였지만, 마치 자신도 원했다는 양 완벽하게 그 선을 곧잘 지켜 왔던 희주였다.

"좋아. 뭐 기왕 말 나왔으니 사적인 질문 하나만 더 하자."

그녀가 숙였던 고개를 치켜들었다.

너, 나 좋아하냐?

하고 말하려는 순간 그녀의 까만 눈동자와 살짝 벌어진 입술이 그의 호흡을 가쁘게 했다. 그녀의 속내를 확신하지는 못한다. 그런데 만약에 그 답이 '예스'라면 그녀의 성격으론 바로 반응하리라. 예, 라는 한마디로.

물론 대답이 '노'일 가능성도 있지만, 참담한 결과의 후유증 따윈 그때 가서 수습할 문제였다.

제기랄, 미친 짐승 새끼.

재하는 속으로 투덜거리며 주위를 둘러보았다. 아랫도리로 벌써부터 수상한 기운이 몰렸다. 만약 '예'라는 답을 듣는다면 6년 동안 가두었던 욕망이 단박에 터질 터였다.

어린 그녀를 품고 싶었던 욕망 때문에 얼마나 고통스러워했던가. 그녀가 성인이 되어서도 욕망은 여전했다. 그녀는 어엿한 여인이 되었지만, 그때까지 그는 초라한 전직 야구선수일 뿐이었다. 그때문이었을까. 거대 외식업체의 견제로 도약과 좌초의 갈림길에 놓였던 사업에 더 악착같이 매진했다. 그녀의 아름다움이 더해 갈수록 그 또한 무언가 더 성취해야만 했다.

그는 이따금 그녀의 마음을 알고 싶었다. 자신처럼 그녀도 저를 마음에 담고 있는지. 하지만 두려웠다. 그녀에게 부끄럽지 않는 남자로 성장하고 싶은 욕망과는 별개로 결혼이란 게 두려웠다. 주원의 말이 생각났다. 이기적이라는. 안다. 그녀의 마음을 확인한다고 해도 이쪽이 준비가 안 된 마당이니 어쩌겠는가. 그렇다고 관계의 끈을 놓기는 죽어도 싫은데.

서른 살이 되어 마주한 지금도 그녀가 어떻게 생각하는지 확신은 없다. 떠난다고 하니까 다급해졌을 뿐이다. 그런 조급함이 스스로 썩 못마땅했지만 달리 방도가 없었다.

너, 나 좋아하냐?

고인 침과 함께 꿀꺽 삼켰다. 밀폐된 여기선 곤란하다. 좋아한다는 대답이 그대로 그녀를 안아도 된다는 뜻은 아닐 것이다. 또 그녀 곁에만 서면 발정 난 짐승이 되어 안절부절 어찌할 바를 모르는 반응을 사랑이라고 단언할 수도 없는 노릇이었다. 확인차 여느 연인들처럼 수순을 밟고 싶다. 같이 영화를 보고, 여행을 하는 등의 과정을 통해 그녀에게 다가가고 싶다. 그녀도 원한다는 확신을 품기까지 말이다. 그 시작을 위해 물을 터였다. 너, 나 좋아하냐고.

희주는 그의 말을 기다렸지만 그는 좀처럼 입을 열지 않았다. 그가 시계를 확인하더니 몸을 일으켰다.

"자리를 옮길까? 공적인 자리에서 사적인 이야기를 하려니 좀 그러네."

그는 바지 주머니에 양손을 찌른 채 소파에서 일어났다. 6년의 학습을 통해 체득했다. 그녀가 포기하고 멀찍이 떨어지려고 하면, 그때마다 그가 다가왔다. 하지만 시간이 조금 지나고 나면 또다시 원점으로 돌아와 있곤 했다. 희주는 입술을 깨문 뒤 지극히 사무적으로 응수했다.

"전 외근 나가야 합니다."

"신경 꺼."

"유종의 미를 거두고 싶습니다."

"오늘따라 고집은……."

그가 미간을 찌푸렸다가 곧 끄덕였다.

"알았어. 좀 이르긴 해도 점심만 같이 해."

그의 숨결이 갑자기 거칠어졌다. 무언가 다급해 보였다. 희주는 아랑곳하지 않고 뜸을 들였다가 대답했다.

"알았습니다. 딱 점심만 하죠."

"주차장으로 와."

그는 허둥대며 먼저 밖으로 나갔다. 뭐라고 툴툴거리는 흐릿한 소리가 그의 발소리 위로 조각조각 떨어진다. 한 조각만 알아들을 수 있었다.

"……짐승."

회사를 벗어난 그의 승용차는 시내로 향했다. 아마도 그는 좋은 밥상도 공적인 공간이라고 여긴 것 같았다.

"칼질할까?"

그가 패밀리레스토랑 어귀에서 차를 세웠다. 그가 귀국했던 한 달 전에 희주에겐 좋지 않은 기억을 안겨 준 장소였다.

"국물 요리 먹고 싶습니다."

그녀의 담담한 대답에 그는 주춤하다가 근처 설렁탕집으로 차를 몰았다.

가게에 손님은 한 테이블밖에 없었다. 직원들은 점심 준비를 일찍 마친 양 홀의 TV 앞에 모여 있었다. 그는 연속극이 방영 중인 TV를 힐끔거리며 얼굴을 찡그렸다.

"다른 데 갈까?"

"그냥 먹죠."

이쯤 하고 싶은데도 계속 엇나가고 만다.

"많이 안 절박하네."

그가 불퉁거리며 구석으로 앉았다.

"난 절박한데."

"외로우신가 봐요?"

"뭐?"

"어, 오래전 사장님 말씀이 떠올라서요. 당돌했다면 죄송해요."

질책의 대상은 담담한데도, 정작 질책한 그의 얼굴로는 괴로움이 번졌다. 어쩐지 미안해서 희주는 억지웃음을 지었다. 그러자 느닷없는 서러움이 왈칵 치밀었다. 정말이지, 모든 게 욕심에서 비롯되었다. 그와 더 가까워지고 싶은 욕심을 다스리지 못했다. 제 목숨을 살린 은인과도 같았던 그때의 일을 시작으로 그는 힘들 때마다, 위기 때마다 달려와 묵묵히 도움을 주었다.

창고에서 은둔할 때도 마찬가지였다. 나중에 안 사실이지만, 그는 희주의 카트에만 자상하게 물건을 실어 주었고, 껄렁거리는 일행이 들이칠 때도 한달음에 달려왔으며, 할머니가 방문한 날도 어쨌거나 미리 달려와 암시를 주었다. 그런데 착각이었던 것 같다. 오로지 희주에게만 자상했던 건 절박해 보였던 소녀 가장에게 베푼 연민일 수도 있었다.

여하튼 지지부지한 관계에 이젠 종지부를 찍고 싶다. 거리를 좁히지 못할 바엔 차라리 아주 멀리 떨어져 나가야 했다. 물리적인 거리로 그를 지울 수 있다는 자신은 없어도 일단은 시도할 터였다. 마침 진우도 이젠 혼자서도 잘 지낼 것이고, 희주를 꼭 필요로 하는 곳도 존재했다.

"먹어."

음식이 나오자, 그가 새삼 숟가락과 젓가락을 직접 놓아 준다. 희주는 잠자코 그의 친절을 누렸다.

조용히 시작된 식사와 함께 반을 채 비우지 않고 수저를 내려놓는 희주를 보고는 그도 수저를 내려놓았다. 그는 이렇듯 밖으로 나오면 눈길을 쉬 피하지도 않는다. 때문에 과거 그와 함께 외근을 나가거나 맛집 시식에 동행하는 일이 가장 즐거웠다.

"사적인……."

심호흡을 한 뒤 입을 연 그가 문득 잔뜩 찌푸렸다. 그가 쏘아본 저쪽의 TV 속에선 부부싸움이 한창이었다.

"소리 좀 줄여 줘요!"

그 정도 소음이 뭐라고 그는 벌겋게 상기된 얼굴로 호흡을 가다듬었다. 마른세수를 한 뒤 입을 연다.

"장소가 별로긴 한데, 한 가지 묻고 싶은…… 제기랄!"

그가 머리를 양손으로 감싸 쥐었다. 이어서 TV를 험악하게 노려보았다. 희주도 찌푸릴 만큼 이번엔 더 시끄러웠다. 부부싸움을 했던 남자가 술에 취해 돌아와 아내며 자식에게 무지막지한 폭력을 행사하는 것 같았다. 가족끼리 치고받고 난리가 아니었다. 다시 그를 바라본 희주는 깜짝 놀랐다.

"사, 사장님."

그는 눈을 감고 있었다. 분노보다는 고통을 호소하는 모습에 몸이 안 좋은 줄 알았다.

눈을 뜬 그가 벌떡 일어나 TV 앞의 직원에게 악을 썼다.

"시끄러워. 좀 꺼. 끄라고!"

홀 안의 모두가 멍하니 재하를 바라보았다. 광고를 내보내는 TV 소리만, 아니, 재하의 거친 숨소리만 희주의 귓전에서 울렸다.

"제기랄, 어쩐지 들어오기 싫더라."

분노가 아닌 서러움이 뚝뚝 떨어지는 말투였다. 희주는 일어나 그의 앞으로 섰다.

"죄, 죄송해요. 괜히 제가 여길……."

"됐어. 이게 나야."

그는 눈을 질끈 감았다 뜨고는 휙 돌아섰다.

"가자."

회사로 돌아가는 차 안에서 그는 굳게 입을 다물었다. 그의 뜬금없는 폭주를 곰곰이 생각해 보았으나 납득이 안 된다. 미안한 마음과 서러움이 교차했다.

"휴가는 취소야."

회사 주차장에 차를 세운 뒤 그가 냉담히 말했다.

"대신 한 달만 더 근무해. 그땐 보내 줄 테니."

낯선 말씨였다. 아니다. 간접적으로 경험해 보았다. 그는 유능하고 성실한 직원에겐 파격적인 대우를 아끼지 않았다. 반면에 일 처리가 투명하지 못하거나 무능한 직원은 가차 없이 내쳤다. 내보낼 직원에게 딱 이런 식의 단호하고 냉담한 말씨로 대했다. 희주는 대답하지 않았다. 대답할 분위기도 아니었지만 왈칵 치미는 서러움을 스스로 달래는 것이 우선이었다. 정말이지 이런 식의 끝은 전혀 예상하지 못했다.

그는 희주를 버려둔 채 떠났다. 비로소 참았던 눈물을 쏟았다. 무엇이, 어떻게 잘못되었는지 가늠해 보지 않고선 아무런 일도 할 수 없을 같았다. 그녀는 자신의 승용차에 올라타 시동을 켰다.

차를 몰다가 멈춰 보니 주원의 2층집 앞이었다. 가장 절박한 시기에 이 집을 통해 위로와 희망을 얻었다. 집주인이 외출 중인 것 같았지만 일단 벨을 눌러 보았다. 과연 응답하지 않는다.

6년 전, 재하와 주원과 셋이서 노래와 연주로 하나가 되었던 때가 사무치게 그리웠다. 그날을 재현하지는 못할지라도 주원의 노래와 연주라도 듣고 싶었다. 이사를 간 뒤로는 카페를 통해 주원의 노래와 연주를 들었다. 지금 그 카페로 가도 주원을 만날 수 있다는 가능성이 크진 않았지만 일단은 차를 몰았다.

카페 '작은 별'로 들어서자, 카페 주인인 최 선생이 엷은 웃음을 그리며 맞이했다. 그 작은 웃음이 최 선생에겐 큰 웃음이나 다름없었다.

"희주 씨."

최 선생의 소리에 등을 보이고 있었던 주원이 홱 고개를 돌렸다.

"희주."

두 사람이 마주했던 테이블엔 악보와 메모 용지 따위가 흩어져 있었다. 최 선생은 1인 기획사 대표로서 주원의 음악 활동에 관한 의논을 나누었나 보다. 주원이 다가와 희주를 찬찬히 살폈다.

"평일 점심 땐 처음이지?"

어쩐지 주원이 희주를 기다리고 있었다는 느낌을 준다.

"플라타너스 잘 있나 보러 삼촌 집에 갔다가 노래가 고파서 왔어요."

"플라타너스는 잘 있지. 나보다 적어도 100년은 더 살 건데 벌써 골골하겠어?"

음악 공부를 마치고 귀국한 후로 주원은 유머 감각이며 삶에 관한 자신감이 눈에 띄게 늘었다. 바라던 대로 음반을 통해 무수한 영혼들과 소통을 한 때문이리라. 하지만 투명해 보였던 그의 영혼은 두터운 커튼이 쳐진 것처럼 가늠하기 힘겨워졌다. 주원 특유의 맑고 깊었던 사색의 샘도 모호한 은유의 주머니로 변모했다.

그는 세월이 흐르면 관계의 성격도 변한다고 믿었다. 때문에 소통을 상실하지 않으려면 더불어 변해야 한다고 주장했다. 처음에는 주원의 변화를 아쉬워했다. 그러나 얼마 안 가 곧 깨달았다. 희주 자신 또한 변했음을. 인간은 그렇듯 이기적인가 보다. 자신은 세월의 풍파에 변해도 상대는 투명한 그대로이길 바라니.

"네 개의 손 어때?"

주원이 홀 안쪽의 피아노를 가리켰다. 네 개의 손, 즉 같이 연주를 하자는 말이었다. 최 선생의 얼굴로 그늘이 살짝 스치는 것을 희주는 놓치지 않았다. 하지만 희주는 피아노를 포기하기 싫었다. 그는 이곳에선 거의 노래를 부르지 않는다. '박하'라는 예명으로 숨는 이유와 비슷했다. 카운터 테너 한 사람의 개인적 취향을 어떤 집단적 취향으로 묶으려 드는 사회적 잣대가 싫어서라고 했다. 즉 '박하'는 자유를 사수하는 수단이었다.

그랜드피아노 앞으로 그와 나란히 앉아 브람스의 '헝가리 춤곡 1번'에 이어 김광민의 '학교가는 길'을 쳤다. 이어서 그의 독주를 들으려고 일어나는 희주를 주원이 제지했다.

"앉아 있어."

희주가 왼쪽 끄트머리에 걸터앉자, 주원은 오른손을 놀렸다. 초반부터 오른손과 왼손을 교차해야 하는 리스트의 '탄식'이 맞는 것 같은데도 그는 한 손만으로 절름발이 음을 냈다. 피아노 해머를 두드리는 힘을 절묘하게 낮추며 희주를 보았다.

"힘들어 보여."

"아뇨…… 어, 맞아요. 힘들어요."

"혹시 재하 만났어?"

"어떻게……."

휘둥그레 눈을 뜬 희주에게 그는 개구지게 웃었다.

"내가 떠밀었어. 희주한테 남자가 생긴 것 같다고 말해 줬거든."

"네?"

눈길에 원망이 실렸다. 그가 원흉인 양.

"그래야만 희주를 만날 것 같아서 능청 좀 부렸어."

그는 오른손 파트만을 연주하며 말을 이었다.

"희주가 훌쩍 떠나 버릴까 봐 걱정했어. 재하는 태평했지만……
근데 만난 것 보니까 맞네."

"뭐가요?"

"재하가 사적으로 희주한테 관심 많은 거."

"아, 아니에요."

물론 그가 예고 없이 들이닥쳐 협상을 들먹이며 사귀는 남자가
있는지 묻기는 했다. 하지만 그것은 어디까지나 공적인 입장 같았
다. 사표의 이유를 가늠하기 위한.

"다 망쳤어요."

울고 싶지 않아서 입술을 깨물었다.

"끝이…… 끝이 너무 슬퍼요. 주원 삼촌 말대로 황금 알을 낳는
거위의 배를 가른 기분이에요."

언젠가 그가 말해 주었다. 물처럼 자연스레 흐르는 사람과 사람
의 관계를 두고 무언가 규정을 지으려는 행위는 황금 알을 낳는
거위의 배를 가르는 짓이라고 했다.

"그건 희주완 상관없어. 재하와 나 사이를 비유했던 거야."

부드러운 웃음을 유지하던 그가 갸웃했다.

"끝이 슬프다고?"

희주가 고개를 끄덕였다.

"이야기 결론이 나빴구나."

"답이나 알면 억울하지 않겠는데……."

채 말을 잇지 못하고 더운 눈만 슴벅거렸다. 그가 탁한 숨을 흘
리고는 오른손을 거둬들였다. 이번에는 왼손만으로 건반을 느릿느
릿 쳐 나갔다. 한차례 음표를 쌓았다가 내린 다음 건반에 시선을

붙인 채 입을 연다.

"회사 이야기가 아니라 사적인 결론이 나빴다는 말 같네?"

희주는 대답하지 않았다. 한참 뒤 그가 눈길을 섞자, 그때서야 희주는 살짝 고개를 끄덕였다.

"지금도 재하를…… 좋아하구나."

"어……."

왠지 쓸쓸해 보이는 그를 향해 고개를 까닥했다가 곧 도리질을 했다.

"아녜요. 지금은 아녜요."

모르겠어요. 지금은 마구 미워요, 하는 말을 삼키고는 문득 생각나서 물었다.

"근데 주원 삼촌한테 재하 삼촌 좋아한단 말 한 적 없는데……."

"내 느낌이 교만했다면 용서해."

"언제 그런 느낌을……."

"6년 전. 풀밭 위에서 오페라 루살카를 이야기할 때."

기억난다. 물의 요정이 왕자한테 푹 빠진 걸 이해할 수 없다고 주장했다. 목숨이 위태로운 여자를 안고 병원으로 데려가 구해 줬다면 모를까, 하면서. 뿐만 아니라 여러 모로 그에게 너무 티를 냈던 듯싶다. 들떠서, 또 어려서.

"재하 삼촌도 알아요?"

그는 건반에 시선을 붙인 채 고개를 가벼이 저었다. 같은 음을 반복하면서 뜸을 들였다가 희주를 보았다.

"재하는 여자를 만날 준비가 안 됐어. 어쩌면 지금도."

'여자'라는 낱말에 비릿한 거부감이 돈다.

남자가 아닌 여자 말인가요?

조소를 삼켰다. 한 달 전, 재하가 조기 귀국을 했다며 밤에 주원이 전화를 걸어 왔다. 한달음에 레스토랑의 룸으로 달려갔다. 재하는 이미 두어 시간을 주원과 함께 보내고 있었다. 술을 마시는 모습도 처음 보았는데, 게다가 그들은 소파에 나란히 앉아 있었다. 연인처럼 붙어 앉은 두 남자를 마주하고 앉은 자리가 새삼 불편했고 생소한 소외감에 젖어야 했다. 애당초 그 자리는 회포를 풀 장소가 아니었다. 얼마나 기다렸는데 말이다.

티가 났는지, 다른 중요한 일행이 있다가 나갔다고, 그래서 연락이 늦었다고 주원이 달래 주었다. 하지만 그 자리는 재하와 희주 자신 사이에 하주원이란 남자가 버티고 있다는 사실을 처음으로 인지해 준 장소로 남았다. 그래서 재하가 오늘 그곳에서 칼질을 하자고 했을 때 단번에 고개를 저었다.

주원이 건반에서 완전히 손을 뗐다.

"난 재하가 행복하길 원해. 재하가 행복하면 나도 행복하니까. 내가 싫어하는 일도 재하만 행복하다면 다 해 주고 싶어. 좋아하는 여자가 생겨도 박수를 쳐 줄 수 있어. 그런데 재하는 두려워해. 여자를, 결혼을."

왠지 드라마 속 부부싸움에 민감하게 반응했던 그와 무관하지 않을 듯싶었다.

"물론 결혼을 앞둔 사람들도 두려움은 다들 품지. 근데 재하는 좀 특별해. 아니, 아주 특별하지."

"어떤 면에서……."

"내 입으론 말할 수 없어."

친구의 내밀한 사연에 입이 무거운 점은 미덕으로 볼 수도 있지

170

만, 지금의 주원은 야속했다. 희주 자신은 그들 사이의 들러리 존재밖에 되지 못한다고 못 박는 듯싶다.

"재하가 무엇을 두려워하는지는 재하 입을 통해서 들어야만 정답이야. 하지만 그것을 털어놓을 만큼 신뢰감이 선행되어야 하겠지?"

망치로 맞는 기분이었다. 자그마치 6년의 세월인데 신뢰감의 깊이가 그리 얄팍했단 말인가. 맞다. 모든 게 공적이었다. 공적 신뢰감이었다. 학생, 오 주임, 그리고 오 대리에게 주는 신뢰감이었지 오희주에게 주는 신뢰감은 아니었다. 치미는 서러움과 원망을 주원에게 대신 드러냈다.

"주원 삼촌이 재하 삼촌을 떠밀었다면서요? 신뢰감을 확인하고 싶으셨던 거예요?"

"확신도 없으면서 느낌으로 떠민 점은 사과할게. 다만…… 기회를 주고 싶었던 거야. 희주가 떠나 버리기 전에 두 사람의 박자가 일치하는지. 이렇게 말야."

그가 양손으로 리스트의 '탄식'을 수려하게 쳐 나갔다. 연주를 중간에 멈추고는 싱그럽게 웃었다.

"쉬운 듯 어려운 곡이지? 처음 치면 온통 불협화음이야. 오래 연습하고 노력한 끝에 양손이 조화를 이루지."

그는 무언가 메시지를 주는 듯싶었지만, 이런 모호한 언어에 거부감이 일었다. 그리고 머릿속으론 다른 말이 들어올 틈도 없었다. 온통 '신뢰감'이란 용어로 꽉 차서.

"두 사람이 지금 따로 놀고 있어. 너무 오래 준비한 사람과, 너무 오랫동안 준비가 부족한 사람이 보여. 이 기회에 다른 남자도 한번 만나 보는 건 어때."

171

"제 마음 알고 있었다면서 어떻게 그런 말씀을……."

"대상이 딱 하나면 비교 대상이 없으니 자신의 선택이 확고히 옳은지 판단하기 어렵지. 난 재하의 친구지만, 희주가 다른 누군가를 더 사랑해서, 확신이 있어서 선택한다고 해도 지지할 거야. 왜냐하면 재하의 준비는 아주 오래 걸릴 수도 있거든."

듣고 싶은 말이 아니었기에 희주는 고개를 저었다. 그리고 주원은 재하와 희주 사이에 생겨난 간극을 당장은 좁혀 줄 마음이 없는 듯했다.

"여러 가지로 감사했어요."

정중히 고개를 숙이는 희주에게 주원이 움찔하고는 손사래를 쳤다.

"과거형 인사는 사양이야. 희주, 우린 그저 마음이 맞는 사람과 사람으로서 소통했던 거잖아?"

희주는 울음을 참는 얼굴로 고개를 끄덕였다.

"그러니 또 못 만날 이유가 없어. 앉아. 노래 불러 줄게."

"하지만 여기선……."

그가 공개적인 장소에서 노래를 한다는 것은 파격이었다. 물론 지척에서 불러 주는 그의 노래는 탐나지만 부담스러웠다. 그가 자상하고도 쓸쓸한 웃음을 지으며 말한다.

"좋아하는 사람을 위해선 싫어하는 일도 하기로 했거든."

엉거주춤 서 있던 희주는 무심코 매장으로 눈길을 돌렸다. 순간 최 선생과 눈이 마주쳤다. 그녀의 복잡한 표정 속에는 어떤 서글픔이 선명하게 담겨 있었다.

주원이 직접 피아노를 치며 노래를 시작했다. '박하'의 앨범 중 그가 작곡한 타이틀 곡 '별의 바다'와 함께 대중의 사랑을 가장 많이 받고 있는 카치니의 '아베마리아' 였다. 피아노 반주에 방해가 될 것 같아 선 채로 감상했다. 지난날의 절박했던 시간과 행복했던 풍경이 그의 노래 위로 펼쳐졌다. 하지만 '신뢰감' 이라는 낱말이 늦가을 낙엽처럼 우수수 떨어져 그 풍경들을 덮었다. 가슴을 저미는 노래는 애절하기 그지없었다. 도무지 눈물을 참기 힘겨웠다. 왠지 그의 노래를 끝까지 들으면 안 될 듯싶어 천천히 피아노 곁을 떠났다. 출입문 앞에서 돌아보니, 주원은 아름다운 목소리를 한껏 올렸다. 무언가를 애원하는 그 눈빛에, 그 소리에 결국엔 눈물이 쏟아지고 말았다. 허둥지둥 가게를 벗어났다. 노래는 주차장까지, 아니 회사까지 따라왔다. 그의 한마디도.

'좋아하는 사람을 위해선 싫어하는 일도 하기로 했거든.'

희주도 그러니 떠나지 말라는 부탁 같았다. 그래서 끝까지 듣지 못했나 보다. 그의 부탁을 들어줄 수 없다는 현실을 뒤늦게야 명백히 깨달았다. 알고 있으면서도 잠시 잊고 있었다. 재하를 잃으면 주원도 잃게 된다는 사실을.

✕ ✕ ✕

감천푸드는 이 지역에선 가장 규모가 큰 식자재 유통회사다. 작년부터는 위탁급식까지 뛰어들었는데 결과물이 영 신통치 않았다. 하지만 장영우 실장이 새로 지휘봉을 잡은 뒤부터 눈에 띄게 성과가 드러났다. 스물일곱 살의 핸섬한 젊은이가 관리실장이란 직급을 차지한 사실을 못마땅해하던 직원들도 어느덧 그의 능력을 인정하기에 이르렀다.

영우는 모처럼 느슨하게 의자에 몸을 맡기고 모니터의 야구선수를 바라보았다. 동영상 속의 선수는 어제의 경기를 지배했기에 수훈 선수로서 인터뷰 중이다.

— 형이 항상 지켜볼 것 같아서 더 열심히 합니다.

— 작년 시즌 MVP 수상 소감에도 비슷한 말씀을 하신 것 같은데요. 어떤 형이신지요.

'불우한 청소년 시절을 극복한' 이라는 수식어가 따라붙는 양경호 선수는 형제가 없다. 그는 대한민국 최고의 포수이면서 작년에는 홈런왕까지 차지해 이견이 없는 최우수선수로 뽑혔다. 그런 대스타의 인적 사항을 기자는 물론이거니와 열성팬들이라면 모를 리가 없다.

— 그냥⋯⋯ 최고의 형입니다. 제겐.

울컥하여 말을 채 잇지 못한다. 그러고는 끝내 팬들이 궁금해하는 사실을 알려 주지 않는다.

영우는 다른 녹화 영상을 찾아서 틀었다. 유튜브와 야구 블로그에 떠도는 영상이다.

— ⋯⋯형, 약속 지켰어요. 그리고 형⋯⋯ 형은 나한텐 최고의 형이니⋯⋯.

최우수선수 수상 소감에서도 양경호는 어제처럼 울컥해서 말을 잇지 못했다. 양경호가 함구하니 '형' 의 실체에 관한 여러 추측이 웹상으로 떠다녔다. 그중에서 '설마, 그 개망나니가?' 라는 댓글이 추천 순위 1위인 가설에 영우는 주목했다. 지목된 자의 이름 때문이었다. 박재하라는.

영우는 야구를 그리 좋아하지 않았다. 박재하가 경쟁업체 오너여서 관심을 품는 것도 딱히 아니었다. 얼마 전부터 '착한밥상' 은 자체 물류 시스템을 갖추었지만, 이전에는 '감천푸드' 에서 그곳으로 식자재를 납품했다. 오희주는 그때 만났다. 업무상의 첫 대면부터 마음을 간질였다. 핑계를 쥐어짜 빈번히 착한밥상을 방문했다. 한 번은 박재하 사장도 함께 만났다. 그때 이상한 기류를 느꼈다. 특히 박재하를 바라보는 그녀의 눈빛은 영우의 마음에 먹구름을 안겨 주었다. 그래도 계속해서 방문했다. 그러다가 서로의 연결고리가 끊기고 경쟁 업체로 변모하자 더는 그녀를 볼 수 없었다.

그렇듯 한때 영우의 마음을 흔들어 댔던 그녀가 지금은 감천식품의 외식사업부가 넘어야 할 가장 큰 산으로 버티고 있었다. 어떻게 관리를 했기에 오희주의 손을 거쳐 간 업소는 철옹성이었다. 영우는 탄식했다.

"역시 신은 불공평해. 그 아름다운 여자에게 탁월한 능력까지 안겨 주다니."

그때 칸막이 너머로 다급한 발소리가 날아들었다.

"실장님."

평택의 포승공단으로 외근을 나갔던 영업팀장이 이내 영우 앞으로 섰다.

"어디 사고 터졌나요?"

"아닙니다. 착한밥상 소식입니다. 오 대리가 사표를 냈답니다."

"네? 오희주 대리 말씀입니까!"

영우는 눈을 휘둥글게 떴다.

"네, 아마도 사직을 권유받은 것 같습니다."

"사직을 권유하다니요. 착한밥상이 미치지 않고서야."

"실장님은 모르고 계셨어요?"

"뭘요?"

"한 달 전에 거기 지원팀 책임자에서 밀려났잖아요. 그것도 사장 누나한테."

"낙하산에?"

갸웃하는 영우를 향해 영업팀장은 흐뭇한 웃음을 감추지 않았다.

"근데 확실한 정보입니까?"

"오 대리가 누굽니까. 이 바닥으론 벌써 소문이 다 났습니다. 지금쯤 여기저기서 오 대리를 스카우트하려고 접근할걸요?"

"우리가 합시다!"

얼결에 내뱉었다. 그러고는 사적인 감정 때문은 아닌지 재빨리 가늠해 보다가 김 팀장을 바라보았다. 전적인 권한을 부여받긴 했지만 이렇듯 즉흥적으로 스카우트를 결정하는 행동은 직원들의 반발을 불러일으킬 수도 있다.

"괜찮죠?"

"여부가 있겠습니까. 그 말씀을 듣고 싶어 달려왔는데."

"김 팀장님이 이렇게 적극적으로 이 일을 추진하는 게 이해가 잘 안 돼서 말이죠."

김 팀장은 빙그레 웃으며 영우의 모니터를 힐긋 보았다. 일시정지를 눌러 놓은 인터뷰 영상이었다.

"타자들은 대체로 상대하기 버거운 특급 투수가 자기 팀으로 오길 바라죠. 그러면 대결을 안 해도 되니까요."

김 팀장의 말이 채 끝나기 전에 영우의 손은 오희주 대리의 명함을 더듬고 있었다.

※ ※ ※

개울 둑길에 세워진 승용차의 보닛으로 투명한 햇살이 알알이 부서졌다.

"형은 할 수 있어요."

조수석을 가득 차지한 큰 덩치의 경호는 같은 말을 반복하고 있었다. 원래 약속은 어제였는데 희주에게 달려가는 바람에 지금 만나는 중이다.

"그제 내가 형 공을 받아 봤잖아. 내년 봄엔 확실히 1군 등록 가능해요. 그러니 몸 만들면서 그때까지만 참아요."

재하에겐 마지막 기회였다. 물론 서른 중반이 넘어서도 팀의 중심으로 활약할 수는 있다. 눈앞의 양경호처럼 최고의 기량을 꾸준히 보여 준다면 말이다. 하지만 재하는 과거의 선수이기에 그를 받아 줄 구단이 없었다. 그마저 입단 테스트를 거쳐야 했다.

"경호야, 솔직히 말해 봐. 지금 내 실력이면 다른 구단에서도 육성선수 아니면 가망 없냐?"

"실력으론 가능한데……."

"다루기가 힘든 놈이라 감독이 꺼리겠지? 그래서 육성선수로 굴리다가 여차하면 내치겠지?"

육성선수는 정식 계약 관계가 아니라 언제든 구단에서 버릴 수 있다. 그리고 2군의 까마득한 후배에게도 무시당할 각오를 품어야 했다.

"형, 실력만 제대로 보여 주면 갑을관계가 바뀐다는 건 형이 더 잘 알잖아요. 그러니 자존심 잠깐만 버립시다. 내 빚도 빨리 갚게 말이죠."

"자식, 그놈의 빚 이야기 넌더리 난다."

"그러니까 빨리 청산하게 협조 좀 합시다."

뚱한 말씨가 우직한 외향과 썩 어울린다. 사회적 위치가 모양새를 만드는 양 8년 전의 절박했던 백업포수의 모습도, 숫기 없던 성격도 가뭇없이 사라졌다.

경호는 꼴찌에서 두 번째 순번으로 프로의 지명을 받았다. 그때 재하는 재활팀을 거쳐 2군에 머물고 있었기에 경호와 호흡을 맞춰 볼 수 있었다. 경호는 절박해 보였을 뿐 제 실력을 보여 주진 못했다. 1군 무대에 서려면 백 개의 공 중 두세 개 이상은 놓치지 않아야 하는데도 이따금 수십 개씩 놓쳐서 코치와 투수들에게 욕을 먹었다. 잘 받을 때는 또 기가 막히게 소화해 냈기에 코치에게 이른바 희망 고문을 안겨 주었다.

재하는 같은 숙소를 사용하다가 경호가 혼자라는 사실을 알게 되었다.

'어릴 때 엄마가 집을 나가서 할머니가 키웠어요. 그나마 지금 은 갈 데가 없어요. 그러니 살아남아야 해요.'

남의 일 같지 않아서인지 그날부터 경호를 싸고돌았다. 더불어 경호의 동작을 꾸준히 관찰했다.

'너 1학년 때 영상 봤다. 그때처럼 자신 있게 받아 봐. 그때 넌 끝내주는 안방마님이었어.'

신인 포수는 특히 투수와 유대감을 쌓아야 한다. 경호와 재하는 눈빛 하나로 생각이 통했다. 하지만 다른 투수와 배터리 코치는 좀 처럼 만족시켜 주질 못했다. 급기야 만만한 선수한테만 바짝 군기를 잡던 2군의 김 감독은 노골적으로 경호의 선수 생명을 위협했다.

'야! 경호 넌 그냥 불펜포수 해라.'

불펜포수는 프로가 아니다. 그렇기에 물론 선수 등록도 안 된다. 경기장에서 몸을 푸는 투수들의 공을 받아 주는 단기계약 직원일 뿐이었다. 요컨대 선수 옷을 벗으라는 끔찍한 선고와도 같았다.

'감독님, 내 공은 경호가 받아 줘야 하는데요.'

재하가 나서면 김 감독은 경호에게서 선선히 물러섰다. 하지만 재하의 재활이 늘어지고 구속이 좀처럼 살아나지 않자 김 감독의 시선은 조금씩 서늘해졌다. 재하가 2군 경기에서 무실점 피칭을 치러 내자, 바로 1군행 통보를 받았다. 하지만 오랜만의 등판에서 평점심이 무너져 3이닝 5실점으로 강판되었다. 그날로 다시 2군으로 떨어졌다. 자존심이 너무도 상해 잠을 이루지 못했다. 코치의 만류에도 불구하고 이를 악물고 훈련에 빠진 끝에 어깨 통증이 재발했다. 숨긴 채 계속 공을 던졌다.

어느 날, 구단장과 1군 감독이 직접 2군 훈련장을 방문해 선수들의 기량을 확인했다. 주전 기근에 시달린 탓에 포수에게 특히 관심이 많았다. 김 감독과 배터리 코치가 백업포수를 모두 모았다. 선수들의 활약상에 따라 지도자의 위상이 결정될 터였다. 김 감독은 재하에게 공을 던질 기회를 주지 않았다. 그리고 경호는 제 실력을 전혀 발휘하지 못했다. 어처구니없는 실수까지 저질러 구단장을 찌푸리게 만들었다.

그들이 돌아간 뒤 김 감독은 선수들에게 기합을 주었다. 당시만 해도 폭력적인 지도자가 적지 않았다. 김 감독은 경호를 엎드려뻗쳐 자세로 끝까지 남게 했다. 그러고는 야구방망이로 경호의 엉덩이를 툭툭 건드렸다.

'네놈은 안 때릴 거야. 왜인 줄 알아? 집으로 보낼 테니까.'

'감독님! 때려 주십시오! 진짜 열심히 하겠습니다!'

'버러지 같은 새끼. 너 때문에 배터리 코치가 지금 술 푸고 있다. 일어나서 꺼져.'

경호는 기합 받는 자세를 풀지 않았다. 재하는 달려가 일으키고 싶은 충동을 가까스로 다스렸다. 경호의 인생이 걸린 문제였다. 비굴하게라도 버티려는 절박함을 걷어찰 자격이 재하에게는 없었다. 무엇보다 재하는 믿었다. 알에서 깨어만 난다면 경호는 뛰어난 선수로 비상할 거라고.

'그냥 때려 주십시오!'

경호는 울부짖었다.

'맞고 반성하고 더 열심히 하겠습니다!'

'이런 개새끼가 복장 터지게 만드네. 오냐. 맞고 나가라!'

퍽, 퍽!

야구방망이가 경호의 엉덩이를 두들겼다. 경호는 신음 소리 하나 내지 않고 고스란히 받아 냈다. 재하는 폭주하려는 분노를 달랠 요량으로 눈을 감았다. 하지만 귀로는 감독의 욕설이 고스란히 날아들었다. 그러자 술만 취하면 집안을 지옥으로 만들었던 남자의 욕설과 주먹질이 머릿속과 귓전을 지배했다.

'시팔! 너 같은 병신 새끼 하나 때문에 코치 목이 잘리게 생겼잖아!'

'그만!'

재하는 자신도 모르게 악을 쓰고 있었다. 그리고 달려가고 있었다.

'시팔! 그만 좀 하라고!'

단박에 야구방망이를 빼앗아 쥐고 땅으로 힘껏 휘둘렀다.

쫘악!

쪼개진 방망이 조각이 김 감독의 얼굴로 날아가는 것은 확인 못 했다.

'아악!'

비명을 듣고서야 알았다.

다음 날, 병실의 김 감독 사진이 언론에 노출되었다. '지도자와 선수의 난투극'이라는 자극적인 타이틀과 함께 모자이크 된 얼굴이었다.

재하는 어린 나이에 벌써부터 구단의 애물단지가 되었음을 헤아렸다. 꼭 필요한 선수라고 판단되면 이보다 더한 일도 수단 방법을 가리지 않고 덮는다. 반면에 내칠 선수는 방치한다. 아니, 은밀히 작업을 해서 선수를 향한 여론을 악화시킨다. 그러면 구단은 선수에게 가혹한 결단을 내리고도 팬들의 비난을 피해 갈 수 있었다.

여하튼 희대의 항명 사태라고 이름 붙여진 사건을 구단은 어정쩡하게 처리할 순 없었다. 결국 재하가 1년 동안 선수 생활을 할 수 없는 임의 탈퇴 카드를 꺼냈다. 더불어 숨통은 남겨 주었다.

'그동안 군대를 다녀와라. 갔다 오면 다 잊고들 있을 테니 걱정 말고.'

한편 김 감독은 인터뷰를 통해 고소를 하진 않겠다고 단언했다. 몸도 마음도 깊은 상처를 입었지만 앞길이 창창한 젊은이를 막고 싶진 않다는 퍽이나 눈물겨운 호소였다.

재하가 병실을 찾아갔을 때, 김 감독은 꾀병을 부리고 있었다. 재하를 발견하고는 애써 아픈 척하며 얼굴의 반창고를 쓸어 댔다.

'니 얼굴 안 보여 주는 게 도와주는 거다.'

'당신은 고소를 안 해도 나는 하고 싶은데 어쩌죠?'

'뭔 개소리야.'

'요즘 세상이 어떤 세상인데 선수를 야구방망이로 패요? 어차피 내쫓긴 신세니 장래가 창창한 후배를 위해 양심 선언이나 할

까 해서.'

'협박하러 왔냐?'

'아니. 협상. 양경호 건드리지 마. 너무 절박해서 여유가 없을 뿐이지 크게 될 놈이야.'

'그건 니 생각이고.'

'정 데리고 있기 뭐하면 트레이드 추진하시구려. 구단주 개 노릇 잘해서 차기 감독감인데, 그 정도 능력은 있겠죠?'

김 감독은 콧방귀로 응수했지만, 결국은 협상할 거라고 재하는 믿었다.

짐을 싸는 동안 경호는 시종 울먹였다.

'곰같이 생긴 놈이 질질 짜긴.'

'나갈 놈은 난데 왜 형이.'

'어차피 끝낼 생각이었어. 난 최고가 아니면 영 적성이 안 맞거든.'

'내가 고집부려 미안해요.'

'계속 버텨. 포기하면 형한테 죽는다.'

'그래도 형을 보낸 대신 어떻게 남아요.'

급기야 경호는 꺼이꺼이 울어 댔다. 재하는 경호가 울도록 내버려 두었다가 그의 어깨로 손을 얹었다.

'형한테 신세 졌다고 생각하냐?'

'그걸 말이라고 해요. 처음부터 형은 내 친형 이상이었다고!'

'그럼 신세 꼭 갚아라. 넌 마음만 독해지면 제 실력이 나올 거야. 실력을 보여 주면 아무도 못 건드려. 어떤 투수는 아침까지 술 마시고 낮 경기 나와도 아무도 안 건드렸잖아. 완봉승(9회까지 한 투수가 1점도 주지 않고 마운드를 책임져서 팀을 승리하게 함. 점수를 주고도 끝까지 던져 팀이 승리하면 완투승) 안겨 주니까 말야. 너도 최고의 포수 먹어. 그래야 형을 도울 힘도 생겨.'

배웅하면서 경호가 문득 생각난 양 물었다.

'돌아올 거죠?'

'에이스로 재기하면.'

재하는 어느덧 8년째 1군 마운드로 돌아가지 못했다. 반면에 다른 구단으로 트레이드 되어 새 지도자를 만난 경호는 하루가 다르게 기량이 향상되더니 대한민국 최고의 안방마님(주전포수)이 되어 있었다. 그 안방마님이 소속된 구단에서 육성선수 제안이 들어왔다. 뻔하다. 경호가 입김을 넣었을 것이다.

경호가 또 채근한다.

"해 봐요. 진짜 지금 형 공 끝내준다니까."

"알았어. 생각해 볼 테니 내려라."

경호를 차 밖으로 떠밀었다. 우선은 다른 문제를 먼저 생각할 때였다.

"참, 경호야!"

어제 만났던 희주를 떠올리다가, 제 차로 향하는 경호를 불러 세웠다.

"지금 야구공 가진 거 있냐?"

그길로 재하는 신 사장과 함께 지내는 아파트로 갔다. 이틀 정도 여행을 다녀올 생각으로 가방을 꾸렸다. 이상한 일이었다. 어제 희주 앞에서 폭주를 한 뒤 당연한 것처럼 주원을 찾아야 했는데도 모교를 찾아가 공만 뿌려 댔다. 돌아갈 수만 있으면 까마득한 후배들을 상전으로 모셔야 하는 현실도 극복할 수 있을 것 같았다.

어둠이 번지는 거리로 차를 몰고 나왔다. 시간을 가늠해 보면서 희주의 아파트로 향했다. 한 달만 더 근무하면 보내 준다고 했다. 그 한 달 안에 선수 생활의 미련, 혹은 가능성을 명백히 정리할 터였다. 그래서 한 달이라는 기한이 툭 튀어나왔다.

벨을 누르자, 재하와 비슷한 키로 자란 진우가 문을 열어 주었다. 오늘은 일찍 집에 들어온 모양이다.

"누나는?"

"아직요."

제기랄, 또 야근인가. 진숙이 쓰러져도 상관없으니 한 달 동안이라도 희주가 느슨하게 일했으면 좋겠다.

"들어와요, 형."

"아냐. 너한테 줄 게 있어서 왔어."

야구공을 건네주었다. 받아 든 진우의 눈이 커질 대로 커졌다.

"대박! 양경호 사인 볼 맞잖아요!"

환호하는 진우에게 손을 한 번 흔들어 주고는 돌아섰다.

"형, 고마워요!"

우렁찬 소리가 퍽 든든하다.

꺼 놓았던 휴대폰을 잠깐 켠 덕분에 바로 떠나지 못하게 되어 이틀을 예정한 여행은 하루로 단축되었다. 주말에 희주가 떠난다는 수상한 정보를 누군가 보내 왔던 것이다.

"나이롱 소식통 같으니. 책임감에 목숨 건 여자를 어딜."

콧방귀로 대응하는 머리와는 달리 손은 휴대폰을 더듬고 있었다. 전화기 저편의 진숙은 적이 짜증이 섞인 목소리를 냈다.

— 나이롱 소식이 아니야. 방금 짐 싸서 가 버렸다니까.

"가, 갔다고?"

— 그러니 사장께서도 나이롱 사장님 노릇 그만하고 어서 복귀

하시죠.

오해일 것이다. 갑자기 떠날 여자가 아니다. 급박한 출장이 잡혔거나 외근을 나갔으리라. 재하에게 알리지도 않고 떠날 여자는 더더욱 아니니 말이다.

하지만 급히 도착한 회사 안 어디에도 희주의 모습도, 희주의 소지품도 보이지 않았다. 사장실 책상 위로 덩그러니 쪽지 하나가 놓였을 뿐이었다.

「사직서를 일방적으로 받아 주지 않으시니, 어쩔 수 없이 이렇게 떠납니다.

인수인계 업무에 필요한 파일은 박 실장님께 전달했습니다.

안녕히 계십시오.」

지극히 사무적인, 그것도 거래처 물품에 동봉된 것처럼 건조한 글이었다. 와락 구겼다가 곧 펴서 주머니에 넣었다. 휴대폰을 만지작거리다가 뛰쳐나갔다.

"사장님, 어디 가세요."

가로막는 진숙을 제치고 지나갔다.

"당장 처리해 줄 일이 많다고요!"

"제기랄."

욕지기를 참고 돌아보지 않았다. 진숙이 희주만큼 잘해 줄 거라곤 애당초 기대하지 않았다. 그런데 희주가 자리를 비운 지 얼마나 됐다고 벌써부터 번거롭게 군다.

저녁 준비를 마친 좋은밥상은 한산했다. 급히 뛰어든 재하를 계산대의 신 사장이 무심히 쳐다보았다. 마치 숨 가쁘게 뛰어든 사연을 알고 있다는 태도였다.

"오 대리 여기 왔지요?"

신 사장은 힐긋 보고는 입술을 비죽였다.

"왜 여기 왔다고 생각하니?"

희주의 성격으론 신 사장이나 안 여사에게 인사를 안 하고 갈 리가 없다. 가족으로 여기고 있었으니까. 어제까진 당연한 사실이 었는데 전혀 예상하지 못한 희주의 결단을 겪는 중이었기에 새삼 대답이 궁했다. 신 사장이 나직한 한숨을 흘렸다.

"오 대리는 모르겠고 희주는 왔다 갔다만."

"언제요?"

"꽤 됐다. 밥 먹을래?"

"아뇨."

몸을 일으킨 신 사장이 자판기의 커피를 두 잔 뽑았다. 안쪽 테이블로 가서 마주 앉았다. 한 모금 마시고는 신 사장이 깊은 눈길을 담담히 던졌다.

"희주는 왜 찾니?"

또 대답이 궁했다.

"찾아서 어쩌게."

역시 대답을 못 했다. 신 사장이 탄식했다.

"불쌍한 것."

불쌍한 대상이 자신임을 헤아린 재하는 헛웃음을 흘렸다.

"니 명함 하나 주라."

생뚱맞은 요구에 재하는 지갑을 꺼냈다. 신 사장은 정작 명함은 건성으로 받아 들고 귀퉁이가 너덜거리는 검은색 반지갑으로 깊은 시선을 던졌다.

"바꿀 때 안 됐니?"

"그냥 편해서요."

6년 동안 넣고 다녔던 지갑이니 그런 참견을 받을 만하다. 하지만 옷이며 소지품에 통 관여하지 않던 신 사장의 이례적인 관심은 그냥 지나칠 수 없었다. 어쩌면 신 사장은 지갑을 선물한 사람이 누구인지 알고 있으리라. 막연한 질문을 툭 던졌다.

"아셨어요?"

"알기만 하겠니. 둘 다 내 자식인데."

희주도 자식이라고 한다.

"알면서 모른 척하시긴."

눈시울이 뜨거워져 공연히 불퉁거렸다.

"니가 준비가 안 됐는데 어쩌겠니."

"제길, 그럼 준비될 때까지 좀 붙들어 주시지."

"휴우, 왜 너만 생각하니. 희주가 어디 백업선수라도 되니?"

"비유를 해도 참."

신 사장은 종이컵을 쥔 채 쓸쓸히 창밖을 응시했다. 그러고 보니 모자가 이렇듯 긴 이야기를 나눈 적은 거의 없지 싶다. 진즉에 대화를 해 보고 조언도 구할걸.

"희주하고 터놓고 이야기할 기회가 있었어요. 하필이면 망할 놈의 연속극에서 부부싸움을 하지 뭐예요. 그 순간 겁이 덜컥 나더라고. 내 몸엔 망할 놈의 피가 흐르잖아."

컵을 쥔 신 사장의 손이 바르르 떨렸다. 입술을 앙다물고 천천히 고개를 돌려 재하를 본다.

"그게 다였니?"

"다 치료된 줄 알았더니, 제기랄."

지난날의 악몽이 떠올랐는지 신 사장은 고통스레 눈을 꼭 감았다. 이렇듯 옛날이야기가 불쑥 튀어나오는 게 싫어서 서로가 대화에 인색했다. 다만 인생의 굵직한 결정을 앞둘 때면 가장 먼저 신 사장과 마주 앉곤 했다. 그리고 신 사장은 항상 옳았다.

어린 희주에게 욕심을 품는 일이 한심해 은둔을 깨고 사업을 시작할 때도 신 사장에게 먼저 조언을 구했다.

'날 믿을 수 있겠어요?'

'딱 야구할 때만큼 할 수 있니?'

'네.'

'그럼 성공할 거다.'

그날 신 사장은 통장 몇 개를 건네주었다. 금액은 예상을 훌쩍 뛰어넘었다.

'네가 사 준 가게로 번 돈이니 마음껏 써라.'

'공짜는 사양이고, 지분을 드릴까?'

신 사장은 고개를 설레설레 흔든 뒤 생각에 잠겼다가 말했다.

'진숙이가 영양사잖니. 잠깐이라도 좋으니 셋이 함께 지내고 싶다. 나중에 진숙이 자리 하나 만들어 줘라. 능력만 된다면 내 지분만큼.'

진숙은 띄엄띄엄 만났기에 돈독한 정을 쌓을 겨를도 없었던 핏줄이었다. 제 살 길을 찾아 일찍이 집을 나간 핏줄과 새삼스레 가까이하고 싶지도 않았지만 신 사장이 간절히 원하는 듯싶어 수용했다.

식은 커피를 쥔 채 오래도록 눈을 감고 있는 신 사장에게 재하는 뚱하게 내뱉었다.

"뭐 해 줄 말 없어요?"

눈을 뜬 신 사장이 미간을 찌푸렸다.

"평소에 희주하고 이야기는 많이 나눴니?"

"뭐 같이 움직이다 보니 그럭저럭."

"회사 이야기 말고."

"글쎄요."

"휴우, 잘 떠났다."

"네?"

"희주 찾지도 마라."

난데없는 말에 재하는 잔뜩 찌푸렸다. 신 사장은 식은 커피를 탈탈 비운 뒤 마른 웃음을 흘렸다.

"준비 안 됐다며. 넌 자존심 때문에 뭐든 최고일 때가 아니면 나서지 않잖니."

"자존심 문제가 아니야. 결혼 자체가 두려워서 그래."

"결혼? 서로 이야기도 안 나눈 사이에?"

"남들처럼 나도 영화도 보고 여행도 가고 싶은데……."

희주만 마주하면 발정 난 짐승처럼 무작정 안고 싶은 걸 어떡합니까.

"관둡시다."

일어서던 재하는 신 사장의 손짓에 다시 앉았다.

"야구는."

"할 거예요. 자존심 다 버리고."

충동적으로 선언했다.

"넌 야구하고 주원이 덕에 깡패로 안 빠졌어."

맞는 말이다. 중학교 때 야구코치 눈에 안 띄었다면 계속 일진 노릇이나 했으리라. 고교 땐 주원을 만나 더러운 성질을 많이 죽인

덕분에 그나마 투수로 성장할 수 있었다.

"주원이한텐 지금도 고마워. 근데 재하야. 이젠 야구만 해라."

의중이 이해가 안 되어 설퉁하게 바라보았다. 신 사장은 아랑곳하지 않았다.

"사업이야 좀 쉬어도 되니 미련을 몽땅 털어 내고 와."

그러고는 재하의 변명일랑 사양한다는 양 일어나 손님을 맞이했다.

재하는 밖으로 나와 주차장으로 향했다. 그때 머릿속을 가로지르는 신 사장의 한마디가 발걸음을 묶어 버린다.

'찾아서 어쩌게.'

희주의 웃음소리를 닮은 투명한 가을 햇살을 땅거미가 야금야금 삼켰다. 하얀 운동화를 쓸어 대던 마지막 빛살로 재하의 먹빛 한숨이 떨어졌다. 햇살은 이내 까물까물 꺼져 버렸다. 스멀스멀 몸을 휘감는 어둠 속에서 재하는 좀처럼 움직일 수 없었다.

4. 첫눈

가을은 청춘을 닮았다. 방심하여 느긋하면 자칫 소낙비처럼 지나가 버려서 채 누리지 못한다. 이번 가을은 특히 그랬다. 흔한 분식집 메뉴에 퓨전을 가미해 업그레이드한 뒤 매장 분위기도 바꿔 가며 손님을 치르다 보니 가을은 횅하니 떠나 있었다.

"사장님, 사장님!"

점심 뒷거둠으로 가게 앞을 쓸고 온 알바 여고생인 영미가 한껏 들떴다.

"언니라 부르기로 했잖니."

오픈된 주방에서 음식을 만들던 희주가 호칭을 정정해 주었다. 분식집의 주인 할머니가 이젠 희주가 사장이라고 한마디 했더니, 바로 사장님 소리를 했던 영미다.

"그리고 여기 주인은 계속 할머니야."

"아, 알았어요, 언니. 밖에 좀 봐요. 첫눈 오려나 봐요!"

영미가 잿빛 거리를 가리켰다. 과연 뭔가 올 듯 수상한 바람이 며 공기다. 한껏 들뜬 영미에게 희주는 살갑게 코웃음을 쳤다.

"그깟 첫눈이 뭐라고."

"어머, 언니와 전 다른 세대라고요. 전 열여덟 청춘이거든요."

여드름을 그대로 방치해도 귀여운 얼굴인 영미는 결손가정의 티가 전혀 나지 않을 만큼 활달했다.

"열여덟……."

읊조리다 문득 아득한 기억의 풍경에 젖어 들었다. 열여덟 살에 처음이자 마지막으로 남자의 품에 안겼다. 비록 그것이 급박한 상황이었다고 할지라도 꿈으로 이어질 만큼 큼직한 기억의 발자국이었다. 다시 한 번 안기고 싶어서 곁에서 줄곧 서성거렸지만, 그는 좀처럼 거리를 좁혀 주지 않았다. 꿈으로는 갈증이 해소되지 않아 욕심을 부린 끝에 그만 모든 게 틀어져 버렸다.

"근데 언니. 너무 무심한 거 아녜요? 팬들이 바글바글하는데도 전혀 반응이 없고 말예요."

"얘가 또. 내 팬이 아니라 음식 팬이라고 하라니까."

"에이, 언니 음식이 끝내주긴 해도 내가 보기엔 죄다 사심 손님 인걸요. 장항읍에 그리 젊은 남자가 많은 줄은 여기 와서 알았다니 까요."

"그러셨어? 난 영미가 일한 후부터 장항에 남고생이 엄청 많다는 걸 알았지 뭐니."

"에이, 그거야 언니 음식이 요즘 학생들한테 딱이니까 그런 거죠. 가족들도 많이 오잖아요."

"그보다 영미는 주말마다 알바해서 데이트할 시간이 없어서 어쩌니?"

"뭘요. 저는요……."

영미가 얼굴을 살짝 붉히며 곁눈질로 보았다.

"언니랑 같이 있는 시간이 좋아요. 진짜 언니 같아서."

감수성이 여려서 그런지 그깟 마음을 드러내면서 눈시울을 붉힌
다. 머쓱했는지 스스로 말머리를 돌린다.

"근데 아까부터 뭘 만들어요? 메뉴엔 없는 것 같은데."

"응. 좋아하는 사람한테 주려고."

"어어…… 글쿠나! 토요일이니까 슈트남 오시겠구나!"

장영우 실장의 슈트 차림이 영미에겐 썩 어울려 보였나 보다.
처음 본 직후 바로 별명 삼은 걸 보면.

"영미는 우체국엔 취직하지 마라."

"왜요?"

"번지수 센스가 꽝이거든."

"과연 그럴까요? 제가 촉은 좋걸랑요."

넉살 좋은 영미는 좀처럼 물러날 줄 모른다. 덕분에 희주는 시
답잖은 이야기를 섞는 재미도 누릴 수 있었다. 늘어난 손님으로 몸
을 과할 만큼 사용하지만 스트레스며 긴장감은 거의 없었다. 퇴근
해서도 머릿속은 업무의 연장선상으로 분주했던 '착한밥상' 시절
과는 판이했다. 무엇보다 이곳에선 일에 관한 성취감을 무시로, 즉
각적으로 즐길 수 있었다.

잘 먹었습니다. 평범한 한마디로도 고단한 몸을 추스르게 했다.

"언니, 난 촉이 일 등급인 것 같아요."

영미가 개구지게 바깥을 가리켰다.

"밥 한 끼를 위해 무려 경기도에서 출발한 승용차가 방금 도착

했네요."

과연 길가에 멈춰 선 낯익은 승용차에서 장영우 실장이 내렸다. 희주는 난감하여 얼굴을 찌푸렸다. 따로 클로즈 타임은 없는 가게여서 돌려보낼 명분은 없었다. 처음에는 업무상 인연도 있고 해서 찻집으로 따로 자리를 마련했다. 그는 전화로 예고한 대로 바로 목적을 드러냈다. 즉 파격적인 조건으로 입사를 권유했다. 희주는 다른 회사의 스카우트 제의를 사양했듯이 그의 제의 역시 거절했다. 그는 어떤 정보를 취합했는지 자신 있게 설득해 왔다.

'저희가 경쟁 회사였다는 윤리적 부담감은 전혀 안 가지셔도 됩니다. 이전 회사가 잘못했다는 걸 보란 듯이 보여 주고 명예 회복을 하십시오.'

무언가 오해를 한다며 역시 손사래를 쳤다. 다음 방문 때는 더 단호하게 거절했다. 그래도 그는 계속하여 찾아왔다. 급기야 노골적으로 사적인 관심을 드러내자 마주하는 자체를 피했다. 그랬더니 빈번히 가게로 찾아왔다. 출장길에 밥 먹으러 들렀다고 하니 끼니를 챙겨 줄 수밖에 없었다.

늘씬하게 큰 키에 슈트가 썩 어울리는 장영우가 천연스럽게 가게로 들어섰다.

"안녕하세요."

희주를 똑바로 바라보며 그가 쾌하게 인사를 건넸다.

"아, 네."

희주는 살짝 고개를 숙였다. 그는 비어 있는 가게를 슥 훑어본 뒤 자리에 앉지 않고 희주 앞으로 다가왔다. 영미가 짓궂게 웃으며 쪼르르 자리를 비켜 주었다.

"이쪽 출장이 잦네요."

"오늘은 마음이 출장 왔습니다."

희주는 미간을 찌푸리다 담담히 응수했다.

"뭐 드실래요?"

"하기 편한 거 주세요."

"편한 거란 메뉴는 없는데."

"농담을 참 차갑게 하시는군요."

"전 장 실장님한테 농담할 생각 없어요."

"난 하고 싶은데. 오 대리님과 밥도 같이 먹으면서……."

"오 대리는 이미 지웠습니다. 오 대리로서 엮인 인연도."

"깜박했습니다, 희주 씨."

갑작스럽게 부른 이름에 희주는 이맛살을 모았다. 누군가에겐 듣고 싶어도 듣지 못했던 호칭이었기에.

"오희주 씨."

그가 다시금 또박또박 이름을 읊었다.

"반갑습니다. 전 장영우입니다."

힘이 담긴 목소리와 달리 응시하는 그의 눈빛으론 긴장감이 돌았다. 희주는 고개를 돌려 벽의 메뉴판을 가리켰다.

"주문하세요."

"주문을 하면 여기서 물러나 의자에 앉아야 합니까?"

"안 드실 거면 나가 주……."

"데리야끼 치킨덮밥 주세요. 참, 희주 씬 밥 먹었어요?"

희주는 오후 3시를 가리키는 시계를 보란 듯이 힐끔 보곤 고개를 끄덕였다.

그는 가게의 여섯 테이블 중 하나를 차지하고는 연신 주방으로 시선을 보냈다. 이런 눈길은 회사를 다닐 때도 흔히 받아 보았다.

그래서 안다. 그 의미를. 문득 스스로에게 화가 났다. 그때는 단호하게 선을 긋고 잘라 냈는데도 어쩐지 장영우에겐 미지근하게 응수하는 중이다. 그때처럼 '저 든든한 남자 따로 있거든요.' 하고 받아칠 명분이 약했다. 그 약해진 명분에 화가 나고 급기야 서럽다.

"영미야, 음식 나왔다."

영우의 음식 서빙을 영미에게 미루고 앞치마를 벗었다.

"어디 갑니까?"

나가려는 희주 앞을 그가 벌떡 일어나 가로막았다.

"시장에요."

"밥 먹고 같이 가요. 내가 짐꾼 해 줄게요."

회사 업무로 그를 대했을 땐 머리는 좋은 반면 숫기가 부족한 줄 알았는데 겪어 볼수록 넉살이 좋기만 하다.

"식사나 하세요."

애써 냉담히 응수하고 출입문에 손을 댔다가 곧바로 물러나며 문을 열어 주었다. 70대 초반의 건장한 할머니가 들어왔다. 뒤따라 50대 중반의 키 작은 여자가 보따리를 들고 들어섰다. 할머니가 친동생이나 다름없다고 호칭을 정해 줬으나 본인이 젊게 살고 싶다며 청하여 뒤에 할머니 빼고 '경자 이모'라고 부르는 이다.

"어디 가려구?"

할머니가 물었다.

"시, 시장에……."

"엥? 우리가 지금 시장 봐 왔잖어."

"빼먹은 거……."

더듬거리는데, 할머니가 홀을 둘러보다가 장영우를 발견하고는 주름살이 가득 패인 웃음을 지었다.

"인물 좋은 손님이 먼 데서 왔는디 같이 얘기나 나누지 않고선."

희주는 피곤한 한숨으로 응수했다. 저쪽에서 영미에게 귓속말을 듣던 경자 이모가 영우와 희주를 번갈아 보면서 짓궂게 웃으며 고개를 주억거렸다.

"암! 장씨 성을 가진 남자가 대체로 인물이 훤하지."

무슨 말을 들었는지 영우를 흐뭇하게 바라본다. 경자 이모는 영미와 함께 시장 바구니를 정리하면서 영우에게서 눈을 떼지 못했다.

"헌데 남자가 영 숫기가 없나 벼. 희주 혼자 나가도록 내버려두고 말여."

영우를 겨냥한 양 전혀 소리를 죽이지 않았다.

"이모."

희주가 경자 이모에게 열심히 손사래를 쳤다.

"아녀?"

희주가 고개를 끄덕이자, 경자 이모는 쓴 입맛을 다셨다.

"쯥, 왜? 겉은 멀쩡해 보인디 몸뚱이 어디가 고장 나기라도 한겨?"

그 말을 들었는지 영우가 얼굴을 붉히고는 어쩔 줄 몰라 했다. 직설적인 경자 이모에 이어 영우의 얼굴을 이미 익혔던 할머니가 은근한 웃음을 지으며 희주에게 속달거린다.

"어째 나갈려고 그려. 경기도서 여까지 밥만 먹으러 왔긋어?"

"아니라니까."

"뭐가 아닌디 골을 내고……."

막연히 답답하여 희주는 홱 몸을 돌렸다.

"희주야!"

할머니의 외침을 외면한 채 뛰쳐나와 달렸다. 한때 이런 상상을 하곤 했다. 재하가 자신이 있는 곳에 찾아와서 제가 한 밥을 맛있게 먹어 주는. 하지만 그 자리엔 엉뚱한 남자가 자리하고 있었다.

뒤돌아보질 않고 찬바람을 가르며 달리다가 숨이 차서 걸음을 멈추었더니 도선장 공원이었다. 회사 생활을 하면서 여기를 찾을 때마다 몽상에 잠기곤 했다. 금빛 비늘이 떠다니는 강을 재하에게 안겨 건너는 모습을 상상하고 또 상상했다.

지금 눈앞의 강은 음울하고도 차가워 보였다. 재하가 마지막으로 내뱉은 말처럼.

돌이켜 보면 온통 의문투성이다. 왜 그가 좋았을까. 딱 한 번 안겼다고? 그건 아닌 것 같다. 공유한 시간이 늘어날수록 욕심을 가두기 힘겨울 만큼 마음이 커졌으니 말이다. 다른 건 그렇다 쳐도 번번히 보여 주었던 그의 허수한 모습이며 허둥대던 행동으로 인해 그와 조금은 가까워진 기분이 들게 했는지 모르겠다.

"오희주는 지금 무지 행복하다."

강물을 향해 말했다. 그래도 무언가 허전하다.

"날마다 음식으로 누군가를 행복하게 해 주는 오희주는 행복하다."

허연 김을 실은 희주의 언어는 강물이 무심히 삼켰고, 부르지도 않았던 찬바람이 날아와 귓전을 시끄럽게 했다. 모르는 사이에 젖어 있는 눈두덩을 슥 훔쳤다.

나무 바닥을 밟는 딱딱한 발소리가 들리나 했더니 누군가 옆으로 난간을 잡고 나란히 섰다. 영우는 한참을 그렇게 서 있다가 돌멩이 하나를 집어 강으로 힘껏 던졌다.

"누군가에겐 즐거운 참견이 누군가에겐 조용한 수면을 깨트리는 돌멩이였나 봅니다."

넉살 좋은 남자는 가뭇없이 사라지고 진중한 남자로 돌아와 있었다. 희주는 강물만 바라보았다.

"안 추워요? 손 시려 보여요. 호주머니에 넣어요."

난간을 붙든 손가락은 적이 얼어 있었다.

"참견이 세심하네요."

얼결에 대꾸했다.

"시려 보이는 모습 보는 게…… 괴로워서……."

왠지 쓸쓸한 목소리여서 고개를 돌렸다. 그가 너털웃음을 흘렸다.

"보는 내가 더 시려서요."

그 한마디 말이 무엇이라고 작은 친밀감 한 조각이 스민다. 찬 바람이 앙상한 나뭇가지를 흔들어 댔다. 이파리며 열매를 몽땅 털어 낸 빈곤한 뼈대가 흔들릴 게 뭐가 있다고 자꾸만 흔들린다. 더불어 희주의 마음도.

가게에 도착할 때까지 영우는 아무런 말도 하지 않은 채 동행했다. 가게 유리문 안으로 호기심을 잔뜩 품은 할머니와 경자 이모의 얼굴이 나타났다가 휙 사라졌다.

"식사는……."

다 했냐고 물을 뻔했다. 작은 호의마저 드러내긴 부담스러웠다. 누군가와 새롭게 시작한다는 게 아직은 부담됐다.

영우는 가게 안에 들어가지 않고 그길로 떠났다. 가게로 들어선 희주의 손을 할머니와 경자 이모가 각각 붙들었다. 희주는 출입문 쪽으로 몸을 돌리며 엄포를 놓았다.

"아무 말도 안 하실 거죠?"

"으, 응. 알았으니 그렇게 나가지나 마라."

경자 이모가 할머니에게 눈짓을 보내며 약속했다.

저녁 손님을 치른 뒤 희주는 청소하는 영미의 뒷모습을 보곤 부엌으로 들어갔다. 냉장고에 넣어 두거나 상온에서 식혀 둔 반찬 등을 작은 용기에 담았다. 차곡차곡 반찬 가방에 넣어 두었다가 퇴근하는 영미의 손에 쥐여 주었다.

"할머니가 오늘은 서울에서 주무시고 온다며? 가져가서 할아버지랑 같이 먹어라. 낼까지 먹으라고 여유 있게 쌌어."

"어, 언니……."

반찬 통을 가만히 들여다보던 영미가 눈물을 글썽이며 바라본다.

"아까 만든 음식이잖아요."

"응. 좋아하는 사람한테 줄."

"그게 나……였어요?"

"당근."

"힘들었을 텐데 그냥 남은 음식이나 싸 주지……."

넉살이 좋아도 역시 감수성이 예민한 열여덟인가 보다. 그깟 반찬 가방 하나에 뜨겁게 우니 말이다. 희주는 6년 전 신 사장과 안 여사가 저에게 어떻게 했는지를 떠올리며 함박웃음을 건넸다.

"만들면서 내가 행복했어. 이렇게 고맙게 받아 줄 사람이 있으니까."

바깥의 불빛 속으로 희끗희끗 눈발이 날리고 있었다. 첫눈이었다.

※ ※ ※

새벽에 일어난 윤 여사는 발코니로 나갔다. 아스팔트 위로 싸라 기처럼 뒹구는 빈약한 눈을 경비 아저씨가 꼼꼼히 쓸어 내고 있었 다. 윤 여사는 혀를 찼다. 어느덧 구식 아파트로 전락한 처지에 입 주자 대표며 관리실에선 고집스럽게 명품 아파트, 명품 환경 따위 를 들먹이며 필요 이상으로 경비 아저씨를 고생시킨다.

굽은 허리를 펴고 등을 두드리는 경비 아저씨 곁으로 어린 여학 생의 환영이 일어나 빗질을 거든다.

시선을 돌려 새벽 댓바람부터 아들 집을 벗어나 시골로 돌아가 는 노부부를 내려다보았다. 그 곁으로 또 어린 여학생의 환영이 드 리워지고 그 여학생은 이내 묵직한 보따리를 들어 준다.

어엿한 어른이 된 지금도 희주는 그렇듯 선행을 베풀며 살 듯싶 다. 예전엔 그 선행에서 외로움과 절박함이 느껴져 어쩐지 마음이 시렸다. 지극히 평범한 친절 한 조각에도 눈시울을 붉히던 모습은 또 얼마나 짠했는지.

"잘 지내니?"

환영에게 안부를 물었다. 이렇듯 요즘 들어 종종 희주가 궁금하 다. 그때 인연을 맺었던 사람들이 문득문득 그리웠다. 그리움의 명 단 속에서 희주의 비중은 의외로 컸다. 어찌 보면 순수하지 못한 그리움이었다. 가족 중 유일하게 염려의 끈을 놓지 못하고 있는 아 들과 연관 있으니 말이다.

쿨럭.

밭은기침이 터지자 안쪽으로 들어와 찻물을 올렸다. 그때 안방 문이 열렸다. 하 교수, 아니, 하 총장이 다가와 찻잔을 꺼내는 윤 여사를 제지하고 묵묵히 차를 준비했다. 윤 여사가 병원 신세를 질 때부터 부쩍 자상해졌다.

"애들 며칠 없으니 허전한가 봐요. 잠도 더 짧아지고."

"허전하긴. 둘이 오붓하고 좋잖소."

어색하기 짝이 없다. 하지만 싫지는 않다.

"주원이한테 가려고 일찍 일어났어요."

"불러야지. 왜 당신이 가?"

"찾아가도 문전 박대 하는 녀석이 오란다고 오겠어요. 그래도 남매랑 같이 살 땐 희주 만나러 왔단 핑계가 통했는데."

"희주가 계속 살았으면 좋았을걸."

하 총장은 문득 안타까운 얼굴을 하고 탁한 한숨을 내쉬었다.

"여린 아이인 줄 알았더니 아주 단단한 아이였소. 그런 며느리만 들일 수 있다면 뭐든 아깝지 않을 텐데."

"당신도 참. 희주를 얼마나 안다고."

"주원이를 방 밖으로 나오게 했잖소. 그거면 대체할 수 없는 큰 이유요."

윤 여사 역시 아쉬움을 내쉬었다.

"어렵다는 거 알잖아요. 우리 주원이……."

"단정하지 맙시다."

단정하지 말자고 한다. 그는 주원의 정체성을 두고 수많은 가설을 늘어놓았다. 지극히 보수적인 그는 재하를 향해 적개심을 품지는 않지만 여자를 대신해 주원의 곁을 차지한다는 사실은 자못 못마땅해하고 있었다.

"희주라면 또 모르잖소. 주원이가 세상 밖으로 나왔을 때 그 옆에 희주가 있었다니까 말이오."

윤 여사가 건네준 풍경 하나가 하 총장에겐 없던 희망을 새삼 품게 했나 보다.

그 풍경은 벌써 6년이 지났지만, 기억의 창고에선 전혀 먼지가 쌓일 겨를이 없었다. 무시로 꺼내 보고 음미했기에.

그날, 일부러 주원의 집을 찾아갈 생각은 없었다. 귀갓길에 초등학교를 지나가다가 습관적으로 2층집을 바라보았더니, 이례적으로 집 전체가 불빛으로 환했다. 멀찍이 차를 세운 뒤 걸어가 대문을 빠끔 열어 보았다. 풀밭 위로 주원과 여고생 희주가 나란히 의자에 앉아 이야기를 나누고 있었다. 답답할 만큼 말수가 적고 웃음에 인색했던 주원이 시종 웃음을 지으며 이야기를 이어 가고 있었다.

한참 지켜보아도 싱그러운 웃음은 꺼지지 않았다. 그 풍경에 속절없이 가슴이 두근거리고 눈시울이 뜨거워졌다. 복받쳐 손수건을 더듬는 그때 노랫소리가 들렸다. 순간 소름이 돋았다. 아들이 방음 부스가 아닌 확 트인 마당에서 노래를 불렀던 것이다. 드보르작의 '달에게 부치는 노래'가 이토록 가슴을 후비고 눈물을 쏟게 할 줄은 몰랐다. 그리고 세상 밖으로 힘차게 퍼지는 아름다운 노래의 주인공 곁으론 희주가 자리했다.

집으로 돌아가는 길에 몇 번이나 차를 세우고 눈물을 훔쳤는지 모른다. 그 풍경을 다시 보고 싶다. 그 풍경 이후로 주원은 세상 밖으로 나가 단단해졌고, 이제는 사랑받는 한 사람으로 성장해 있었다. 비록 투명했던 영혼은 난해해지고 외로움은 온전히 지워지지 않았지만.

"가서 무슨 말 할 거요?"

찻잔을 비운 뒤 하 총장이 물었다. 윤 여사는 지그시 눈을 감고 사붓이 웃었다.

"올해가 가기 전에 풍경 하나 만들어 주라고 협박하려고요."

※ ※ ※

장항의 이른 아침 거리는 한산하다 못해 도태된 도시와 같았다. 저 혼자 시간을 거슬러 갔다가 돌아와서는 덩그러니 과거의 형태로 남아 있었다. 더욱이 농사일이 없는 겨울에 눈까지 수북하게 내린 휴일이라 정도가 심했다. 눈을 얹고 침묵하는 거리를 가로질러 가게에 도착한 희주는 깜짝 놀랐다. 수북하니 쌓인 눈이 없었다. 오로지 가게 앞과 주변만.

"영미 얘가 뭔 짓을 한 거지?"

하지만 가게는 굳게 잠겨 있었다. 간밤에 문단속한 그대로였다. 순간 아무런 언질도 없이 행동으로 불쑥불쑥 도움을 주던 어떤 사람이 떠올랐다. 이런 일을 치른 장본인으로 지목하기에 딱 맞아떨어졌다. 아니, 그렇게 믿고 싶었다. 갑자기 가슴이 마구 뛰었다. 사방을 둘러보다가 뛰었다. 택시 정류장을 훑어본 뒤 도선장 공원까지 달렸다.

한참 뒤에야 깨달았다. 그는 마무리 캠프에 합류해 훈련 중임을.

"한심하긴. 안 기다리기로 해 놓고."

희주는 제 머리를 톡톡 때렸다. 눈을 한 주먹 뭉쳐 강으로 힘껏 던졌다. 다시금 눈을 뭉쳐 있는 힘껏 던졌다. 그러고는 쓸쓸히 해설자의 흉내를 냈다.

"네, 스트라이크존을 한참 벗어났군요."

※ ※ ※

충청 이남 쪽으론 꽤 눈이 내렸다는데 이곳은 뜨내기손님마냥 잠시 머물다 사라졌다. 희주가 머문 장항은 그 아이의 소담스러운 마음처럼 수북하니 쌓였으리라.

"엄마, 오 대리가 어딨는지 정말 몰라?"

모른다는데 진숙은 또 묻는다. 일요일인데도 제 식구를 떨쳐 내고 가게로 찾아올 때부터 긴히 할 말이 있음을 알아차렸다.

"찾아서 어쩌게."

몇 달 전 재하에게 해 줬던 말이 툭 튀어나왔다. 진숙도 재하처럼 선뜻 대답을 못 한다.

"네 자리 돌려주라고 하게?"

"누가 자리 뺏았나? 오 대리 혼자 벅차니 일을 나누라고 재하가 꽂아 준 거지. 사실 오 대린 남이잖아. 언제 떠날지 모를 사람이니 핵심 업무는 재하나 내가 공유하는 게 정답이었어."

"남…… 그래. 남이니까 갔어. 그럼 니가 알아서 꾸려야지 왜 자꾸 찾니?"

"인수인계가 부족했다니까."

신 사장은 대답 대신 고개를 절레절레 흔든 뒤 종이컵을 그러쥐었다. 진숙이 머리를 긁적였다.

"솔직히…… 후유증이 너무 크네요. 예전 오 대리 비중이 너무 커 가지고."

"망할 정도는 아니잖니."

"어느 정도 뿌리가 내려진 상태니까 망하진 않겠죠. 근데 엄만 남의 일 보듯 하네?"

"남……."

신 사장은 창밖으로 쓸쓸히 시선을 보내며 혼잣말을 흘렸다.

"남의 기준이 뭘까. 꼭 핏줄이어야만 남이 아닐까…… 남이어서 가 버렸을까?"

처음부터 남이라 생각하지 않았던 희주를 떠올리며 생각에 잠겼다. 곡해했는지 진숙이 조심스레 입을 열었다.

"그때 이모 집으로 간 거 미안해요."

뜬금없는 말에 신 사장은 움찔했다.

"너무 무서웠어. 버스에서 술 냄새만 맡아도 집으로 가는 발이 덜덜 떨렸다고."

"보낸 엄마가 미안했지. 내가 먼저 네 이모한테 부탁했었잖니."

"그래도 항상 미안했어. 언젠가 꼭 같이 살고 싶어서 전공도 엄마가 식당 직접 차리는 게 꿈이니까 그쪽으로 공부한 거야."

신 사장은 진숙의 더운 눈을 가만히 바라보았다. 왜 여느 엄마처럼 살갑게 포용해 주는 일이 안 되는지 모르겠다. 하물며 어깨를 토닥여 주는 위로도 쉽지 않다.

"알아. 그래서 지금 함께 살잖니."

말이라도 부드럽게 건네고 싶은데도 차갑게 튀어나오고 만다. 엄마가 이러니 꼭 붙어살았던 아들도 제 마음을 드러내지 못하나 보다. 아무리 그래도 그렇지. 어떻게 6년이나 마음에 품고 있어도 준비를 못 했을까. 조짐은 흔했지만 낡은 반지갑을 보고선 확신할 수 있었다.

6년 전 마지막 근무 때 희주는 홀 구석에 앉아 선물 포장지를 풀었다가 다시 묶기를 반복했다. 편지를 넣었다가 다시 꺼내는 모양새까지 계산대의 신 사장은 놓치지 않았다. 선물의 상대가 누구인지 예상했던 탓이다. 그때 언뜻 본 검은색 반지갑이 며칠 뒤 재하의 주머니에서 튀어나왔다.

그것을 재하는 6년 이상 주머니에 담고 있었다. 아둔하게도 저혼자 주머니에 담고 있었다. 꺼내지 않으면 희주가 알 도리가 없는데도.

일찍이 결혼이란 제도에 환멸을 느꼈다. 하여 진숙에게도, 재하에게도 연애니 결혼 따위를 한 번도 들먹이지 않았다. 그럼에도 겉으론 절대 드러내지 않았다. 결혼의 결과물인 자식들을 향한 치명적인 모욕인 듯싶어서.

그런데 지금은 재하에게 결혼을 권하고 싶다. 오로지 딱 한 사람을 향한 그 바람 때문에 쉬 불안하고 생뚱맞은 조바심을 안고 산다. 희주는 사랑받는 법을 안다. 그것이 결핍이 불러일으킨 절박한 갈증에서 비롯되었건, 혹은 타고난 기질이었건 희주는 사랑의 씨앗을 뿌리는 요령에 탁월하다. 그 씨앗이 열매를 맺어 지금쯤 사방에서 희주를 탐할 터였다.

얼추 감정을 추스른 진숙이 입술을 비죽인다.

"오 대리, 말예요. 딱히 악감정은 없는데…… 인간관계에 너무 영악한 것 같아요. 어떻게 된 게 죄다 자기 편을 만들어 놨더라고. 회사가 아닌 자기 편으로 말야. 그래서 지금 회사가 엉망이지 뭐야."

왜 비슷한 결핍을 겪었는데도 딸은 훨씬 어린 희주보다 여물지 못했는지 모르겠다. 신 사장은 안타까운 마음에 진숙의 생각을 정정해 주었다.

"그런 결과는 영악해선 절대 얻지 못한다. 똑똑한, 그것도 아주 똑똑한 사람만 얻을 수 있어."

진숙이 난관을 극복할 실마리를 얻지 못한 채 돌아가자, 신 사장은 휴대폰을 만지작거렸다.

'죄송한데요, 사장님 딱 한 분한테만 바뀐 번호 알려 드릴게요.'

희주의 말이 무슨 뜻인지 알아듣고 함구하는 중이다. 과연 행선지는 물론이거니와 바뀐 번호를 아는 사람이 없었다. 재하마저도.

젖은 땅으로 내리쬐는 햇볕이 퍽 따스해 보인다. 맑은 햇살을 닮은 희주의 목소리가 너무 듣고 싶다. 참으로 남 같지 않은 남이지 싶다.

❋ ❋ ❋

내리쬐는 햇볕에 한쪽으로 뭉쳐 놓은 눈덩이가 푹푹 꺼지며 녹고 있었다.

"누굴까?"

영미의 추리는 끈질겼다. 문득 박수를 친다.

"슈트남이 다녀갔나 봐요!"

"휴우, 영미야. 점심 준비나 빨리 끝내자."

"내 촉이……."

"쉿!"

"알았어요, 언니."

못내 아쉬운 양 문밖의 눈덩이를 돌아본다.

"어머!"

영미가 갑자기 후다닥 주방으로 뛰어들어 머리카락을 넘기며 거울을 본다.

"왜?"

갸웃하며 출입문을 보았다. 훤칠한 키에, 잘생긴 외모를 소유한 스물한 살의 남자가 문을 열고 들어섰다.

자식, 언제 봐도 잘생겼단 말야.

흐뭇하게 일견하고는 다가오면 머리카락을 마구 헤집어 줄 심술을 장착했다.

"누나, 가장 왔다."

진우는 성년이 된 후에, 아니, 그보다 먼저 특성화고를 졸업하고 방위산업체에 취업을 한 뒤부터 가장 노릇에 재미를 붙였다.

"눈이 와서 안 온 줄 알았더니."

"기차 타고 왔어. 다 녹았던걸. 차 가지고 와도 될 걸 그랬어."

진우가 가까이 다가오자 손을 재빨리 내밀었다.

"에구, 잘생긴 우리 가장!"

"만인이 아는 사실을 굳이."

진우는 능숙하게 희주의 손을 피하며 살짝 스친 머리카락을 다듬는다.

"으흠."

주방 구석에서 나온 영미의 헛기침 소리에 진우가 시선을 돌렸다.

"오빠, 안녕하세요."

"응. 영미도 잘 지냈어?"

이미 서너 번은 보았지만 이렇듯 진우가 이름을 입에 올리며 안부를 묻는 게 처음이라 그런지 영미는 발그레 볼을 붉혔다. 그 모습에는 언뜻 희주의 열여덟 살 모습이 엿보였다. 재하가 받든 말든 얼굴을 붉히면서까지 애써 인사를 건네면서 희주는 똑똑히 보았다. 그가 당황해하는 것을. 그것이 재미있어서 기회만 있으면 그의 딱딱한 침묵을 건드려 댔다.

소녀의 인사를 전혀 당황하지 않고 받아친 진우는 '장항분식'의 금일 첫 손님으로서 포식을 누렸다.

"이 미련퉁이야, 할머니한테 가서 얻어먹을 배는 남겨야지."

흐뭇한 표정으로 마주 앉았던 희주가 기어이 진우의 머리카락을 헤집어 댔다.

"아, 머리 망가지잖아!"

"그러게 말예요. 오빠, 빗 드려요?"

대답도 듣지 않고 영미는 쪼르르 달려가 주방에 둔 제 가방 속을 헤집어 빗을 들고 나왔다.

"호! 호!"

건네주기 전에 빗에 입김을 불어넣는 영미의 모습에 진우가 눈살을 찌푸렸다. 영미가 배시시 웃었다.

"빗이 차가워 보여서요."

희주는 아이처럼 까르르 웃었다. 영미 곁에 있으면 이렇듯 웃는 일이 흔했다. 주말 알바인 영미는 할머니가 채용했다. 사정도 딱했지만 딱 그 나이 때 좋은밥상에서 일했던 희주가 생각나서 바지런한 아주머니를 제치고 택했다고 했다. 아주 잘하신 선택이었다.

빗을 돌려준 진우가 패딩 주머니에서 이어폰이 연결된 휴대폰을 꺼냈다.

"영미, 요즘 노래 좋아하니?"

영미가 눈을 슴벅거리다가 고개를 끄덕였다.

"듣고 있어. 누나랑 조용히 할 말이 있거든."

눈치 빠른 영미는 휴대폰을 소중히 받아 들고 주방으로 쏙 들어갔다. 테이블의 빈 그릇을 치우려는 희주를 진우가 제지했다.

"놔두고. 손님 밀려들기 전에 내 말 좀 들어."

"뭔 소식이기에."

"민지 씨가 찾아왔었어."

"민지 씨가 널 왜……."

진우는 운전면허를 딴 직후 날마다 회사로 찾아와 희주를 대신해 운전대를 잡았다. 한마디로 누나 차로 운전 연습을 했던 것이다. 그때 같은 방향의 민지를 몇 번 태워 줬고, 갑자기 비가 왔던 날엔 집으로 들여 차를 끓여 주고 우산도 쥐여 주었다.

"회사에서 찾는대. 원하는 대로 해 줄 테니 복귀하래."

전후 사정을 모르는 진우는 이런 기회를 알리고 싶어 달려왔나 보다. 그런데 진우에겐 다른 속셈이 묻어 있었다.

"사장, 아니, 재하 형이 그랬대. 만약 돌아오면 언제든 자리를 주라 했대."

아닌 것 같다. 어쩐지 진숙이 민지에게 그렇게 시킨 것 같다. 한 번 단호하게 내뱉은 말은 목에 칼이 들어와도 바꾸지 않을 재하의 성격을 아니 말이다. 더욱이 그는 자신의 의사를 타인을 통해 전달하는 데는 아주 인색하다. 문득 짜증이 났다. 회사 일은 다 잊고 싶은데, 벌써 '착한밥상'의 운영이 걱정된다. 입술을 사리물며 걱정을 애써 털어 냈다.

"근데 누나, 재하 형하고 연락 안 해?"

민지가 방문한 순간 진우는 이미 인지했을 텐데도 굳이 묻는다. 이내 골을 낸다.

"왜 연락 안 하는데?"

"떠난 회사 오너잖니."

"아니잖아!"

"네가 뭘 안다고. 아니야. 공적인 관계에서 벗어나면 아무것도 아냐."

"그럼 누나만 아니었던 거야?"

"무슨 소리니?"

진우는 미간을 잔뜩 찌푸린 채 날카롭게 응시하다가 고개를 갸웃였다.

"와, 갑자기 머리 아프네. 그니까 형 혼자 좋아한 건가?"

진우의 말이 쉬 소화가 안 되어 희주는 설뚱하니 바라보기만 했다. 진우는 난감한 표정으로 무언가 입술을 들썩이다가 제 가슴을 탁 쳤다.

"미치겠네."

"왜? 할 말 있으면 해 봐."

"좀 잘해 보지. 그 형 알고 보면 진짜 남자라고!"

무엇이 그리 속상한지 얼굴까지 붉히며 불퉁거린다. 그 모습에 희주는 미련하게도 그와의 관계가 다시 회복될 가능성을 생각해 보았다. 순간 머릿속으로 주원의 한마디가 스친다. 이어서 신뢰감 이란 언어가 머릿속을 어지럽힌다. 그렇다. 재하의 입을 통해 직접 듣지 않고서는 그의 마음을 결코 헤아릴 수 없다. 다른 사람이 정답을 주어도 희주에게는 오답일 수밖에 없다. 그가 솔직히 털어놓을 만큼 희주를 향한 신뢰감이 선행되어야 하니까 말이다. 머리를 손으로 짚고 호흡을 가다듬었다.

"오진우, 그만하자."

"제기랄."

누구를 자꾸 닮아 가더니 투덜거리는 추임새까지 닮았다.

"재하 형 이야기 하나만 해 줄게. 양경호 포수 알지?"

"응."

"양경호 선수가 은혜 입었다는 형이 바로 재하 형이야. 야구 블로그에 다 떴다고."

그게 무슨 상관이니. 속으로만 건조하게 대꾸했다.

"악연으로 엮였던 감독이 있거든. 대학 코치 시절에 뇌물 먹은 거 폭로돼 매장됐어. 그때부터 재하 형이 싸웠던 내막이 여기저기 터지는 중이야. 재하 형은 폭력을 쓰지 않았대. 양경호 선수 살리려고 독박 쓰고 나간 거야."

진우는 재하의 의리를 훈장처럼 내세운다. 하지만 희주는 마음이 동하지 않았다. 재하가 폭력과는 거리가 먼 감수성이 풍부한 남자인 줄은 겪어서 알고 있는 사실이다.

"진짜야. 그래서 구단에서 정식으로 계약하고 마무리 캠프에 합류시킨 거잖아."

"캠프는 언제 끝나는데?"

얼결에 물었다.

"지금쯤 거의 끝나 갈 거야. 12월은 선수들이 다 쉬니까."

재하일 가능성이 전혀 없지는 않았다. 하지만 어울리지 않는다. 그가 도둑고양이처럼 눈을 치우는 모습은. 만약 그랬다면 화가 났을 것 같다. 여기까지 찾아와 고작 그런 발자국 하나만 남기고 돌아갔다면.

"손님들 올 시간이다."

시계를 힐끔 보곤 몸을 일으켰다.

"잠깐, 누나. 아직 사귀는 남잔 없지?"

"글쎄다."

서늘한 콧방귀로 응수하고 몸을 돌렸다.

"할머니한테 물어봐야 되나?"

진우의 혼잣말에 갑자기 머리가 아팠다. 진우는 주방의 영미에게 질문을 던졌다.

"있어?"

이어폰을 낀 영미가 진우에게 고개를 끄덕였다.

"너 음악 듣는 거 아니었니?"

희주가 눈살을 찌푸리자, 영미는 머쓱하게 웃으며 이어폰을 뺐다. 그러고는 아끼는 물건을 아쉽게 건네는 것처럼 진우에게 휴대폰을 돌려주었다.

"오빠, 잘 들었어요."

"영미야, 솔직히 말해. 있는 거 맞아?"

"오진우! 왜 영미 붙잡고 그래. 곤란하게."

진우를 겨냥했던 희주의 눈총이 영미에게로 돌려졌다.

"어어…… 난 그냥 언니랑 같이 산보한 슈트남이 있다고……."

"산보? 으이그, 영미 넌 우체국 절대 취직하지 마라. 어, 어서 오세요."

분주한 점심시간을 치르느라 진우는 더 상대하지 못했다. 진우는 팔짱을 끼고 서서 오래도록 희주를 지켜보았다. 눈길이 섞일 때면 고개를 갸울이며 탐정 폼을 잡곤 했다. 손님이 가득 찼을 때 다시 보니 진우의 모습은 사라져 있었다.

✖ ✖ ✖

어디로 스미는지 문바람 소리가 멈추지 않았다. 음울한 곡소리 같아 신경이 여간 거슬리는 게 아니다. 고된 훈련으로 팽팽하게 긴장된 근육을 채 풀어 내지 못한 재하는 방바닥에 붙였던 몸을 일으켜 새벽어둠을 더듬었다. 안방 덧창이 바람의 침범을 용인하는 듯싶었다. 문 아귀를 맞추려고 일어나려다가 흠칫 놀랐다. 배 위의 이불로 주원의 손이 느슨하게 놓여 있었다. 분명 지척의 침대 위에서 자는 걸 확인했는데 언제 내려왔는지 모르겠다. 일어나 덧창문을 꽉 밀어서 닫은 뒤 머뭇거렸다. 사붓이 이불을 집어 들고 거실로 나갔다.

할 말이 있다고 해서 들렀다. 주원은 올해가 가기 전에 희주를 초대해 함께 노래와 연주를 하자고 제안했다. 윤 여사의 부탁이란다.

설핏 잠이 들었다가 조용한 문소리에 깨어났다. 주원이 오랫동안 내려다본다는 것을 알았지만 모른 척했다. 발소리에 이어 또 다른 문소리가 났다. 잠시 후 노랫소리가 방음부스로부터 가늘게 새 나왔다. 제목은 기억나지 않지만 이탈리아의 자장가인 듯싶다. 희주가 좋아하는 필립 자루스키의 음반을 통해 들어 귀에 익은 곡이기도 했다. 유독 구슬프게 들리는 가느다란 소리가 역설적으로 복잡한 마음을 쓰다듬어 준다. 스르르 잠에 빠졌다.

늦잠을 자고 일어나 휴대폰을 켰더니, 진우의 문자가 도착해 있었다. 희주 주변의 긴급 상황은 무조건 보고하라는 지령을 내렸었다. 채 읽기도 전에 찬물을 뒤집어쓴 양 후다닥 몸을 일으켰다.

[누나한테 남자가 생긴 것 같은데 이것도 긴급 상황인지 고민이네요. 형한테 알려야 할지 말이에요.]

※ ※ ※

"진짜 잽싸네!"

감탄이 아닌 야유를 실은 영미의 말에, 마주한 채 쪽파를 손질하던 희주는 바깥을 보았다. 건너편 치킨집의 덩치 큰 아들이 빈 박스며 재활용품을 안고 길을 건너고 있었다.

"봐요. 방금 우리가 주방 뒤에 내놓은 거잖아요."

아침에 식자재 정리를 하면서 나온 박스며 용기는 동네 노인이 수거해 간다고 들었다. 그런데 희주가 온 뒤부턴 경쟁자가 생겼다. 그리고 스무 살을 갓 넘긴 듯한 경쟁자는 손이 무지 빨랐다.

"영미가 왜 불만이니? 저런 사람이 나중에 부자 되더라."

"퍽이나요. 배달은 얼마나 느려 터졌다고요. 그나저나 저 오빠 갈수록 빨리 나오네. 치킨 팔 시간도 멀었는데."

희주는 영미에게 바짝 얼굴을 디밀고는 짓궂게 웃었다.

"관심이 되게 많네. 혹시?"

"예? 으으윽!"

속이 불편하다는 액션까지 취하며 영미는 부정한다.

"언니는 내 눈높이를 존중해 줄 필요가 확실히 있네요. 뭐 진우 오빠 정도는 돼야 기준점이 조금……."

문득 수줍게 우물거리다가 말머리를 바꾼다.

"근데 언니. 오늘 볼일 있다면서요?"

"응. 오후에 나갈 거야."

느슨한 산보나 누릴 터였다. 어제 진우의 신형 휴대폰을 만져 본 탓인지 영미는 흠집투성이의 제 구형 폰을 여러 번 꺼내 보며 무언가 고민에 잠겼다. 손가락으로 뭔가를 헤아려 보기도 하는 그 모습에, 어쩐지 희주는 도움을 주고 싶어서 제의했다.

'낼 학교 행사로 쉰다지? 나 볼일 있는데 근무해 줄 수 있니?'

그렇게 영미는 평일인 오늘도 근무 중이다. 묻기 전에 생각했다. 신 사장이라면 뭐라고 둘러댔을까.

생각을 오래 하면 마음이 상대에게 이른다고 믿었다. 재하에겐 안 통했지만 신 사장에게는 유효했나 보다. 울어 대는 휴대폰 액정을 확인하고는 황망히 주방 뒷문을 통해 밖으로 나왔다.

"사장님, 잘 지내셨어요."

— 희주도?

"덕분에요. 방금도 사장님 생각 했는데 반갑네요."

이쪽이 침묵하면 통 대화가 이루어질 것 같지 않아 희주는 열심히 할 말을 가늠했다. 특유의 건조한 목소리를 조금이라도 더 많이 듣고 싶어서, 숨소리라도 더 느끼고 싶어서.

— 내 생각 할 게 뭐 있다고.

입술을 비죽이며 보일 듯 말 듯 한 웃음을 드러내는 신 사장의 모습이 눈에 선했다.

"안 조리장님도 잘 계시죠?"

— 응. 니 이야기 종종 하더라.

"어떤 이야기 해요?"

딱히 궁금하지 않아도 소소한 일까지 묻게 된다.

— 후후.

웃음소리다. 자그마치 신 사장이 웃는 데 기여했다는 생각에 뿌듯했다.

— 맛이 참 예쁘단 소리, 어지간히 울궈먹더라.

"오, 그런 말을 했던 이상한 아이가 있었다고 말이죠?"

— 응. 참 예쁜 아이.

어쩐지 더운 감정을 실어서 희주를 부르는 소리 같다.

"저요, 생각해 보니까요. 그때 말실수를 했던 것 같아요. 맛이 참 예쁜 게 아니라, 사장님이 참 예쁘세요, 라고 해야 정답이었어요."

— 후후.

"지금도 참 예쁘세요. 제 스승님이시고요."

— 스승은.

코웃음 치는 모습도 눈에 선하다.

"음식 말고도 많이 배웠거든요."

— 풋.

희주는 신 사장이 용건을 밝힐 수 있도록 잠시 말을 쉬었다. 방심이었다.

— 목소리 듣고 싶어 전화했다. 건강해라.

"사, 사장님!"

순식간에 통화가 끊겼다. 정말 목소리뿐이었을까. 아쉬웠지만 신 사장의 성격을 아는지라 이내 함박웃음을 지었다. 가장 어려운 시기에 묵묵히 도움을 주었던, 지금도 할머니 다음으로 거리끼지 않고 안기고 싶은 분이다. 하지만 웃음은 오래가지 못했다. 잠깐 까먹었다. 그는 재하의 어머니였다.

✄ ✄ ✄

방음부스 안에서 아침까지 있은 듯 주원은 문을 열어 두고 피아노를 치며 노래를 부르는 중이다. 재하 자신의 빌어먹을 영혼에도 뜨거운 감수성이 존재한다는 위로를 안겨 준 친구다. 마음은 이미 장항으로 치닫고 있지만 친구에게 여느 때처럼 아침은 차려 주고 싶었다.

주원이 즐기는 치킨스테이크 소스에 필요한 건조 허브를 찾느라 통 열어 보지 않았던 원목 수납장 문을 열었다. 원하는 것을 못 찾아 도로 닫으려다가 낯선 약병을 발견하고는 꺼내 들어 찬찬히 살폈다.

식탁 앞으로 앉은 주원은 실내에서도 두터운 목폴라를 입고 있었다. 화보 같은 아름다운 모습일 수도 있었지만 재하의 눈에는 거슬렸다. 실내는 썩 따뜻하니 말이다. 더욱이 두툼한 양말이라니. 왠지 재하 혼자 이불을 들고 거실로 나간 일과 무관하지 않지 싶다. 빤히 바라보는 재하의 눈길을 확인한 주원은 밥을 뜨다 말고 발코니의 플라타너스로 시선을 돌렸다.

"잎이 다 떨어진 나무는 언제 봐도 추워 보이더라. 애초에 무성하지 않았으면 그리 보이진 않았을 것 같은데."

퍽 건조한 목소리였다. 버석거리는 낙엽처럼.

"추워 보이긴. 허물을 벗어도 몸뚱이는 통통하기만 하다."

"그래? 너하고 나…… 요즘 사물을 바라보는 눈이 많이 달라진 것 같아."

"뭐 환경 탓이겠지. 학교 다닐 때처럼 공유하는 일이 적잖아."

"공유…… 그래, 공유. 사람도…… 아, 아냐."

재하는 굳이 그가 삼킨 언어를 채근하지 않은 채 밥을 떴다.

"먹어라."

"고맙기도 하지."

"응?"

"맛있는 밥."

모처럼 주원이 싱그럽게 웃었다.

"친구가 오직 나 한 사람을 위해 차려 준 밥."

"자식."

따라 웃었지만 주원과는 달리 어색한 표정이 되고 만다.

밥그릇을 말끔히 비운 뒤 주원이 허브티를 탔다. 붉은 입술을 동그랗게 말아 차를 식히면서 비우는 주원의 모습을 물끄러미 바라보았다. 마주치자 주원이 갸웃하며 물음표를 새긴 눈짓을 보냈다.

"너 요즘 잠 못 자냐?"

머리 회전이 빠른 주원은 단박에 재하의 질문을 헤아린 양 수납장을 힐끔 보았다. 재하가 쐐기를 박았다.

"수면제 있더라."

"창작곡으로 내 나무를 만든다 했잖아? 그걸 작곡하느라 날밤 새우다 보니……."

주원은 거짓말이 영 서툴다. 나이를 먹을수록 때때로 거짓말이 필요할 텐데 말이다. 그래서 주원은 점점 에둘러 말하나 보다.

'잠이 안 와서 그런데 옆에서 자도 돼?'

언제부터인가 한 침대를 쓸 때는 주원은 그렇게 미리 묻곤 했다. 새삼스럽게 묻는다며 핀잔을 주곤 했다. 그래 놓고도 언제부터인가 재하가 먼저 피하는 중이다. 재하는 애써 외면하며 다른 쪽으로 생각을 돌렸다.

"나, 희주 만나러 간다."

찻잔을 쥔 주원의 손이 가늘게 흔들렸다.

"희주? 그럼…… 준비가 된 거야?"

무슨 이유로 만나러 가냐고 묻지 않고 준비를 들먹인다. 문득 어떤 예감이 스쳤다.

"주원이 너…… 사적인 목적인 걸 안다는 투네?"

"함께 보낸 시간이 얼만데."

주원이 쓴웃음을 지었다.

"아니까 내 나름대로 기회도 만들어 줬어. 그런데 네가 준비가 안 된 것 같더라."

"무슨 기회."

"설명하려면 복잡해. 아무튼 난 기회를 줬어."

쏘아붙이고는 입을 다물었다.

"그놈의 빌어먹을 기회."

연속극 때문에 망쳤던 기회에 이어 주원이 건넸던 또 다른 '기회'가 떠올랐다.

'좋아하는 사람한텐 싫어하는 일도 할 수 있거든. 난 기회를 주고 싶어.'

희주에게도 비슷한 말을 했다며 그에게 건넨 말. 아무래도 그 말에는 관계의 방향에 관한 상징성이 담긴 듯싶다.

"나이를 먹고 환경이 바뀌면 언젠간 관계의 성격도 변모해. 그에 맞춰 줄 거고."

"싫어도?"

"응. 잃는 것보단 덜 아프니까."

"제기랄, 그럼 네 취향은 뭔데. 상대 말고 네가 원하는 것."

"지금 정도…… 유학 가기 전 상태가 가장 좋은데 그건 욕심 같고, 지금 정도만."

바라보는 주원의 눈빛이 긴장감으로 흔들렸다. 재하는 차마 마주하지 못하고 시선을 돌리며 긴 한숨을 토했다.

재하는 찻잔을 내려놓고 일어났다.

"다행이다. 내가 결혼해도 넌 친구로 남을 수 있어서."

주원의 얼굴로 웃음이 번졌다가 곧 사라졌다. 천천히 몸을 일으켜 마주 선다.

"결혼할 거야?"

"상대가 원하면."

"원하지 않으면."

"그건 나중 생각이고, 일단 시도하려고."

"상대 마음엔 확신이 없구나."

"지금은."

문득문득 희주의 마음을 느낄 수 있었다. 그러면서 보류만 해 두었다. 하지만 지금은 전혀 모르겠다. 게다가 다른 남자를 가까이 한다는 말까지 들었다. 본인 입을 통하지 않은 언어는 신뢰하지 않 으면서도 무심코 물었다.

"넌 뭐 아는 거 있냐?"

"글쎄……."

주원이 재하의 눈길을 피하며 우물거렸다.

"본인들만 아는 문제라서……."

당혹감이 엿보여 재하는 날카롭게 응시했다. 연신 시선을 피하다 가 생긋 웃으며 바라본 주원이 이내 애잔한 눈길을 준다. 왠지 어린 자식을 바라보는 신 사장의 눈빛을 닮아 재하는 미간을 찌푸렸다.

"재하야, 너무 빠르지 않아? 네 스스로 준비가 됐는지 먼저 확 인해 보는 게 순서 같아."

"그러고 싶은데 버스가 한없이 멈춰 서 있는 게 아니라서."

"난 재하 네가 행복하길 원해. 그래서 준비를 자꾸 말했던 거 야."

"평생 붙잡고 싶어서 결혼하려는 거야."

미리 챙긴 패딩을 걸쳤다.

"재하야."

주원의 부름에 돌아보았다.

"한 달만 더 생각하면서 준비하면 어때?"

재하는 가벼이 고개를 저었다.

"다음 달에 희주를 초대하잖아? 그때 만날 기회도 있으니……."

역시 설레설레 고개를 저은 뒤 신발을 꿰신었다. 현관문을 닫으려다가 돌아섰다.

"주원아."

재하의 깊고 부드러운 부름에 주원이 눈을 반짝 빛냈다.

"커피 조금만 마셔. 위스키 탄 홍차도."

주원이 생긋 웃으며 고개를 끄덕였다. 익숙한 웃음이 새삼 마음을 저리게 한다.

밖으로 나오자 저절로 걸음이 다급해졌다. 차에 올라 시동을 걸 때 진우에게서 또 문자가 왔다.

[누나하고 산보한 남자 별명이 슈트남이래요. 누나가 슈트발 가수들한테 뿅 간다는 사실도 긴급 상황일까요?]

생각만 해도 불편한 차림을 떠올리며 재하는 콧방귀를 뀌었다.

"인마, 누나가 좋아하는 성악가들은 원래 양복 일색이야."

한참 달리다가 문득 진우의 문자들을 되새겨 보았다. 불안감 한 조각이 뇌리를 스친다.

"제기랄!"

상황은 썩 좋아 보이지 않았다. 아군이라고 믿어 의심치 않은 진우가 선뜻 보고하지 않고 고민을 거칠 정도로 슈트남이란 작자는 벌써 남매의 인심을 얻은 것 같다.

"대체 어떤 놈이길래!"

가속페달로 얹힌 발에 힘이 들어갔다.

※ ※ ※

분주한 시간 끝에 영미는 혼자 남아 띄엄띄엄 들어오는 손님을 치러 냈다. 주말과는 달리 썩 한산한 오후였다. 평일 근무가 늘어나 이번 달은 용돈이 넉넉할 것 같다. 액정이 금이 간 낡은 휴대폰을 만지작거리며 교체 가능한 폰을 가늠해 보았다.

끼익.

자동차의 제동 소리에 번쩍 고개를 들었다. 얼마나 급히 달려와 멈춰 섰는지 유리문 안까지 소음이 날아들었던 것이다. 미간을 찌푸리며 노려보는데, 승용차에서 한 남자가 내렸다. 그는 슈트 차림이었다. 큰 덩치에 슈트가 저리도 잘 어울리는 남자는 처음 보았다. 감상이 채 끝나기도 전에 그는 가게로 뛰어 들어왔다.

휙 가게를 훑어보더니 입을 연다.

"오……희주 사장은?"

"어, 산보 가셨는데요."

지척에서 마주한 남자가 너무도 잘생겨서, 그 점이 왠지 반전 같아서 멍하니 바라보았다. 거친 숨소리가 마초적인 매력을 더해 준다. 하지만 그가 한 마디를 더 내뱉는 순간 영미는 오싹 소름이 돋았다.

"누구랑?"

갑자기 그의 얼굴이 성난 맹수처럼 변했던 것이다.

"누, 누구신데요?"

긴장한 걸 들키지 않으려 애쓰며 겨우겨우 입을 열었다. 금방이라도 눈물을 쏟을 것 같은 영미의 모습을 헤아린 양 그가 달래는 손짓을 내보였다.

"미안, 미안. 진정해."

진정할 사람은 아저씬데요?

"난…… 사장 삼촌이야. 그러니 솔직히 말해도 돼."

한결 누그러진 말씨였지만 급박한 숨결은 여전했다. 어색하기 짝이 없긴 해도 살짝 드러낸 웃음에 용기를 낸 영미는 시간을 벌기로 했다.

"죄, 죄송한데요. 자, 잠깐만 기다려 보세요."

손으로는 그의 눈을 피해 휴대폰을 만지작거리며 긴박하게 그의 정체를 가늠해 보았다. 언니에게 우군인지 적군인지 파악하는 게 우선이었다. 적군이라면 이 영미 한 몸 바쳐서라도 언니를 보호할 터였다. 그의 시선이 휴대폰으로 향하지 않도록 중얼거렸다.

"삼촌이라면 아버지가 일촌. 아버지의 아버지에서 같은 뿌리인 아버지의 형제는 삼촌. 결혼을 했으면 작은아버지. 그런데 삼촌이라니까 미혼."

여기까지 웅얼거리다가 영미는 의혹에 잠겼다. 한동네에 오래 살아서 할머니의 가족 사항은 얼추 꿰고 있었다. 친가에 이런 젊은 삼촌이 있다는 정보는 접하지 못했다. 영미가 눈을 가늘게 뜨며 바라보자, 그는 초조한 기색을 드러냈다.

"내가 급해서 그러니 어디 갔는지 빨리 말해 줘."

처음 같은 불같은 기세를 애써 죽이는 투가 역력했다.

"근데요…… 외삼촌이세요?"

외가 쪽 촌수라면 다시 계산을 해 볼 터였다. 언니에게 보낸 문자의 답이 아직 안 오니 말이다. 그의 얼굴이 일그러졌다. 큰 숨을 들이켜며 한숨을 쉬더니 짜증을 드러낸다.

"지금 시간 버는 거야?"

"예?"

영미는 화들짝 놀라 옴츠렸다. 반전 매력의 포인트는 짙은 눈썹을 얹고 있는 우수가 담긴 눈빛이었다. 그 기운을 말끔히 지워 낸 날카로운 시선이 영미의 휴대폰으로 내리꽂혔다.

"사장한테 연락하는 거지?"

"아, 아닌데요."

"학생 입장이 난처한가 보군. 누구랑 산책 나갔지?"

"혼자……."

그의 눈썰미에 기가 팍 죽어 얼결에 실토하고 말았다. 덩치가 산만 한 운동부 선수들하고 단체로 산보 갔다고 둘러댈 참이었는데 말이다.

"혼자?"

그의 경직된 얼굴이 살짝 풀렸다. 어디까지나 살짝만.

"어디로?"

"모, 몰라요. 정말……."

"휴대폰 줘 봐."

"제가 왜요?"

넘기면 그대로 언니의 번호가 노출될 터였다. 최후의 보루였기에 홱 뒤로 넘겼다. 힘이 너무 들어갔다.

탱, 소리를 내며 떨어진 휴대폰이 바닥으로 미끄러졌다.

"제기랄."

그가 불퉁거리며 주워 들었다.

"주세요!"

날카로운 영미의 외침에 그가 흠칫 놀라며 찬찬히 바라보았다. 그러고는 빼앗아 가는 영미의 손을 선선히 허용했다.

"미안해. 언니 오면 삼촌 왔었다고…… 아니 됐어."

그는 밖으로 뛰쳐나갔다. 상처가 늘어난 휴대폰은 다행히 통화가 가능했다. 언니는 폰의 전원을 꺼 놓은 듯싶다. 영미는 다급히 할머니의 번호를 더듬었다.

가게 밖으로 나온 재하는 제법 차가운 바람이 휘도는 거리를 훑어보며 투덜거렸다. 감기 걸리면 어쩌려고 이런 날 산책이람.

난데없이 온몸을 휘감았던 어처구니없는 질투는 희주가 혼자 나갔다는 말을 듣는 순간 누그러졌다. 근본적인 조급증에선 벗어나지 못했지만 조금은 여유를 챙겼다. 승용차를 가져가려고 하다가 미리 익혀 둔 장항 풍경을 가늠해 보고는 걸었다. 몇 걸음 내딛는 순간 누군가 가로막았다. 큰 덩치에 둔해 보이는 인상의 20대 초반의 남자가 삐딱하게 쓴 야구 모자 챙을 만지작거렸다.

"밥 먹으러 온 손님이 아닌가 봐요?"

"무슨 상관이죠?"

거들먹거리며 일부러 힘을 드러내고자 용을 쓰는 모양새가 같잖아서 재하는 시큰둥하게 대꾸했다. 야구 모자가 재하의 승용차를 가리켰다.

"차 빼요."

재하는 미간을 찌푸리며 지나치려 했다. 야구 모자가 재빨리 막아섰다.

"식당 앞으로 걸리적거리는 게 있음 안 돼요."

"그쪽이 뭔데?"

"나요? 걸리적거리는 걸 치우고 싶은 사람."

미친 새끼. 튀어나오는 욕설을 꿀꺽 삼켰다. 좁은 동네인지라 행동을 조심할 필요가 있었다.

"볼일 마치면 알아서 **뺄** 테니 비킵시다."

딴에는 정중하게 말했다고 여겼는데, 야구 모자에게는 아닌 듯싶다. 비껴가는 재하의 슈트 자락을 잡아당겼다.

"어허! 덩치만 믿고 개기다간 개망신당해요."

잡는 손을 본능적으로 낚아채 비틀어 버렸다.

"아악!"

야구 모자가 비명을 지르며 벗어나려고 발버둥을 쳤다. 휙 뿌리쳐 놓아주었다. 나자빠졌다가 일어난 야구 모자는 방금 상황이 믿기지 않다는 듯 재하의 슈트 소매를, 굳은살이 또렷한 손가락을 멍하니 바라보았다. 이어서 얼굴을 가만히 살핀다.

"야, 야구했어요? 혹시 박재하 선수······."

"그렇다 치고. 너, 식당 주인한테 사심 있어?"

"아니에요, 선배님."

"선배?"

"제가 고등학교 때 잠깐 야구했으니까 선배님 맞아요."

"사심 있냐고!"

"아니에요, 선배님."

"그럼 안 죽여도 되겠군. 근데 왜 참견이지?"

"일당 벌고 있어요."

"일당······ 제기랄."

야구 모자가 왜 참견을 하는지 알 것 같다.

"일당은 누가?"

"진짜 비밀인데 선배님 앞이니 말할게요. 옛날 코치님이 일을 줬어요."

"성이 송?"

"어, 맞아요. 알아요?"

과연 송 코치가 고용한 사람이 맞다. 하지만 무언가 어설퍼 보였다.

"그건 그렇고. 시킨 일은 영 시원찮게 한 것 같네?"

"아니에요, 선배님. 가게 걸리적거리는 것들 있음 티 내지 말고 재까닥 치우라고 해서 쓰레기도 치우고 재활용품도 치웠어요. 그러려고 아버지 가게에 일찍 나와서 감시해요. 눈 왔을 땐 잠도 못 자고 새벽에 치웠어요."

"하."

한숨이 나왔다. 이런 센스 꽝인 녀석을 믿고 야구에만 열중했던 자신이 한심했다. 생각해 보니 송 코치도 본디 센스가 꽝이었다. 선택의 여지가 없으니 어쩔 수 없었다.

진우에게 '장항분식'의 내막을 샅샅이 보고받은 뒤, 희주에게 불나방처럼 날아들 것 같은 남자들도 걸렸지만, 여자들만 가게를 지킨다는 사실이 영 꺼림칙했다. 생각을 굴리다가 장항 인근 고교에서 야구부 코치로 일하는 동기에게 연락했다.

'그러니까 재하 네가 보내 준 돈으로 일당을 주면서 가게를 오염시키며 걸리적거리는 작자들을 깨끗이 청소해 주라 그거지? 마침 야구 그만두고 그 식당 앞에서 일하는 녀석이 한 놈 있어. 좀 아둔하긴 해도 책임감은 끝내주는 녀석이야.'

아마도 야구 모자에게 전달되는 과정에서 '작자들'이 '것들'로 진화한 듯싶었다. 머리가 지끈거렸다. 엎어진 물이니 털어 내고 희주가 있음 직한 장소를 가늠하는 그때 난데없이 경찰차가 급히 멈춰 서더니 제복 차림의 사람 둘이 내렸다. 여차하면 권총이라도 뽑아 댈 살벌한 기세였다.

또 발이 묶였다. 한 곳도 아니고 여러 목격자가 신고를 했다고 한다. 장항선 누구도 건들지 못한다는 야구 모자가 재하의 완력에 나자빠지고는 시종 머리를 조아렸던 장면에 관한 오해를 푸느라 피곤한 시간을 겪어야 했다. 어떻게 된 게 이곳은 모두가 한통속인 듯싶다. 마치 혈연관계로 맺어진 것처럼.

시작부터 온통 삐끗거려 재하는 짜증을 삼키며 길을 걸었다. 찾아만 오면, 결심이 서서 달려만 오면 바로 만날 수 있을 것 같았다. 하지만 그녀에게 닿는 과정이 쉽지 않다. 그래서 예감이 나쁘다. 마음 한 조각을 차지했던 달뜨는 감정도 불안감과 조급증에게 잠식되는 중이다.

도선장 공원에선 희주를 찾지 못했다. 저녁 시간이 한참 남았기에 가게로 돌아가지 않고 화물역으로 걸음을 옮겼다. 그때 진우가 문자를 보내 왔다.

[형, 장항이죠? 이건 진짜 긴급 상황인데, 알바 학생한테 인심 잃으면 피곤해져요. 형이 장항에서 공공의 적이 될까 걱정이에요.]

뻔했다. 재하 때문에 휴대폰 액정을 깨트린 듯한 알바가 진우에게 안 좋은 감상을 전했으리라.

아무렴.

통화 버튼을 눌렀더니, 아까처럼 '수업 중'이란 자동 답변만 뜬다. 새삼 얄미운 감정이 돋아 눈썹이 찌푸려진다.

"공공의 적 벌써 됐다, 인마. 난 네 누나만 아군이면 돼!"

걸음을 멈추고 심호흡을 했다. 하지만 겨우 진정시킨 호흡은 오래가지 못했다.

또 문자가 왔다.

[알바생 우리 영미가 전해 준 초긴급 상황. 슈트남은 인심 얻었어요. 할머니도 좋아해요.]

"이 자식이!"

전화는 통 받지 않고 문자는 잘만 보내는 진우 때문은 아니었다. 슈트남 어필에 순식간에 머리끝까지 부아가 치솟았다.

"대체 어떤 놈이길래!"

지나가는 사람이 화들짝 놀랐다. 여느 때와는 달리 재하는 가벼이 고개를 숙이고 멋쩍게 웃어 주었다. 그 웃음이 별로 마음에 안 들었는지 재빨리 재하 주변을 벗어난다.

"박재하 진정하자. 그깟 슈트 나도 사 입었잖아."

다시금 심호흡으로 마음을 다스렸다. 세월의 이끼를 방치한 화물역 주변을 둘러보다가 역 안쪽의 철길을 건너 소공원으로 들어섰다. 장항의 시간은 멈추지 않았다고 항변하는 양 눈앞의 미디어센터는 현대적인 감각의 외형이었다. 날씨 탓인지 사람들은 드물었다. 덕분에 희주의 모습을 금방 발견했다. 하지만 반가움보다는 부아가 앞섰다. 그녀 곁으론 웬 남자가 앉아 있었던 것이다. 지체하지 않고 거리를 좁혔다. 앞으로 우뚝 멈춰 서자, 두 사람이 동시에 고개를 들었다. 휘둥그레 눈을 치뜨는 희주를 일견한 재하는 뿔테 안경을 노려보았다. 이 말라깽이가 슈트남일까.

"볼일 끝났으면 자리 좀 비켜 줍시다."

당황한 뿔테 안경이 희주와 재하를 번갈아 보았다. 손에 쥔 음료를 벤치에 내려놓고 엉거주춤 서 있는 뿔테 안경을 희주가 제지했다.

"앉아 계세요."

그러고는 재하에게 담담히 말했다.

"볼일, 안 끝난 분이세요. 그쪽이야말로 비켜 주세요."

"그쪽?"

호칭 하나가 이렇게 사람 기분을 더럽게 만드는 줄은 처음 알았다.

"사장님 소린 유통 기한이 지나서요. 아울러 공적인 관계도요."

"사적 용무로 왔어."

그녀가 마른 웃음을 흘렸다.

"사적 관계인 적은 아예 없었던 것 같은데 새삼스럽네요."

목소리에 떨림이 묻어 있어서, 말하는 얼굴에 고통이 엿보여서 재하는 냉담한 그녀의 반응을 곧이곧대로 믿지 않았다. 여전히 엉거주춤 서 있는 뿔테 안경을 밀치고 희주 곁으로 앉았다. 희주가 벌떡 일어나 뿔테 안경에게 고개를 숙였다.

"안 선생님, 결례를 끼쳐서 죄송해요."

"아닙니다. 안 그래도 가야 할 시간입니다. 음료수 잘 마셨습니다."

뿔테 안경이 걸음을 옮기다 걱정스러운 듯 뒤돌아보았다. 활활 불타오르는 듯한 재하의 눈길을 일견하고는 바삐 멀어졌다.

"앉아."

희주는 선 채로 팔짱을 끼고 재하를 쳐다보았다. 재하는 당장이라도 누구냐고 묻고 싶었지만 왠지 구차해 보여 태연한 척했다. 희주는 빨간 스웨터에 하얀 패딩을 걸쳤지만 추워 보였다. 그리운 목소리도, 얼굴선도 그대로였다. 그런데 조금 수척해졌다. 현장에서 일한 탓이리라. 재하는 속으로 혀를 찼다. 사서 고생하기는.

"어디 차라도 잠시 마실 데 있나?"

"여기서 얘기해요."

희주가 앉았다.

"가게는 천천히 들어가도 되지?"

문득 생각난 듯 희주가 휴대폰을 꺼내 전원을 켠다. 재하는 묵묵히 지켜보았다. 액정을 더듬어 살피더니 재하를 바라본다. 못마땅한 표정을 노골적으로 짓는다.

"장항에 온 지 며칠 됐나 봐요?"

"방금 왔어."

그동안 찾아오지 않은 이유를 덧붙였다.

"어제야 캠프 끝났어."

"벌써 유명 인사가 되셨길래 오래 머문 줄 알았어요."

짐작되는 점이 있기에 굳이 묻지 않았다. 지금은 오직 한 가지 생각에만 집중해야 했다.

"신경 쓸 거 없어. 다 오해야."

그녀가 한숨을 흘렸다.

"여전하시네요."

"희주는 여전히 예쁘고."

낯간지러운 말을 겨우 내보냈다. 하지만 노력에 비해 반응이 초라하다.

"저 지금 농담할 기분 아녜요."

역시 변화구는 체질이 아니다.

"진짜 진담 하나 할게."

곁에 앉으니 그녀의 머리카락 냄새, 비누 냄새까지 오감을 자극해 벌써부터 피가 수상하게 돌았다. 우스꽝스러운 모습을 더는 보이기 싫어서 더는 머뭇거리지 않고 말했다.

"너, 나 좋아하냐?"

백 번은 넘게 연습한 말을 이제야 겨우 내보냈다. 순간 눈을 치뜨며 재하의 반대편으로 비스듬히 고개를 꺾은 그녀가 천천히 고개를 저었다. 찬바람 한 자락이 실어온 나뭇잎 하나가 나풀나풀 춤을 추다가 재하의 발치로 떨어졌다. 재하가 안고 있었던 달뜨는 마음도 바닥으로 떨어져 나뒹굴었다.

"입, 입으로 직접 말해 봐."

재하가 채근하자, 그녀는 재하의 구두코에 시선을 둔 채 입술을 한 번 깨물었다.

"관계의 쳇바퀴에 종지부를 찍고 싶어서요."

"쉽게 말해 봐. 나 좋아하는 것 맞잖아?"

"지금은…… 지금은 안 좋아해요."

"제기랄."

말고는 할 말이 궁했다. 왜 거절당했을 경우는 연습하지 않았을까.

"왜? 왜, 지금은 아니지?"

"먼저 궁금한 게 있어요."

"말해. 뭐든."

"절 신뢰하세요?"

"말이라고. 신뢰하니까 뭐든 믿고 맡겼지."

"공적으로 말고요."

"그게 그거 아닌가?"

그녀의 반응이 미지근하여 재하는 머리를 쥐어짜 강조할 언어를 가늠해 보았다.

"나 알잖아. 사람 잘 안 믿고 마음 쉽게 안 주는 반면에 한 번 주면 끝까지 가는 거."

"그렇겠죠. 남자든 여자든."

"난 밑천 다 꺼냈는데."

투덜거리고는 대답을 기다렸다. 그녀는 좀처럼 입을 열지 않는다.

"혹시 남자…… 사귀어?"

비로소 그녀가 고개를 들어 재하와 눈길을 섞는다. 찌푸린 이맛살이 얄궂게도 곱다. 어쩐지 한심하다고 야유하는 듯싶어 재하는 딴청을 부렸다.

"뭐 슈트남인지 뭔지가 수작 부린다기에…… 귀찮으면 내가 해결해 주려고."

"여전하신 게 아니라 많이 변하셨네요."

너무 빨리 스쳐서 그것이 웃음인지 확신하지는 못하겠다. 다만 말씨는 담담하기만 했다.

"변명도 할 줄 아시고요."

"오해야. 변명은 나도 질색이야."

"좋아 보인단 의견이었는데……."

"뭐? 그래, 뭐 살다 보면 때론 변명도 필요하지."

"풋."

그녀가 웃었다. 그 짧은 웃음 한 자락에 어둠이 한 자락 걷힌다. 힘입어 눈앞의 미디어센터를 가리켰다.

"영화 보자."

그녀의 대답은 찌푸린 미간과 시간 확인으로 대신했다.

"곧 저녁 준비 해야 할 시간이에요."

"밥 먹자."

"가게에서 먹을게요."

"많이 변했네."

"네, 과거엔 삼촌 말이라면 군말 없이 따랐죠."

명백한 힐난이었다. 예전이라면 거침없이 내뱉었을 야유를 꿀꺽 삼켰다. 문득 시선을 돌려 그녀를 쳐다보았다.

"삼촌?"

"어, 장항에 제 삼촌을 사칭하는 사람이 유명세를 떨치는 중이라고 경계령이 내렸대요."

"아무렴."

쿨룩.

옴츠린 그녀가 잔기침을 흘렸다.

"제길, 장항은 덥네."

후다닥 상의를 벗어 희주의 하얀 패딩 위로 덮어 주었다. 제 어깨의 슈트를 가만히 바라보던 그녀가 돌려주었다.

"가야 해요."

안 어울렸나? 슈트 차림에 관해 한 번도 언급하지 않는다.

"어디 아파?"

"아뇨."

"추워 보여서."

"가요. 차는 가게에 있다죠?"

"것도 장항 뉴스에 나왔나? 웃기는 동네야."

"제 부모님 고향이에요."

"뭐…… 웃음 짓게 하는 좋은 동네란 뜻이야. 택시!"

방금 손님을 내려 주는 택시를 큰 소리로 불렀다.

"어, 걸어가도 금방……."

"내가 다리 아파서. 들를 곳도 있고."

확실히 그는 변했다. 제 의견에 반하는 말일랑 하지 말라던 그가 후퇴할 줄도 안다. 심지어 행위가 아닌 언어의 배려에도 가능성을 엿보인다. 그리고 한 번도 본 적이 없는 완벽한 슈트 차림. 물론 회사에서 몇 번 보았다. 하지만 지금처럼 넥타이며 조끼까지 완벽히 갖춘 모양새는 아니었다. 익숙하지 않은지 빈번히 타이 줄을 느슨하게 당기며 찌푸리긴 했지만 슈트는 썩 어울렸다.

학교 행사로 쉬는 안 선생은 우연히 만났다. 단골손님이면서 영미의 담임이었다. 그 총각 선생은 진즉부터 희주와 따로 이야기를 나누고 싶어 했다. 적당히 예의를 갖춰 피하던 와중에 마주쳤다. 영미의 담임이었기에 음료수를 나누는 호의만 받아들였다. 하필이면 그때 재하가 불쑥 나타났다. 자존심도 없이 반기려 드는 자신의 모습을 발견하고 이를 악물었다. 정말이지, 관계의 되돌이표는 그만하고 싶다는 오기가 발동해 당연한 것처럼 제 몫으로 받아들였던 '을'의 입장을 내던지고 애써 서늘하게 응수했다.

목숨처럼 소중히 여기는 자존심을 사수하고자 자리를 박차고 일어날 줄 알았던 재하는 의외로 참을성을 보여 주었고, 이렇듯 택시에 함께 탔다.

'너, 나 좋아하냐?'

하마터면 대책 없이 고개를 끄덕일 뻔했다. 그의 신뢰감은 아직 확인 못 했는데도 말이다.

"쉬는 날이 언제지?"

옆자리에서 그가 물었다. 희주는 들썩거리는 입술을 닫아 버렸다.

"내 스케줄 맞춰 보려면 알아야 해."

대답 대신 희주는 생각했다. 안 좋아한다는 대답을 곡해했을까?

"영화 보게."

"제 의사는 밝혔는데⋯⋯."

"지금만 아니라며? 지금 어긋난 것만 바로잡으면 되잖아."

억지다. 따지지 않고 넘어가고 싶은 억지다. 속으로 한숨을 쉬었다. 내 소신이 고작 이 정도일까? 몇 걸음 다가와 놓고 또 물러가 버린다면 이런 관계조차 영구히 끊길 텐데 말이다. 내면의 한숨과는 달리 타협을 드러낼 줄 아는, 낯선 적극성을 쏟아 내는 그에게 조금씩 기울어진다. 하지만 그의 휴대폰 소리에, 그의 통화에 기우는 마음이 뚝 멈췄다.

"응, 주원아⋯⋯ 그래, 그래 잘했어. 커피보단 따뜻한 우유가 백배 낫지⋯⋯ 나 이동 중인데 나중에 전화할게."

그가 휴대폰을 갈무리하자, 저절로 질문이 새 나온다.

"주원 삼촌은 한동안 못 만났겠네요?"

"응. 어젯밤에야 만났어."

"좋은밥상 사장님 안 만나고 거기서 주무셨나 봐요."

"응. 상의할 게 있다 해서⋯⋯ 참 주원이가 뭔가 계획이 있다던데 조만간 소식 줄 거야. 내려. 다 왔나 봐."

그가 먼저 내려 문을 열어 주었다. 난데없는 음울한 기운에 휘감긴 희주는 맥없이 땅으로 발을 내디뎠다. 한 귀로 흘릴 수 있는 지극히 흔한 대화였다. 예전에는. 그가 신 사장이 아닌, 또 장항이 아닌 주원을 먼저 찾아갔다는 사실이 기분을 음울하게 건드렸다.

식당 가까이 자리한 휴대폰 가게로 들어선 그가 희주를 채근했다.

"같이 지낸 사람이 골라야 취향을 알 거 아냐."

그는 영미의 휴대폰을 제가 망가트렸다며 새 것으로 보상하겠다고 고집을 부렸다. 딴생각에 빠져 머뭇거리는 희주를 대신해 직원이 줄줄이 샘플을 재하에게 늘어놓았다.

"방수, 방충 다 되는 최신형인데 2년 약정 하면……."

"됐고. 2년 요금까지 합쳐서 다 얼마죠?"

재하는 백만 원 남짓한 금액을 그 자리에서 결제했다. 그때서야 정신을 차린 희주가 간섭했다.

"과해요. 이러면 영미가 부담스러워할 거예요."

"기억 안 나? 소비자가 피해를 입으면 손해 실비 플러스 더 큰 위로금. 눈앞의 소심한 계산기로 미래를 지우는 멍청이는 되지 말자고."

"네, 사장……."

비슷한 상황을 많이 겪었던 탓에 회사에서의 습관이 튀어나와 고개를 까닥하고 말았다. 재하가 피식 웃었다. 적이 퇴폐적인 웃음은 여전했다.

겨울 햇살이 대각선으로 날아드는 식당은 저녁을 먹기엔 이른 시간이라 비어 있었다.

"가세요."

"밥이라도 먹이고 보내."

떠미는 그녀가 야속했지만, 어느덧 익숙해진 재하는 볼멘소리로 버텼다. 그녀로부터 과거가 아닌 지금도 '예'라는 답만 얻을 수 있다면 그깟 자존심 따위는 뿌리까지 뽑아 줄 터였다. 이미 경험해 본 탓인지 어렵지 않을 듯싶다. 문득 또 하나의 번거로운 벽이 떠올라 짜증을 입 안에 굴렸다. 이놈의 슈트남은 어떻게 생겨 먹었을까. 어디 있는지 안다면 일단 깁스 신세라도 지게 만들어 접근을 차단하고 싶었다.

식당 안으로 들어선 재하는 갑자기 나쁜 예감에 휩싸였다. 홀은 비어 있었는데, 저를 바라보는 눈빛들이 만만치 않음을 직감했다. 이미 얼굴을 익힌 할머니와 알바 학생의 경계심 가득한 눈빛도 피곤한데, 처음 보는 키 작은 여자의 사나운 기세는 영 꺼림칙했다. 더욱이 그녀의 양손에는 각각 프라이팬과 국자가 단단히 쥐어져 있었다. 그녀가 알바생에게 속닥거린다.

"저 양반이 슈퍼 삼촌이라고?"

"슈트 삼촌이요."

두 사람의 말을 할머니가 받는다.

"슈퍼인지 마트인지 몰라도 난 저 양반 알어. 첫인상이 어디 안 간 겨. 양복을 입어도 하는 짓은 산적이잖혀."

참으로 피곤한 동네다.

✕ ✕ ✕

— 최 선생님, 카페세요?

주원이 물어볼 때, 최아영은 집에서 울음을 수습하고 있었다.

"네, 선생님."

거짓말을 할 수밖에 없었다. 밖이라고 하면 그는 카페를 방문할 마음을 거두어들일 터였다. 그는 전속 매니지먼트에게 일부러 시간을 빼앗지 않았다. 야속할 만큼 철저히.

아영은 어둠이 번지는 정원으로 시선을 유지한 채 불쾌한 눈물을 훔쳐 냈다. 정말이지 나오지 말아야 할 지극히 불쾌한 눈물이었다. 서서히 널찍한 거실로 몸을 돌렸다.

전남편의 재혼 소식이 낭보라도 되는 듯, 똥차 폐차됐다고, 그러니 새 차 마음껏 고르라고 오지랖을 떨던 언니는 아일랜드 탁자에 따로 붙은 소파로 밀려나 부모의 눈치를 보는 중이다. 아버지는 이모를 옭아매던 눈길을 아영에게로 돌렸다. 언니에게 눈총을 쏘아 대던 어머니도 한숨을 삼키며 아영에게 다가왔다.

"저, 괜찮아요."

부모에게 눈물을 들킨 스스로가 한심했다. 더러운, 참으로 더러운 남자의 재혼 소식이 대체 뭐라고.

"나가야겠어요."

주원의 전화가 고맙다. 부모의 시선이 지레 아파 피할 핑계를 가늠하던 참이었다. 도무지 잔소리하곤 거리가 먼 부모다. 특히 아버지의 눈빛은 묵묵한 애정의 샘 자체였다. 그것을 한없이 누리기만 했다. 어른이 되니까 부담감으로 층층이 쌓인다. 딸은 한 번이라도 돌려준 적이 있던가. 자그마치 서른다섯 살의 딸은.

"아영아."

고개를 틀어 어깨를 쓰다듬는 어머니의 손을 바라보았다. 조글조글 주름이 진 거죽이 알싸하게 눈시울을 맵게 한다.

"예지가 찾을 텐데."

모처럼 엄마가 일찍 왔다고 폴짝거리던 일곱 살짜리 딸은 아영이 멍하니 찻잔을 떨어뜨리는 순간 형부가 데리고 나갔다.

"멀리 안 가요. 카페만 들렀다가 올게요."

가까운 거리지만 주원이 오기 전에 시치미를 떼고 앉아 있으려면 서둘러야 했다. 오늘 같은 날 그가 불쑥 노래를 불러 줘서 다

씻겨 줄 수도 있었다. 가능성은 희박한데도 놓칠까 봐 조바심을 품게 된다.

※ ※ ※

하루 장사를 마치면 다들 없던 생기가 살아난다. 모두들 이제 고단한 일터를 기꺼이 감내하도록 만든 가족에게 돌아갈 터였다.

신 사장은 장부 정리를 미루고 자판기 앞으로 섰다. 안 여사가 좋은 안주거리가 있다며 대작을 청했었다. 물론 사양할 줄 빤히 알면서도 던진 말이었다.

술, 마시고 싶다. 새삼스러운 갈증은 아니다. 재하가 없을 때 몇 번 마셨다. 손가락으로 꼽을 수 있는 딱 몇 번이었다.

뒷거둠에 한창인 주방을 힐끔거리다가 재하를 생각했다. 재하는 가끔 술 냄새를 풍기고 왔다. 어쩔 수 없는 자리의 결과물이었지 재하 개인적으로는 철저히 절제했다. 싫어하는 쪽이 아니라 혐오하고 두려워하는 쪽이었다. 아들이 왜 그러는지 안다. 그래서 신 사장도 재하 앞에서는 절대로 술을 마시지 않는다.

자판기 버튼을 누르려다가 환경에 관한 뉴스가 생각나서 머그잔을 챙겼다.

"오지도 않을 자식 눈치 보기는."

쓸쓸히 뇌까리며 잔을 들고 창가로 앉았다. 자다가 일어나 몇 번이나 재하 방과 신발장을 확인했는지 모르겠다. 그저 오면 오고, 가면 간다고 여겼던 아들이 새삼스레 왜 그리 궁금했는지 모르겠다.

희주의 목소리를 듣고자 전화를 걸어 놓고는 뜬금없는 욕심이 동해 재하가 그리로 갔기를 바랐다. 희주의 반응으로 판단컨대 가

지 않았다. 참으로 고마운 아들 친구가 머리를 어지럽힌다. 도저히
술을 못 참겠다. 일어서려는데 주방이 술렁거린다. 힐끗 보고는 도
로 앉았다. 안 여사와 이야기를 섞던 재하가 걸어 나왔다. 햇볕에
그을린 얼굴을 찌푸리며 앞으로 앉았다.

"온단 말도 안 했는데 음식은 왜 잔뜩 해 가지고……."

비뚜름하게 앉았는데도 평소보다 단정한 모양새로 와닿는다. 썩
어울리는 슈트 덕분이다.

"왜 안 하던 일을 하요?"

안 여사가 쓴소리를 한 모양이다. 신 사장도 모르겠다. 왜 안 하
던 짓을 했는지. 대답 대신 재하의 차림새를 찬찬히 훑어보았다.

"어디서 오는 길이니?"

"……장항."

짜증이 묻어 있는 말씨여서 나쁜 예감으로 작용해야 할 텐데도
속절없이 가슴이 두근거린다.

"거, 거긴 왜."

"희주 만났어요."

재하의 성격으론 나름대로 준비가 됐으니 만났으리라. 마음은 바
쁘게 달음박질하는데도 이런 상황에서 어떤 말을 꺼내야 할지 통
가늠이 안 된다. 여느 때처럼 입을 다물고 있기는 싫은데 말이다.

"괜찮았니?"

"도만 닦고 왔어요."

재하가 툴툴거린다.

"당사자끼리 타협점을 찾아내려 하는데 주변에서 어찌나 번거롭
게 구는지, 원!"

드물게 속내를 제 스스로 털어놓는 아들이 반가워 신 사장은 얼

굴을 바짝 내밀었다.

"누굴 또 만났니?"

"희주 할머니가 끼어들어 재를 뿌립디다."

답답한 양 제 머리를 헝클어트린다. 그런 재하가 안쓰러워 신
사장은 한숨을 쉬었다.

"준비가 돼서 찾아간다더니."

"맘이 급해서요."

"재하야."

은근하게 불러 깊은 눈길로 바라보았다. 마음에만 담고 있었던
탓에 통 꺼내지 않았던 부드러운 언어를 가까스로 드러냈다.

"희주한테 할머니는 곧 부모님이시잖니."

"알아요."

"알면서 재를 뿌리실 만큼 인심을 못 얻은 거니?"

"주원이 집에서 마주칠 때부터 절 못마땅해하셨어요."

"그랬으면 더 준비를 하지."

"둘이 좋으면 되는걸, 뭘."

또 터지려는 한숨을 안으로 삼켰다. 연애 근처에도 못 가 본 부
작용만은 아니다. 가족으로부터 채워지지 못한 결핍이 엿보여 아
들을 마냥 한심하게 바라보지는 못하겠다.

"둘이는 마음이 맞니?"

"맞춰야죠."

참았던 숨을 내쉬고는 일전에 재하와 나눈 대화를 더듬었다. 그
러고는 물었다.

"결혼이 이젠 두렵지 않니?"

"모르겠어요. 내가 쓰러지면 희주도 같이 쓰러질까 봐 겁났는

244

데. 근데 희주 없이는 너무 힘드네. 내가 죽을 것 같으니 희주 걱정 더 못 해 주겠어요."

재하가 천장으로 시선을 두며 생각에 잠겼다. 신 사장은 식은 커피를 한 모금 들이켰다. 엄마로서 인생의 중대한 과제에 당면한 아들에게 도움을 될 조언을 건네고 싶은 욕심과 달리 머릿속으로 정리되는 언어는 빈곤하기만 했다.

한동안 두 사람 사이로 침묵만 흘렀다. 문득 재하가 탁한 한숨을 토하고는 머리를 숙여 손등으로 받친다. 무거워 보이는 머리를 쓰다듬어 주고 싶다는 생뚱맞은 충동이 일었다. 어깨라도 한번 토닥여 주려고 손을 들었다. 그깟 작은 동작 하나가 뭐라고 손끝이 바르르 떨린다. 재하가 고개를 들자 후딱 손이 제자리로 돌아오고 만다. 멋쩍어 아무 말이나 꺼냈다.

"회사는 갔다 왔니?"

"예. 생각보다 희주 빈자리가 크네요."

회사가 내린 뿌리는 깊지는 않아도 나름 탄탄해 여느 기업과는 달리 적어도 후퇴하지는 않을 거라고 재하는 믿었다. 그래서 뿌리가 내려진 뒤부터 다시 야구에 집중할 수 있었다. 하지만 진숙은 도무지 제 몫을 못 해냈다. 재하가 초기에 심어 놓은 유능한 간부들이 아니었다면 뿌리까지 흔들렸으리라.

"망하진 않으니 신경 쓰지 말고 당분간 던지는 일에만 몰두해라. 야구도 사랑도."

"사랑……."

재하가 읊조렸다.

"어머니 입에서 그런 말도 나오네."

신 사장은 머쓱하게 웃었다.

"글쎄, 주책이다."

재하가 부드럽게 고개를 저었다.

"요즘 어머니가 말 많이 해서 좋아."

신 사장은 눈을 슴벅거리며 갸웃했다. 그랬나?

"거야 예전엔 네가 집에 잘 안 오니······."

"집에 가면 어머니가 벙어리처럼 구니까 답답했어. 가끔 숨이 턱턱 막힙디다."

야유가 아닌 고통을 드러냈다.

"옛날이야기 꺼냈다가 네가 또 흥분······."

"그건 한참 옛날 일이고, 그 뒤로도 쭉 그랬어요. 옛날이야기하곤 상관없이 그랬다고."

찌푸린 짙은 눈썹 아래 눈빛으로 더 큰 고통이 일렁였다. 그런 아들을 물끄러미 바라보았다. 왜 그랬을까? 반추해 보았다. 연유를 찾아낸 뒤 이번에는 속으로 삼키지 않고 애써 드러냈다.

"입 열면 네가 자꾸 골을 내니까 점점 조심하게 되더라. 나중엔 숫제 안 하게 되고."

"내가 골을 냈다고?"

"밥 더 먹으라는 한마디에도, 이불 덮고 자라는 한마디에도······."

"언제 적 이야길······ 그땐 잠깐 예민해서 그랬어요. 나중에 미안해서 사과하려고 했는데 어쩌다 보니······ 죄송해요."

곰살궂은 얼굴은 아니었다. 다툰 남매가 엄마의 꾸지람에 마지못해 사과하는 그런 모양새였다. 그런데도 그 한마디가, 미안하다는 그 한마디가 불쑥 목을 잠기게 하더니 눈시울을 건드린다. 고개를 돌려 축축한 눈을 감추려 들었다. 들킨 것 같아 계면쩍게 웃으며 슥 훔치고는 한 모금 남은 식은 커피를 삼켰다.

"커피 좀 줄이지."

아들이 변했다. 잔소리를 다 하다니 말이다. 그래, 이런 잔소리 오래 들으려면 건강 챙겨서 장수해야 할지 싶다.

휴대폰을 꺼내서 들여다본 재하가 한숨을 쉬며 몸을 일으켰다.

"갈래?"

"주원이한테 가려고 했는데 약속 잡혔다네요."

확실히 아들이 변했다. 말없이 일어나곤 하던 아들이 상황을 설명까지 해 준다. 하지만 그 내용이 못내 야속하다. 고마운 아들의 친구가 이렇듯 요즘 들어 야속하다. 그런 이기적인 제 마음이 미우면서도 털어 내지 못한다. 저절로 말이 서늘해진다.

"어제도 주원이 집에서 자지 않았니?"

"서운했소?"

"아니다. 그냥…… 그 정성 희주한테 모으면 좋지 싶다."

재하가 미간을 잔뜩 찌푸렸다.

"전에도 그런 식으로 말하던데…… 어머니, 친굽니다, 친구. 그리고 주원이 요새 힘든 거 알잖아요."

"엄마가 수술한 거라면 수술이 잘됐으니……."

"주원이한텐 안 알렸대요. 수술하는 걸 나중에야 알았으니 얼마나 마음이 복잡하겠어요."

왈칵 성을 냈다가 이내 다스린다.

"일찍 가기로 했는데 희주 심부름 때문에 못 갔어요."

"희주 심부름?"

상상이 가지 않아 고개를 갸울였다.

"뭐 을이 힘이 있나요. 갑이 시키는 대로 해야지."

이번에는 반대편 방향으로 고개를 갸울였다. 재하가 긴 한숨을 내쉰다.

"아무튼 그렇게 돼 있더라고요."

고개를 절레절레 흔들며 주방으로 걸어간다. 돌아온 재하의 손에는 생선이 담겼음 직한 큼직한 박스가 들려 있었다.

"박대래요. 택배로 부치려던 걸 나한테 안겨 줍디다."

"누구한테?"

"누구긴. 어머니한테 보내려고 포장까지 다 해 놨더라고. 갑시다. 차 놔두고 내 차 타고 가요. 아침에 태워 드릴게."

재하의 손끝에서 흔들리는 박스를 바라보며 신 사장은 희주와의 통화를 떠올렸다. 그때 생각이 나서 특산품을 골랐나 보다. 먼저 이쪽에서 연락을 한 마당이니 선물로 안부를 물어도 괜찮다고 여기며 말이다. 동기는 중요하지 않았다. 설령 희주 나름의 꿍꿍이가 담겨 있다고 할지라도 결과적으로 아들을 이리로 보내 주었다. 그리고 아들과 보낸 시간은 더없이 유익했다. 그것은 값을 매길 수 없을 만큼 소중한 선물이었다. 눈앞에 희주가 있다면 이렇게 말해 줄 터였다.

"선물이 참 예쁘구나."

❋ ❋ ❋

주원은 집이 아닌 지척에서 전화를 건 모양이다. 카페 문을 열자 주원의 모습이 보였다. 혼자가 아니었다. 아영은 휙 가게 안을 훑었다. 집 근처 놀이터나 마트로 딸, 예지를 데리고 간 줄 알았던 형부는 카페 부엌에서 바리스타 남직원과 이야기를 섞고 있었다.

식음료 제조 요령을 배우는 듯싶었다.

"어! 처제."

"예. 거기 계셔도 돼요."

아영은 피아노 앞으로 걸어갔다.

"엄마."

엄마를 보며 반색하면서도 예지는 곧 고개를 돌려 피아노 앞으로 나란히 앉은 주원을 상대하며 건반을 두드렸다. 까르르 웃는 소리가 퍽 맑다.

2년이란 시간은 친밀감을 쌓기에 충분한 시간이다. 하지만 예지는 타인에게 쉽게 마음을 여는 성격이 아니다. 주원은 예지의 눈높이에 맞춰 놀아 줄 줄 안다. 탁월한 능력보단 지고한 헌신의 힘이란 걸 아영은 알고 있다. 새삼 궁금하다. 그가 원하는 상대의 헌신이 있다면 그것은 어떤 빛깔일까.

아영은 무대에 가까운 테이블 하나를 차지하고 두 사람의 연주를 감상했다. 일종의 피아노 배틀이었다. 예지가 마구잡이로 건반을 두드리면 주원이 똑같이 따라 하는 식이었다. 손님들 일부도 예지의 천진한 웃음을 따라 하며 눈을 떼지 못했다. 소음이 될 수도 있는 놀이는 주원의 탁월한 감각 덕분에 즐거운 퍼포먼스로 펼쳐지는 중이다. 단골손님에겐 피아노 미남으로 알려졌지만 아영에게 있어선 세상에서 가장 큰 위로의 힘을 지닌 목소리의 주인공이다. 손님이 없을 때 노래를 부른 적도 있다. 오직 세 사람 앞에서만 그는 딱 한 번 노래했다. 친구 박재하와 오희주, 그리고 졸린 눈을 하던 예지가 그 행운을 누렸다. 아쉽게도 아영을 위한 노래는 아직 부르지 않았다. 스튜디오가 아닌 카페에선 말이다.

아영은 문득 서글펐다. 손님들 중 일부가 주원의 목소리를 알고 호기심을 드러낸 적이 있었다. 딱 한 번 손님들이 있을 때 그가 노래를 부른 까닭이다. 상대는 오희주였다. 박재하라면 그와의 오랜 우정을 알고 있기에 넘길 수 있었지만, 오희주는 지금까지 납득이 안 된다.

질투일까?

아니다. 또 그래서도 안 된다. 사적 감정으로 다가서면 그를 영영 잃을 터였다.

피아노 놀이가 끝나자 아영은 주원과 마주 앉아 차를 마셨다. 음료를 다 비운 예지에게 형부가 손을 내밀었다.

"가자. 선생님께 인사하고."

예지가 일어나 주원 앞으로 서서 어정쩡한 자세를 취했다. 주원이 팔을 벌리면 안겨 들어 포옹으로 인사를 나눌 터였다. 아영은 여느 때처럼 예지를 돌려세우지 않고 지켜보고 만다. 갑자기 분노가 들끓는다.

퍼뜩 정신을 차렸다. 우울증 약이 오늘은 효험이 없나 보다. 그깟 더러운 남자의 재혼 소식이 뭐라고.

공연히 그에게 과거를 밝혔다. 억병으로 마신 술이 문제였다.

'저 이혼했어요. 후후, 출장 선물로 남편이 성병을 안겨 주더라고요.'

우욱, 소리에 고개를 들었더니 주원은 구역질을 하고 있었다. 단 한 모금의 술도 안 마셔 놓고선.

그날의 일은 주원도, 아영도 언급하지 않았다.

주원은 지금 예지의 바람을 알아챈 게 분명했다. 그는 박재하 한 사람을 빼고는 그 누구와도 물리적 접촉을 기피했다. 그리고 그 정도는 지극히 심했다. 그의 호흡이 가빠짐을 아영은 느낄 수 있었다. 눈으론 보이지 않는 식은땀까지 와닿는다. 방관하고 있는 자신을 비로소 깨달았다. 못됐다. 나란 여자.

"선생님, 죄송해요."

뜬금없는 뜨거운 목소리의 사과에 주원이 바라본다.

"예지가…… 노래를 듣고 싶나 봐요."

갈증을 엉뚱한 형태로 드러내고 말았다. 무례한 매니저의 청에 주원은 찌푸리지 않았다. 아니 도리어 반기는 양 가쁜 호흡을 추스르며 빙그레 웃었다.

"그럴까?"

주원의 자상한 물음에 고개를 주억거리는 예지가 고맙다.

"형부, 먼저 가세요."

주원이 피아노 앞으로 걸어가자, 아영은 직원을 불러 간판을 끄라고 했다. 곡해했는지 피아노와 아영의 테이블 쪽만 남기고 전등까지 꺼 버린다.

그는 피아노 치면서 'Ninna Nanna'를 불렀다. 일전에 예지에게 들려주었던 자장가였다. 아영은 예지를 품에 안고 노래에 영혼을 맡겼다. 사랑스러운 딸과 아름다운 음악은 그럼에도 불구하고 세상은 아름답다고 말해 준다. 더불어 아영이 세상에서 꼭 필요한 존재라고 위로해 준다.

영영 끝나지 말기를 소망했던 노래가 끊겼다. 주원과 눈을 맞추며 웃던 예지는 어느덧 아영 옆에 누워 잠이 들어 있었다. 주원이 고개를 갸웃했다. 아영은 당황하여 손사래를 쳤다.

"죄송해요……."

그가 걱정할 정도로 눈물이 걷잡을 수 없이 흘렀다.

"……고마워요. 노래가 너무 좋아서……."

"최 선생님이 듣고 싶은 곡 있어요?"

아영은 고개를 끄덕였다. 문득 그의 헌신이 안타까웠다.

"선생님이…… 원하시는 곡을 부르세요…… 반드시 선생님이 원하는……."

주원이 생각을 더듬는 표정을 지었다. 이내 쓸쓸한 기운이 얼굴 가득 맴돌았다. 슬픔을 담은 손짓으로 건반을 누른다.

언젠가 이곳에서 박재하의 기타에 맞춰서 불렀던 'The water is wide'인 듯한데 원곡인 아일랜드 민요 'O waly, waly'의 가사였다. 유독 슬프게 부른다. '슬프다, 슬프다'의 제목보다 더 슬프다. 특히 '두 사람이 노를 저어 갈 배를 달라'고 소망하는 가사에서는 감정 조절을 벗어나 버린다. 희망적으로 개사한 탓에 'The water is wide'에는 생략된 비관적인 가사에서 절정에 달한다.

나는 오크나무에 등을 기댈 겁니다.
그것이 믿음의 나무라고 생각하며.
하지만 나무는 처음엔 굽혀지다가 마침내 부러질 겁니다.
그리고 나의 사랑도 그리될 겁니다.

그는 슬픔이 절정에 이른 목소리로 아영을 위로해 주었다. 다 흘러갔다고, 미련한 기대와 바람은 다 흘러갔다고 다독여 준다.

하지만 그는 아직인 듯싶다. 노랫말이 부르는 이의 절절한 마음과 일치한다면 그는 더 아프리라. 어쩌면 그를 위로해 줄 수 있을지 모른다는 생각이 들었다. 먼저 아픔을 겪어 봤으니 말이다.

맑고 구슬픈 노래가 흐르는 카페 안으로 노부부가 조용히 들어섰다. 애정 깊은 샘을 가진 지긋한 나이의 남자는 딸의 눈물을 바

라보았다. 온통 젖어 있는 눈과는 달리 입은 웃고 있었기에 내딛는
아내의 걸음을 사붓이 만류했다. 이내 부부는 잠든 아이를 안아 들
어 겉옷을 덮어 주고는 문소리를 죽이며 밖으로 나갔다.

※ ※ ※

재하는 밥을 뜨면서 마주 앉은 신 사장을 힐끔힐끔 쳐다보았다.
새벽에 눈을 떴다가 신 사장의 취향을 가늠하며 아침을 준비했다.
뒤늦게 합류한 신 사장은 설풍하니 지켜보더니 식탁에 앉아서도
메인 요리를 향한 포크질이 게으르기만 하다.

"별로요?"

"응?"

"놀라긴. 밥 앞에 두고 명상하요?"

"마, 맛있다."

"반응 참 미지근하네."

툴툴거리긴 했어도 살짝 드러난 신 사장의 수줍은 모양새가 재
미있어서 웃음을 흘렸다. 어머니에게도 그런 수줍은 웃음이 있는
줄 몰랐다.

"희주한테도 해 줬니?"

"그놈의 희주 타령. 레시피 검증하느라 질리게 해 줬소."

"끼니로 한번 차려 주지 그러니."

"낯간지럽게 왜 그러시나? 생각만 해도 닭살이 돋네."

식사가 끝나자 재하는 고무장갑을 끼려고 했다. 들어가지 않아
맨손으로 설거지를 시작했다. 차를 끓이던 신 사장이 정색한다.

"왜 안 하던 짓을 하니?"

"놔둬. 나 알잖아. 일단 시작하면 끝까지 책임져야지."

멀거니 바라보기만 하는 신 사장에게 재하는 '왜?'라는 표정을 지었다. 신 사장은 고개를 가벼이 가로저은 뒤 무언가 생각에 잠겼다.

좋은밥상 앞에 도착한 재하는 옆자리의 신 사장이 내리기를 기다리다 갸웃하며 보았다. 순간 흠칫 놀랐다. 신 사장의 손이 자신의 어깨에 얹혀 있었다. 이례적인 접촉이 영 머쓱하여 또 고개를 기울였다.

"재하야."

어제처럼 은근히 부르는 소리를 또 들었다.

"너…… 그 사람 안 닮았다."

"누구."

"너처럼 시작하면 끝까지 책임지는 사람 절대 아녔다. 너처럼 가족 밥 차려 줄 줄 아는 사람은 더더욱 아녔다……."

목소리는 떨림을 품고 있었지만 신 사장의 눈빛은 여느 때보다 총총하니 깊었다.

"……절대로 안 닮았으니 두려워할 필요 없다. 그러니 자신 있게…… 자신 있게 가도 돼."

순간 가슴으로 번지는 뜨거운 기운과는 별개로 손끝에서 시작된 수상한 기운이 심장으로 치달았다. 시선을 내렸다. 어깨를 짚었던 손이 언제 내려왔는지 재하의 손에 얹혀 있었다.

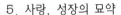

5. 사랑, 성장의 묘약

해가 기울면서 바뀐 도로변 풍경이 사뭇 춥다. 히터 열기로 차 안은 후끈했다. 윤 여사는 건조하게 탁한 공기를 걸러 내려고 창을 조금 내렸다. 윙윙 울며 들이치는 늦은 오후의 바람이 호되게 맵다. 곧 창을 닫고 시간을 확인했다. 교사 시절의 지인들 모임 시간까진 여유가 있어서 방향을 틀었다.

주원은 목소리를 보호하고자 온도며 습도를 철저히 관리한다. 하지만 요사하게 시끄러운 바람 소리 탓일까. 새삼스럽게 아들이 따뜻하게 지내는지 걱정이 된다.

지난주에 불쑥 방문했을 때, 주원은 화들짝 놀라며 악보 노트를 접었다. 미간은 잔뜩 찌푸린 채였다.

'때가 되면 찾아갈 테니 내버려 두라 했잖아요!'

주원의 노골적인 짜증에 동행한 하 총장이 조용히 나무랐다. 아파서 수술한 엄마니까 모나게 굴지 말라고.

'수술······.'

모르고 있었던 주원은 적잖은 충격을 받은 듯했다. 윤 여사의 눈총을 받은 하 총장이 수습에 나섰다.

'네가 가족을 거부한 게 어디 하루 이틀이니. 그런데 요즘은 특히 엄마가 널 배려하려고 애썼다.'

나이에 걸맞게 단단해져서 스스로 찾아오겠다고, 그때까지는 제발 연락하지 말아 말라는 주원의 선언을 윤 여사는 지지해 줄 수밖에 없었다. 아들의 결의가 자못 비장했기에.

주원을 다독인 뒤 방문 목적을 밝혔다. 희주를 초대하자는 말에 주원은 긴 생각 끝에 알겠다고 대답했다.

냉장고에서 재하의 솜씨로 보이는 다양한 음식을 발견한 윤 여사는 기분이 쓸쓸했다. 고맙게 받아들여야 하는 아들 친구의 배려가 이렇듯 한편으론 막연한 소외감을 안겨 준다.

차를 마시다가 하 총장은 안으로 가두지 못한 바람을 드러내고 말았다.

'엄마한테 미안해할 거 없다. 네가 더 단단해지려는 수행 중이었다면 오지 않는 게 정답이었다. 그게 엄마한테 더 큰 위로고 선물이니.'

주원이 쓴웃음 한 자락으로 반응하자, 하 총장은 담배가 담긴 주머니를 더듬거리며 밖으로 나갔다. 악보 노트를 소중히 품에 안고 생각에 잠겼던 주원이 불쑥 물었다.

'어머니, 현재의 제 모습을 그대로 받아들여 줄 여자가 있을까요?'

그럼, 이라는 말이 잇새로 걸려 안에서만 굴러다녔다. 한참을 바라보다가 윤 여사는 조용히 끄덕였다. 막연히 희망이 엿보여 스스로에게 보낸 끄덕임이었다. 그때 바다 한가운데 떠 있는 아들의 모습이 보였다. 저어 갈 노가 될 수도 있을지 싶어 안아 주고 싶었다. 하지만 손 한번 잡아 주는 일도 쉽지 않다. 사춘기 시절부터 아들은 가족의 접촉까지 기피했다.

일어날 채비를 하는 윤 여사에게 주원이 부드러운 웃음을 건넸다.

'아까 짜증 내서 미안해요. 그리고 걱정 안 해도 돼요. 나만의 튼튼한 나무를 완성해 잘 살아갈 거예요. 아니, 그렇게 될 거예요. 그러니 내가 찾아갈 때까지 기다려 줘요.'

아들의 그 말 때문에 망설여진다. 그때 눈앞으로 낯익은 승용차가 보였다. 2층집 앞에 세워진 차는 재하의 것이 분명했다. 마음이 복잡하긴 했어도 추위에 관한 걱정은 재하 몫으로 넘기기로 했다. 차를 돌리면서 깨달았다. 어처구니없게도 아들에 관해 아는 것이 너무 없었다. 한때 학생들을 가르쳤던 자신도, 지금도 가르치고 있는 하 총장도 아들을 모른다.

하 총장은 사회학이며 심리학적으로 분류한 표본을 놓고 대입시키려 든다. 그런 학문적 접근이 아들을 더 모르게 된다고 윤 여사는 어렴풋이 정의했다. 하지만 자신은 왜 아들을 모르는지 모르겠다. 한 가지는 분명했다. 윤 여사도, 하 총장도 각각 학생들을 가르쳤고, 가르치는 중이다. 그리고 두 사람은 늘상 미리 정해진 답만을 알려 주었다.

탁한 한숨까지 섞인 공기를 솎아 내고자 창문을 내렸다. 바람은 여전히 시끄럽다. 이상하게 자꾸만 아들이 눈에 밟힌다.

"녀석, 걱정 안 하게 하려면 휴대폰이라도 켜 놓고 좀 살지."

주원은 작곡에 들어갔다며 휴대폰도 꺼 놓고 있었다. 핸들을 쥔 손이 갈등한다. 망설이다가 시간을 확인하고 가속 페달을 밟았다. 사이드미러 속에서 멀어져 가는 마을을 힐끔거리며 아쉬움을 내흘렸다.

"희주 남매랑 그냥 살았으면 좋았을걸."

유학 중 국내에 들렀던 아들이 갑자기 남매를 내보내자고 고집을 부렸다. 그때 내세운 명분이 아무래도 석연치 않다. 다음에 마주하면 넌지시 속내를 떠봐야겠다.

⌘ ⌘ ⌘

재하는 그날의 숲을 내달렸다. 서울 인근에서 구단 프론트와 미팅을 소화하고, 양경호와 웨이트 트레이닝 일정을 짠 뒤 내려오자마자 당연한 것처럼 다녀온 숲이기도 했다.

허연 입김을 뿜으며 숨을 다스린 뒤 승용차로 들어가 몸을 녹였다. 그리고 주원의 집을 쳐다보았다.

'아이처럼 굴어서 미안해.'

이틀 전 장항에 갔던 날, 주원은 이례적으로 여러 차례 전화를 걸어 왔다. 두 사람 다 꼭 필요한 통화만 했다. 주원은 정도가 심해서 휴대폰마저 쉬이 꺼 둔다. 그런 주원이 빈번히 전화를 걸어왔다. 딱히 급하거나 중요한 일 때문은 아니었다. 더욱이 희주를 만나고 있는 줄 빤히 알면서도 그 일엔 관심을 드러내지 않았다. 살짝 짜증이 돋았지만 무언가 석연찮아서 저녁에 가겠다고 말했다. 하지만 희주의 심부름 때문에 늦어졌고, 늦는 이유를 밝히는 재하에게 주원은 다른 약속이 잡혔다며 오지 말라 했다. 그러고는 생뚱맞은 사과를 했다. 아이처럼 굴어서 미안하다고.

"자식, 집에 있으려나."

휴대폰을 꺼내니 진우의 문자가 도착해 있었다.

[영미가 보내 온 긴급 상황! 슈트남 등장!!]

하마터면 손아귀의 휴대폰을 으깰 뻔했다.

"미친. 토요일만 온다더니!"

※ ※ ※

웅웅 울어 대며 문틈으로 스미는 찬바람이 영 못마땅하다. 띄엄띄엄 들어오는 저녁 손님은 할머니가 받아 줄지라도 날씨 때문에 딱히 갈 곳이 없었다. 그런 희주와는 달리 영우는 할머니의 시선을 개의치 않고 자리를 지키는 중이다.

출장길에 들렀다는 영우는 거듭 시선을 피하는 희주에게 밥만 먹고 갈 테니 도망가진 말아 달라며 너스레를 떨었다. 정말로 그는 밥만 먹고 일어날 듯싶었다. 그때 주방에서 같이 움직이던 할머니가 옆구리를 찔렀다.

'희주야, 신사 양반 일어난다.'

'할머니가 계산하세요.'

'야가, 어째 야박하게 군겨. 오늘은 기차에 비싼 택시까지 타고 온 신사여. 어서 붙들어 커피라도 대접혀.'

'아니라니까, 할머니.'

'어째 아닌 겨! 그놈의 산적이 아니지. 이젠 니 사장도 아님서 공연히 찾아와 가지고, 쯔쯧!'

할머니의 속달거림이 탄식으로 커졌던 그때 지갑을 꺼내던 영우

259

가 도로 앉았다. 그러고는 따로 할 말이 있다며 버티는 중이다.

희주는 한숨을 쉬고는 앞치마를 벗었다.

"나가서 이야기해요."

패딩을 걸치고 먼저 나갔다. 마땅한 장소가 어림이 안 되어 근처 다방으로 들어갔다. 동네 아저씨 몇 명이 앉아 TV를 보고 있는 실내는 추억의 드라마에서 봐 왔던 분위기였다. 주춤하는 희주와는 달리 영우는 주인아주머니에게 정중한 인사를 건넨 뒤 테이블을 가리켰다. 마주 앉은 희주는 시선을 옆으로 돌려 땟물이 낀 길쭉한 어항 속 금붕어를 바라보았다.

"오희주 씨."

"아, 네."

시선이 섞이자 영우는 얼굴에 깔린 수줍은 기운을 털어 내고는 할 말이란 걸 꺼냈다.

"박재하 씨가 찾아왔나요?"

업무상 몇 번 본 게 전부인데도 그는 재하의 이름을 꿰고 있었다. 희주는 별생각을 거치지 않고 고개를 끄덕였다.

"그것 참!"

그가 쓴 입맛을 다셨다.

"급하긴 급한가 보군요."

희주는 미간을 찌푸렸다. 대체 무엇을 얼마나 알고 있다고.

"말씀이 좀 무례한 것 같네요."

"복귀하라고 부탁하던가요?"

그 특유의 자신감이 문득 교만함으로 의심된다. 스카우트 제의를 할 적의 그가 한 오해도 생각나서 말에 살짝 비웃음이 실리고 만다.

"장 실장님의 넘겨짚는 재능이 장항에선 계속 안 맞는 것 같아요."

"그렇게라도 하지 않으면 희주 씨와 이야기를 나누지 못하니까."

그 남자도 이렇게라도 마음을 자꾸 드러내면 좋겠다. 눈앞의 이 남자 말고 말이다.

"희주 씨가 떠난 뒤 회사가 휘청거리는 건 알고 계시죠?"

알고 싶지 않아요. 알면 그 사람이 운동에 집중 못 할까 봐 내 결심이 흔들리니까요.

"덕분에 우리 회사가 덕을 보는 중이지만 하나도 안 반갑습니다. 이 상태가 지속되면 박재하 씨도 운동에 집중 못 할걸요."

그러고 보니 재하는 회사 사정은 전혀 입에 올리지 않았다. 문득 그의 침묵을 옹호해 주고 싶다.

"박재하 사장님은 아무런 부탁 안 하셨어요."

"그랬군요."

그가 이마를 손가락으로 콕콕 찌르고는 안타깝다는 눈길을 보냈다.

"그런 대답이 나올까 봐 걱정돼서 시간 구걸을 한 겁니다."

"네?"

"개인적인 인연으로 찾아왔다면 솔직히 전 그 순수성이 의심스럽거든요."

"무슨 뜻이죠?"

"어떤 의도로 접근을 했건 박재하 씨가 궁극적으로 얻고 싶은 건 희주 씨의 회사 복귀일 겁니다."

잠시 생각을 굴렸다. 하지만 아니다. 희주가 알고 있는 재하는 그런 요령에는 썩 재능이 없다.

"박재하 사장님을 잘 아시는 것처럼 말씀하시네요."

희주의 서늘한 응수에 영우의 얼굴로 고통이 번진다.

"제 의도가 순수하지 못하다고 의심할 수도 있겠죠. 다른 남자를 흠집 내는 치사한 남자는 정말이지 사양하고 싶습니다. 하지만 희주 씨에게 도움이 된다면 수용하려고요. 진실을 알려야 한다는 타이밍이라면 더욱 말입니다."

자신감 가득했던 그의 눈빛에 짙은 우수가 깔렸다. 어떤 모양이 영우의 본모습일까? 문득 재하와 회사에서 마지막 만남을 가졌던 식당이 떠올랐다.

협상을 하자고 밥집으로 데리고 간 그는 시종 신경질적인 반응을 보였다. 운동에 집중해야 하는 상황에서 장애물이 생겨 짜증을 낸다는 의심까지 들었다. 사적인 용무라고 미리 밝혔는데도 땀 냄새 풍기는 트레이닝복 차림으로 점심을 먹자고 해서 기대치는 크지 않았다. 의심은 불쑥 커졌다. 고작 연속극 때문에 그는 폭주했다. 부아의 대상이 연속극이 아닌 자신의 사표라는 의심은 지금도 희주를 괴롭히는 중이다. 또 하나의 모습이 없었다면 진즉에 그를 지워 낼 수 있었으리라. 품에 안고 달렸던 그날 이후로 층층이 쌓였던 그의 묵묵한 배려 말이다.

어느 쪽이 본모습일까?

어항 저편으로 언제 앉았는지 야구 모자를 쓴 남자의 모습이 흐릿하게 보인다. 이름이 명수라고 했던가. 앞집 가게의 남자다. 그러고 보니 다방 안 모든 이의 시선이 이쪽으로 쏠려 있었다. 희주는 자리를 마무리할 언어를 가늠해 보았다.

"희주 씨, 연애 안 해 봤죠?"

불쑥 묻는 영우에게 희주는 미간을 찌푸렸다.

"저랑 연애하면 가장 좋겠는데, 끝내 내키지 않는다면 말이죠. 적어도 욱하는 성질 가진 사람은 피하세요. 언젠간 그런 사람은 희주 씨한테 돌이킬 수 없는 상처를 줄 테니까요."

딱히 재하를 꼬집어 말하진 않았어도 알아차렸다. 아마도 야구 게시판에 떠도는 이야기를 근거로 삼았으리라. 회사 관계로 엮인 사람에게 재하가 폭주하는 일은 없었으니 말이다.

"참견이 점점 불쾌하게 들리……."

"무관심할 순 없으니까요!"

차갑게 응수하려 들다가 그의 눈빛에 실린 상대를 향한 막연한 신뢰감과 간절함에 움찔했다. 재하에게는 받아 보지 못했던 깊고 기나긴 눈길이었다. 그가 애원조로 말을 이었다.

"그러니까 나랑 연애 한번 해요. 만나 보면서 천천히 생각해요."

도대체 얼마나 겪었다고 이리 제 마음을 다 꺼내 놓을까? 누군가는 6년의 세월도 부족했는데. 문득 재하에게 반발심이 들었다. 그는 좋아하냐고 물었다. 하지만 정작 그는 자신의 마음을 밝히지 않았다. 희주는 몸을 일으킨 다음에 입을 열었다.

"저도 장 실장님에게 참견 하나 할게요. 시간 낭비 마시고 더 좋은 사람 찾으세요."

담담한 말씨가 설핏 흔들렸다. 영우가 조금 더 일찍 찾아왔다면 단호하게 끊어 내지는 못했을 거란 생각이 스쳤던 탓이다.

희주의 차가운 말에도 넉살 좋게 웃은 영우는 할머니에게 인사를 하고 가겠다며 따라왔다. 가게 앞으론 경자 이모의 검은색 승용차가 세워져 있었다.

※ ※ ※

장항으로 들어선 재하는 시간을 재확인했다. 여덟 시밖에 안 됐는데도 읍내 풍경은 고즈넉했다. 그나마 불빛이 많이 남은 상가에 이른 재하는 애써 속도를 줄여 조심스럽게 차를 댔다. 마음이 급해도 흥분을 가라앉히는 게 우선이었다. 도를 닦는 마음가짐이 아니면 감당 못 할 동네니까 말이다.

불빛 속 식당 내부를 훑어보니 손님은 두 테이블로 각각 앉아 있었다. 슈트남으로 짐작되는 인물은 안 보였다. 하지만 느낌은 영 불길했다. 과연 안으로 들어갔더니 희주는 보이지 않고 할머니가 주방을 지키고 계셨다. 심호흡을 한 뒤 최대한 허리를 굽혔다.

"안녕하십니까."

인사에도 별다른 반응은 보이지 않았다. 표정이 영 좋지 않다.

"희주는 어디 갔습니까?"

"귀가 안 좋은 겨, 머리가 안 좋은 겨?"

"네?"

"희주일랑 찾지도 말라 누누이 말했잖슈."

또 오면 경찰 부른다고 엄포를 놓았던 일을 부탁이라고 한다. 아무렴.

"제가 희주한테 긴한 볼일이 있어서요."

"우린 일 없소. 어서 가셔."

슈트남이랑 나갔을까? 밤에 어디로 갔을까. 밤에…… 밤에…….
갑자기 피가 끓어올라 심호흡을 했다. 상상할 게 따로 있지. 애써
다스렸다.

할머니가 국자를 집어 든다. 여차하면 휘두를 기세다. 아무렴.

한 걸음 다가섰다.

"할머니께서 희주한테 연락하시면 안 될까요?"

"쯔쯧, 그걸 말이라고 허유. 참말로 머리가 나쁘시유."

국자로 국을 퍼서 서빙 쟁반 위 그릇에 붓는다. 재하는 아직 음식이 안 나온 테이블을 힐끔 보았다.

"제가 갖다 드리겠습니다."

"됐슈."

"제가…… 엇!"

재하의 당기는 힘이 워낙 강했는지 쟁반을 사수하던 할머니가 맥없이 놓쳐 버렸다. 다행히 기울어진 쟁반 위에서 들썩이던 그릇들은 곧 수평을 유지했다. 재하가 절묘하게 허리를 비틀어 수습했던 탓이다.

쨍그랑, 소리를 예측하는 양 귀를 막았던 할머니가 눈을 크게 떴다. 재하는 할머니가 만류할 틈도 주지 않고 재빨리 음식을 날랐다.

"맛있게 드십쇼!"

쟁반을 돌려주자 할머니는 코웃음을 치며 잽싸게 채 갔다.

"할머니, 희주한테 손님 찾아왔죠?"

"왔슈."

자랑스럽게 대꾸하는 모양새가 나쁜 예감을 준다.

"인물 좋고 싹싹한 신사 양반이 희주랑 밥도 먹고 밖에 나가 차도 마셨슈."

"서, 설마요!"

재하가 알기론 희주는 사적으로 사람을 사귀는 시간이 무척 오래 걸렸다.

"안 믿기유?"

발끈하려다 어금니를 악문 재하의 얼굴이 재밌었는지 할머니가 약 올리는 듯한 기색을 노골적으로 드러냈다.

"희주가 헤어지기 싫은지 기차역까지 바래다주러 갔소."

"바, 바래다줘요?"

제기랄, 소리를 삼켰다. 미치겠네, 소리도 어른 앞이라 삼켰다. 그러자 속이 활활 탔다.

"할머니, 잠깐만 바람 쐬고 오겠습니다."

"됐슈. 그길로 가시구려."

"……다녀오겠습니다."

조용한 거리로 나와 찬바람을 쐬니 마음이 조금이나마 진정됐다.

"대체 어떻게 생겨 먹은 놈이길래!"

거리를 휘둘러보는데 낯익은 얼굴이 다가와 꾸벅 고개를 숙인다.

"선배님, 오셨어요?"

야구 모자를 쓴 명수가 바짝 붙어 와 은근히 속달거린다.

"식당 사장님이 남자 만나는 걸 봤어요."

"제기랄, 어떻게 생긴 녀석이지?"

"엄청 잘생겼어요."

"뭐!"

재하가 발끈하자 명수는 움찔하며 덧붙인다.

"어어, 선배님보단 아니고요."

"알았어. 또 뭘 보고 들었는데?"

"둘이 다방에서 차 마시는 거랑…… 연애를 하자 어쩌고저쩌고

하는 말을 들었어요."

"연애……."

"선배님, 괜찮으세요?"

"누가 연애하자고 말했어?"

"잘생긴 남자가……."

"잘생긴은 빼고, 인마!"

거리는 쓸쓸한 만큼 한산했지만 상가 안 여기저기서 이곳을 쳐다보는 눈길이 심상치 않았다. 재하는 잇달아 심호흡을 한 뒤 소리를 낮춰 조용히 물었다.

"그래서."

"예?"

"여자 쪽 반응은 어땠냐고."

"싫다고 하는 것 같았어요."

그래 놓고 역까지 바래다준단 말이지. 무슨 진도가 그리 빠른 거야. 조바심이 절정에 달해 역으로 달려가려는 그때 검은색 승용차 하나가 다가왔다. 가게 앞으로 멈춘 승용차 문이 열리자 반가움과 더불어 피곤한 예감이 밀려들었다. 냉큼 희주를 안아 들어 도망가 버리고 싶은 충동은 억누를 수밖에 없었다. 보기 좋게 수배령이 내릴 게 빤한 동네이니 말이다.

재하를 발견한 희주가 화들짝 놀라 멈춰 섰다.

"오셨어요?"

그녀의 얼굴에 살짝 웃음이 번져 있어서, 재하는 조금이나마 마음을 가라앉힐 수 있었다.

"들어가세요."

희주는 경자 이모의 만류에도 재하를 안으로 들였다. 할머니가 미간을 찌푸리며 맞이했다.

"바쁘셨어요?"

"그려. 산적이 쳐들어와 맴이 바빴어."

툴툴거리며 할머니는 재하를 흘겨보았다. 그때 영미가 허겁지겁 들이닥쳤다. 누가 장항의 정보통 아니랄까 봐 벌써 알고 달려온 것 같다. 희주는 이내 세 사람의 '보호자'에게 둘러싸였다. 피곤한 표정을 짓던 재하가 턱짓으로 바깥을 가리켰다.

"나가지. 할 이야기가 있어."

그 말을 할머니가 받는다.

"어허! 희주는 놔두고 혼자 나가시유!"

"할머니."

희주는 애원하는 눈짓을 보냈다. 재하가 할머니를 곁눈질로 보며 헛기침을 했다.

"으흠, 밥도 굶고 서빙도 해 줬는데 자꾸 구박하시네요."

"산적 양반이 낯짝도 좋으셔."

서빙이라니. 도무지 상상이 안 되어 희주는 갸웃하며 재하를 보았다.

"식사 안 하셨어요?"

"응."

"앉으세요. 식사 먼저 해요."

"밖에 나가서……."

"여기가 식당이잖아요."

"하긴."

재하는 테이블 하나를 차지하고 앉았다. 할머니와 경자 이모가 다른 테이블을 차지하고 앉았다. 할머니와 달리 경자 이모는 조용히 재하를 지켜본다.

음식은 희주가 만들었다. 시종 이쪽을 주시하는 재하의 시선은 사뭇 날카로웠다. 눈길이 섞이면 어색한지 시선을 피하곤 했다. 한순간 희주는 깜짝 놀랐다. 컵과 물통을 가져다주는 영미에게 재하가 고맙다며 인사를 한 것이다. 이쪽으로 몸을 돌린 영미는 어깨를 으쓱였다. 그러곤 희주 곁에 붙어 속삭인다.

"추위 먹었나 봐요."

어쩐지 적지에서 눈칫밥을 먹는 듯싶은 재하에게 미안해 직접 음식을 가져다줬다.

"드세요."

"앉아."

희주가 머뭇거리자 그가 담담히 채근한다.

"분위기가 이래서 어디 소화되겠어? 방패 좀 돼 줘."

희주는 할머니와 경자 이모의 시선을 가리며 앉았다. 문득 소망했다. 그는 할 이야기가 있어서 왔다고 했다. 그의 입에서 회사 이야기가 나오지 않았으면 좋겠다.

재하는 천천히 밥을 삼켰다. 6년 동안 봐 온 희주의 모습이 어딘가 낯설었다. 마주하면 대책 없이 치솟는 욕정은 가뭇없이 사라졌다. 갑자기 재하 자신이 사춘기로 돌아간 기분이다. 눈앞의 그녀는 가슴을 달뜨게 한다. 아까만 해도 온몸의 피를 달구던 뜬금없는 질투도 가라앉았다. 처음으로 차분히 오래도록 그녀를 바라보았다.

예쁘다.

언제부터 그녀가 예쁘게 보였을까. 처음부터였던 것 같다. 입안에서 오물거리는 음식에서 그녀의 향기가 느껴진다. 그녀의 손길을 거친 음식이 이젠 세상에서 가장 맛있어질 것 같다.

"어때요?"

그녀가 맛을 물었다. 그는 습관적으로 시픗한 얼굴을 하면서도 본심을 에둘러 드러냈다.

"맛이 참…… 예쁘네."

"풋!"

그녀의 짧은 웃음소리가 상큼하기 그지없다. 여전히 낯간지러워 차마 마주하지 못하고 내뱉었다.

"희주는 더 예쁘고."

고개를 들었더니 웃음을 수습하는 희주가 보였다. 발그레 물든 뺨이 좋은 예감을 준다.

"희주란 이름도 다 불러 주시네요."

"이젠 오 대리 아니잖아."

별것도 아닌 한마디에 그녀는 사과를 닮은 뺨과 더불어 상큼한 웃음을 지으며 고개를 끄덕였다. 예감은 점차 장밋빛으로 발전한다. 할머니의 으르는 소리가 터지기 전까지는 말이다.

"에구구, 참말로 남우세스럽네. 희주야, 그만 일어나! 신사 양반 놔두고 시방 산적하고 뭐 하는 수작인 겨!"

잠깐 단둘이 있는 듯한 착각에 빠졌었다. 그 낯선 착각은 달콤하기 그지없었다. 때문에 이렇듯 쉽게 깨트려 버리는 할머니가 야속했다.

"제기……."

불만을 황급히 삼켰다. 하지만 할머니가 입에 올린 '신사 양반'은 쉽게 삼켜지지 않는다. 재하의 낯빛을 살피던 희주가 할머니에게 눈을 흘겼다.

"산적 소린 부당하다 했잖아요!"

"하이구, 똑똑한 야가 시방 누굴 두둔하는 겨!"

"할머니, 제발 그만 좀……."

희주가 볼멘소리를 한다. 재하는 심호흡을 한 뒤 담담히 말했다.

"괜찮아. 할머니로선 충분히 하실 수 있는 말씀이야."

"네?"

"희주한텐 할머니가 곧 부모님이시잖아."

재하 자신도 할머니가 야속했지만 그렇다고 그 마음을 드러낼 수는 없었다. 순간 희주의 벌린 입이 다물어질 줄 모른다.

희주는 재하의 얼굴에서 시선을 떼지 못했다. 이 사람이 박재하가 맞는 것일까.

잠시 가게 안으로 침묵이 흘렀다. 그 틈을 이용해 식사가 끝난 테이블을 정리하는 영미에게 재하가 인사했다.

"잘 먹었어."

이번에는 영미가 벌린 입을 다물지 못했다. 무례하기 짝이 없는 재하가 싫다면서 최신형 휴대폰도 사양했던 영미다. 그렇듯 영미에게 무례하게 각인된 재하가 새삼 매너남이 되었으니 당황할 만도 했다.

"학생, 잠깐만. 계산 먼저 해요."

재하가 지갑을 꺼내자 영미가 희주를 본다. 희주가 손사래를 치며 말한다.

"넣어 두세요."

다시 바지 주머니로 지갑을 넣는다. 지갑이 주머니로 들어가기 직전에야 알았다. 어울리지 않게 낡아 보여 눈길을 끌었던 검은색 지갑은 어쩌면 재하와 6년 이상의 세월을 같이한 것 같았다. 알바 마지막 날에 살며시 문 앞에 두고 왔던 그것을. 그가 아직도 가지고 있을 줄은 몰랐다.

갑자기 수상한 기운이 가슴을 은근슬쩍 간질인다. 멍하니 바라보다가 재하와 눈길이 섞이자 퍼뜩 시선을 돌렸다. 할머니는 뜻 모를 한숨을 쉬며 희주를 안타깝게 바라본다. 재하가 처음 여기 왔던 날 밤에 진득하게 보내던 눈빛과도 같다.

'너 살던 집 들여다보느라 몇 번 봤잖여. 첨부터 요상한 기분이 들었어. 생긴 건 산적인디 집주인 밥 차려 주는 본새가 꼭 제 마누라 챙기는 것 같지 뭐여. 헌데 내가 회사 찾아갔다가 셋이 밥 먹었잖여. 그때 산적이 널 대하는 태도가 영 아녔어. 집주인 밥 차려 주는 본새 반도 안 됐어. 한마디로 살뜰히 챙기는 맴은 없고 짐승 같은 욕심만 보였어. 그런 산적 놈이 우리 이쁜 손녀를 울리기까지 했잖여. 누런 싹수는 냉큼 잘라 내야 혀. 니가 주저주저하면 세상 더 살아 본 할미가 해 줘야 하는 겨.'

장항에 내려왔던 날, 할머니와 웃으며 회포를 푼 뒤 늦은 밤 건 넛방에 숨어들어 재하와의 마지막 대화를 떠올리며 서럽게 울어 댔다. 그 울음을 할머니에게 들키고 말았다. 산적 사장 때문이냐고, 그래서 좋은 직장 놔 버렸냐고 물었을 때 아니라고 분명히 대답하지 않고 품으로 달려들어 더 서럽게 울었다.

돌이켜 보니 실수였다. 할머니의 눈길이 재하에게로 옮겨진다. 입술을 들썩이는 순간 마주 앉은 경자 이모가 막고는 희주를 본다.

"계속혀."

"네?"

"하던 일 계속혀."

무엇이 그리 재미있는지 경자 이모는 작은 눈의 총기를 빛내며 두 사람을 관찰한다. 의자 위로 벗어 놓은 재하의 점퍼 주머니에서

272

웅웅, 소리가 울린다. 재하가 주머니의 휴대폰을 꺼냈다.

"받으세요."

"모르는 번호야."

그대로 주머니에 쑤셔 넣는다. 잠시 데면데면하게 마주했다.

"방해 안 할 테니 계속하라구."

경자 이모가 짓궂게 채근했다. 멍석을 깔아 주니 머쓱한지 재하
가 턱으로 밖을 가리켰다.

"차 마시러 가자."

"늦었는데."

"불공평하네."

희주가 갸웃하자 재하가 불퉁거린다.

"신사 양반하곤 차 마셨다며?"

"휴우, 장항 뉴스에 나왔나 봐요?"

"실업자 아냐?"

"네?"

"평일에 찾아왔다니 뭐. 요즘 세상이 무서워서 사기꾼 조심해야
해. 특징 중 하나가 말 잘하고 양복 잘 빼입지."

"삼촌도 어제 슈트 입었잖아요."

"슈트는 뭘. 행사 있어서 잠깐 걸쳤어. 나야 캐주얼이 더 어울
리지."

"슈트, 잘 어울렸어요."

오랜만에 봐서 그런지 정말 멋있었다.

"뭐?"

"멋졌어요."

"뭐…… 슈트도 입다 보면 익숙해지겠지."

천진한 웃음이 설핏 스쳤던 그의 모습이 퍽 보기 좋았다. 어쩐지 귀엽다는 생각이 들어 풋, 웃음이 새 나온다. 비슷한 웃음이 저쪽 테이블에서 터진다.

"흥!"

웃음에 콧소리가 섞이는 게 경자 이모의 특징이다. 하지만 할머니의 찡그린 주름살은 좀처럼 펴지질 않는다. 그런 할머니를 일견한 재하가 희주를 깊은 눈길로 바라보았다. 야속할 만큼 짧은 눈길만 주던 그가 오늘은 깊고 길게 바라본다. 자못 진지하게 입을 연다.

"신사 양반인지 뭔지는 그만 만나."

"질투하는 거예요?"

"아니, 질투는 자신감 없는 애들 몫이야."

"그렇군요."

무엇에 관한 자신감인가요? 어떤 확신을 품었는지요. 속으로만 물었다. 그런데 얼결에 입이 열리고 만다.

"어제 제 마음을 물었더랬죠?"

"응."

"그 질문을 제가 해도 될까요?"

그는 갸웃하며 생각을 굴렸다. 문득 무언가 떠오른 양 살짝 미간을 찌푸리며 뚫어지게 본다. 그 눈이 왠지 부셔 시선을 내리깔았다.

"희주야."

은근히 부르는 소리에 흠칫 놀랐다.

"희주야."

반복해서 부른다. 은근한 소리로. 두근두근 소리로 내부가 시끄러워진다.

"난 희주가 좋다."

"어……."

"처음부터 지금까지 쭉. 너는?"

희주는 어수선한 머릿속을 정리하려 들었다. 하지만 이미 저도
모르는 새 고개를 끄덕이고 있었다.

짝짝짝!

들려오는 소리에 고개를 돌려 보니 경자 이모가 일어나 박수를
치고 있었다. 할머니는 뜻 모를 한숨을 토한다. 박수 소리가 희주
의 대답이라도 되는 양 재하가 벌떡 일어나 손을 붙잡는다.

"나가자!"

"어어."

다급히 일어나는 두 사람의 등 뒤로 경자 이모의 목청이 따라붙
는다.

"이보슈! 옷이라고 입히고 데려가야지!"

"제가 많이 바쁩니다!"

재하는 재빨리 겉옷을 벗어 희주에게 입혔다. 그러곤 갑자기 번
쩍 안아 들었다. 외로운 불빛만 띄엄띄엄 떠 있는 거리로 뛴다.

"뭐, 뭐 하는……."

그가 달리니 희주의 호흡이 엉킨다. 그의 거친 숨결이 불꽃처럼
화르르 떨어져 온몸을 데운다. 발버둥을 쳤다.

"가만있어! 조금만 달릴게. 이렇게 안고 달리고 싶었어."

동네에서 보여서는 안 될 모습이었다. 하지만 오래도록 꿈꾸었
던 일이었기에 희주는 버둥거리는 걸 멈췄다. 희주의 상상 속에서
호박색 호수를 품은 행성으로 날아가는 형상이 어른거린다. 요란

한 바람 소리는 그의 달음박질이 만들어 내는 것 같다. 바람이 쌩쌩 들이치는 귓전으로 그가 뜨거운 입김을 쏟아붓는다.

"미치도록 이러고 싶었어."

희주는 그의 품으로 파고들며 어깨를 붙잡았다. 한 손으로는 그의 옆구리를 파고들었다. 그의 숨소리가 점점 가빠졌다.

"난 품 안에 안은 건 절대 안 놓아줘. 지금이라도…… 아니, 이미 늦었어."

희주는 그의 팔을 붙든 손아귀에 한껏 힘을 모으는 걸로 답했다. 그의 급박한 호흡이 불쑥 얼굴을 덮는다. 그는 이마에 입을 맞춘 뒤 방향을 틀었다. 아름드리나무 아래 내려 주더니 희주의 입술에 살포시 입을 맞춘다. 오래되어 익숙한 양 희주는 그의 등에 팔을 둘렀다.

그가 거친 숨을 고르자, 희주의 가슴이 들썩였다. 갑자기 그에게 빛이 쏟아졌다. 더불어 희주에게도.

"그만혀!"

경자 이모의 차에서 내린 할머니가 외쳤다.

"이게 무슨 경우여!"

겉옷도 못 입은 채 불편한 다리를 재촉한 할머니가 희주의 한 손을 잡고 그에게 소리쳤다.

"그 손 놓고!"

재하는 놓지 않았다. 경자 이모가 재하를 달랜다.

"놓으셔. 모든 일엔 순서가 있는 법이여. 젊은 사람끼린 흔한 일일런지 몰라도 우리 눈에는 너무 성급해 보여."

재하가 묵례를 하며 손을 놓아주었다. 희주가 두른 그의 점퍼에서 휴대폰 소리가 났다. 그러고 보니 아까부터 울렸다. 그에게 점퍼를 돌려주었다. 할머니의 근심 어린 얼굴을 차마 외면하지 못해 차에 올라탔다. 재하는 걸어서 뒤따랐다. 타고 온 차가 가게 앞에 있으니 어차피 그는 만날 터였다.

"이모, 세워요."

"그냥 가!"

할머니가 소리쳤다.

"내릴래요!"

"희주야!"

할머니의 애끓는 소리에 움찔하였다. 경자 이모가 달랜다.

"할머니 말씀 들어. 일을 더 어렵게 만들지 말고."

가게는 금방 도착했다. 그의 품에 안겨 아주 멀리 간 줄 알았는데 가까운 거리였다. 저쪽에서 달려오는 그가 보였다. 할머니에게 떠밀려 안으로 들어갔다.

가게 앞에 이른 그가 문을 열고 들어왔다. 칼바람이 그의 뜨거운 숨을 휘감으며 들이쳤다. 퇴폐적인 그의 눈빛으로 수상한 슬픔이 알알이 걸려 있었다.

"이만 가야겠어. 주원이가⋯⋯ 아프대."

❊ ❊ ❊

그의 영혼처럼 하얗게 깨끗했던 얼굴이 창백하기 짝이 없다. 의식이 혼미한 가운데 영혼은 치열한 싸움 중인 양 주원의 얼굴이 일그러진다. 최아영은 땀이 맺힌 그의 이마를 닦아 주려고 수건을 쥔 손을 내밀었다. 그때 침상의 그가 입술을 들썩인다.

"⋯⋯희주."

아영은 움찔 놀라 동작을 멈췄다. 멈췄던 손을 천천히 움직여 땀을 훔쳐 낸 뒤 망연히 바라보았다.

주원은 약속 시간을 철저히 지켰다. 늦은 만큼 상대의 시간을 죽이는 일이라 하던, 그런 그가 점심 미팅에 좀처럼 나타나지 않았다. 오늘 가져오기로 한 창작곡의 채보가 늦어지나 보다고 여겼다. 어둠이 내려도 소식이 없자 걱정이 밀려들었다. 그때 이틀 전 저녁 시간이 떠올랐다. 불쑥 전화를 해서 카페를 찾은 주원은 아영을 위로해 주었지만, 그 또한 위로가 필요한 듯싶었다. 이례적으로 홍차에 위스키를 잔뜩 타 달라고 요구했던 일도 석연찮았다. 걱정이 커지자 주원이 남긴 비상 연락망을 더듬었다. 그는 가족이 아닌 박재하 한 사람을 지목했었다. 박재하는 전화를 받지 않았다. 아영은 자리를 박차고 일어났다.

주원의 집에 이르자 1층 발코니로 희미한 불빛이 새 나왔다. 벨을 눌러도 반응이 없어 현관문으로 향했다. 문은 잠겨 있지 않았다. 그런데 여는 순간 불길한 예감에 휘감겼다. 온통 찼다. 찬바람이 기승을 부리는 바깥과 별 차이가 없는 실내였다. 그리고 거실 한복판의 차가운 바닥에는 그가 누워 있었다. 등을 더 켜고는 그를 살폈다. 쿨룩, 기침 소리가 들렸다.

'선생님.'

그는 대답을 하지 못했다. 등을 받쳐 일으켰다. 그가 가슴으로 품었던 악보 노트가 툭 떨어지며 펼쳐진다. 지금 이게 중요한 게 아니라 생각하면서도 잠깐 시선이 머물렀다. 무수한 음표가 그려진 노트 사이론 확대한 듯한 사진 한 장이 꽂혀 있었다. 천진하게 웃고 있는, 지금보단 훨씬 어려 보이는 오희주의 사진이었다.

무슨 정신으로 그를 옮겼는지 모르겠다. 차에 태우고 병원에 이르렀을 때는 추운 날씨에도 아영은 땀으로 젖어 있었다.

그는 폐렴이었다. 염증 수치가 적잖아서 며칠 입원이 필요했다. 그리고 지금의 깊은 잠은 그가 삼킨 수면제와 무관하지 않았다. 그의 휴대폰에서 연락처를 찾아낸 그의 모친도, 박재하도 이리로 오는 중이다.

'……희주.'

한 귀로 흘릴 수도 있는 그의 웅얼거림이 자꾸만 악보 속 사진과 엮어진다.

주원이 고통스레 뒤척거렸다. 그러고는 또 입술을 달싹거린다.

"어…… 엄마."

엄마라는 말이 이렇게 아픈 성질의 것인지는 처음 알았다. 담요 밑으로 그의 손이 삐져나왔다. 아영은 망설였다. 그때 또 그가 웅얼거린다.

"엄……마."

아영은 그의 손바닥으로 조심스레 제 손가락을 살짝 붙였다. 그가 그러쥐고 싶다는 양 손가락을 곰지락거린다. 순간 아영은 그가 접촉하는 걸 극도로 꺼리는 줄 알면서도 양손으로 감쌌다. 그러자 그의 얼굴로 희미한 웃음이 번졌다. 그래서 아영은 그의 손을 놓지 않았다. 조용히 병실 문이 열렸다. 그때서야 손을 떼고 일어나 묵례를 했다. 윤 여사는 이미 눈이 통통 부어 있었다. 주원을 살핀 윤 여사가 목메어 잠긴 한숨 소리를 나직이 흘린다.

윤 여사가 주원의 드러난 손을 담요 속으로 넣어 주려고 했다.

"선생님이 엄마를 찾았어요."

그때서야 아까의 상황을 헤아렸다는 양 윤 여사는 주원과 아영의 손을 번갈아 본다. 믿기지 않다는 듯 갸울인 고개를 바로하지 못한다. 다시금 주원의 손가락이 꼼지락거렸다. 아영이 윤 여사를 향해 말했다.

"손……잡아 주셔도 될 것 같습니다."

윤 여사는 불안해하면서도 주원의 손을 살며시 잡았다. 다시금 희미한 웃음이 그의 얼굴로 번진다. 아영이 나직이 속삭였다.

"계속 잡고 계셔도 되겠어요. 선생님 얼굴을 보세요."

주원의 얼굴에 희미하게 퍼지는 미소를 확인한 윤 여사가 뜨거운 눈길로 돌아본다.

간호사가 들어와 처치를 하는 동안 두 사람은 의자에 나란히 앉았다.

"큰 신세를 졌네요."

"아닙니다, 사모님."

"어쩜 그리 침착하게 대처해 줬는지…… 고생했어요."

"말씀 낮추셔도 됩니다. 제 아버지 지인 가족이신데요."

"그, 그래. 최 교수님은 잘 계시고?"

"네."

아영은 줄곧 외국에서 공부한 탓에 아버지 지인 얼굴은 별로 익히지 못했다. 어느 날 아버지가 노래를 들려주었다. 총장의 아들 목소리라고 했다. 아영은 오로지 주원에게 집중하는 승부수를 띄웠다. 그의 노래는 아영에겐 가치를 매길 수 없을 만큼 소중했으니 말이다.

윤 여사가 나지막이 탄식했다.

"사람의 예감이란 걸 무시하면 안 될 것 같아. 그때 들여다봤어야 했는데…… 그나저나 최 선생, 가 봐야 하지 않아?"

말과 달리 윤 여사는 더 머물러 주기를 바라는 눈치였다. 누군가 곁에 있어 힘이 돼 주어야 할 것 같았다.

"더 있고 싶습니다."

간호사가 나간 뒤 다급한 걸음으로 재하가 뛰어들어 왔다.

"고비는 잘 넘겼나요?"

미리 통화했던 재하가 아영에게 물었다.

"네, 열이 좀 내렸고, 염증 수치도 떨어졌다네요."

영문을 알 수 없게 말이 차갑게 새 나온다. 왜 그가 문득 못마
땅할까?

윤 여사가 재하를 보며 탄식했다.

"난 네 차가 보이길래 주원이하고 같이 있는 줄 알았지 뭐니."

재하의 미간이 찌푸려진다.

"죄송합니다."

고통스레 대꾸하고는 주원을 바라보다가 질끈 눈을 감는다. 지
금 재하에겐 둘만의 시간이 필요할 것 같았다. 아영은 윤 여사의
손끝을 건드렸다.

"사모님, 저희 잠시 차 마시러 갈까요?"

"그, 그럴까? 어휴, 희주 남매랑 그냥 살 것이지, 왜 이사를 시
켜 가지고."

윤 여사의 넋두리 정도였다. 그런데 그 말에 재하가 고개를 돌
려 윤 여사의 뒷모습을 보았다. 사뭇 날카로운 눈길이었다.

아영은 갸웃하며 뒤쳐졌다가 곧 윤 여사 곁으로 붙었다. 주원에
관해 묻고 싶은 일이 많았다. 문으로 향하면서 윤 여사가 손을 꼭
쥔다. 아직도 믿기지 않는 주원의 체온이 윤 여사의 손에서 되살아
나는 것 같다.

※ ※ ※

칼바람에 허름한 이중창이 삐꺽삐꺽 울어 댔다.

희주는 휴대폰을 만지작거리며 앉은뱅이 화장대 앞의 할머니를 힐끔힐끔 보았다. 할머니는 사진첩에서 눈을 떼지 못했다. 당신의 아들이 아닌 며느리의 생전 모습이었다. 손으로 쓸어 대며 생각에 잠겼다가 또 보고 쓸어 대곤 했다. 나직한 한숨이 회한의 연기처럼 방 안으로 퍼진다.

"니 엄만 의지할 핏줄 없이 고생고생해서 그림 공부 마치고 선생 노릇도 해 봤제."

언젠가 희주에게 꼭 전하고 싶은 말인 듯싶다.

"제 앞가림도 못 한 남편 만나 또 고생만 하다가 호강 한번 못해 보고선 일찍 떠났어."

그래도 엄만 행복해 보였어요.

"꿈에 한 번 보이더라. 희주 니가 좋은 사람 만나 잘 살지 못하면 며늘아긴 절대 편히 눈감지 못할 거여. 나보고 힘 좀 보태 주라고 꿈에 나타난 겨."

희주는 느슨하게 기댄 벽에서 등을 떼어 냈다.

"전 할머니가 장 실장님을 좋아하는 이유를 모르겠어요."

"무난한 사람이잖혀."

"제가 마음이 안 가요. 그리고 이젠 정해져 버렸어요. 재하 삼촌으로요. 사실 오래전부터 이미 정해진 마음이에요."

"무난하지 않은 사람이여."

무난하다는 정의가 무엇일까. 물론 연애라는 게 더 나아가 결혼이라는 게 사랑만 가지고는 할 수 없다는 걸 안다. 현실적으로 부딪히게 되는 문제들도 많으니까.

"재하 삼촌은 책임감이 남달라요. 절대 가족을 고생시킬 사람도 아니고요."

"희주야, 넌 남자를 안 만나 봤잖혀. 처음 만날 땐 무난한 사람이 좋은 겨."

할머니의 안타까운 목소리에 희주도 비슷한 말씨로 속내를 내놓았다.

"마음이 동하지 않으면서 만나는 건 상대를 기만하는 행위예요. 생각만 해도 가슴이 두근거리고, 만나면 헤어지기 싫은 사람이 마음까지 밝혔는데 왜 제가 그래야 하는지 모르겠어요."

"니가 아까우니까!"

"네?"

"아까워서 그런다, 이것아. 산적 놈과 더 붙으면 딴사람 만나볼 기휠 영영 잃는단 말여."

희주는 선뜻 이해되지 않았다.

"산적 놈은 맹수여. 장 실장은 니가 싫다면 언제라도 놓아줄 위인인디, 산적 놈은 절대로 놔주지 않을 위인이란 말여!"

"그게 왜요?"

"에구, 답답혀. 만나다가, 살다가 잘라 내고 싶으면 어쩔 건데! 맹수 놈이 놔줄 줄 알어? 요즘 뉴스에 누누이 나오잖혀. 여자가 떠난다고 하면 해코지해 싸잖혀."

물론 그런 뉴스를 심심찮게 접했다. 하지만 희주는 자그마치 재하를 6년 동안 지켜보았다.

"할머니, 제 나름대로 사람 보는 눈이 있어요. 그러니 걱정 안하……."

"공연히 하는 말이 아녀. 영미한테 들어서 안다. 운동할 적에도 싸워서 그만뒀다며?"

"그건 오해……."

"할미 눈으로 봐도 보였어. 그 양반 욱하는 성질 평생 갈 거라고."

문득 식당에서 폭주하던 그의 모습이 떠올랐다. 만약 또 그런 모습을 봐도, 그리고 결혼 생활에서 마주쳐도 관계의 친밀감을 유지할 수 있을까.

"그래서 할미는 그 양반을 더 알아볼 요량으로 밀어내면서 됨됨이를 살피려 들었던 겨. 헌데 니가 성급하게 붙어 버렸으니, 원."

'산적'은 어느새 '그 양반'으로 변해 있었다. 희주는 볼을 붉히며 입을 열었다.

"기왕…… 붙어 버렸으니 인정해 주세요."

할머니가 어처구니없다는 양 입을 벌렸다.

"야가 뻔뻔한 구석도 있네."

치사하지만 할머니의 취약점을 건드려야겠다.

"진우도 그 사람 좋아해요."

"흥! 지 동생 끌어들이는 수작도 부릴 줄도 알고."

"방학 때 저 대신 진우 점심 만들어 줬어요. 처음엔 시식이 목적인 줄 알았는데 그게 아니었어요."

"나도 진우한테 듣긴 했다만, 니가 그 양반 속셈까진 모르잖혀."

"집주인이 말해 줘서 저도 나중에야 알았어요. 모두 이미 검증이 끝난 음식들이었어요. 진우 자존심 배려해서 시식 핑계 대고 날마다 정성으로 만들어 줬던 거예요. 그땐 제가 알바하느라 집에 없었잖아요."

할머니는 눈을 슴벅거리며 무언가 생각하더니 보일 듯 말 듯 고개를 끄덕였다. 희주와 눈이 마주치자 움찔하며 입술을 비죽인다.

"쯔쯧, 콩깍지 씌었으니 뭐든 좋은 쪽으로 품고 싶겠지."

한결 누그러진 표정이다 싶은 순간 비장한 기운이 번진다.

"니가 아무리 그래도 할미는 더 알아볼 겨!"

"알아보시더라도 심술은 조금……."

"어허! 할미가 언제 심술부렸다고…… 그려. 말 잘해 줬어. 그 양반 됨됨이 제대로 알아보려면 내 심술 제대로 한번 부려 봐야겠어!"

"하, 할머니. 그러다 삼촌이 화내면……."

"어쩌긴! 골내면 끝이지. 그딴 싹수는 일찌거니 잘라 내야혀! 본드로 찰싹 붙어도 할미는 기어이 떼 놓을 겨! 내 눈에 흙 들어가기 전까진 다시 붙을 일일랑 어림도 없구 말여. 늦었어. 어서 자."

이부자리를 더듬으며 희주의 방 쪽을 보더니 투덜거린다.

"경자 야는 어째 니 방을 떠억 차지해 가지고, 원."

경자 이모는 보일러가 고장 났다며 희주를 할머니 방으로 떠밀어 넣고는 건넛방에서 자는 중이다.

어두운 방 안에서 휴대폰을 더듬었다. 주원이 너무도 걱정된다. 딱히 이유를 알 수 없는 벽 때문에 그동안 너무 무심했다. 어려운 순간에 위로와 행복의 노래를 건네주었던 그에게 미안하기 짝이 없다. 재하의 번호를 더듬었다. 자는 줄 알았던 할머니가 나직이 입을 연다.

"나둬."

"잠깐……."

"그 양반 전화 받을 겨를 있겠어? 운전만 하게 나둬."

아직 도착 안 했을까. 더 기다렸다가 통화해야 할지 싶다.

※ ※ ※

아영이 집에서 잠깐 눈을 붙이고 병원으로 돌아왔을 때, 재하는 썰렁한 라운지 의자에 앉아 고개를 숙이고 있었다. 복장이 그대로 인 걸로 보아 밤새 병원에 머무른 모양이다. 특실의 주원은 윤 여사가 지키고 있다. 조용히 재하 옆으로 앉았다. 흠칫하며 고개를 든 그의 얼굴로 어둡기 그지없는 고단함이 깔려 있다.

"사모님과 방금 통화했는데, 많이 좋아져서 깨어나 말씀도 하신 대요."

그가 고갯짓으로 답했다. 따뜻한 차를 대접하고 싶었으나 커피 숍은 아직 열지 않았고, 라운지엔 청소하는 직원들만 오갔다.

"주제넘은 참견을 하자면, 박재하 씨가 미안해할 이윤 없어요."

뜬금없이 재하를 탓했던 윤 여사는 병실로 돌아와 재하의 손을 쥐며 사과했다.

'재하 네가 얼마나 우리 주원이를 아끼는 줄은 안다. 그런데 주원이가 자꾸 홀로서기를 배우겠다고 하길래 너하고 무슨 일 있 는 줄 알았어. 그러던 차에 집 앞에 네 차가 있길래 안심했어. 엄마 노릇 제대로 못 해낸 내가 죄인인데 괜히 고마운 너한테 화살을 돌렸지 뭐니.'

재하는 고개를 저었다. 그러고는 죄송하다고 말했다. 사실 당시 윤 여사는 제정신이 아니었다. 아영이 보기엔 연약한 분이었다. 명 백한 과오를 깨닫고 이겨 나가는 강한 사람이 있는 반면, 감당하지 못해서 누군가에게 과실을 돌리는 약한 사람도 있으니 말이다.

"심리학 전공했다죠?"

고개를 숙인 채 그가 불쑥 물었다.

"전공은 아니고 대중문화를 공부하다가 부차적으로 겉핥기한 정
돕니다."

"주원이가 사경을 헤맬 때 제가 뭐 하고 있었는지 아세요?"

"사경이란 말은 과합니다."

스스로 죄의식을 확장시키려는 심리 상태고요.

"제기랄."

그가 얼굴을 묻는다. 간밤에 그가 누구를 만나고 오는 길이었는
지 알고 있다. 그때 생각났다. 그를 마주한 순간 왜 서늘하게 반응
했는지.

어렴풋이 헤아리고 있었던 그와 희주의 관계는 주원으로 하여금
확신하게 됐다. 희주가 마지막으로 찾아왔을 때, 주원은 절묘한 터
치로 딱 대화를 차단할 수 있는 만큼만 피아노 소리를 내면서 희
주와 말을 섞었다. 하지만 직업상 사운드를 합쳤다 분리하는 일에
이골이 난 아영의 귀는 차단하지 못했다. 더욱이 두 사람의 입 모
양까지 볼 수 있었다.

재하는 희주와 이성적인 관계이면서도 주원의 마음까지 차지하
고 있었다. 딱히 싫은 것은 아니었다. 재하는 다가간 주원과의 거
리가 아영에겐 엄렴없다는 사실이 무척 싫었다. 재하에게 서늘하
게 응수한 뒤에 깨달았다. 그것이 질투였음을. 그렇다. 최아영은
하주원을 박재하보다 더 가까운 거리에 두고 싶었던 것이다.

아영은 쓴웃음을 지었다. 안타깝게도 주원은 아영과의 거리를
좁힐 의사가 조금도 없어 보였다. 딱히 멀어질 기미도 없다는 점으
로 위안 삼을 수밖에 없다.

문득 박재하를 향한 주원의 의존도를 낮춰 줄 필요성을 느꼈다. 윤 여사와의 대화를 통해 주원의 감정 변화를 어느 정도 알아냈다. 당장은 아프더라도 주원은 홍역을 치를 필요가 있다.

"하 선생님이 어머님 손을 잡으셨어요. 이젠 재하 씨가 하 선생님 손을 안 잡아 줘도 됩니다."

그가 번쩍 고개를 들고 본다.

"어머님과의 스킨십을 싫어하진 않았었는데, 아버님이 남자답지 못하다고 자꾸 윽박지르고 못하게 하면서 하 선생님이 절제했었나 봐요."

그가 찡그렸다.

"주원이에 관해 아세요?"

"모릅니다. 모르니까 편견 없이 활짝 열어 두고 알아 가는 중입니다."

"뭐가 그리 궁금한데요?"

주원이가 무슨 연구라도 해야 할 대상입니까? 하고 야유하는 기색이 그의 얼굴에서 드러나 있다.

"전 하 선생님 매니저입니다."

"그렇군요."

"제가 누리는 하 선생님의 헌신에 반이라도 답하고 싶습니다."

재하는 피식 웃더니 먼 곳으로 시선을 둔다. 무언가 생각을 더 듬다가 시선을 마주하고는 시큰둥하게 쏘아붙인다.

"주원이는 스킨십 기피 환자가 아니에요."

"환자라는 말은 안 했습니다."

"어머님 손잡았다는 게 특종처럼 구시길래."

예기치 않은 말에 아영은 할 말이 궁해졌다. 그가 쓰디쓴 입맛을 다시고는 나직하게 설명해 준다.

"좀 오래 걸릴 뿐이죠. 고등학교 때 주말에 놀러 가서 같이 잠들 때도 우연히 맨살이 닿는 것도 피합디다. 2년 정도 지나서 안 그랬던 것 같아요. 참, 접촉이란 걸 다르게 오해하진 마세요."

그는 아영을 뚫어지게 쳐다보았다. 그러곤 이내 부드럽게 말을 잇는다.

"아무튼 주원이가 먼저 접촉한 적은 없어요. 피하지 않았을 뿐이지."

재하의 말을 통해 어렴풋이 어떤 답을 찾아낸 아영은 속으로 대답했다. 외로워서 안 피했을 겁니다. 더 외로워져서 어머니의 손을 다시 찾은 거고요.

어쩐지 재하가 신뢰감이라는 문을 조금 열어 준다는 느낌에 아영은 일어서면서 의견 하나를 제시했다.

"먼저 접촉하지 않고 다만 피하지 않았던 건 상대에게 부담을 주고 싶지 않아서였을 겁니다. 제가 알고 있는 하 선생님은 늘 상대의 입장을 먼저 고려하는 분이시니까요."

먼저 올라가겠다며 돌아서는데 그가 붙든다.

"잠깐만요."

키가 큰 그는 앉아 있는데도 서 있는 아영과 눈높이가 비슷했다.

"한 가지만 물읍시다. 주원이는 스킨십에 시간이 필요하다 했잖아요? 근데 상대가 여자여도 오랜 시간을 거치면 껴안고 싶은 마음이 들까요?"

아영은 생각을 더듬다가 적이 자신 없이 대답했다.

"아마도."

순간 그의 짙은 눈썹이 꿈틀거렸다. 눈썹 밑으론 불안한 의혹이 어른거린다. 이런 모습은 병실에서도 보았다.

'어휴, 희주 남매랑 그냥 살 것이지, 왜 이사를 시켜 가지고.'

윤 여사가 그런 탄식을 흘릴 때도 이런 표정을 지었던 것 같다. 재하가 어떤 생각을 털어 내는 듯 머리를 흔들고는 일어났다. 갑자기 아영에게 고개를 숙인다.

"인사가 늦었습니다. 주원이를 병원에 데려와 줘서 고맙습니다."

이례적으로 정중한 말씨와는 별개로 그의 진심이 느껴졌다.

※ ※ ※

아침에 할머니와 가게로 들어온 희주는 앞치마를 입었다가 곧 벗었다.

"도무지 일을 못 하겠어요. 올라가야 할 것 같아요."

"심하진 않다면서."

"제가 가장 아플 때 힘을 주신 분이세요. 조금이라도 위로가 되어 주고 싶어요. 안 그러면 두고두고 미안할 것 같아요."

"그려, 참으로 고마운 집주인이었지. 끝까지…… 아, 알았어. 경자 불러서 같이 장사할 테니 어서 가 봐."

의외로 할머니는 선선히 보내 주었다. 따라 나와서 불쑥 다짐을 받는다.

"그 양반한텐 절대 미리 언질하지 말거라."

"뭘요?"

"어제 할미가 한 말 잊었어? 더 알아보려고 심술부린다는 말 미리 해 주지 말라고!"

"아, 알았어요."

"약속혀!"

"네, 제…… 입으론 안 할게요."

"그려, 가 봐. 운전 조심하고."

※ ※ ※

간호사가 처치를 마치고 돌아가자 윤 여사는 누워 있는 아들에게 애잔한 눈길을 건네며 혼잣말처럼 흘렸다.

"어째서 엄마한텐 연락도 안 했을까."

딱히 대답을 바란 말은 아니었다. 금세 젖어 버린 윤 여사의 눈을 바라보던 아들이 밭은기침을 토했다.

"미안, 미안하다. 내가 영 제정신이 아니다. 대답 안 해도 돼."

아들의 손을 그러쥐고, 또 쓰다듬었다. 최 선생의 예상이 맞았는지 아들은 깨어나서도 스킨십을 거부하지 않았다. 아들이 잠긴 목소리를 흘린다.

"엄마 아플 때…… 난 못 가 봤잖아요. 그래서…… 나도 혼자 아프고 싶었어요."

"아이구, 이런 미련한 녀석 봤나."

"그냥 감기였어요…… 조금 아프고 나면 괜찮을지 알았는데……."

"알았다. 그만, 그만 말해라, 아들."

"혼자…… 혼자서도…… 잘 살아가려고 새로운 나무를 완성했어요…… 평생 나랑 같이할 나무…… 그러니 걱정 말고 울지도 말아요."

윤 여사는 황망히 눈물을 훔친 뒤 아들의 젖은 눈을 사붓이 찍
어서 물기를 닦아 주었다.

✕ ✕ ✕

불편한 의자에서 쪽잠을 조금 잤을 뿐인데도 잠이 오지 않았다.
재하는 벌떡 일어나 옷을 걸치고는 집을 나왔다.

주원의 집 앞에 이르러 차를 세운 뒤 동산의 앙상한 겨울 숲을
향해 뛰었다. 제법 따사로운 햇살이 나뭇가지 사이로 쏟아져 내렸
다. 문득 빛 속의 자신이 불편했다. 주원이 누워 있었다던 어둡고
차가운 집이 떠올라 몸을 틀었다.

과연 집 안으론 차가운 냉기가 흘렀다.

"멍청한 녀석, 이런 추운 데서 수면제를 먹고 잠들다니."

망할 놈의 약병을 그때 치워 버렸어야 했다. 재하는 보일러 스
위치를 켰다. 내일이면 퇴원해도 된다니 지금 약하게 틀어 놓아도
무난하리라. 위스키병과 찻잔 따위로 어지럽혀진 식탁을 정리한
뒤 발코니 쪽으로 걸어갔다. 그때 소파 뒤편으로 바닥에 놓인 노트
가 눈길을 끌었다. 다가서서 집어 들었다. 노트를 펼쳤더니 무수한
음표 사이로 사진 한 장이 뚝 떨어진다. 떨어진 사진을 집은 재하
의 몸이 굳어 버렸다. 경직된 몸이 풀리자 가만히 시기를 가늠해
보았다. 6년 전 모습이다. 재하가 찍어 준 사진이며, 자신의 폰에
도 저장되었기에 분명하다. 다만 곁에 붙어 있어야 할 진우가 사라
졌다. 흐릿한 모양새를 보고 알겠다. 주원은 희주의 얼굴만 확대한
사진을 따로 만들었다.

왜?

그때 휴대폰이 울어 댔다. 희주의 전화였다.

❋ ❋ ❋

희주가 라운지로 내려오자, 1층으로 내려와 앉아 있던 아영이 벌떡 일어났다.

"벌써 가게요?"

"네, 약속도 있고 해서요."

"사모님도 곧 돌아오실 텐데."

"저녁에 또 와서 뵈려고요."

아영은 애써 부드럽게 웃었다.

"환자한테 말 많이 안 시키려고 일찍 가는 거죠?"

"글쎄요."

머쓱하게 웃는 모양새가 어쩐지 쓸쓸해 보인다. 희주를 배웅하고 병실로 돌아왔다. 아영을 주원이 손짓으로 부른다. 그의 침상은 아까처럼 반 일으킨 상태였다. 의자를 당겨 가까이 앉았다.

"아까…… 왜 희주를 들여도 되냐고 물어봤어요?"

"그냥 여쭌……."

"오면 안 될 사람처럼 여겼잖아요."

"그건……."

선의라 할지라도 그에겐 거짓말하기 싫다. 그래서 우물거리고 만다.

"우리 서로 신뢰하는 사이이지 않나요?"

사람의 심리를 조정하는 데는 주원이 훨씬 능숙한 것 같다.

"깊은 잠에 빠졌을 때 선생님 입에서 나온 이름이라 제 나름 고민했습니다."

"……희주를요?"

"네."

"그랬군요."

그는 담담히 응수하며 창백하면서도 고운 웃음을 짓는다.

"제가 만약 공개적으로 공연을 한다면 어떤 장소를 원한다고 했죠?"

"뮤즈와 무관하지 않은 공간이라고 하셨어요."

"맞아요. 뮤즈……."

그가 지그시 눈을 감았다가 뜨고는 퍽 환하게 웃는다.

"저, 나무를 완성했어요. 아홉 곡 다."

그는 새 앨범 작업을 자신만의 나무를 짓는 일이라며 전곡을 창작곡으로 채우겠다고 했다.

"네, 곡을 가지고 온다 하셨죠."

"가져다줄 수 있어요?"

"네?"

"심부름이 실례일까요?"

"실례는요. 잊으셨어요? 전 선생님의 매니저입니다."

그 노트가 맞다면, 그는 사진쯤은 공개되어도 상관없다고 말하는 중이다.

"지금 다녀올까요?"

"그래 주면 좋겠어요."

아영도 원했기에 머뭇거릴 이유가 없었다.

※ ※ ※

재하를 만나기 위해 차를 모는 희주는 복잡한 마음을 쉬 정리하지 못했다. 그때는 몰랐는데 돌이켜보니 주원을 질투하고 있었다. 재하가 멀어질 때면 종종 주원에게 미움을 품곤 했다. 그런데도 주원은 여전히 희주에게 신뢰감이 가득한 눈길과 부드러운 웃음을 잃지 않았다.

'목 상태가 나빠 노래를 못 불러 줘서 어쩌지?'

애써 드러낸 그의 아쉬움은 진심이었다. 순간 더 마주하는 일이 괴로워 일어나고 말았다. 그동안 그에게 아무것도 해 준 것이 없었는데, 그 순간에도 해 줄 수 있는 게 없었다. 더듬다가 나온 말도 상투적이었다.

'죄송해요.'

뜬금없는 사과에 주원은 왜냐고 묻는 대신 안쓰러워하는 눈길을 건넸다.

'마음이 아파?'

희주가 끄덕이자, 그가 연민의 한숨을 쉬었다.

'착해서 아플 거야. 그만 아파도 돼.'

무슨 뜻인지 지금도 모르겠다. 좋은밥상 인근의 공원에 이르자 재하의 승용차가 세워져 있었다. 곁으로 차를 세운 뒤 내렸다. 그는 운전석에 앉아 눈을 감고 있었다. 까칠해진 얼굴을 밖에서 가만히 지켜보았다. 한참을 바라보고 있으려니 깨어난 그가 어색하게 웃으며 조수석을 가리켰다. 도어를 열고 앉았다. 그가 희주를 살피더니 손을 잡았다. 차갑다 여겼는지 묵묵히 양손으로 비벼 준다. 이어서 잡은 손을 제 뺨에 갖다 붙이고는 창밖으로 시선을 보냈다.

눈빛으론 겨울나무를 닮은 짙은 우수가 깔렸다. 그가 손을 잡은 채 희주를 본다.

"그럼에도 불구하고……."

그가 목덜미를 팔로 감았다.

"……뻔뻔해지기로 했다."

뜻 모를 말을 뱉고는 입술을 겹친다. 어찌나 거칠게 빨아 대는지 입 안이 알알했다. 패딩 사이로 침범한 그의 손이 한쪽 가슴께를 움켜쥐었다.

"하아."

맞닿은 입술에 신음을 흘렸다.

그의 숨소리가 점점 커진다.

'착해서 아플 거야. 그만 아파도 돼.'

생뚱맞게 주원이 건넨 말이 떠올랐다. 그의 손이 스웨터 속으로 파고든다. 투박하고도 뜨거운 손이다. 닿는 맨살마다 열기가 스민다.

"하아."

거친 숨소리가 머릿속으로 몽롱한 메아리를 만들어 준다. 그의 큼직한 손이 브래지어를 밀어 내고 젖가슴을 덮었다. 이내 움켜쥔다.

"하아!"

아프다. 그때 주원의 말소리가 다시 들렸다.

'착해서 아플 거야. 그만 아파도 돼.'

조수석으로 상체를 기울인 그의 묵직한 몸을 확 밀어 냈다. 미약한 힘이었을 텐데도 그는 물러났다. 서로가 한참 동안 가쁜 숨과 더운 눈길만 섞었다.

"미안해요. 병원에서 오는 길이라 아직……."

그가 계속 바라보다가 고개를 주억거렸다. 더불어 그의 눈동자에 이글거리던 불꽃도 사그라졌다. 그가 피식 웃으며 원래의 약속을 상기시켜 주었다.

"밥 먹자."

그래서 좋은밥상 근처로 약속을 정했다. 디지털시계는 2시 정각을 표시하고 있었다.

※ ※ ※

노트를 받은 주원이 대충 넘겨 보다가 사진을 꺼내 든 뒤 아영에게 돌려주었다.

"맨 앞에 곡명 적어 놨어요."

아영은 아홉 개의 곡명을 읽어 나갔다.

"에라토, 칼리오페, 타레이나……."

주원을 보았다. 그가 고개를 끄덕인다.

"아홉 뮤즈가 맞아요."

뮤즈는 음악, 미술, 문학의 여신이며 시인들의 영감을 주는 대상이다. 그리고 주원이 공연을 한다면 그 공연장 명칭이 뮤즈와 연관되었으면 좋겠다고 했었다.

"혹시……."

아영은 그의 손에 들린 사진을 조심스레 가리켰다.

"그 사진 속 인물이 선생님의 뮤즈인가요?"

그가 갈수록 은유적인 말로 에둘러 말하는 탓에 아영은 이렇듯 잔가지를 쳐 내는 화법으로 응수하곤 한다. 그가 생긋 웃으며 고개를 끄덕였다. 아영도 끄덕였다. 그가 사진을 보여 주었다.

"누군지 알죠?"

"네."

그가 지그시 눈을 감았다가 떴다.

"내가 처음으로 창을 열고 노래를 부르도록 해 준 사람이에요. 내 노래가 누군가에게 위로와 행복을 선물할 수 있다고 알려 준 사람이죠."

아영은 잠시 머뭇거리다 용기를 냈다.

"오로지 뮤즈였습니까?"

"글쎄요."

그가 쓸쓸히 웃었다.

"처음엔 몰랐어요. 그런데 그녀가 다른 남자를 좋아한다는 기색을 드러내자 아프더군요. 상대는 내가 응원해 줘야 할 남자인데도…… 쿨룩."

그가 잔기침을 뱉었다. 하지만 아영은 그의 말을 막지 않을 거라 다짐했다. 그는 속내를 꺼내면서 엉킨 마음을 정리하는 중이다. 멈추게 한다면 그는 영영 입을 다물 수도 있다. 또 한 가지 분명한 점은 그는 지금 아영을 신뢰한다. 그것을 아영은 한껏 누리고 싶었다. 그가 붉은 입술을 슥 문지르고는 한숨 같은 웃음을 흘렸다.

"유학길에 오르면 재하와 희주를 기분 좋게 그리워할 줄 알았어요. 하지만 그렇게 안 될 것 같았어요. 두 사람이 붙어 있는 모습을 상상하면 너무 아팠거든요. 아프고 또 아파서 타협점을 찾아냈어요. 뮤즈는 내 몫이라고, 오롯이 내 몫이라고."

버썩 마른 웃음을 흘린 뒤 사진을 바라보는 그의 눈으로 그득한 애정이 차오른다. 어쩐지 아버지의 눈빛을 닮은 듯싶다.

"사진은 언제 적⋯⋯."

"두 사람의 마음을 확신하기 전의 희주 모습이에요."

아영의 짐작대로였다. 공유한 시간이 넉넉했기에 사진을 가질 기회 또한 많았을 법한데도 그는 조악한 화질의 오래된 사진을 앞에 두고 창작에 골몰했던 것이다.

"지금도 아프세요?"

"잠시⋯⋯ 덜 착해졌더니 덜 아팠어요. 두 사람의 마음을 알면서도 시치미를 뗐거든요. 앨범으로 뮤즈를 완전히 담기 전까진 희주를 보내 주지 못할 것 같았어요."

"선생님께선⋯⋯ 항상 박재하 씨를 우선적으로 배려하시는 걸로 알고 있었는데요."

"재하가 희주와 나쁜 결론을 맺는 게 두려웠어요. 솔직히 지금도 난 재하가 원만한 결혼 생활을 할 수 있다곤 믿지 못해요. 결혼 안 하고 그냥 살기를 바랐어요. 제가 도와줄 수 있는 건 뭐든 도와주고 싶었어요."

"그게 선생님께서 싫어하는 일이어도요?"

"기꺼이. 변하는 것보다 소중한 누군가를 잃는 것이 더 싫으니까요."

"그렇다면⋯⋯ 오희주 씨가 원하는 방향의 변화도 시도해 보셨어요?"

그는 처음으로 오랜 주저함을 거쳐 대답한다.

"그래서 세상 밖으로 나왔어요. 하지만 뮤즈 이상으로 탐내는 건 과욕이란 걸 인정했어요. 재하를 만나는 일도 질투가 아닌 걱정으로 바뀌었고요."

"두 사람 중 어느 쪽이 더 걱정되었죠?"

"글쎄요. 파국이 오면 어차피 세 사람 다 모두를 잃게 되겠죠? 그래서 난 지금도 재하가 더 신중하길 원해요."

왠지 희주를 더 염려한다고 받아들여진다.

"박재하 씨를 불신하는 명분은 있으시겠죠?"

"재하의 아킬레스건은 스스로 치유해야 해요. 치유 없이 결혼하면 언젠가 상대를 아프게 할지도 몰라요."

잘 나가다가 또 숨어 버린다. 무슨 말을 꺼내야 할지 머뭇거리는 아영을 주원이 제지한다.

"재하의 개인적인 사연은 그만할게요. 정 알고 싶으면 재하에게 직접 들으세요."

"알겠습니다. 그리고 저를 신뢰하고 마음을 드러내 주셔서 감사해요."

그가 빙그레 웃었다.

"계약서 썼잖아요."

"네?"

"계약서에 서로의 비밀 보장 조항 있지 않나요?"

"아, 그렇군요."

하지만 그는 계약서와는 별개로 신뢰감을 선물했다. 그것이 혼자 담기엔 너무 아프고 혼란스러워 덜어 낸 수단이었다 할지라도 그 대상으로 선택된 행운은 그대로일 터였다.

※ ※ ※

점심 손님을 치러 낸 식당은 한산했다.

두 사람을 나란히 앉히고 마주한 신 사장에게도 이렇듯 수줍은

웃음이 있는 줄은 몰랐다. 잠깐 머물다 사라졌어도 희주는 놓치지
않았다.

"더 예뻐지셨어요."

"후후."

희주의 말에 또 붉은 수줍음이 살짝 물들었다 꺼진다. 갑자기
희주의 얼굴을 찬찬히 살피더니 입술로 손을 뻗는다. 얼른 손을 제
자리로 돌리며 발그레 볼을 붉힌다.

"피, 피곤했나 보다."

희주는 더 발갛게 얼굴을 붉히고는 재하를 흘겨보았다.

"어, 일이 많아서요."

재하가 신 사장의 관심사를 돌렸다.

"밥 줘요."

"왜 나한테 달라니?"

희주는 직원들의 휴식으로 비어 있는 주방을 힐끔 보았다.

"어, 제가……."

일어나려는 희주를 신 사장이 말렸다.

"희주는 앉아 있고, 재하 네가 차려라."

"제가요?"

"나한테 차려 줬던 밥 희주 입맛에도 딱 맞겠더라."

"삼촌이 사장님 밥을……."

신 사장이 짓궂게 웃으며 고개를 끄덕였다.

"내가 언제. 시식용 가지고, 참."

툴툴거리면서 일어난 재하가 주방으로 향했다. 시키는 신 사장
도, 응하는 재하도 신기하기 짝이 없어 멍하니 바라보았다.

"후후."

무엇이 재미있는지 신 사장은 잇달아 웃음을 흘린다. 그 웃음 또한 신기하기 그지없어 희주도 따라 웃었다.

"좋은 일 있으신가 봐요?"

"응."

무슨 좋은 일인지는 안 밝히고 희주를 빤히 본다.

"재하가 거친 구석이 좀 있지?"

재하와의 관계를 눈치챈 듯하다. 하긴. 입술이 다 부르튼 채 손잡고 들어왔으니.

"솔직히······."

희주는 재하의 어떤 모습을 떠올리며 풋, 웃었다.

"가끔 귀여워요."

"뭐?"

"정말 그래요."

안 믿기는 듯 신 사장은 갸웃하다가 은근한 소리로 묻는다.

"힘들게 하진 않고?"

몸을 좀 힘들게 해요. 보세요. 제 입술.

"네."

그러고 보니 신 사장의 목소리도 여느 때완 달리 부드럽다. 또 언제 이런 적이 있었더라.

'희주야.'

어릴 적 재하가 저를 불렀던 그 소리와 닮아 있었다.

"할머닌 잘 계시니?"

어쩐지 긴장하는 기색이 엿보인다.

"네."

신 사장은 입술을 잠시 떼었다가 멋쩍은 표정으로 주위를 둘러

302

보았다. 문득 생각난 듯 본다.

"박대는 잘 먹었다. 네가 골랐니?"

"아는 이모한테 샀어요. 맛있죠?"

"응. 잘 말렸더라."

"할머닌…… 참! 잘 계신다 했지?"

신 사장이 또 빤히 본다. 마주하기만 해도 웃음이 나와서 희주는 생글생글 웃었다. 신 사장이 또 수줍게 볼을 붉히며 시선을 옆으로 돌렸다. 기분이 묘했다. 왠지 마음에 딱 맞는 사람끼리 선보는 자리가 이런 분위기는 아닐까 하는 생각이 든다. 그래서 또 웃음이 나온다.

"희주도 좋은 일 있니?"

"네, 지금요."

"응?"

"사장님 뵙고 있는 지금이 좋은 일이에요."

"후후, 너도 그런 말 할 줄 아니?"

좋으니까, 너무 좋으니까 넘쳐 나오는 걸 어떡해요? 그리고요, 엄마가 보고 싶을 땐 사장님이 자꾸 떠오르지 뭐예요.

할 말이 궁한 양 멋쩍게 시선을 피하던 신 사장이 문득 풋, 웃는다.

"재하 걔가 말이지. 질투를 다 하더라."

질투 엄청 심하던걸요.

"내가 희주가 친딸같이 이쁘다고 했더니, 참."

그 말이 뭐가 부끄럽다고 또 볼을 붉힌다. 희주의 눈시울도 붉어진다.

저도 사장님이 어머니 같은걸요.

'어머니'란 말을 날마다 불러 보고 싶다. 그날이 기다리고 있으니 힘든 과정을 웃으며 감내할 수 있을 듯하다.

재하가 음식을 가져왔다. 왠지 늦는다 했더니 새로 만든 음식이었다. 그가 빈 쟁반을 치우며 툴툴거린다.

"재하 삼촌 저희 가게에서도 서빙한 적 있어요."

희주의 말에 신 사장이 깜짝 놀랐다.

"정말?"

"네, 제가 본 게 아니라 할머니가 말씀해 주셨어요."

"할머니가?"

웃자고 하는 말에 신 사장이 반색하며 재하를 보았다.

"어여 드세요."

재하가 희주 옆으로 앉았다.

"근데 재하 너 아까부터 얼굴색이 안 좋다."

"내가 뭘."

퉁명스레 쏘아붙였다가 부드럽게 덧붙인다.

"잠을 못 자서 그래."

"잠을 왜……."

신 사장이 두 사람을 번갈아 보다 이내 볼을 붉힌다.

아녜요, 어머니. 그런 게. 희주는 고개를 푹 숙였다.

※ ※ ※

마지못해 희주의 고집을 따르던 재하가 병원 라운지에 이르러 미간을 찌푸렸다.

"꼭 가야겠어?"

"사모님께 인사만 드리고 올게요."

저녁에 인사드리러 온다고 했으니, 윤 여사는 일부러 시간을 내서 기다릴 수도 있었다.

"갔다 와."

그가 라운지 의자를 향해 몸을 틀었다.

"같이……."

희주는 붙들려는 손을 거두어들였다. 돌아서기 전에 흘린 그의 한숨이 왠지 완강한 거부 의사처럼 여겨진 탓이다. 혼자 승강기를 탔다.

5층에서 내리자 급박한 발소리가 울렸다. 이내 비상계단을 통해 올라온 재하가 모습을 드러냈다. 다가와 숨을 고르고는 손을 잡았다.

"같이 가."

희주는 피식 웃었다. 그러고는 손을 빼내려 했다. 놓아주지 않는다.

이윽고 병실에 들어서자 주원 앞으론 아영이 앉아 있었다.

"아직 계셨네요. 사모님은……."

"총장님하고 함께 오시느라 늦으신대요."

아영이 뒤로 물러났다. 희주는 침상을 기대고 앉은 주원 앞으로 걸어갔다. 한 걸음 더 나아가야 했는데, 재하가 잡은 손을 당기는 바람에 멈춰 섰다.

"좀 나아지셨어요?"

"응. 희주가 다녀간 후로 갑자기 멀쩡해졌어."

"그래요?"

너스레를 떠는 그의 웃음이 어색하기 짝이 없다. 주원이 재하를 바라보았다. 그러고는 두 사람이 붙잡은 손을 본다. 어쩐지 주원의 눈빛에 고통이 살짝 스쳐 가는 듯했다. 희주는 손을 빼내려 했다. 역시 재하는 놓아주지 않는다.

"재하야?"

그는 멀거니 바라보기만 하는 재하에게 역시 어색하게 웃으며 고개를 갸웃였다.

"응."

건성으로 대답한 재하의 느슨한 눈길이 움직이더니 문득 날카롭게 변했다. 희주도, 주원도 재하의 눈길을 더듬었다. 침상 머리맡의 그곳엔 악보 노트가 놓여 있었다. 주원이 불안한 눈빛으로 재하를 바라보았다. 재하는 노트에서 눈을 떼지 않았다. 그리고 잡은 손에 더 힘을 준다.

"아파요."

희주가 속삭였다.

"휴우."

뜻 모를 한숨을 흘리고는 주원을 본다.

"괜찮나?"

담담한 목소리였다.

"응. 아주 튼튼한 아름드리나무를 완성하고 나니 진짜 괜찮아."

재하가 찌푸리자 주원이 덧붙였다.

"잊었어? 새 창작곡이 내 나무라 했잖아."

무엇이 못마땅한지 재하가 더욱 미간을 찌푸렸다. 주원이 두 사람의 손을 바라보았다. 그러다가 재하의 눈길과 섞이자 어색하게 웃는다.

"아픈 게 꼭 나쁜 건 아니네. 우리 셋이 다 모였으니."

참으로 오랜만에 셋이 모였다. 문득 궁금했다. 왜 그랬을까. 무난하게 회사 생활을 할 적에도 자리를 만들지 못했으니 말이다.

"참! 앉아."

"금방 갈 거야."

"피곤하겠다. 이러다 재하 네가 아프겠다. 안 착해도 되니까 나 때문에 아프진 마."

순간 재하가 한숨을 토했다. 그러고는 다시금 노트로 시선을 돌렸다. 그것을 바라보는 주원의 얼굴이 복잡하게 일그러졌다.

"재하야."

은근한 소리로 주원이 불렀다.

"가서 쉬어. 난 정말 괜찮으니까."

주원은 뭔가 생각이 엉켜서인지 언어도 엉키는 듯싶었다. 그때였다. 절규와도 같은 재하의 음성이 병실 공기를 뒤흔들었다.

"좀!"

"재하야, 왜 그래."

주원이 손을 뻗었다. 그 손을 재하가 쳐 냈다.

"그만, 그만 좀 하라고! 하고 싶은 말 있으면 빙빙 돌리지 말고 그냥 좀 해!"

재하의 난데없는 폭주에 아영이 달려왔다.

"박재하 씨!"

"놔!"

재하는 만류하는 아영의 손을 거칠게 뿌리치며 우는 소리를 냈다.

"숨 막혀 죽겠네, 정말."

아영은 넘어지면서도 주원에게서 눈을 떼지 않았다. 재하는 서서히 고개를 움직였다. 충격에 빠져 얼어붙은 주원을, 아영을, 그리고 고통스레 미간을 찌푸리는 희주를 둘러보고는 탄식했다.

"제기랄!"

놓아주었던 희주의 손을 낚아챘다.

"가자."

희주는 힘껏 재하의 손을 뿌리쳤다.

"싫어요!"

폭주하는 그가 무섭지 않다. 그는 지금 무언가 커다란 고통과 싸우는 모습이었다. 하지만 지금 위로가 시급한 상대는 주원이었다.

언성을 높이나 했더니 이내 심호흡을 하고는 달래는 손짓을 한다.

"알았어, 알았어. 차에서 기다릴게."

재하가 나간 뒤 희주는 주원에게로 다가섰다.

"희주도 어서 가."

주원의 웃는 모습이 슬프기 짝이 없다. 차라리 눈물을 보이면 덜 슬퍼 보일 것 같다. 재하가 왜 폭주했는지 모르겠다. 하지만 그것을 주원에게 묻기엔 어쩐지 미안했다. 그가 아끼는 재하와 손을 잡고 들어온 것만으로도 충분히 미안하니 말이다.

"죄송해요."

"희주가 왜?"

또렷이 보인다. 그의 눈은 지금 자신의 고통은 뒤로한 채 오로지 상대의 아픔을 염려하고 있음이.

"앉아."

어서 가라고 해 놓고 앉으란다. 피식 웃으며 후자를 따랐다.

"아프지?"

"주원 삼촌보단 아니겠지만…… 솔직히 아파요."

고개를 주억거린 주원이 침을 꿀꺽 삼켰다.

"착해서 아픈 거야. 잠깐이라도 덜 착해 봐. 상대만 생각하지 말고 희주 내부의 소리와 걱정을 들어 봐. 지금 아픈 게 앞으로도 계속 아플 것 같으면 더 착하지 말고 놓아도 돼. 상실에도 아픔은 따르겠지만 그것은 일시적이고 또 다른 기회도 안겨 주거든."

주원이 어쩐지 재하와의 관계를 언급하는 듯싶어 지금은 그의 말이 좋게만 들리지는 않았다.

"가끔은요, 주원 삼촌이 이렇게 말씀하는 게 답답해요."

"그래? 미, 미안해."

멋쩍어하며 웃음 짓는다. 더 큰 쓸쓸함이 웃음을 가린다. 희주에게 안타까운 시선을 보내다 나직이 입을 연다.

"재하를 만나면서 가끔 내가 미울 때도 있었지?"

고개를 설레설레 흔들었다.

"솔직해도 돼."

"가끔…… 그랬던 것 같아요. 그래서 미안해 놓고선 또 그러고……."

참았던 눈물이 엉뚱한 곳에서 새어 나와 버렸다.

"죄송해요…… 왠지 주원 삼촌이 응원해 주지 않는 것 같았어요. 그래서 가끔 서운했어요…… 죄송해요."

"아냐. 희주는 부족하지 않아. 희주가 너무……."

그는 말끝을 흐리며 한 손을 들어 올렸다. 바르르 떨다가 무릎 위 담요로 다시 내려놓는다. 그러곤 어색하게 웃는다.

"어쩌지? 노래를 선물하고 싶은데 목 상태가……."

주원이 티슈를 뽑아 건네준다.

"미안해. 지금 내가 줄 건 이것밖에 없어."

희주는 그를 빤히 보며 휴지를 받아 들었다. 눈물을 훔치고 다시 보았다. 역시 주원의 웃는 모습이 퍽 슬퍼 보였다.

내려가는 승강기에 올라탄 뒤 아래서 기다리는 재하를 생각했다. 주원의 어떤 모습에 화가 났던 걸까. 재하의 모습을 되새겨 보니 다른 모습이 겹친다. 지금처럼, 또 이런 일이 생긴다면 선선히 감당해 낼 수 있을까.

"맞아. 그는 꼬박 밤을 새웠어. 그래서 예민했을 거야."

애써 스스로를 다독였다.

라운지의 재하는 창밖을 보고 앉아 있었다. 희주가 다가가자 그가 일어나 손을 잡았다. 이윽고 희주가 손을 뿌리치자 그는 선선히 놓아주며 주차장으로 함께 걸었다.

각자의 승용차 앞으로 섰다. 그가 희주에게로 다가와 어깨를 짚었다.

"오늘 같이 있고 싶어."

희주는 어깨의 손을 조용히 떼어 냈다.

"지금 그런 말이 나와요?"

"알아, 하지만 너라도, 아니 너만큼은 그만해."

"사실은 바빠요."

"뭐가."

"할머니가 기다리고…… 사장님이 싸 준 음식도 상해요."

희주는 탁한 한숨을 토했다.

"자꾸 급해 보여요. 마치 굶주린 짐승처럼…… 그게, 그게 저를 만난 목적은 아니잖아요."

순간 그가 멍한 표정을 지었다. 그가 허공으로 시선을 보내더니 이윽고 고개를 끄덕였다.

"운전 조심해라."

뚜벅뚜벅 걸어가 제 차에 오른다. 희주는 차에 타려다가 고개를
돌렸다. 아까부터 이쪽을 지켜보던 듯한 형체가 이제야 궁금했던
것이다. 가로등 불빛 아래서 멍하니 입을 벌리고 서 있는 사람은
윤 여사였다.

※ ※ ※

퇴원하고 일주일이 지났다.

발코니 앞의 플라타너스로 진눈깨비가 희끗희끗 앉았다가 꺼지
기를 반복했다. 그 진눈깨비와 함께 찾아온 재하는 찻잔을 다 비울
때까지 입을 열지 않았다. 소파에 마주 앉은 주원도 침묵하며 서로
다른 방향으로 시선을 보냈다. 주원이 먼저 입을 열었다.

"노래 불러 줄까?"

재하는 고개를 젓고 일어나 걸었다. 실내 여기저기를 둘러보며
먼 기억을 더듬는 듯했다. 그러곤 이내 주원 앞으로 돌아와 섰다.
자못 깊은 눈빛엔 말보다 한숨이 먼저 떨어졌다.

"묻고 싶은 게 있어."

주원은 바짝 긴장하며 귀를 귀울였다.

"너 유학 도중에 집에 들렀잖아? 그때 왜 희주를 내보냈지?"

"이사는 어머니가……."

"어머니를 떠민 건 너 아니었냐."

주원은 주춤하다가 인정했다.

"그래. 내가 이사 보내자고 했어."

"왜?"

"어머니가 설명했잖아."

"네 학교 교환 학생? 근데 생각해 보니까 아귀가 안 맞더라. 독일 학생인지 뭔가 하는 놈은 2층에서 고작 대여섯 번 잤던가?"

"희주 할머니도 원하셨잖아."

"그전부터 할머니가 집을 얻어 준다 해도 고집을 피우던 희주야. 이곳에 얼마큼 애정을 가지고 있었는지는 네가 더 알잖아? 결국엔 네 어머니가 밀어내니 마지못해 이사한 거지. 왜 그랬어?"

추궁당하는 일보다 그의 차가운 말씨가 사뭇 아프다.

"할머니……."

주원은 재빨리 삼키고는 말머리를 돌렸다.

"재하야, 그만하자. 지난 일이야."

"지난 일이라…… 그래, 하나 더 묻자."

지레 가슴이 아프다. 이렇듯 싸늘한 시선으로 저를 바라보는 재하를 감당하기 쉽지 않다.

"앉아서 말해. 취조 같은 모양새라 싫어."

그때서야 재하는 앉았다.

"희주가 이사 온 뒤 느닷없이 네가 그랬어. 이 집에 여자는 절대 들이지 말자고."

"너도 찬성한 일이야."

"그랬지. 그래서 희주는 절대 들이지 않았지. 네가 집을 비우면서 희주한테도 다짐을 받았는지 절대 1층엔 안 들어오더라. 근데 주원아. 그때 왜 느닷없는 규칙을 세웠지?"

"너도, 나도 여자를 가까이하면 번거롭고 피곤해서 쭉 그래 왔잖아."

"말 안 해도 아는 사실을 새삼스럽게 굳이 규칙으로 만든 이유가 뭐냐고."

주원은 대답하지 않았다. 아니, 대답할 수 없었다. 희주와의 파티를 준비하면서 양해를 구했다. 재하와 자신은 이 집에 여자를 들이지 않기로 약속했다고. 불과 며칠 전 그와 의견을 맞춘 일을 오래된 약속인 양 건넸다.

"이유가 뭐냐고."

"오래돼서 왜 그랬는지 모르겠다."

"전교 우등생씩이나 했던 머리가 오래돼서 기억하지 못하겠다? 참 편리한 머리네. 네가 유학 갈 동안 내가 잡아먹기라도 할까 봐 겁났냐?"

"말이 지나치다."

"너처럼 빙빙 돌려 말하는 것보단 훨씬 신사적일걸."

"그럼 나도 신사적으로 말할게. 재하 넌 가끔 발정 난 짐승 같더라."

"내가 언제! 단 한 번도 너한테 그런 모습 보인 적 없어."

하지만 주원은 직접 보았다. 자면서 희주의 이름을 부르던 것을. 그때 주원은 충격을 받아 하루 종일 제정신이 아니었다.

"넌 잠도 안 자고 꿈까지 감시했냐?"

"감시라는 용어는 지나쳐. 하지만 그 모습 때문에 난 희주를 향한 네 마음이 욕정에서 출발한 건 아닌지 의심할 수밖에 없었어."

"지금 무슨 개 같은 논리를……."

재하는 발끈하다가 이내 갸웃한다. 무언가 생각을 더듬더니 고통스러운 표정으로 고개를 절레절레 흔든다.

"됐고. 넌 궁지에 몰리니까 엉뚱한 곳으로 화제를 돌리는 중이야. 정작 내가 묻는 말은 얼버무리고."

"오래된 일이라 이유를 모르겠다고 했잖아. 그러니 덮어."

여느 때처럼 부드럽게 타일렀다.

"너한테 화 안 내려고 했어. 유리 같은 네 감정을 깨지 않으려고 나름 고민했어. 근데 네가 명쾌하게 대답을 못 해 주니까 자꾸 화가 나. 묻는 말에나 답을 줘."

주원은 시선을 내리깔았다. 눈물 같은 언어를 뚝뚝 떨어뜨렸다.

"결국 우리도…… 서로를 불신하게 된 건가."

"서로?"

"응. 내가 먼저 시작한 거야."

어쩐지 무언가 오해한 듯싶어 주원은 머릿속을 더듬었다. 마땅한 용어를 쉬 찾지 못하겠다. 재하가 불쑥 묻는다.

"희주 좋아하냐?"

주원은 망설이지 않았다.

"그래."

"제기랄."

"오해하지 마. 너도 알다시피 사람과 사람으로 좋아할 뿐이야."

"사람과 사람으로 좋아해서 내가 희주 만날 때마다 별 시답잖은 일로 전화해 댄 거야?"

짜증이나 부아가 아니라 고통이 엿보이는 재하의 얼굴이다.

"넌 희주를 향했던 내 맘 진즉에 알고 있었지?"

"……."

"나만 몰랐던 거였네."

"두 사람 엮이는 게 맘이 안 편했어."

"질투 나서?"

"그걸 떠나서 재하 네가 준비가 안 된 것 같아서 맘이 안 편했다고."

"뭔 준비. 개 같은 성질?"

"……."

주원의 침묵에 재하는 고통스레 미간을 찡그릴 뿐이었다.

"제기랄!"

한 손을 머리에 얹고 푹 숙인다. 그러고는 쓸쓸히 웃는다.

"모처럼 정답을 알려 주네."

"근데 재하야, 이젠 준비가 조금은 된 것 같더라."

"응. 준비가 돼서 환자 앞에서 난리 부렸지."

"그건 약한 사람은 누구나 할 수 있는 평범한 반응이었어."

"빌어먹을 평범."

"네 아킬레스건과는 상관없는 일이었잖아?"

"근데 약한 사람은 또 뭐냐?"

"여유가 없는 사람이라고 정정할게. 여유를 좀 더 가져 봐. 그럼 마음을 다스릴 수 있을 거야. 내 노래가 없어도."

왜 재하가 병실에서 격하게 반응했는지 이해가 되지 않았다. 대화를 나누다가 악보집을 노려보던 재하의 모습을 떠올렸다. 그리고 더 이야기를 섞다가 알아차렸다. 재하는 알고 있었다. 어떤 색깔로 왜곡되었는지는 몰라도 그는 진실로 접근해 있었다. 주원은 방음 부스를 가리켰다.

"희주를 뮤즈로 삼고 아홉 곡을 다 만들었어. 셋이 모인 자리에서 들려줄 생각이야."

"셋?"

"응. 셋."

"그럴 수 있을지……."

"그날 이후로 희주 만났어?"

재하는 고개를 흔들었다.

"화해 안 했어?"

"뭐?"

"아! 어머니가 티격태격하는 걸 봤다길래."

"희주 보고 싶어?"

"미치도록."

그럼 얼른 가. 선뜻 말이 나오지 않는다. 설령 말해 줘도 그는 다시금 두려움에 사로잡혀 머뭇거릴 듯싶다.

"분명히 밝혀 둘게. 내가 희주한테 가든 말든 그 이윤 너하곤 전혀 상관없는 일이야."

그 말을 남기고 재하는 집을 나갔다.

혼자 남은 주원은 우두커니 서 있다가 방음 부스로 들어갔다. 노래를 부른 뒤에 깊은 생각에 잠겼다. 피아노를 치고는 다시 생각에 빠졌다. 한낮에 시작된 생각은 땅거미가 침범해 와도 계속되었다.

※ ※ ※

아영은 최 교수와 마주 앉아 있었다. 이윽고 최 교수가 빈 잔을 내려놓았다.

"알고 싶다고?"

"네, 그 사람에 관해 더 알고 싶어요."

"왜 알고 싶은 거니?"

"이해하고 싶어서요."

최 교수가 고개를 주억거렸다. 특유의 애정 가득한 눈빛으로 주시하다가 입을 열었다.

"주원이가 자신을 드러내지 않고 음악 활동을 하는 이유는 자유 때문이라고 했지?"

"네, 아버지."

"롤 모델은 따로 있을까?"

"아이작 뉴턴과 글렌 굴드를 몇 번 이야기했어요."

"과학자와 천재 피아니스트라…… 공통점은?"

"평생 독신이었죠. 무성애자란 추측이 떠돌기도 하죠."

말하면서 아영은 문득 얼굴이 화끈거렸다. 생각을 더듬던 최 교수가 고개를 찬찬히 끄덕거렸다.

"행여 주원이를 뭔가로 규정하진 마라. 규정하는 순간 더 알지 못하고 이해 못 할 것 같다. 내 생각엔, 주원인 특별한 정서를 소유했기에 카운터 테너 전체의 이미지를 고려해서 익명을 택한 것 같다."

주원의 성격을 염두에 두면 설득력이 있는 의견이었다. 두 사람은 잠시 각자의 생각에만 몰두했다. 피아노를 깊은 눈길로 주시하던 최 교수가 바깥을 힐긋 보더니 엷게 웃으며 일어났다.

"아영아, 일전에 노래 들으면서 울었잖니."

"아, 네."

"보기 좋더라."

최 교수는 훌쩍 카페를 벗어났다. 진심이 묻어 있는 그의 말에 주춤하다가 늦게야 뒤따르던 아영은 출입문에 얼굴을 기대고 바깥을 보았다. 주원은 최 교수가 내민 손을 끝내 잡지 않은 채 인사를 마쳤다. 안으로 들어선 주원은 창백해 보였는데 눈빛만은 반짝거렸다.

마주 앉은 주원은 재하에게 입은 상처를 채 숨어 내지 못했을 텐데도 해맑게 웃었다. 왠지 낯선 자신감도 엿보인다. 직원이 가져온 차를 들이켜는 주원을 가만히 바라보았다. 머플러가 썩 어울린다. 직원이 가져온 차를 한 모금 들이켜고 주원을 다시 보았다.

"주신 곡 모두 제가 피아노로 쳐 봤어요."

선생님이 쳐 주셨으면 더 좋았겠지만 말예요.

"너무 파격적이진 않아요?"

"꼭 그렇지만은 않습니다. 다섯 곡의 성악, 네 곡의 피아노 독주 모두 형식이 소수의 방식일 뿐이지 보편적인 감동을 주기엔 부족함이 없어요."

얼결에 입에 올린 '소수'를 그가 지적한다.

"소수의 방식이 틀렸으면요?"

"네?"

"이번 앨범으로 난 최 선생님이 돈 좀 벌기를 원하거든요."

"장담합니다. 선생님이 옳습니다."

"안으로 굽는 팔은 아니겠죠?"

"대중문화를 공부한 매니저의 경제적인 판단으로도 선생님의 음악이 옳습니다."

입이 근질거렸다. 아마도 공연 제의가 빗발칠걸요. 하지만 그에겐 꺼내선 안 될 바람이었다. 그가 고개를 주억거리며 눈동자를 굴렸다.

"경제적인 판단으로도 옳다고요?"

"네, 선생님."

"그럼 공연을 해도 손해 안 보겠네요?"

"물론이죠. 하지만……."

"최 선생님은 제가 무대에 서길 바라시죠?"

"그렇긴 해도 선생님을 이해하니 정말 괜찮습니다."

"바란 건 사실이죠?"

갑자기 두근거린다. 애정이 듬뿍 담긴 그의 깊은 눈길 때문인지, 그의 엄청난 결단을 기대해선지는 모르겠다.

"……네."

"최 선생님, 우리 거래해요."

"네?"

"딜 하자고요."

갸웃하는 아영에게 주원이 짓궂은 웃음을 짓는다. 문득 그의 고운 뺨이 붉어진다.

6. 알을 깨고 나온 사랑들

"우리 모래산 가자."

같이 놀던 아이들이 놀이터를 떠났다.

"주원이는……."

"걔는 누나들한테 혼나서 못 가."

다른 아이가 거들었다.

"걘 겁쟁이거든."

남은 아이의 머릿속으로 '겁쟁이'라는 말이 맴돌았다. 뒤늦게 아이는 아파트 놀이터를 벗어났다. 공사가 흔한 마을 어딘가로 산처럼 모래가 쌓여 있었다. 그곳을 아이들은 모래산이라고 불렀다. 비 온 뒤 축축한 모래로 아이들은 굴을 파고 두꺼비 집도 짓는다고 했다.

누나랑 같이 왔던 곳인데도 쉽게 찾지 못했다. 맑은 하늘로 노을이 번지자 더럭 겁이 났다. 아이는 높은 곳으로 시선을 보냈다.

마을에서 가장 높은 아파트가 보였다. 멀지 않은 거리 같다. 집을 잃지는 않은 듯싶어 두려움을 덜어 냈다. 화장실이 급해 공원 안으로 걸어갔다.

화장실은 담배꽁초며 신문지 따위로 너저분했다. 질끈 눈을 감고 참아 낼 수 있었지만 역겨운 냄새는 감당하지 못해 아이는 뒤편의 숲으로 들어갔다. 순간 움찔했다. 성인 남녀가 입맞춤을 하고 있었다.

아이는 화장실로 돌아왔다. 역겨운 냄새는 비누칠 두 번이면 사라질 터였다. 결국 한 손으로 코를 막은 채 볼일을 봤다. 누군가 들어와 바지 단추를 풀었다. 여자와 입맞춤하던 남자였다.

"이 새끼 사격 솜씨 봐라."

아이는 울고 싶었다. 제 바지춤이 젖어 있었다. 남자는 이내 볼일을 마치고 아이를 지나쳤다. 아이는 볼일을 마쳤지만 창피해서 남자가 나갈 때까지 기다렸다. 세면대의 물소리가 들렸다.

"씨팔, 물이 왜 이리 맥없이 나오는 거야!"

툴툴거린 끝에 남자는 가래침을 뱉고는 화장실을 나갔다.

아이는 가래침이 묻은 세면대를 마주하고는 구역질을 했다. 그런 입을 서로 맞댄 어른들이 불결하기만 했다. 아이는 울면서 화장실을 뛰쳐나왔다. 높은 아파트 방향으로 달렸다.

"주원아!"

큰누나와 작은누나가 헐레벌떡 뛰어왔다. 동생을 잠깐 놓쳤던 누나들은 아버지한테 엄청 혼날 터였다. 엄마나 아빠한테는 아무 말도 안 해야 된다고 아이는 생각했다.

그날 이후 아이는 TV에서 키스 비슷한 장면이 나오면 남자의 입맞춤이 떠올라 구역질을 하곤 했다.

나중에는 누나들이 남자 이야기로 키득거리는 일에도 숲 속에서의 그 일이 떠올라 비위가 상했다.

아이가 소년이 되어 가는 변화를 부모는 알아차리지 못했다. 그도 그럴 것이 두 사람은 학생들을 가르치느라 아이와 함께할 시간이 턱없이 부족했다.

아버지가 집에서 언성을 높이는 일이 많아졌다. 소년 때문이었다.

"생긴 것은 그렇다 쳐도 행동이라도 좀 남자답게 해야지!"

아버지는 어머니 품에 안기는 소년을 제지했다.

"네가 어린애냐. 쯔쯧, 여자들 품에 안겨만 사니까 얘가 계집이 됐어."

세상에서 가장 학식 높은 줄 알았던 아버지는 소년의 존경심을 급격히 까먹었다.

피아노를 좋아하는 소년은 예고를 희망했지만 아버지는 단호하게 거부했다.

"아깝구나. 성악, 피아노 어느 걸 선택해도 성공할 텐데."

서른 살의 여자, 음악 선생이 가장 아쉬워했다.

"우리 주원이만큼 음악에 소질 있는 학생은 못 봤는데…… 실망할 거 없어. 넌 공부를 워낙 잘하니까 좀 덜해도 괜찮아. 틈틈이 우리 집에 와서 연습해. 내가 따로 가르쳐 줄게."

소년에게는 피아노가 유일한 친구였다. 최근 들어 공부만 하라며 아버지가 피아노를 못 치게 했기에 주원은 음악 선생 집을 종종 들러 갈증을 풀어냈다. 그때 소년에게는 피아노가 유일한 친구였다.

어느 날, 키득거리는 소리가 들리더니 한 명이 불쑥 소년의 눈앞으로 잡지를 펼쳤다. 성인 잡지였다.

"우욱!"

소년이 구역질을 하자, 누군가 뽐내듯이 말했다.

"거봐. 얘는 소화 못 한다니까!"

그날 이후 학교에서는 오롯이 혼자가 되었다.

음악 선생은 건반을 닦고 또 닦는 주원의 청결을 탓하지 않고 도와주었다.

"우리 주원이 피부는 어쩜 이래? 예술이야, 예술."

손으로 슥 뺨을 만질 때 움찔하였다.

"네가 그러니 내 기분이 이상해지잖아."

귓전으로 떨어지는 더운 입김에 속이 불편했다.

"우욱!"

"주원아! 체했어?"

소년은 그대로 뛰쳐나갔다.

기댔던 음악 선생마저 두려워졌다. 소년은 더욱 외로웠다.

그러던 어느 날부턴가 소년은 다시 피아노를 칠 수 있게 되었다. 아버지가 지인인 국회의원 딸을 소개시켜 주면서 피아노 반주를 해 주면 좋겠다고 먼저 말했던 것이다. 또래의 그녀는 성악가의 꿈을 키우는 중이었다.

고등학생이 된 주원에게 가장 먼저 호의적으로 접근한 급우는 친구가 되지 못했다. 우연한 스침에도 움찔했던 건 그의 수상한 눈빛 때문이었다. 그리고 이내 혼자가 되었다. 그때부터 주원은 일정한 거리를 두고 친구들을 대했다. 어느 정도 거리를 둔 상태에서는 그들의 놀림감이 되는 일도 감수해 주었다.

고등학교 음악 선생은 주원의 노래를 진심으로 사랑해 주었다. 오로지 노래 하나로 호의를 품고 음악실 사용에도 특혜를 주었다.

주원의 특권에 얹혀 점심시간에 음악실로 따라온 다섯 명이 짓궂게 노래를 시켰다. 그들은 노래를 듣고 싶은 게 아니라 남성이 내는 여성적인 음역이 궁금했던 것이다. 껄렁한 그들 패거리에게 밉보이면 학교생활이 괴로워진다는 것쯤은 주원도 알고 있다. 교장에게 한마디만 건네면, 혹은 아버지의 한마디면 해결될 문제였다. 하지만 윽박지르는 아버지의 모습이 떠올라 주원은 그들 앞에서 노래하는 걸 택했다.

패거리의 키득거리는 소리 속에서 한 소절을 마쳤을 때 음악실 문이 벌컥 열렸다. 같은 반의 야구부 박재하가 성큼성큼 걸어오자, 주원은 노래를 멈췄다. 당시 재하의 별명은 미친 사자였다. 미친개를 물어뜯는 미친 사자. 전국 대회를 견인하는 에이스였기에 감독도 함부로 건들지 못했다. 전교생 모두가 두려워하는 패거리를 재하는 귀찮은 파리 대하듯 무시했다.

"나가라."

재하가 의자를 집어 들었다.

"나가면서 문은 닫고."

주춤하던 패거리가 서로를 바라보다가 후다닥 빠져나가 문을 닫았다. 그 모습에 재하가 헛웃음을 흘렸다.

"저 새끼들 뭐야."

퇴폐적인 그 웃음에, 그 불량한 모습에 갑자기 주원의 가슴이 두근거렸다. 의자를 주원 앞으로 내려놓은 재하가 등받이를 앞으로 하고 팔을 얹었다. 눈빛에 어린 우수가 여타의 욕망과는 전혀 다른 성질의 친밀감을 성급하게 선물했다.

"계속해 봐."

"응?"

"노래…… 듣기 좋더라."

재하는 진심이었다. 그날 이후 주원은 진짜 친구가 생겼다.

비가 억수로 내리던 날, 재하는 노래가 듣고 싶다며 주원의 초대에 응했다. 새벽까지 내리는 빗줄기를 창으로 바라보던 재하가 주원에게 살아온 이야기를 해 보라고 권했다. 주원은 가능한 한 솔직하게 털어놓았다. 그러자 재하도 자신의 어둠을 꺼내 놓았다.

"난 절대 결혼 안 할 거야. 그게 그 양반을 엿 먹이는 일이야."

주원은 속으로 반겼다.

등교하는 길에 재하가 새벽의 고백이 꺼림칙했는지 엄포를 놓았다.

"야, 우등생. 넌 아킬레스건 뜻 알지? 딱 너 한 사람한테만 내 아킬레스건을 밝혔다."

주원은 뿌듯했다.

"널 믿어서 털어놓은 거야. 만약 딴사람 입을 통해 내 귀에 들어오면 그날로 우린 끝이다."

엄포도 좋기만 했다.

※ ※ ※

달리는 차 안에서 주원은 먼 기억을 갈무리했다. 13년째 재하와 쌓은 신뢰를 지키고 있는 중이다. 하지만 오늘 그 신뢰를 깰지도 모르겠다. 그 전에 매듭이 풀리기를 바라는 수밖에.

"선생님, 정말 괜찮으신 거죠?"

운전대를 잡은 아영이 같은 질문을 또 던졌다.

"전 최 선생님이 걱정입니다. 그러니 내키지 않아도 조금만 웃어 주세요."

"노력은 하겠습니다만…… 그보다 그 자리에선 좀 붙어 앉아도
되는지요."

주원이 대답을 망설이자, 그녀가 덧붙인다.

"사람들은 함께 하는 모습을 보고 짐작하거든요."

"그럼 좀…… 붙어 앉으세요."

지금처럼 두툼한 차림의 아영이라면 왠지 괜찮을 수 있을 것 같
다. 무엇보다 속내를 드러낸 뒤부터 부쩍 신뢰감이 두터워진 탓인
지 나란히 차 안에 앉은 지금이 조금도 불편하지 않다. 전방을 주
시하는 아영이 바짝 긴장하며 침을 꼴깍 삼켰다.

"장항입니다."

✕ ✕ ✕

— 괜찮아?

병원 주차장에서 헤어진 다음 날 그가 전화를 걸어 와 건넨 조
용한 첫마디였다.

"예…… 삼촌은요?"

— 괜찮아.

서로가 새삼 서먹서먹하게 대화를 나누었다.

— 미안해.

아녜요. 라는 말이 선뜻 나오지 않았다.

— 시간 날 때 연락해.

다음 날, 희주가 먼저 전화를 걸었다. 그가 연락하라고 했으니
까.

— 아! 전 양경호라고 합니다. 재하 형은 웨이트 중인데 잠깐만 기다리십쇼.

"아, 아녜요. 다음에 할게요."

서둘러 끊었다.

양경호 선수는 희주를 모를 텐데도 무척 반색하는 듯했다. 그 점이 희주에게 작은 웃음을 짓게 만들었다. 잠시 후 재하가 전화했다.

— 무슨 일 있어?

"아뇨. 잘 지내죠?"

— 응. 춥지?

"가게는 따뜻해요."

서로가 잠시 숨소리만 교환했다.

— 다행이네. 나중에 또 전화하자.

재하가 먼저 끊었다. 막연한 서러움이 밀려들었다.

어느덧 희주는 일주일째 연락하지 않고 있었다. 요 근래 왠지 모르게 부쩍 우울해졌다.

'산적이 혹시 욱해 가지고 다투기라도 한 겨?'

할머니의 말이 떠올랐다. 그러고 보니 '그 양반'에서 '산적'으로 강등되었다. 재하를 만나고 온 뒤 시종 어두웠던 표정을 들킨 것이 이유인 것 같다. 공연히 주원이 야속하다. 이상하게도 재하와 거리를 좁힐 때면 번번이 그가 막아 버리는 것만 같았다. 그 모든 것이 주원의 고의가 아닌 줄은 안다. 그래서 더 야속한지도 모른다. 그렇게 고마움으로 남아야 할 사람은 어느덧 불편한 존재로 커가는 중이다.

휴대폰에 저장된 세 사람의 사진을 바라보았다. 재하의 모습만 보인다. 억울하다. 이만큼 거리를 좁히기까지 얼마나 많은 기다림이 있었는데, 그의 품에 다시 안기고 싶어서 얼마나 기다렸는데 말이다. 당장 연락해야겠다. 억울해서 더 머뭇거리지 못하겠다. 그때 옆 테이블에서 견과류를 다듬던 할머니가 신경을 긁어 댄다.

"신사 양반은 어째 쌀쌀맞게 돌려세워 가지고, 쯔쯧. 맘 편하게 남자란 족속도 한번 겪어 볼 것이지."

재하와의 관계가 원점으로 돌아갔다고 여긴 양 던진 훈수다.

"저녁 준비 할게요."

희주는 빈 찻잔을 들고 일어났다.

"손님 받아라."

주방으로 향하다가 할머니의 소리에 돌아보았다. 점심이라 하기에는 꽤 늦은 손님이 막 들어섰다.

"어서…… 어머!"

희주는 휘둥그레 눈을 떴다. 주원이 불쑥 찾아온 것도 그랬지만 동행한 아영과 보여 준 모습 또한 놀라워서였다. 두 사람은 바짝 붙어 선 채였다.

"안녕하세요, 희주 씨."

"놀랐지?"

"어, 안녕하세요? 연락도 없이 무슨 일이세요."

"예약 안 해도 밥 줄 것 같아서."

주원은 기분이 좋은지 너스레를 떨었다. 두 사람은 나란히 붙어 앉았다. 그러고는 서로를 향해 웃음을 나눈다. 그 모습에 재하와 희주 자신을 가로막았던 어떤 벽이 엷어진다. 한결 편해진 마음으로 다가섰다.

"앉아요."

아영이 권했다.

"두 분, 점심 안 드셨죠?"

야영은 대답 대신 주원을 보았다.

"희주 솜씨라면 믿을 수 있으니 아무거나 줘."

"후후, 제 음식을 얼마나 드셔 봤다고."

주원은 오래전에 자주 보여 주었던 특유의 싱그러운 웃음을 지었다.

"재하 제자잖아."

음식 만드는 걸 돕는 할머니는 노골적으로 두 사람을 힐끔거리다가 속삭였다.

"집주인 양반이 사귀는 여잔가 벼?"

"글쎄요. 보기 좋은데요."

정말로 보기 좋아 희주는 히죽거렸다.

"근디 아가씨가 눈이 아픈가 벼. 웃는 얼굴인디 눈을 부릅뜨고 말여."

그 소리가 들렸는지 야영이 열심히 눈을 슴벅거렸다. 그 모습이 또 귀여워서 희주는 풋, 웃음을 흘렸다. 야영이 어깨를 기울여 주원의 팔에 바짝 붙였다. 그러자 주원의 낯빛이 변했다.

"에구구, 집주인 양반은 좋아 죽겠나 벼. 얼굴이 홍시감이여."

"할머니, 그만."

일부러 프라이팬을 요란하게 돌렸다.

음식을 받은 최 선생이 주원의 수저며 젓가락까지 가지런히 챙겨 주었다. 그들의 식사에 방해될 듯싶어 희주는 주방으로 물러났다.

"에구구, 집주인 양반 저러다 진짜 홍시 되긋어."

시선을 돌렸더니, 야영이 박대조림 찬을 살만 발라 주원의 밥 위로 얹어 주고 있었다. 주원은 얼굴을 빨갛게 붉히면서 받아먹었다. 사뭇 냉정해 보였던 아영은 연신 반전을 선사한다. 어쩐지 희주한테 보란 듯이 친밀감을 과시하는 것 같다. 순간 카페에서 주원의 노래를 들을 때 우울하게 바라보던 그녀의 눈빛이 떠올랐다. 아영에게 말해 주고 싶다. 희주 자신은 나들이는커녕 옆에 앉을 기회조차 누리지 못했다고.

식사가 끝나자 아영은 냅킨으로 주원의 입가를 콕콕 찍어 닦아 준다. 역시 어색한지 주원은 또 홍시가 된다. 할머니의 관찰은 집요했다.

"얼매나 좋은지 진땀까지 다 흘리시네."

눈도 좋은 할머니다. 희주가 마주 앉자 주원이 바깥을 가리켰다.

"따로 이야기 좀 할 수 있을까?"

세 사람은 밖으로 나왔다. 그러자 아영이 한 걸음 물러섰다.

"두 분 이야기 나누세요."

주원은 멀리 떨어진 곳에 주차된 승용차를 가리켰다.

"최 선생님은 차에 계세요. 갔다 올게요."

"네, 다녀오세요."

소곳이 고개를 숙이는 아영의 뺨으로 붉은 기운이 스친다. 아까와는 달리 지극히 자연스러운 수줍음이었다.

잔잔한 음악이 흐르는 조용한 커피숍으로 주원을 안내했다.

"그동안 많이 답답했지?"

희주는 멈칫하다가 끄덕였다.

"진실을 말해 주지 못하니까 에둘러 드러낸 거야. 속에 담은 말을 털어 내고 싶어서 온 거야. 좋은 사람들을 너무 힘들게 하고 말았어. 어리석게도."

주원이 안타까운 시선으로 희주를 바라보았다. 하지만 이내 방긋 웃는다.

"최 선생님하곤 조금씩 가까워지고 있는 중이야."

병원에서 보여 준 아영의 모습을 떠올렸다. 재하 때문에 넘어지면서도 주원에게서 시선을 떼지 않던 모습과 빨갛게 부은 얼굴을.

"좋은 분 같아요."

"응. 축하해 줘도 돼."

"축하드려요."

시종 차분하게 응수하고 만다. 어디서부터 말을 꺼내야 하는지 막막한 듯 주원은 한참 동안 생각을 더듬는다.

"주방에서 일하니 힘들지?"

"아뇨. 전 현장 체질인걸요."

"그랬지. 으음…… 재하가 현장 근무를 막았었지?"

"예. 알바할 때도 제가 요리하고 있으면 다른 일 하라고 쫓아냈어요."

"왜 그런지 알아?"

"제가 신뢰를 못 줘서 그런 것 같아요."

"신뢰 못 하면서 레시피 관리를 맡겼을까?"

"그야……."

그러고 보니 적이 모순이다.

"못 믿는 게 아니라 재하는 싫었던 거야."

"네?"

"고무장갑 끼고 장화 신고 땀 흘리는 희주 모습이 싫었던 거야."

"주방에서 일하면 누구나 겪는 일인걸요."

"그래도 희주처럼 손발이 부르트진 않았어."

"그건 처음 알바 때만 잠시……."

순간 희주는 눈을 크게 떴다. 주원이 고개를 끄덕인다.

"재하가 희주 발 닦아 주면서 봤대. 어린 학생을 학대하는 악덕 업주는 사양이라고 둘러댔지만 마음이 아팠나 봐."

"잠깐만요. 그러니까 재하 삼촌이 제 발을 닦아 준 거예요?"

"응. 약도 발라 주라고 내 손에 쥐여 줬었어."

6년 동안 궁금했었지만 재하라고 철석같이 믿고 싶었기에 일부러 묻진 않았다.

"또 있어. 그날부터 재하는 희주에게 푹 빠져 버렸어."

설마.

"여고생한테 푹 빠져 버렸다는 게 괴로워 드러내진 못하고 묵묵히 배려한 거야. 희주가 어른이 될 때까지 기다리면서."

학생이란 말을 유난히 강조했던 재하의 모습이 떠올랐다. 하지만 막상 희주가 어른이 되었을 때 역시 그는 가까이 다가오지 않았다.

희주의 의문을 읽었다는 양 주원이 한숨을 쉰다.

"기왕 털어놓은 거, 친구를 배신해야 할까 봐. 재하는 희주를 행여 아프게 할까 봐 두려웠던 거야. 착해서, 사랑이 너무 커서 희주를 먼저 생각하다 보니까."

모처럼 속내를 털어놓는 주원 앞에서 희주는 가만히 귀를 기울였다.

"재하는 아버지 때문에 생긴 아킬레스건이 있어."

재하도, 신 사장도, 그리고 안 여사까지도 단 한 번도 입에 올린 적 없었던 재하의 부친을 주원이 언급했다. 이어서 주원은 재하의 아팠던 어린 시절을 담담히 얘기했다.

처음에는 재하보단 신 사장의 고통이 눈에 선해서 눈물이 나왔다. 그러다가 아팠을 재하가 떠올라 더 뜨겁게 울었다. 그의 아픔이 이제야 보였다. 희주는 제 작은 아픔만 챙겼던 것이다. 그것도 모르고, 그것도 모르고…….

눈물과는 별개로 얼굴이 화끈거렸다.

가게로 돌아가자 아영은 저녁 준비를 하는 할머니 곁으로 서 있었다. 주원을 보고는 수줍게 웃는다.

두 사람이 가게를 나서자, 할머니와 희주가 배웅했다. 승용차로 향하다가 주원이 돌아본다. 그의 얼굴로 무언가 애처로운 기운이 번져서 희주는 까닭 모를 슬픔으로 가슴이 먹먹했다. 그는 웃으며 몸을 돌렸다. 그러고는 한쪽 팔을 굽혀 아영을 보았다. 아영은 멈칫하다가 곧 팔짱을 끼었다.

"천생연분이여."

할머니가 뿌듯하게 바라보았다. 둘을 태운 차가 출발하자, 남은 두 사람은 가게로 들어왔다.

"진짜 어울려요?"

"암, 집주인 양반은 마냥 사람이 좋기만 하잖혀. 그런 양반한텐 애교보단 야무진 여자가 딱이여."

할머니의 매운 눈썰미가 인정할 정도면 이미 두 사람은 보기보다 훨씬 더 많이 가까워졌는지도 모른다.

"어쨌거나 착하기만 해서 안쓰럽던 양반인디 다행이여, 다행."

"근데 할머닌 주원 삼촌하고 별로 말씀 안 해 보셨잖아요."

"안 하긴……."

무언가 생각난 듯 할머니가 고개를 좌우로 갸울였다.

"희주야, 다 지난 일이고 허니 내 하나 밝혀야긋다. 너 이사한 거 말여. 집주인 때문이 아녀."

주원이 아니라 윤 여사가 양해를 구해 와 아쉬움을 삼키고 이사했었다. 그런데 할머니는 주원을 들먹인다.

"니가 똥고집 피우고 버텨서 내 집주인한테 통사정했다. 제발 희주를 내보내 달라고 말여. 집주인 양반이 어떤 요령으로 널 설득했는진 몰라도 고맙게도 대번에 니들이 이사하드라."

"하, 할머니……."

"그러니 행여 집주인 원망하진 말어. 모름지기 착한 양반한테 떡 하나 더 줘야 옳은디 어째 나도 착한 양반 심성을 방편 삼았지 뭐여."

"아무리 그래도 그렇지 주원 삼촌한테까지……."

"니가 버티니 어쩌겠어. 산적은 허구한 날 그 집을 드나들어 할미는 속이 바짝 타는디 말여."

"재하 삼촌이 그리 미웠어요?"

"미운 게 아니라 무서웠던 겨. 언젠 한번 갔을 적엔 마당에서 2층을 쳐다보고 있는디 꼬락서니가 꼭 굶주린 짐승 같지 뭐여."

"재하 삼촌은 그런 사람 아녜요!"

"그 당시엔 할미한텐 그리 보이니 어쩌겠어."

희주는 원망의 눈길을 길게 보내다가 옹얼거렸다.

"할머니…… 나빠요."

"알어. 그러니 나도 불편해서 털어놓잖혀."

"전 공연히 주원 삼촌 어머니만 원망했지 뭐예요."

"휴우, 그 양반이 제 어머니 입을 빌린 모양이네. 너도 모른 걸 보면 집주인 양반 속도 보통 깊은 게 아녀."

문득 주차장에서 만날 때까지 오래도록 윤 여사에 안부를 묻지 못했음을 깨달았다.

"저는 생각이 짧은 것 같아요. 주원 삼촌 어머니가 해 주신 게 백이거든요. 근데 딱 하나 섭섭한 일 안겨 줬다고 고마운 백을 까먹은 것 같아요. 그러면 어디 친절 베풀고 싶겠어요?"

"그려. 니가 할미보다 낫다. 그러니 시집을 못 보내겠어."

"어, 말이 이상하네요."

"누가 데려가도 아까울 거 아녀."

주원을 이야기하다 보니 이상하게도 마지막으로 돌아보던 애잔한 얼굴이 어른거린다.

※ ※ ※

운전대를 잡은 아영을 주원이 힐끔힐끔 쳐다보았다. 그러자 아영이 싱긋 웃으며 말한다.

"최 선생님, 수고하셨어요."

"선생님도요. 그런데 제가 잘한 것 같습니까?"

"놀랄 만큼 잘하셨어요."

곁눈질로 보니, 그는 수줍게 웃는다. 식당의 장면을 떠올리는 듯싶다.

"한 가지…… 할머니와 이야기 나눈 건 각본에 없었잖아요?"

"그렇잖아도 선생님이 할머님 눈썰미를 걱정하셔서 차에 있으려고 했습니다."

그래서 멀찍이 주차했었다.

"생각해 보니 상식적인 모양이 아니었습니다. 그래서 모험을 했어요."

"잘했어요."

"괜찮아 보였습니까?"

"네, 할머니가 바라보는 눈빛이 괜찮았어요."

힐끔 보았더니 그가 빙그레 웃었다.

"최 선생님이 웃는 모습이 참 좋았어요."

"으음. 그건 아닌 것 같습니다."

"고마워요. 총평을 하자면 적어도 최 선생님 몫의 연극은 완벽했어요."

적어도 제 몫은 연극이 아니었던 것 같습니다.

차마 드러내지 못했다.

❋ ❋ ❋

경호와 운동을 마친 뒤 집으로 내려오는 초저녁에 진우의 전화를 받았다.

'형, 지갑을 안 가지고 와서 그런데 와 줄 수 있어요?'

식당에서 밥을 먹는 도중에 알아차렸다 한다. 시큰둥하게 응수하면서도 갈 수밖에 없었다. 유용한 정보원에게 점수를 잃긴 싫으니 말이다.

진우는 혼자 칼질을 하고 있었다.

"아직도 안 먹었냐?"

"미리 먹으면 소화가 안 될 것 같아서요."

"내가 시간이 나서 다행이다."

"형 일정이야 제가 줄줄이 꿰고 있죠."

"와인은 또 뭐냐?"

"형이 돈 내 준다니까 방금 시켰어요."

"아무렴. 누나는 잘 있나?"

"잘 있겠죠?"

태평하게 고기만 씹어 대는 진우가 얄미웠다.

"뭐 특별한 정보는 없고?"

"그러겠죠?"

이 자식이!

"근데 넌 어째 전화할 때마다 수업 중이란 문자가 뜨냐?"

"근무 중이니까요."

"너 학교 안 다니잖아."

"귀찮아서 안 바꿨어요."

종종 궁금했던 대단하고도 허무한 진실을 이제야 알았다.

"너도 참 대단하다."

"형만큼 하려고요."

"뭐?"

"벌써 6년 됐나? 누나 오면 주라고 맛있는 거 열심히 공수했잖
아요."

그동안 너무 얕잡아 봤나 보다. 녀석의 눈치가 보통이 아니다.

"남매니까 편애 안 하려고 더불어 준 거다."

"사심 완전 느껴지던걸요."

"됐고. 그게 왜 대단한데?"

"형은 며칠 전에도 그러더니 지금도 나를 통해 누나 소식 묻고
있잖아요. 슈트남은 지난 토요일도 갔다던데."

"그 새…… 사람은 실업자라 시간이 남아돌아서 그래."

그깟 슈트남이 뭐라고 하마터면 욕이 나올 뻔했다. 진우가 와인

마개를 돌렸다.

"한잔하실래요?"

"운전해야 돼."

"대리 부르세요."

미친놈, 소리를 삼켰다.

"나 술 안 좋아해."

"어, 그랬구나."

무언가 난감한 표정을 짓고는 와인 마개를 닫는다. 느릿느릿 남은 고기를 씹는다. 문득 눈을 휘둥그레 뜨고는 손을 번쩍 든다.

"누나!"

돌아보니 희주가 걸어오고 있었다.

"와, 세상 좁네. 누나를 여기서 다 만나고!"

희주는 당황했다. 진우가 지금 무슨 소리를 하는지 모르겠다. 머쓱하게 웃으며 손을 치켜든 재하에게 희주는 가볍게 눈인사를 건넸다.

"누나, 난 다 먹었으니 형이랑 같이 먹어."

"어, 진우야."

이내 진우는 날쌔게 식당을 나갔다.

점심을 장사를 치른 뒤 휴대폰을 만지작거릴 때 진우에게 전화가 걸려 왔다.

'나 형이랑 저녁 약속 했는데, 형이 누나도 오래.'

안 그래도 재하에게 가려고 경자 이모의 스케줄을 확인했었다. 우선 전화를 걸려고 하던 차였기에 머뭇거리지 않고 가겠다고 했다.

희주는 풋, 웃었다. 귀여운 음모였다.

재하 앞으로 앉아 그를 물끄러미 바라보았다. 먼저 시선을 피하며 멋쩍게 웃는다.

"잘 있었어?"

"예."

"차 가지고 왔어?"

"기차 타고 왔어요."

"잘했네. 아픈 덴 없고?"

"예. 삼촌은요?"

"나야 너무 튼튼해서 탈이지."

무슨 생각을 했는지 아이처럼 부끄러워한다. 그 모습에 신 사장
의 모습이 겹쳐진다.

"보고 싶었어요."

재하가 멍하니 보다가 머쓱하게 웃는다.

"어…… 뭐…… 나도."

그 말이 진심으로 느껴져 희주는 환하게 웃었다. 만나면 이렇게
좋은데 미련하게 혼자 속 태웠던 시간들이 못내 아깝다.

직원이 주문을 받으러 왔다.

"뭐 먹을 거야?"

"글쎄요."

자꾸만 신 사장이 생각이 나서 머뭇거렸다. 창졸간에 목이 잠긴
다. 고통의 시간을 감내했을 그 모습이 눈에 선해서.

"희주야?"

눈이 빨개진 희주를 일견한 재하가 직원에게 정중히 부탁한다.

"조금 있다 주문할게요."

"아무것도 아녜요."

다행히 눈물은 나오지 않았다. 애써 웃으며 와인을 가리켰다.

"술 마시게요?"

"희주가 마시면 딱 한 잔 정도."

"어머님하곤 이런 데 안 와 봤죠?"

"응. 부를까?"

"네, 우리가 모시고 와요."

"그, 그럴까?"

재하가 당황하는 모양새를 취했다. 그저 부를까, 하고 한번 물어본 의향을 희주가 덥석 물 줄은 몰랐다는 표정이었다.

"잠깐만."

재하가 폰을 꺼냈다.

"어머니, 저녁 아직 안 드셨죠? 지금 모시러 갈 테니…… 아니, 빨리……."

희주의 찌푸린 미간을 본 재하가 휴대폰을 손으로 막고는 묻는다.

"왜?"

"갑자기 재촉하면 어떡해요? 천천히, 천천히……."

눈썹을 찡그리다가 고개를 까닥한다. 이내 부드럽게 다시 통화한다.

"어머니, 천천히 준비하고 계세요. 천천히 갈게."

통화를 끝내고는 머쓱한지 웃음을 짓는다.

"됐어?"

"네, 잘하셨어요. 가요."

일어난 재하가 레스토랑을 둘러보았다.

"예약하고 가게. 좋은 자리로 정해 줘."

새삼스러운 그의 배려가 고마워서 희주는 나가면서 팔짱을 끼었다. 그의 뺨으로 수줍은 기운이 설핏 번졌다. 참으로 묘한 남자다. 이런 작은 접촉에는 수줍어하니 말이다.

마지못해 따라나선 신 사장은 막상 레스토랑의 테이블을 차지하자 잇달아 흐뭇한 웃음을 흘렸다. 재하가 두 사람을 번갈아 보다가 픽 웃는다.

"두 분 지금 선보시오?"

"엉?"

"원, 새색시 납셨소."

재하가 신 사장 앞으로 술잔을 내려놓았다.

"재하야, 난……."

"주량 다 알아. 얼른 받으세요."

아들이 먼저 권하는 술이니 기꺼이 누려도 될 듯싶다.

"어른이 드셔야지 저도 마시죠. 받으세요, 어머니."

희주의 입에서 나온지도 채 깨닫지 못했던 언어였다. 신 사장이 확인시켜 주기 전까지는.

"근데 방금 너 어머니라고……."

신 사장은 아직 술을 입에 대지 않았는데도 발갛게 뺨을 붉혔다. 희주도 역시 얼굴을 붉히며 고개를 숙였다.

"네, 어……머니."

잘할게요, 어머니. 그러니 앞으론 꼭 행복하게만 사셔야 해요.

식사를 마치고 일어설 채비를 하는 그때 레스토랑 내부에서 진우가 불쑥 모습을 드러내더니 능청스럽게 말한다.

"대리 부르셨죠?"

신 사장을 먼저 내려 준 진우는 핸들을 돌려 기차역으로 향했다.

재하와 희주가 배웅하기 위해 함께 내리자 진우는 차에서 기다렸다.

"춥다."

재하가 대합실로 앞서 걸었다.

"잠깐만요."

듬성듬성 어둑한 역 어귀에서 재하는 멈춰 섰다. 돌아보려는 순간 등으로 보드라운 촉감이 와 닿았다. 가슴을 두근두근하게 만든다. 이렇듯 그녀가 먼저 안아 주니 잠깐 멀어진 듯한 거리가 좁혀진 기분이다. 역 어귀는 추운데도, 그녀를 빨리 대합실로 들여야 하는데도 일찍이 겪어 보지 못했던 기분을 좀 더 누리고자 제 욕심만 차렸다.

"주말에 시간 비니까 장항으로 갈게."

웃으며 까닥하던 그녀가 돌연 난감한 표정을 짓는다.

"할머니가 싫은 소리 해도 많이 참아 주심 좋겠어요."

지금도 장항은 재하에겐 희주 빼고는 떠올리면 피곤한 동네다. 조금 나아진 줄 알았는데 희주의 그 말에 어쩐지 예감이 좋지 않다. 재하는 애써 쾌하게 대답했다.

"그러려니 해야지."

다음 날, 진우가 재하에게 긴 문자를 보내왔다.

[긴급 상황. 할머니가 형한테 심술부릴 거예요. 시험이에요. 누난 자기 입으론 알리지 않겠다고 약속했대요. 그래서 내가 알려요. 참고로 우리 할머니 심술은 부처님도 뚜껑 열리게 해요. 심심한 위로와 함께 생존을 빌어요.]

아무래도 마음을 더 단단히 먹어야 할 것 같다.

7. 예쁜 맛은 날개를 달고

수소문해서 찾은 중늙은이 부부는 이웃 도시에 살고 있었다. 그들은 지금 병원에 있을 터였다. 신 사장은 차를 몰면서 다시금 희주를 생각했다.

양식당에서 차를 마시긴 했지만 며칠 전처럼 칼질을 한 적은 없었다. 새김질해 보니 처녀 시절 이후 처음이었다. 여전히 좋은 시간, 좋은 자리가 통 낯설기만 하고 적응이 안 되어 멋쩍어하다가 아무 이야기나 꺼냈다. 송로버섯이며 귀한 음식 이야기가 오갈 때 희주가 제 의견을 말했다.

'제겐 고2때 어머님이 싸 주신 음식이 가장 귀중했어요.'

'그깐 음식이 뭐가 귀하다고.'

'제겐 그 음식이 세상은 따뜻하다고 속삭여 주는 큰 격려였거든요.'

눈시울까지 붉히며 드러낸 희주의 마음에 신 사장은 당황하고 말았다.

집에 와서 희주의 말을 곰곰이 생각해 보았다. 그러자 한동안 연락이 끊겼던 어떤 부부가 생각났고, 며칠의 준비를 거쳐 외출하는 중이다.

"그래, 희주 네가 나보다 낫다."

간밤에 중얼거렸던 말을 또 흘렸다.

열 살이 된 재하는 편식하는 습관을 고쳤는지 전보다 더 잘 먹었다. 나중에 안 사실이지만 힘을 키우려고 악착같이 먹었던 것이다. 그녀의 남편은 이른바 '술상무'로 불리는 영업 사원이었다. 이젠 그만 굽신거리고 싶어도 딸린 식구 때문에 더 굽혀야 했고, 속으로 품었던 부아를 제 식구들에게 쏟아 내곤 했다. 한편 어린 아들은 일찌거니 제 엄마를 지키고 싶어 했다.

슈퍼마켓 근무 중 모처럼 휴일을 보내다 이웃 식당으로 불려 갔다. 하루만 도울 생각이었다. 하지만 일을 마친 그녀에게 음식을 잔뜩 안겨 준 주인 부부가 직장을 바꾸게 만들었다.

부부는 날마다 음식을 싸 주었고, 나중에는 신 사장이 알아서 챙겼다. 덕분에 재하는 더 골고루, 더 원 없이 먹을 수 있었다. 중학교 야구부에 들어간 재하는 라면 세 개를 간식으로 해치울 정도로 먹성을 자랑했다. 남편의 죽음으로 그녀 혼자 생계를 꾸려야 하지만 식당 부부의 배려로 감당할 수 있는 힘이 생겼다.

재하가 커 가는 모습을 바라보면서 그녀는 더 열심히 식당 일을 해 나갔다. 그런 그녀가 기특하고 고맙다며 주인 부부는 그녀를 더 배려해 주곤 했다. 때론 그녀 몫의 음식을 따로 만들어 주는 수고도 마다하지 않았다. 재하의 프로 입단 계약금으로 식당을 따로 차릴 때, 부부는 자기 일처럼 식당 운영에 필요한 조언을 아끼지 않았다.

만날 때마다 고마움의 몫을 서로에게 미루던 신 사장과 그들 부부는 최근 들어 교류가 뜸했다.

"휴우. 희주 아니었음 계속 잊고 지낼 뻔했어."

자책하며 지척의 병원 건물을 향해 핸들을 돌렸다.

✂ ✂ ✂

부부가 기억하는 그녀의 삶은 온전하지 못했다. 오로지 자식을 위해 '연명하는' 가엾은 아낙이었다. 살아도 사는 게 아닌 모진 '연명' 말이다. 손이 빠른 여자는 아니었다. 하지만 그녀의 부지런함은 빠른 손의 미덕을 능가했다. 어쩐지 바지런한 모양새가 그녀가 처한 절박한 환경의 산물인지 싶어 부부는 자꾸만 무언가 안겨 주고 싶었다. 그리고 손에 쥐여 준 작은 음식 하나에도 그녀가 고마워하니까 부부는 어쩐지 뿌듯하고 행복했다.

방금 그녀는 중년의 성공한 식당 주인의 신분으로 병실을 다녀갔다. 부부는 한 사람이 투병하면 함께 발이 묶인다. 희망이 보이지 않아도 시치미를 떼면서 돌보는 이는 최선을 다할 수밖에 없다. 혼자 남은 시간을 마지막까지 아쉬움으로 곱씹지 않으려면 말이다. 신뢰할 수 없는 처방마저도 허용하게 되는 건 딱히 환자를 위해서만은 아니다. 요컨대 남은 자의 미련을 덜어 낼 방편인 것이다.

환자는 이제 연명 치료에 들어갈 터였다. 누군가는 오로지 자식을 위한 '연명'의 세월을 딛고 마침내 온전한 삶을 찾은 듯싶었지만, 병실의 부부 중 한 사람은 거역할 수 없는 삶의 종착지에 근접했다.

여하튼 한 사람의 투병 이후 두 사람 다 일을 하지 못하는 바람에 부부의 통장은 바닥이 났다. 게다가 투병이 길어지면 들어오는 위로금도 점점 줄어들기 마련이다. 때문에 염치없게도 그녀가 놓고 간 하얀 봉투를 기대감을 안고 열게 된다. 행여 부담은 갖지 말라는 그녀의 말 때문이기도 했다.

"세, 세상에!"

봉투 안을 살폈더니 벌린 입이 다물어지지 않는다. 여러 장의 수표를 떨리는 손으로 살폈다. 그녀가 봉투와 함께 내려놓았던 말을 다시금 떠올렸다.

'그때 못 낸 밥값이에요. 제겐 세상에서 가장 귀한 음식이었으니 행여 부담은 갖지 마세요.'

※ ※ ※

기차는 맞은편 열차를 보내기 위해 작은 역에 정차해 있었다. 재하는 차창 밖을 바라보며 불퉁거렸다.

"제길, 차를 가지고 올걸."

처음엔 느긋하게 희주의 얼굴을 머릿속에 담으며 드문드문 실없는 웃음을 흘렸다. 하지만 희주의 전화를 받는 순간부터 마음이 급해지고 말았다.

'미안하지만 조금만 늦게 오면 안 될까요?'

'왜?'

'제가 마, 많이 바빠서요.'

토요일엔 점심 준비를 많이 하는 줄은 알고 있다. 하지만 지금 시간이면 얼추 마쳤을 터였다. 왠지 그녀는 곤란한 상황에 처한 것 같다. 예감이 좋지 않다.

나쁜 예감은 적중했다. 택시에서 내려 장항분식으로 가자 슈트를 멋스럽게 차려입은 남자가 홀로 이른 점심을 먹고 있었다. 언뜻 보게 된 남자의 외모가 곱상하고 아는 얼굴인 게 영 마음에 들지 않았다. 그는 착한밥상 여직원들의 마음을 종종 술렁이게 하던 사람이었다.

"어, 박 사장님!"

"슈트남이 장 실장이었어?"

영우의 인사는 무시한 채 맞이하는 희주를 향해 물었다. 그녀가 입술을 깨물며 고개를 끄덕였다. 눈짓으로 주방을 가리킨다. 그때서야 재하는 허겁지겁 주방으로 다가가 허리를 숙였다.

"안녕하십니까."

아무 말도 들려오지 않는다. 할머니는 재하를 외면했다. 개의치 않고 애써 부드럽게 웃어 주었다. 시선이 마주치자 뚱하니 위아래를 훑어보곤 또 외면하신다. 장영우 때문일까. 조금 누그러졌다고 여겼던 할머니의 눈총이 다시금 맵다.

'시험이에요.'

진우의 문자가 생각나 애써 태연한 척하며 장 실장 앞으로 걸어가 앉았다.

"밥 한 끼 먹으려고 멀리도 오셨네요?"

"그럴 가치가 충분해서요. 그런 박 사장님은 어쩐 일이십니까?"

"뭐 나야 당연한 걸음이죠."

"내쫓았던 직원이 아쉬운 건 아니고요?"

"뭔 개소⋯⋯주가 여기선 안 팔지, 참."

별 시답잖은 소릴 하는 작자의 멱살을 잡아 밖으로 내던지고 싶은 충동을 다스렸다. 그때 할머니가 접시를 들고 와 영우의 덮밥 위로 계란프라이를 얹어 주었다.

"하나 더 드셔."

살갑게 챙기고는 재하의 어깨를 툭 쳤다.

"신사 양반 밥 편하게 드시도록 댁은 비끼슈."

그놈의 신사 양반. 재하는 애처로운 눈빛을 하며 자리에서 버티었다.

"아는 사람이라⋯⋯."

"어허!"

"네, 알겠습니다."

일어나 옆 테이블을 차지했다. 그게 아니라고 할머니가 고개를 절레절레 흔들었다. 재하가 갸웃하자, 할머니는 저 끝의 자리를 가리켰다. 다시 일어나 그쪽으로 가 앉았다. 영우에게 옮겨진 할머니의 시선이 돌변한다.

"드시고 부족하면 더 드슈."

본래 말씀이 딱딱한 줄 알았는데 아닌 것 같다. '시험'하고는 상관이 없는 듯싶어 속이 뒤틀렸다. 곧 손님이 들이칠 시간인데도 할머니는 희주 혼자 주방에 두고 영우 곁을 떠나지 않는다.

"젊은 양반이 찾아 주니 어째 우리 희주도 더 젊어진 것 같슈."

재하를 힐끔 보곤 할머니가 말을 잇는다.

"올해 스물다섯이라 하셨제?"

"스물일곱입니다, 할머님."

"맞어. 워낙 동안이시라 내 잠깐 착각했슈."

"나이가 많아서 부끄럽습니다."

"많긴. 네 살 차이는 궁합도 안 본다 했슈. 그래도 신사 양반은 맴이 곱그만유. 어떤 이는 서른 살이 넘어 가지고서도 뻔뻔하던디."

안 넘었습니다. 저, 만으론 스물아홉입니다. 재하는 외치고 싶은 걸 물과 함께 꿀꺽 삼켰다. 영우가 재하를 힐끔 본 뒤 할머니의 말을 받는다.

"서른 살이면 너무했네요. 완전 아저씬데 말입니다."

저 새…… 속으로 터지는 욕도 참았다. 할머니를 부르는 희주의 목소리가 반갑기 짝이 없다.

"늦었어요. 빨리 들어오세요!"

할머니를 불러들인 희주가 재하 몫의 점심을 들고 와 마주 앉았다.

"양이 좀 적죠?"

2인분을 접시에 쌓은 덮밥을 두고도 미안해한다.

"부족하면 말씀하세요."

"응. 근데 오늘은 준비가 늦나 봐?"

"영미가 늦는대요."

"그랬군."

이쪽을 힐끔거리는 영우를 발견한 재하는 시큰둥하게 목소리를 높였다.

"뭔 계란프라이를 두 개씩이나."

미간을 찌푸리며 바라보는 영우에게 재하는 어깨를 으쓱하며 비웃음을 날렸다. 희주가 속삭였다.

"할머니가 뭐라 하셔도 잘 부탁해요."

살풋 속삭이는 말에 힘을 얻는다.

"할 수 있죠?"

재하는 사과 향이 날 것 같은 그녀의 입술로 시선을 좁혔다.

"잘하면 상 주나?"

그녀가 맑은 눈을 깜박이며 고개를 끄덕였다. 그러자 재하는 웃음을 감추지 못했다. 볼을 붉힌 그녀가 흘겨보다가 주방으로 돌아갔다. 표정 하나, 동작 하나가 예쁘기만 했다. 재하는 천천히 영우에게 다가섰다.

"밥 다 드셨으면 가시죠."

"제 몸은 제 의지가 알아서 합니다."

하지만 영우는 더 앉아 있지 못했다. 곧 손님이 밀려들 것이다. 테이블 하나를 차지한 채 피해를 줄 순 없었다.

영우가 사뭇 불편했던 희주는 순식간에 들이닥치는 손님들이 반가웠다. 하지만 영우는 나가지 않고 서빙을 돕는다. 그를 가만히 지켜보다가 손을 보태려는 재하를 할머니가 만류했다.

"놔두셔! 손님들이 무서워서 어디 밥 넘어가겠슈."

재하가 어색하게 웃으며 물러서자 희주는 할머니의 눈을 피해 주먹을 불끈 쥐며 응원을 보냈다.

자리가 비기 무섭게 식당으로 들어서는 손님을 치러 내느라 할머니는 빈번히 허리를 펴고 등을 두드려야 했다. 그 모습을 지켜보던 재하가 갑자기 카디건을 벗고는 소매를 걷어붙였다.

"이리 줘."

주방으로 들어와 희주의 프라이팬을 채 갔다. 할머니가 재빨리 다가와 재하를 말렸다.

"어허! 여긴 아무나 들어오는 데가 아녀!"

"저, 보건증 있습니다."

"아무나 맨들어도 되는 음식이 아니라구!"

"손님들 기다리는데 일단 빨리 나가야 할 것 같아서요."

"거 말귀를……."

할머니가 말리려던 손을 문득 거둬들였다. 그러고는 심술이 엿보이는 웃음을 짓는다.

"어디 집에서 찔끔 맨들어 본 거하고 같남? 어디 한번 해 보시유. 뜻대로 안 된다고 욱해서 팽개치기만 해 봐라."

허락하는 할머니의 속셈을 아는지 모르는지 재하는 지체하지 않고 희주가 볶던 음식을 가리켰다.

"해산물 칠리볶음밥 맞지? 많이 시키는 것 같던데 합이 몇이지?"

"어, 다섯, 아니 여섯이요."

손목이 감당해 주지 않아 3인분을 우선 볶는 중이다. 경자 이모가 쓰는 고무줄 위생모를 뒤집어쓰며 재하가 식재료 용기를 훑어보았다. 이내 손이 민첩하게 움직였다. 밥까지 보탠 뒤 6인분을 묵직한 둥근 팬으로 가벼이 돌렸다. 회사 초기에 봐 왔기에 희주에겐 익숙한 모습이었다.

"다른 볶음은?"

"데리야끼 치킨덮밥 3인분 소스만 볶으면 돼요."

재하가 빈 팬을 불판에 올렸다.

그러자 희주는 미리 준비한 재료를 팬으로 모았다. 그것을 재하가 다른 손으로 볶았다. 그렇게 두 가지를 한꺼번에 조리했다.

"우동은?"

"합이 다섯에 튀김우동이 둘이예요."

"튀김 투하하고 세팅."

"넵, 사장님."

회사 초기의 조리실처럼 호흡을 맞추다 보니 사장님 소리가 붙어 버렸다. 재하는 우동 육수를 얹은 레인지의 불을 한껏 키웠다.

"나머진?"

"김밥은 할머니가 썰고 계시고, 우선 됐어요."

"우동면 투하."

"넵!"

희주가 줄줄이 늘어놓은 그릇으로 재하가 신속하고 깔끔하게 볶음밥이며 우동 육수를 부었다. 할머니가 재촉하거나 지적할 틈조차 없었다. 그렇게 순식간에 주문한 음식이 동시에 해결되자, 재하를 회사 사장으로만 알고 있던 할머니가 고개를 갸울였다. 희주가 그런 재하를 흐뭇하게 바라보자 코웃음으로 응수하며 고개를 튼다.

"곰이 재주도 부릴 줄 아네."

순간 희주는 고민했다. 산적과 곰 중 어느 말이 더 호의적일까?

이어진 주문 역시 재하와 희주가 능숙하게 해치웠다. 재하에게 배운 음식이 주메뉴였던 점도 한몫했다.

"옷 버리겠어요."

희주의 염려에 재하는 흘을 힐끗 보았다.

"하수나 옷을 버리지."

서빙을 하다가 깍두기 국물이 와이셔츠에 튄 영우를 염두에 두고 하는 말이었다.

그때였다. 허겁지겁 가게로 들어선 영미가 주방에 있는 재하를 발견하곤 벌린 입을 다물지 못했다. 분주한 와중에도 영미의 눈길은 시종 재하를 떠나지 못했다.

마지막 주문까지 깔끔하게 끝낸 재하가 위생모를 벗었다. 부스스 눌렸던 머리카락이 몇 방울의 땀과 함께 흩날렸다. 바라보던 영미가 순간 넋을 잃고 중얼거렸다.

"멋있다."

희주는 방긋 웃었다.

썰물처럼 손님이 빠져나갔다. 이제 쌓인 설거지를 해결하기만 하면 된다. 그때 경자 이모가 가게로 들어왔다.

"한 손 거들러 왔더니 싹 빠졌네?"

그리고 보니 영우가 보이지 않았다. 인사도 없이 갔나? 주방으로 들어서던 경자 이모가 걸음을 물렸다.

"난 설거지 빠져도 되겠어."

고개를 돌렸더니, 재하가 빈 그릇 더미 앞에서 앞치마를 둘렀다.

"어, 삼촌. 놔둬요."

"나 알잖아. 시작했으면 끝까지 책임지는 거."

"거참! 옳은 소리네."

홀에 앉은 경자 이모가 고개를 주억거렸다. 재하의 빠른 손놀림을 지켜보는 경자 이모의 작고 총명한 눈동자로 설핏 애정이 엿보였다. 순간 재하가 고백했을 때 일어나 박수를 쳐 주었던 일이 떠올랐다. 희주는 또 한 번 방긋 웃었다.

할머니는 좀처럼 찡그린 얼굴을 풀지 않았다. 설거지를 마친 재하는 희주가 건넨 음료를 단숨에 들이켰다.

"잠깐 찬바람 좀 쐬고 올게."

가게 밖으로 나와 따로 속에 켜켜이 쌓아 둔 숨을 토해 냈다.

조금만 더 담고 있다간 속에서 불이 붙을 터였다.

"심술이 장난이 아니시네."

하마터면 발끈할 뻔했다. 재하는 희주의 보상을 기억하며 결의를 다졌다.

그래, 상 준다잖아.

심호흡을 하는 그때 진우가 전화했다.

— 형, 생존 중이세요?

"그게 걱정돼 귀한 전화씩이나 했냐?"

— 정말 괜찮아요?

"오냐."

— 힘들죠?

"뭐, 까짓. 할머닌 너희들 부모님과도 같으시니 어쩌겠냐. 걱정 마라."

전화기 저편이 잠시 조용했다.

— 근데 형, 진짜 할머니 심술 견뎠어요?

"자식이 날 뭘로 보고. 너희 부모님이나 같은 분이라 했잖아."

또 잠시 진우가 조용하다. 통화를 마치려는데, 진우가 엉뚱한 소리를 꺼낸다.

— 난 형 편인 거 알죠?

"아무렴."

— 그래서 하는 말인데요, 양경호 선수 사인 볼 하나만 얻어 줘요.

그래서 왜 사인 볼 이야기가 나오는지 모르겠다.

"전에 줬잖아."

— 비싼 템하고 바꿨어요.

"게임 아이템?"

— 네.

"그러고도 네가 팬이냐?"

— 그러니까 다시 가지려는 거죠. 형 사인 볼도 다섯 개 부탁해요.

"난 현재 무명이잖아."

— 현명한 안목의 투자예요.

"내가 싫다면?"

— 유능한 정보원을 적군에 넘길래요?

"알았다."

통화를 끝내고 가게로 들어섰다. 시험인 줄은 알고 있는데도 다시 마주친 할머니의 심술궂은 얼굴은 꾸밈이 아닌 리얼리티 자체였다. 재하는 의지를 다지며 희주에게로 향했다.

"산보 가자."

"아, 네."

희주가 할머니를 힐긋 보곤 앞치마를 벗었다. 희주의 들뜬 웃음을 할머니의 심술이 단숨에 지워 버린다.

"한 시간 안에 들어와."

"할머니!"

"동네방네 죄다 지켜보는 눈이여. 남우세스럽게 요란 떨 거면 나가지도 말고."

그러자 재하가 볼멘소리를 했다.

"일당 대신 손녀분 좀 넉넉히 빌려 주시지."

"빌려 줄 만큼 댁이 어디 인심을 얻었슈? 양심 있다면 가슴에 손 얹히고 생각해 보슈."

굳이 손을 얹어 보지 않아도 알 것 같다. 진우의 정보에 따르면, 퇴사 후 희주는 할머니 품에 안겨 서럽게 울었다고 한다. 물론 할머니에게 원흉으로 지목된 건 재하였다. 문득 재하는 할 말이 궁해졌다.

"뭐 차차 얻을 겁니다."

"그려. 아까운 우리 손녀, 차차 쬐금씩만 빌려 가슈."

그때 경자 이모가 나서서 주머니를 뒤적거렸다.

"여기 있구만. 자, 희주야. 영화나 보고 와라."

희주의 손에 영화표 두 장을 쥐여 준다. 얼떨떨한 표정으로 표를 확인하는 희주를 경자 이모가 몰아붙이며 패딩까지 챙겨 주었다.

"오늘 안 가면 소용없는 표니까 어서 가 봐."

"경자 너 뭐 하는 수작인 겨!"

"아깝잖수!"

할머니를 방어해 주는 경자 이모의 지원에 힘입어 두 사람은 곧 가게를 빠져나왔다. 할머니의 으름장이 배웅을 대신한다.

"시간 셈할 겨! 딱 영화만 보고 와!"

참으로 집요한 심술이 아닐 수 없다.

두 사람은 희주의 승용차를 향해 걸으며 순간의 자유를 만끽했다.

조수석으로 올라타는 그를 향해 희주는 생글생글 웃었다.

"힘들었죠?"

그의 손을 쓰다듬었다.

"고마워요."

"뭘."

그가 수줍게 웃었다. 그 모습이 귀여워 희주는 저도 모르게 그의 뺨에 입을 맞췄다.

그가 흐뭇한 웃음을 지으며 고개를 돌리는 순간 희주가 페달을 밟았다.

※ ※ ※

아영은 약병을 손에 쥐었다가 서랍에 도로 넣고는 집 안의 작업실로 들어갔다. 엘렉톤(1인 다역의 연주 가능한 3단 건반 악기)으로 주원의 악보에 다양한 색깔을 입혀 보았다. 이내 같은 방의 피아노 앞으로 옮겨 앉았다. 과연 주원의 창작곡은 독창과 독주가 담백하니 어울린다. 그의 목소리는 누릴 수 없었지만 연주만으로도 모난 마음이 다스려진다. 멀지 않은 날에는 무대에 선 그의 노래를 한껏 누릴 터였다.

주원의 뮤즈를 지우고 다시 연주해 보았다. 과연 주원 자신을 위로하는 감정도 담긴 듯했다. 그 위로가 아영에게도 건네진다. 앨범 타이틀이 정해졌다.

치유의 시간 여행.

우울증 약 따위는 이제 쓰레기통으로 던져도 될 듯하다. 시간을 확인하고 외출 준비를 했다. 옷장 앞에서 머무는 시간이 이례적으로 길어진다.

"아영아, 어디 가려고."

어머니가 소파에서 몸을 일으켰다.

"약속 있어요."

"곧 저녁밥 차릴 텐데."

"저녁 약속이에요."

예지를 꼭 안아 준 뒤 어머니 품으로 돌려주었다. 아버지가 정원까지 따라 나왔다.

"누구 만나러 가니?"

"하 선생님…… 신곡 관계 미팅이에요."

드물게 메이크업과 차림새에 신경을 쓴 아영의 모습을 아버지가 찬찬히 살폈다. 입술을 들썩이다 닫고는 승용차까지 따라왔다.

"맛있게 먹고 와라."

최 교수는 차가 시야에서 사라질 때까지 대문 앞에 서 있었다. 표정은 읽을 수 없어도 아영은 연민의 눈빛을 느낄 수 있었다. 한숨을 흘렸다. 든든한 둥지의 가족이 이렇듯 종종 불편하다. 한 사람이 웃지 못하면 가족 전체가 웃지 못하니 말이다.

2층집 앞으로 차를 세우자, 주원이 걸어 나왔다. 니트 위로 감겨진 스카프가 썩 어울린다. 바람이 차서 얼른 나가 차 문을 미리 열어 주었다. 주원이 손사래를 쳤다.

"오늘은 내가 운전할게요."

생긋 웃고는 덧붙인다.

"2막의 무대에선 내가 운전대를 잡고 싶거든요."

왠지 기분 좋게 들려서 아영은 수줍게 웃었다.

전방을 주시하며 운전에 집중하는 그의 표정을 읽어 내기가 쉽지 않다. 싫어하는 일을 하러 가는 길인데도 주원은 드문드문 웃음을 지었다. 문득 그가 희주에게 해 준 말이 떠오른다.

'좋아하는 사람을 위해서라면 싫어하는 일도 할 수 있거든.'

그는 여전히 재하를 친구로서 좋아하는 것일까. 곧 생각을 바꾸었다. 궁극적으로는 재하 곁의 오희주를 여전히 좋아하는 것 같다.

때문에 그녀를 더 편하게 해 주기 위해 이 길을 밟는 중일 터였다. 순간 그와의 동행을 즐기는 이 순간이 연극의 일부일 뿐이라는 진실을 깨닫고 만다. 아영은 입술을 깨물었다.

바보같이 잠깐 착각해 버렸다.

※ ※ ※

저녁 준비를 마친 신 사장은 느긋하게 차 한잔을 누렸다. 희주가 떠올라 피식 웃다가 굳어지고 만다. 장항으로 간 재하가 걱정이다. 할머니의 반대가 여간 심한 게 아니라니 말이다. 희주의 친척에 관해선 소상히는 모르지만, 고모며 큰아버지가 오로지 당신들의 주장만 옳다며 남매를 몰아세웠던 정도는 헤아리고 있다. 당연히 타협의 여지가 없었기에 남매는 그렇게 일찍 독립할 수밖에 없었으리라. 그래도 할머니는 포용하는 가슴을 가지고 있는 듯하다. 고모나 큰아버지와는 달리 희주 남매가 믿고 의지하니 말이다.

남매의 아픔을 귀띔해 준 윤 여사와 오래도록 소원하게 지내는 중이다. 다시금 주원에게 미안한 마음이 든다. 이따금 신 사장은 희주의 입장에서 두 녀석을 관찰해 보곤 했다. 그때마다 주원은 부담스러운 존재로 다가왔다. 재하에게 넌지시 그 마음을 알렸더니, 친구일 뿐이라며 골만 잔뜩 냈다. 문득 함께한 재하와 희주를 보게 되었을 주원의 마음이 궁금하다.

오늘은 첫 손님이 빠르다. 주차장으로 들어서는 승용차를 힐끗 보고 일어섰다. 이내 고개를 틀었다. 요즘은 무언가 신통력이 들어섰나 보다. 머릿속에 굴리던 주원의 모습이 실물로 나타났다.

낯선 여자와 나란히 붙어 서서 인사를 건넨 주원에게 신 사장은 넌지시 눈짓으로 물었다.

"친구예요."

주원의 말에 곁에 선 여자가 보일 듯 말 듯 볼을 붉혔다.

"최아영입니다. 하 선생님의 매니저이기도 합니다."

"그, 그래요?"

여자가 친구란다. 네댓 살 더 많아 보이는 나이 때문이 아니라 여자라는 자체에 신 사장은 짐짓 당황했다. 오래되었을까? 그녀를 바라보는 주원의 눈빛에 가득한 신뢰감이 엿보인다. 낯가림이 심해 노상 사람과 벽을 하나 세우고 거리를 두던 주원의 모습과는 판이했다.

"가장 맛있는 저녁을 사 주고 싶어서 어머니 가게로 왔어요."

"으응. 고마워."

순수하지 못한 고맙다는 말이 얼결에 나왔다. 신 사장은 곧 그들을 위한 한 상을 차려 내며 식사를 권했다. 문득 주원이 당연히 꺼내야 할 말이 아직 나오지 않았음을 깨달았다.

"재하는……."

희주 만나러 갔는데. 꺼내도 될 말이 이상하게 삼켜진다. 여자에게 음식을 권하던 주원은 그때서야 생각났나 보다.

"아! 재하는 수원에 있나요?"

"으응. 오늘 훈련 쉰다고 장항 갔어."

"그렇군요."

주원은 담담히 대꾸하고는 여자를 따뜻한 눈길로 바라보았다. 재하를 묻기에 앞서 여자를 먼저 챙겨 주었던 주원의 모습이 머릿속에서 오래 머문다.

두 사람이 편하게 식사를 하도록 신 사장은 실속 없는 일감을 찾아 멀찍이 물러났다. 그 둘은 이야기를 나누는 데 인색했다. 하지만 말없는 가운데에도 서로가 나누는 은은한 눈빛은 두 사람을 하나로 묶는 데 부족함이 없었다.

식사를 마친 두 사람은 금방 일어났다. 주원이 머쓱하게 웃었다.

"제가 뜸했죠? 요즘 제가 바빠서 재하 만날 시간도 없네요."

"뭘. 어른이 되면 각자 갈 길이 다르니 짬을 내기 힘든 법이야."

두 사람을 배웅한 뒤 신 사장은 그들이 방금 식당에서 보여 준 모양새를 새김질했다. 마음이 부쩍 가벼워지는 한편 무언가 석연찮은 기분이 떠나지 않는다. 왠지 여자는 일부러 친밀감을 과시하는 듯싶었다. 그 모습이 영 어울리지 않았다. 하지만 신 사장은 곧 털어 냈다. 적어도 주원이 보여 준 친밀감은 진심이라 믿어도 될 성싶다. 주원은 정말로 그녀를 친구로 받아들인 게 분명했다.

※ ※ ※

카페로 향하는 길에도 주원이 운전대를 잡았다. 그런 그를 힐끔힐끔 보다가 아영이 입을 열었다.

"오늘은 제 역할이 미흡했던 것 같습니다."

"아뇨. 제가 운전대를 잡는다 했잖아요. 최 선생님 몫은 무난했습니다. 처음만 빼고요."

"처음이라면."

"친구라고 소개할 때 조금 당황하시더군요."

그가 딱히 관계를 정의해서 소개할 줄은 몰랐다. 그 순간 기분이 참 묘했다. 그에게 있어서 친구란 썩 특별한 의미니 말이다.

"친구라고 소개해 주실 때…… 기분이 좋았습니다."

"친구니까요."

"네?"

"재하 어머니 앞에선 거짓말을 하기 싫었어요. 그래서 가급적 있는 그대로를 보여 줬어요."

그렇다면 그가 건넸던 따스한 눈빛도 저를 향한 그대로의 모습이었을까.

"최 선생님."

그가 부른 소리에 깜짝 놀랐다.

"네? 아, 말씀하세요."

"저도 최 선생님에게 친구가 될 수 있는 거죠?"

아영은 환하게 웃었다.

"환영합니다."

"고마워요. 오늘은 홍차에 위스키를 넉넉히 타 주세요. 세 번째 친구를 얻는 날이니까요."

"동메달 획득한 저도 위스키 타 마시겠습니다."

"최 선생님 농담 참 오랜만에 듣네요. 참! 왜 동메달인지 궁금하지 않아요?"

"말씀해 주시면 듣겠습니다."

주원은 마치 기다렸다는 양 즉시 속내를 털어놓았다.

"저에게 친구는 모두 노래가 맺어 줬어요. 첫 번째가 재하고, 두 번째는 최 선생님도 알다시피 희주였어요. 그리고 제 노래를 진심으로 사랑해 주시는 최 선생님이 세 번째 친굽니다."

"그러고 보니 선생님 친구는 모두 노래가 엮어 줬군요."

"살아 보니 그렇게 되더군요. 아니, 그렇게 될 수밖에 없었어요."

아픈 기억을 더듬는 듯 주원이 한숨을 흘렸다.

"전 사람을 만나면 남자와 여자라는 명제를 잊어요. 그저 사람이 사람을 만난다고 느꼈어요. 희주도 여자가 아닌 사람으로 보려고 애썼는데……."

말끝을 흐리던 그가 잠시 이야기를 끊었다. 아영은 기다리다가 조심스럽게 물었다.

"제가 불편하지는 않는 거죠?"

그가 생긋 웃었다.

"우린 친구잖아요."

어쩐지 오늘 밤은 아영도 그에게 지난 아픔을 털어놓을 것 같다. 친구니까.

※ ※ ※

"30분이요?"

저녁 손님을 얼추 치러 내고 재하를 배웅하려던 희주는 할머니에게 울상을 지었다. 작심하면 아무도 못 말리는 심술인 줄은 알고 있었지만 해도 너무했다. 차도 못 가져가게 하면서 30분 안에 배웅하고 오라니!

"차는 또 왜요."

"차 안에서 저 양반이 또 뭔 수작을 부리게."

"할머니도, 참. 이상한 쪽으로 너무 생각하신다."

"그러게 왜 동네 한복판에서 남우세스러운 짓을 해 갖고 인심을 잃은 겨! 내 말대로 혀. 택시 타면 10분도 안 걸리잖혀."

재하를 보았더니, 지그시 눈을 감고 있다. 그의 인내심이 걱정

되어 일단은 가게를 벗어나기로 했다.

"거울은 왜 그리 보는 겨?"

거울 앞에 오래 머무는 희주의 행동까지 참견한다. 새삼 재하의 인내심에 존경심이 돈다. 그때 진우에게 걸려 온 듯한 전화를 받던 영미가 재하를 힐끔거린다. 퍽이나 호의적인 눈길이다.

"예, 오빠. 지금 가려고 하세요…… 뭘요. 엄청 멋있던 걸요…… 그럼요. 다 받아넘기시던 걸요."

주시하는 희주를 일견한 영미가 어색하게 웃었다.

"예, 오빠. 그럼 거기서 만나요."

통화를 마친 영미를 향해 희주가 갸웃했다.

"진우 만나기로 했니?"

"어, 그게 아니고 메플에서요. 게임 있잖아요."

어쨌거나 통화 내용으로 미루어 보아 확실한 아군이다.

할머니께 인사를 하고 밖으로 나온 두 사람은 택시를 잡아탔다. 희주가 옆에 앉은 재하의 손을 꼭 잡으며 달래 주었다. 그때 재하의 휴대폰이 울어 댔다.

※ ※ ※

기온이 뚝 떨어진 밤인지라 가게는 금방 서늘해졌다. 영미는 옴츠리며 할머니와 경자 이모의 대화에 귀를 쫑긋 세웠다. 영미 역시 경자 이모처럼 할머니의 심술이 도무지 이해가 안 되었던 탓이다.

"언니, 그만 인정해 주쇼. 시험인지 본디 품은 심술인진 몰라도 괜스레 손녀사위한테 억하심정만 심어 주면 나중에 서먹해지유.

나 봐유. 사위가 첨 인사 올 적부터 술친구로 지냈더니 식구로 들여서도 친구처럼 오붓이 지내잖슈."

"그건 경자 니 딸 얘기고, 내 손녀사위 아까워서 그냥 못 줘. 더 살펴봐야 써. 게다가 우리 희주를 울리기까지 했단 말여. 눈물 값은 톡톡히 받아 낼 겨. 암, 악착같이 받아 낼 겨."

"언니도 내 안목은 인정했잖수. 내가 보기엔 슈퍼 아저씨 진국이여. 난 첨부터 딱 알아봤시유."

얼결에 영미가 나섰다.

"슈퍼 아저씨가 아니라 슈퍼 슈트남이에요."

"오냐. 줄여서 슈퍼맨으로 하자."

"어, 할머니 전화네요."

주방 선반 위에 놓인 액정을 확인하는 순간 영미는 이름만 보아도 반가운지 함박웃음을 지었다.

"진우 오빠예요."

"그려?"

할머니는 반색하며 휴대폰을 받아 들었다. 경자 이모가 혀를 찬다.

"쯔쯧, 그저 진우라면 깜빡 죽어 주면서 희주 말은 왜 안 들어줄까."

영미는 할머니의 통화에 귀를 기울였다. 가게가 조용하여 전화기 저편 진우의 목소리도 다 들렸다.

— 아까 누나한테 말했는데 못 들으셨어요?

"응. 누구 기차 타는 거 보러 가서 없어. 그니까 니 말은 지영이가 다쳐서 누나가 가 봐야 한다구?"

— 많이 다친 건 아닌데 오늘은 누나가 간호해 줘야 해요. 누난

밤길 운전 약해서 제가 태우러 가려고요.

"아서! 밤에 뭐 하러 여기까지 와. 마침 누난 기차역에 있을 겨. 그길로 가라고 네가 다시 전화해라. 넌 운전하지 말고. 꼭!"

영미는 진우와 빈번히 통화를 나누었다. 상황이 급박해서 그럴까? 오빠의 전화 목소리가 여느 때와는 달리 떨림을 품고 있다.

안 그래도 작은 눈을 좁히며 생각에 골몰하던 경자 이모의 얼굴로 짓궂은 웃음이 설핏 스쳤다.

"그나저나 나 오늘 언니 집서 자야겠소. 보일러가 또 고장이지 뭐유."

※ ※ ※

재하는 장항역 대합실에서 희주의 손을 잡고 앉아 진우의 전화를 기다렸다. 무슨 꿍꿍이인지는 모르겠지만 명백한 아군이 희주를 붙들고 대기하라 권했기에 빈곤한 기대라도 떠안는 중이다.

기차 시간 7분을 앞두고 진우가 전화했다. 휴대폰을 귀에 붙인 재하의 입꼬리가 올라갔다.

재하는 희주에게 휴대폰을 넘긴 뒤 표를 하나 더 끊기 위해 매표창구로 향했다.

"삼촌, 잠깐만요!"

"같이 타. 희주가 여기 남으면 우린 망해. 진우까지."

희주의 뺨이 발갛게 물들었다. 재하는 희주의 손을 잡고 개찰구를 가리켰다.

"가자."

주말인지라 역에 정차할 때마다 빈 좌석이 속속 채워졌다. 통로 건너편에 앉은 두 할머니가 나란히 앉은 재하와 희주에게 흐뭇한 웃음을 지었다.

"에구, 둘 다 얼굴이 온통 꽃이여. 보기 좋아라."

뿌듯하게 어깨를 으쓱여야 할 칭찬이 지금은 영 불편했다. 두 할머니가 장항 사람일 수도 있었던 탓이다. 희주 할머니가 경고했던 '남우세스러운 짓'으로 입방아거리를 만들면 안 될 터였다.

희주는 고개를 푹 숙인 채 연신 눈동자를 굴렸다. 그런 희주의 모습을 애써 외면했다. 그런데도 또 바라보게 된다. 객실에 나란히 몸을 붙이고 앉았는데도 그녀의 얼굴이 궁금하고 보고 싶다. 마주친 그녀가 새빨갛게 얼굴을 붉히며 입술을 오므렸다.

"왜, 왜요?"

"뭐 피곤하면 기대도 돼."

머뭇거리기를 잠시 그녀가 시선을 앞좌석에 두며 소곳이 기댔다. 어깨를 온전히 대 주려고 몸을 낮추자 그녀의 머리가 턱에 닿는다. 실수였다. 그로 인해 그녀를 향한 욕심이 타오른다. 차창을 보니 큰 도시의 불빛이 보였다.

"여기서 내리자."

목적지를 몇 정거장 앞두고 재하는 희주를 일으켰다.

※ ※ ※

카페에 도착했더니 익숙한 동요 선율이 반겼다. 어머니가 예지와 나란히 피아노 연주 중이었고 아버지는 테이블에 앉아 감상하고 있었다.

"아버지, 늦었는데……."

"바람 쐬러 나왔다."

"겨울바람씩이나요?"

이례적으로 넉살로 받아치는 딸이 신기했는지 최 교수의 눈이 커졌다.

"저녁 식사가 맛있었나 보구나."

"네, 좋은 친구랑 먹었어요."

애정 깊은 샘이 담긴 눈동자가 설핏 흔들렸다. 고개를 끄덕이고는 아영의 어깨를 사붓사붓 두드려 준다.

주차를 마친 주원이 뒤늦게 들어와 최 교수와 인사를 나누었다. 바라보는 아버지의 눈길이 여느 때보다 따뜻하다. 그때 엄마가 와도 눈길만 던졌던 예지가 한달음에 주원 앞으로 달려왔다.

"피아노 아저씨!"

팔을 벌렸다가 우뚝 멈춘다.

"예, 예지야."

주원을 곤란하게 하고 싶지 않아서 아영이 다가섰다. 그때 주원이 천천히 다시 팔을 벌렸다. 그 벌린 팔 사이로 예지가 파고들어 안겼다.

"예지, 안녕."

자못 떨리는 음성으로 예지의 등을 한번 토닥이고는 조심스레 떼어 놓았다. 아영은 참았던 숨을 내쉬었다. 이어서 생뚱맞게 눈시울이 뜨거워졌다. 주원을 바라보는 최 교수의 눈길은 깊기만 했다.

가족들이 모두 집으로 돌아가자, 남은 아영은 말없이 위스키를 곁들인 홍차를 준비했다.

"고맙습니다. 솔직히 좀 놀랐고요."

마주 앉아 아영이 꺼낸 첫마디였다. 그는 아영의 속내를 알았다는 양 고개를 저었다.

"우린 친구잖아요."

"아까 예지……."

그가 손짓으로 말을 막았다. 그러고는 빙그레 웃었다. 요즘 들어 부쩍 웃음을 흔하게 건넨다.

"이 자리에서 최 선생님의 오해를 풀어 줘야겠어요."

"왜 그런 말씀을…… 저야말로 선생님의 오해를 풀어 드리고 싶습니다."

"예지 앞에서 스킨십을 주저할 때, 지켜보던 최 선생님 표정에서 경멸이니 원망 같은 게 보였어요."

잠깐 잊었다. 그는 뛰어난 음악가이면서 섬세한 감정을 바탕으로 놀라운 통찰력을 소유했다는 걸. 그런데도 지극히 부드러운 외향을 보다 보면 그가 예리한 사람이란 걸 종종 망각하게 된다.

"죄, 죄송합니다."

"예지처럼 순수한 영혼은 더욱이 다가가기가 힘들었어요."

미처 헤아리지 못했던 사실이다. 선뜻 인정하기는 어려웠다.

"스스로에게 너무 엄격할 필요는 없잖아요."

"세상은 온통 규칙이더군요. 그 틀 안에 제 몫이 없으니 제가 독자적으로 규칙을 만들 수밖에 없었어요. 음악도 마찬가지였어요. 최 선생님도 인정했듯이 온통 규칙이잖아요. 발성은 이래야한다, 화음은 이런 법칙을 잊지 말아야 한다. 음악의 규범을 착실히 따르고 싶어도 온전한 제 몫이 없으니 또 나름의 타협을 위한 규칙을 세울 수밖에 없었어요. 내 삶도 그랬어요. 섞여 살자면 따라야만 될 큰 규범은 지키면서 개인적인 규칙을 따로 세웠던 거예요."

비로소 아영은 고개를 끄덕일 수 있었다.

"이제야 이해가 됩니다."

아영이 시원하게 인정하자 그는 기분이 좋아졌는지 환하게 웃었다. 천진해 보이는 그 웃음을 아영도 따라 했다. 잠시 서로가 서로를 응시했다. 그가 볼을 붉혔다. 아영도 붉히며 풋, 소리를 내며 웃었다. 그는 확실히 밝아 보였다.

고맙습니다.

하마터면 엉뚱한 말을 꺼낼 뻔했다. 삼키자니 이상하게도 눈시울이 시큰했다. 조용히 바라보던 주원이 일어나 피아노로 향했다. 주원은 안쪽으로 손님이 자리했는데도 개의치 않고 연주에 이어 노래를 불렀다.

그의 노래에 빠져들자 여느 때처럼 영혼의 생채기들이 하나씩 지워져 간다. 이렇듯 누군가 자신을 뜨겁게 위로해 준다는 사실에 삶이 뿌듯하다. 지그시 눈을 감고 더 빠져들었더니 아영 자신을 사랑해 주는 부모와 딸의 모습이 선명히 보인다. 당연한 것처럼 여겨졌던 그 사랑의 고마움이 위로를 보탠다. 아영은 신에게 인사를 건넸다. 들을 수 있는 귀를 주셔서 감사합니다. 아름다운 그를 볼 수 있는 눈을 주셔서 감사합니다. 여전히 제가 가족에게 필요한 존재라는 생각을 하게 하심에 감사드립니다.

담뿍 행복해서 흠뻑 눈이 젖었다. 조용히 그가 옆으로 앉는 것은 뒤늦게 깨달았다. 한순간 눈두덩이 아래가 화끈했다. 그의 하얗고 긴 손가락이 행복해서 흐르는 눈물을 사붓이 건드려 몇 방울을 공유했다. 접촉은 지극히 가볍고 짧았는데도 아영은 자신도 모르게 그의 어깨로 몸을 기울였다. 오랜 세월 동안 차갑고 단단하게 포장해 왔던 외로움이 마침내 기댈 곳을 찾았다는 양 그의 어깨로 향했다. 그는 피하지 않고 담담히 감당해 주었다. 정신을 차렸지만 아영은 기댄 머리를 떼지 않았다. 이미 그는 괜찮다고 말해 준 것 같았다. 친구니까 괜찮다고.

※ ※ ※

오래전부터 그의 품에 안겨 호박색 호수를 품은 행성으로 날아가는 꿈을 꾸었다. 행성의 호수에 도착한 두 사람이 입을 맞추는 장면이 꿈의 끝이었다. 마침내 그 꿈이 현실로 이루어졌다.

끝일 듯하다가 이내 격렬하게 파고들기를 몇 번이나 반복했는지 모르겠다. 재하가 고개를 틀어 희주의 머리카락을 쓸어 주었다. 그녀는 그의 가슴에 손을 얹으며 어깨로 얼굴을 붙였다.

"괜찮아?"

"괜찮긴요. 얄미워요."

"뭐가."

그의 어깨를 깨물었다.

"난 아파 죽겠는데 삼촌은 승리 투수라도 된 것 같은 표정이잖아요."

휴대폰 소리에 잠에서 깼을 때 큼직한 벽시계는 10시를 가리키고 있었다. 재하는 보이지 않았다. 후다닥 일어나 전화를 받았다. 경자 이모였다.

— 지금 지영이한테 있어?

"어, 예. 오늘 좀 늦을 거 같아요."

— 가게는 내가 거들 테니 걱정 붙들어 두고 천천히 와. 근디

니 할머니가 지영이한테 전화하려고 드셔. 다쳤다니까 손수 위로
의 말이라도 주고 싶으신지…… 혹시 지영이가 전화 못 받으면 니
가 받아서 위로 전해라.

"네, 이모."

희주는 허겁지겁 지영의 번호를 누른 뒤 대충 옷을 걸쳤다.

— 음. 희주 네 말을 정리해 보자면, 난 다쳐서 입원했고, 곁에
는 네가 있다?

"미안해. 갑자기 여행 가느라."

— 오케이. 대신 여행 후기는 우정의 깊이만큼 정직하고 적나라
하게 보고하기다.

안도의 숨을 내쉬고 휴대폰을 갈무리하자 재하가 쟁반을 들고
들어왔다.

"조식 시간이 늦어서 셀프바 다녀왔어."

갓 구운 토스트와 햄버거, 그리고 음료, 향기 좋은 원두커피를
테이블에 내려놓고는 옷장 앞을 가리켰다. 그곳엔 쇼핑백이 놓여
있었다.

"갈아입을 옷이야. 직원에게 부탁한 건데 마음에 들지 모르겠
다."

그가 챙겨 온 음식과 커피를 기껍게 누리고 포크를 내려놓았다.

"기운 좀 차렸어?"

"예. 고마워요."

"고맙긴."

그의 눈웃음이 수상하게 변한다.

"그럼 슬슬 시작해 볼까?"

"뭘요?"

"뭐긴. 아직 경기가 다 끝나지 않았다지?"

※ ※ ※

한낮에 두 사람이 기차역을 빠져나오자 진우가 달려왔다.

"렌터카 부르셨죠?"

능청스럽게 말하곤 그대로 재하에게 키를 쥐여 준다. 그러곤 두 사람을 위아래로 훑어보았다. 그런 진우에게 재하가 적잖은 돈을 쥐여 주었다.

"감사합니다. 또 이용해 주십쇼. 전 약속 있어서 이만."

곧 날쌔게 사라졌다. 희주는 혀를 찼다.

"어쩐지 저게 차를 가져다준다고 우기더라."

재하의 승용차에 오른 희주는 그의 뺨을 쓰다듬어 주었다.

"삼촌이 많이 참아 주니까 아군이 늘어나잖아요. 그러니까 힘들어도 꼭 인내해야 해요."

"뭘. 더 힘든 일도 참았는데."

"네?"

"말했잖아. 희주 때문에 참느라 힘들었다고."

"바보."

"응?"

"좀 더 일찍 와도 됐을 텐데요."

피곤한 낯빛이었지만 그의 몸은 여느 때보다 가벼워 보였다.

"지영이 만나고 간다고?"

"네, 양심상 얼굴이라도 보여 줘야겠어요."

"점심까진 같이 해."

희주는 생각을 더듬다가 아차 싶어 부랴부랴 거울을 꺼내 얼굴이며 목을 살폈다. 온몸이 울긋불긋했지만 다행히 얼굴은 무사했다.

"어머님 식당으로 가요."

그는 선선히 고개를 끄덕였다. 그도 그녀와 같은 생각이었나 보다.

늦은 점심이라 식당은 한산했다. 신 사장은 한결 편안한 얼굴로 반색하며 마주 앉아 함께 식사를 했다. 하지만 재하의 차림새를 곰곰이 살피더니 뺨을 붉혔다.

"장항에서 오는 길이었니?"

"……."

"옷이 어제 그대로길래."

"뭐 어머니가 골라 준 옷이 편해서."

더 파고들지 않는 신 사장이 고맙다. 덕분에 거짓말을 하지 않아도 되었다. 하지만 희주를 향해 흐뭇한 웃음을 짓는 모습은 부담스러웠다. 빨개진 볼을 들키고 있으니 말이다. 신 사장은 밥을 뜨다 말고 조용히 일어나 주방으로 갔다. 돌아온 그녀의 손에는 쟁반이 들려 있었다. 철판에서 지글거리는 장어구이가 희주 앞으로 놓였다. 손수 가위로 잘라 야채에 싸 준다.

"전보다 살이 빠진 것 같다. 많이 먹어라."

오로지 희주 앞으로만 놓인 장어와 신 사장을 번갈아 보던 재하가 눈썹을 좁히며 고개를 갸울였다.

식사를 마치자 신 사장이 문득 생각난 듯 재하를 보았다.

"주원이가 다녀갔다. 여자 친구를 데려왔더라."

식당을 나와 차에 오른 희주는 비로소 주원의 이야기를 꺼냈다.

"말할 겨를이 없어서 못 했는데요, 저한테도 다녀갔어요. 최 선생님이랑 같이요."

✕ ✕ ✕

초저녁에 찾아온 재하의 손에는 식재료가 잔뜩 들려 있었다.

"시식 평 들으러 왔다."

주원은 그가 요리하는 모습을 가만히 지켜보았다. 재하는 무슨 큰 변화를 겪은 듯했다. 얼굴은 하얗게 피로를 품고 있었지만 표정이며 몸짓은 여느 때보다 밝았다. 뿐만 아니라 어쩔 수 없이 드러나곤 했던 날이 선 눈빛도 가뭇없이 사라져 있었다.

"먹자."

접시에 음식을 담아 준 뒤 제 몫까지 챙기고 마주 앉는다. 주원은 조용히 웃으며 포크를 집었다.

"장항은 잘 갔다 왔어?"

"응."

"어머님한테 들었어."

"너한테 안 알려서 서운하냐?"

"아니."

"하긴. 나도 네 소식 딴사람들한테 들었다."

'딴사람'에 '들'이 붙었다. 신 사장과 희주에게 모두 들었나 보다.

묵묵히 서로가 접시를 비웠다. 그가 설거지를 하는 동안 차를 탔다. 먼저 잔을 쥐고 겨울 플라타너스 앞으로 섰다. 한참 후에 재하가 옆으로 섰다.

"최 선생님이 여자 친구라지?"

예전에 넉넉히 누렸던, 재하 나름의 정이 담긴 담담한 목소리였다.

"벌써 2년 이상을 같이 했어. 나하고 맞는 친구야."

"그렇군. 혹시 내 눈은 속일 수 없어서 어머니나 희주를 통해 드러낸 건 아니지?"

"진심이야."

"주원아, 혹시 말야. 좋아하는 사람을 위해선 싫은 일도 하는 그런 거라면 그만해도 돼. 이젠 네가 좋아하는 것만 해도 돼."

주원은 잠시 스스로의 마음을 점검해 보았다. 문득 아영에게 미안한 마음이 든다. 꿀꺽 침을 삼키고 앞으로의 의지를 드러냈다.

"재하야, 나 진짜야."

"그래. 그렇다 치자."

차를 한 모금 들이켜고는 말을 잇는다.

"우린 친구니까 미안하단 말 남용하지 말자고 했었지?"

긴장되는지 또 한 모금을 마신 뒤 말한다.

"그럼에도 불구하고 해야겠어. 미안하다, 친구야."

여전히 그는 친구라고 불렀다. 단숨에 가슴이 훈훈해진 주원은 고개를 저었다.

"네가 미안한 일은 없을 거야."

"희주 이사 간 거…… 오해해서 미안하다. 미련한 녀석. 그냥 할머니가 시켰다고 말해 줄 것이지."

"아냐. 실은 크게 고민하지 않고 받아들였어."

"어쨌든."

"노래 불러 줄까?"

"응. 참! 내 기타 아직 있지?"

주원은 생긋 웃으며 고개를 끄덕였다.

제집으로 돌아가는 길에 재하가 걸음을 멈추고는 짐짓 매운 눈길을 날렸다. 곧 거두어들이고는 주원의 어깨에 손을 얹었다.

"주원아."

오랜만에 들어 보는 친근한 목소리였다.

"한 번만 더 묻자. 최 선생님…… 진짜야?"

"응. 믿어도 돼."

"믿고 싶어도 내가 알고 있는 하주원하고 영 어울리지 않아서 말야. 희주 초대하는 연주회에 최 선생님도 모셔. 내 눈으로 직접 두 사람을 본 뒤에 축하해 줄게."

재하를 배웅한 뒤 주원은 외출할 채비를 했다. 최 선생님이 어떤 차림을 칭찬했더라? 옷장 앞에서 머무는 시간이 길어진다.

카페의 아영은 여느 때와 달리 수줍음 가득한 미소를 품고는 주원을 맞이했다. 사무적으로 반색하던 모습과는 확연한 차이를 느낄 수 있었다. 마주한 그녀가 주원의 어깨를 힐긋 보고 보일 듯 말 듯 수줍게 웃었다. 그곳에 기댔던 일을 떠올리는지 싶다. 주원이 담담히 입을 열었다.

"최 선생님, 연극 3막도 올려야겠어요."

"결국 박재하 씨도 관객으로 초대되는군요."

"부탁드려요."

"선생님이 걱정이죠. 박재하 씨 눈은 속일 수 없다셨잖아요."

"그래서 어머님을 대신 찾아갔죠. 지금은 어렵지 않을 것 같아요. 아영 씨와 난 진짜 친구니까."

자연스럽게 처음으로 '아영'을 입에 올린 주원은 지그시 그녀를 바라보았다. 그의 내면으로 익숙한 듯하면서도 생소한 느낌이 스며든다. 실체를 더듬어 보았다. 어머니를 통해 누렸던 기분 좋은 방심과도 같았다. 이어서 그녀가 주원 자신에게 헌신했던 모습들이 펼쳐진다. 주원이 한참을 바라보자 아영이 갸웃했다. 주원은 문득 그녀의 가냘픈 체구를 가늠해 보았다.

"지금 생각해 보니 이해가 안 돼요. 내가 미련하게 아파 누웠을 때…… 내가 가벼운 체중도 아닌데 병원까지 어떻게 옮기셨는지."

"저도 가끔 궁금했는데 모르겠더군요."

"아무튼 최 선생님이 제 목숨을 구했어요. 감사 인사도 못 드렸어요."

"목숨까진 과합니다. 전 매니저잖아요."

"지금은 좋은 친구고요."

그녀가 눈을 반짝이며 고개를 끄덕였다. 지난날 그녀가 보여 준 행동을 떠올리자니 자못 편안한 부드러움을 소유한 여자만 보인다. 어쩌면 그녀를 만난 건 행운일지도 모른다. 세상과 스스로 벽을 쌓고 살면서도 자다가 눈을 뜨면 누군가 곁에 보이기를 갈망했다. 오랫동안 재하가 차지했던 그 자리를 아영이 대신해 줄 수도 있을 것이라는 기대감이 스민다.

※ ※ ※

'환자 보고 온 애가 어째 신바람인지, 쯔쯧.'

가게로 돌아와 할머니가 혀를 찰 만큼 해죽해죽 웃음을 흘리며 일했다. 잠자리에서도, 산보에서도 재하와의 시간들을 되뇌어 보고

378

볼을 붉히며 웃었다.

그렇게 며칠째 달콤하게 기억을 더듬는 희주의 위아래를 할머니가 찬찬히 살피더니 복잡한 표정을 짓고는 뜻 모를 한숨을 토했다.

"그려, 우는 것보단 낫다."

"참! 할머니 찜질팩 써 봤어요?"

어제 재하가 택배로 보낸 전기 찜질팩을 할머니 방에 넣어 두었다.

"한의원 가면 있는 건디 따로 쓸 일이 있남?"

"한의원 쉬는 날엔 집에서 쓰면 되잖아요."

"공연히 돈만 써 댄 겨. 경자 것은 또 왜 보냈는지, 원!"

살며시 따로 안겨 준 그것을 경자 이모는 할머니에게 자랑했나 보다.

"그리 돈 허비하는 양반은 식구 고생시키는 법이여."

"삼촌 돈 많은데요. 회사 사장님이잖아요."

"쯔쯧, 많으면 뭐혀. 살림 차릴 욕심 있다면 많을 때 아끼고 더 모아야지."

희주는 문득 할머니를 개구지게 바라보았다.

"지금 삼촌 되게 걱정해 주시는 거 맞죠?"

"아직 멀었어. 더 지켜볼 겨!"

"휴우, 우리 삼촌 사리 생기겠다."

"사리 생기라고 심술부리는 거여."

"하, 할머니."

"니가 아깝고 또 아까워서 사리 정돈 당연히 가진 양반이라야 맘 편하게 보내 줄 겨."

다시금 재하가 존경스럽다. 이렇게 말을 섞기만 해도 답답한데,

직접 겪는 재하는 오죽했을까.

점심을 먹으려다가 늦은 오후의 손님을 맞이한 희주는 반가워서 아이처럼 펄쩍 뛰었다.

"주원이 삼촌!"

아영과의 동행이 이전보다 훨씬 반갑다. 그들은 남쪽으로 여행 중이라고 했다.

세 사람은 같은 테이블에 앉아 밥을 먹었다.

주원은 드문드문 수저질을 멈추고 희주를 물끄러미 바라보았다. 그녀는 지금 여고생 때처럼 천진한 웃음을 흘리며 밥을 삼키는 중이다. 모래밭에 건반을 그리고 피아노를 치던 소녀에 이어 풀밭에서 달을 가리키던 여고생의 모습이 눈에 선하다. 제 고모와 통화하며 동생에 관한 사랑으로 삶의 무게를 애써 감당하던 짠한 모습도 보인다. 그때 위로로 건네주었던 피아노 소리는 잘 전달되었는지 모르겠다. 풀밭 위의 노래에 담았던 그녀를 향한 사랑은 닿지 않았으리라. 참 다행이다.

아영이 잠시 자리를 비웠다. 그러자 희주는 아까부터 궁금했던 주원의 시선을 담담히 마주했다. 순간 가슴이 아려 왔다. 일전에 주원이 돌아보며 건넸던 그 눈빛이었다. 묘하게도 자꾸만 어른거렸던 눈빛의 의미를 헤아리고자 계속 바라보았다. 힘들었던 날들을 감당하게 해 주었던 그의 노래와 위로가 생각난다. 그의 영혼은 투명하기만 했고, 남자로서도 무채색이었다. 때문에 전혀 거리끼지 않고 가까이 할 수 있었다. 순간 기억에 담지 않았던 모습 하나가 머릿속을 가로지른다. 알게 모르게 재하를 향한 마음을 드러냈다. 그때마다 주원의 얼굴로 스쳤던 것은…… 아닐 거야. 희주는 애써 생각의 방향을 돌렸다. 아름다운 여름밤의 풍경만 품고는 그에게 마음으로 말했다.

고마워요.

주원은 그녀의 표정을 읽을 수 있었다.

고마운 건 나야. 희주로 인하여 세상 밖으로 나오려고 안간힘을 썼거든. 닿고 싶어서 발버둥 친 덕분에 이렇게 지금 세상 밖으로 나왔어. 비록 희주에게까진 닿지 못했어도 새로운 친구까지 얻었어. 고마워. 그리고 사랑해. 다른 여자를 곁에 두고 사랑을 말하는 것이 예의가 아닌 줄은 알아. 하지만 연극을 빌려서라도 희주를 편하게 해 주고 싶었어. 지금도 사랑하냐고 묻는다면 그렇다고 답할 거야. 그렇지 않으면 그동안의 내 사랑이 가짜가 되거든.

다시금 바라본 주원의 눈빛은 여전히 애잔했다. 왠지 딸을 시집 보내는 아버지의 눈빛이 이럴 듯하다.

베풀어 준 사랑은 잊지 않을게요.

자리를 비웠던 아영이 주원 곁으로 앉았다. 주원은 희주를 향해 속말을 이었다.

안녕, 나의 뮤즈, 내 사랑. 이제 가슴으로 영영 묻을 시간이야.

주원은 방금 두 사람의 모습에 가벼운 탄식을 삼켰던 아영을 바라보았다. 그러고는 가득한 정성으로 함박웃음을 지었다.

이젠 내 모든 사랑을 이 사람에게 집중할 거야. 안녕하세요, 아영 씨.

주원은 아영의 등을 쓸어 주었다. 그러고는 그녀의 귓전 가까이 입을 가져갔다.

"맛있게 드세요, 아영 씨."

주원의 해맑은 웃음을 아영이 수줍게 따라 했다.

"사귄 지도 얼마 안 됐으면서 벌써 맴 맞는 부부 같아."

두 사람을 배웅하고 돌아온 희주에게 할머니가 건넨 소감이었다. 희주는 아니라고 말하려다가 가만히 떠올려 보았다. 그들은 첫 방문 때 보여 주었던 살가운 행동에는 인색해졌고, 눈짓과 웃음만을 나누었다. 하지만 그것에는 언어보다 많은 그 무엇이 오갔다는 생각이 든다. 이내 할머니의 말에 동의했다. 그러자 주원이 건넸던 애잔한 눈빛이 어른거린다. 딸을 시집보내는 아버지의 눈빛에 무언가 보태진 듯한데 실체가 안 잡힌다. 속절없이 가슴만 아려 왔다.

※ ※ ※

아영은 남쪽으로 차를 몰고 있는 주원에게 물었다.

"제가 오늘 잘한 건가요?"

"아영 씨…… 무슨 말이죠?"

"제 몫의 연극 말예요."

"어? 여긴 2막에서 끝났잖아요."

"그럼 여긴……."

"우린 그냥 여행 중에 밥 먹으러 들른 거 아닌가요?"

그렇다면 그의 은은한 눈빛과 정이 듬뿍 담겼던 웃음, 그리고 함께 속삭였던 자상함이 연극이 아니었던 걸까?

"아영 씨, 적어도 제 몫은 말이죠. 연극이 아니었어요. 그리고 이제…… 내 뮤즈는 영원히…… 오로지 뮤즈로만 남았어요. 그 마지막 절차를 아까 치러 냈거든요."

아영은 좁혀진 눈썹을 이내 풀어내며 앞을 가리켰다.

"가요. 멀리까지."

"다음엔 예지도 데려오면 좋겠어요. 더 친해지고 싶어요."

아영은 흠칫하다가 시선을 돌리고는 흐뭇하게 웃었다. 창으로 보이는 겨울나무가 참 예쁘다.

※ ※ ※

주말 아침의 고속도로는 밀리지 않았다.

"야, 너무 늦다. 좀 밟아."

재하가 운전석의 진우를 채근했다.

"형 목숨은 이젠 형 것만이 아니에요."

"오냐. 누나 거다. 그래도 너무 늦다."

진우는 아랑곳하지 않고 속도를 높이지 않았다.

"형, 지난 일요일에 내가 왜 역까지 차 가지고 간 줄 알아요?"

"부업 아니었냐?"

진우는 차를 바꾸려고 부지런히 돈을 모으고 있었다. 운전대를 잡고 있는 지금도 돈을 버는 중이다. 즉 강제 대리운전이었다.

"누나한테 물어보고 싶은 게 있었어요. 근데 차마 못 물어보겠더라고요."

"뭘?"

"형, 그날 밤 누나하고 가불 처음이었죠?"

"가불?"

"신혼여행 가불이요."

재하는 한참 생각한 뒤에야 알아차렸다.

"그래, 그래."

처음엔 은근히 재하를 경계하며 제 누나와 그를 감시했던 진우였다. 그런데 이런 이야기까지 스스럼없이 건네는 사이로 발전한

게 새삼 뿌듯했다.

"실은 난 형이 몸에 문제가 있을까 봐 걱정했어요."

"문제는!"

"가불까지 6년하고 4개월이 됐나? 지금이 조선시대는 아니라서, 형 몸이 정상이라면 좀 이해가 안 되길래요."

"와, 날 뭘로 보고. 누나를 아끼느라 그랬다. 됐냐?"

"그래서 하는 말인데요. 누나 말고 다른 여잔 차에 태우지 말아요."

"원래 안 태워."

"지난주에 아파트 앞에서 여자 내려 주던데."

"지난주?"

"으슥한 밤에."

기억을 더듬어 보았다. 헛웃음이 터진다.

"야! 좋은밥상 아줌마다. 거기 갔다가 어머니가 떠밀어 태워 드린 거다."

"젊던데요?"

"마흔 한참 넘기신 아줌마라고!"

"마흔이면 젊죠. 어쨌든 여자 맞고요. 앞으론 여잔 태워 주지 말아요."

어이가 없어서 쳐다보는 재하에게 진우는 눈길 한번 주지 않고 전방만 주시했다.

"태워도 되는지 누나하고 할머니한테 물어볼까요?"

"으냐, 알았다. 근네 스토커냐? 평소에도 내 스케줄 꿰고."

"저녁 운동 하다가 우연히 봤어요."

"아무렴."

재하는 뒷좌석의 선물 꾸러미를 힐긋 보았다. 궁금증 하나가 찾아든다.

"할머니 생신은 원래 모레니까 너도 가불 축하하러 가는 거지?"

"할머니가 가불 당하시는 거죠."

"그러면 너네……."

큰아빠나 고모도 주말에 미리 오실 수 있겠네?

재하의 뒷말을 예감하며 지레 고통을 드러내는 진우의 모습에 차마 친척을 언급하지 못했다.

"……가자, 빨리."

얼버무렸지만, 눈치 빠른 녀석은 아픈 기억이 떠올랐는지 단박에 눈이 빨개졌다.

"내가 형한테 협조 많이 했잖아요."

"고맙다."

"그래서 하는 말인데요, 누나한테 잘해요."

흔들리는 목소리가 제법 뜨겁다.

"말이라고."

아마도 제 누나가 유일한 울타리가 되어 준 시절을 떠올렸나 보다. 연신 슴벅거리며 빨개진 눈을 수습한 진우가 화제를 돌렸다.

"근데 누나는 왜 형보고 삼촌이라 불러요?"

"애칭이야."

진우가 갸웃하며 중얼거렸다.

"근데 폰에는 왜 오빠라고 저장됐지?"

이윽고 장항으로 진입했다. 재하의 얼굴에는 알 듯 모를 듯한 미소가 번졌다.

※ ※ ※

점심 손님을 얼추 치러 낸 희주는 할머니 몰래 가게 출입문 바깥으로 '점심 식사 마감'이란 푯말을 달았다. 주방의 재하는 할머니의 만류에도 아랑곳하지 않고 분주히 손을 놀렸다. 희주가 곁에서 도왔다. 바라보는 할머니의 표정이 곰살궂지 못했다.

"냉장고에 먹을 거 천지인디. 비린내 풀풀 내면서 수선이여."

혀를 차는 할머니를 희주가 홀로 떠밀었다.

"제발 좀 앉아 계시라고요."

"흥! 그려, 남자가 니 밥도 맨들어 주니 좋긋어."

미리 예비 조리를 해 놓은 탓에 음식은 금방 완성되었다. 두 테이블을 붙여서 만든 자리로 속속 음식이 놓였다. 조기찜과 민어구이가 주메뉴인 화려한 상 앞에 할머니도, 경자 이모도, 영미도 눈을 동그랗게 뜨고 연신 감탄했다. 그 사이로 진우가 케이크를 올렸다. 그때서야 점심의 주인공을 알아차린 할머니가 재하와 희주를 번갈아 보았다. 희주가 입술에 검지를 댔다.

"일단은 맛나게 드세요, 네?"

할머니는 눈을 흘기다가 진우가 쥐여 준 케이크 칼을 받아 들었다. 박수를 받으며 케이크를 자르자 진우가 젓가락을 쥐여 주었다. 눈앞의 민어구이와 큼직한 조기찜을 한 젓가락씩 뜨더니 이마를 찌푸렸다. 이내 젓가락을 탁 놓고 일어나 밖으로 나가 버렸다. 화가 난 듯한 그 모습에 모두가 얼어붙었다. 재하의 눈짓을 받은 희주가 뒤따랐다.

가게 옆으로 선 할머니는 찬바람을 맞고 있었다.

"왜 그러세요. 맛이 이상해요?"

"들어가. 너나 많이 먹어."

잔뜩 골이 나 보이는 모습에 희주는 오전부터 켜켜이 쌓였던 짜증을 드러내고 말았다.

"할머니, 시험도 좋지만 이건 아닌 것 같아요. 삼촌이 오늘 같은 생선 요린 약하거든요. 할머니가 좋아하신다고 하니까 따로 연습해서 차린 상이란 말예요. 진짜 너무해요!"

붉어진 눈시울을 슥 훔치고 바라보다가 움찔했다. 할머니의 눈도 붉어져 있었다. 콧등으로는 축축한 방울 하나가 맺혀 있다. 그때 경자 이모가 밖으로 나왔다.

"썩을!"

툭 뱉더니 할머니는 안으로 들어갔다. 따르려는 희주를 경자 이모가 잡아챘다.

"희주야, 할머닌 슈퍼맨 신사 때문에 골이 나신 게 아녀."

과연 할머니의 모습은 석연찮았다.

"낮에 니 큰아부지 내외가 오기로 했는디, 저녁에 온다더라. 뻔하지. 오기 싫은 마누라하고 싸운 겨."

이미 알고 있다. 고모도, 큰아버지도 저녁에야 온다고 하니까 마주치기 싫은 진우가 일찍 방문한 것이다. 경자 이모가 어깨를 토닥여 준다.

"니 고모도 아니고, 며느리도 아닌 신사한테 당신이 제일 좋아하는 음식을 받으니 맴이 오죽 심란하긋어?"

"하지만 그걸 왜 삼촌 앞에서 푸셔야 하죠? 어른이 말예요."

어린 저도 알고 있는 경우를 할머니는 왜 모르실까요?

"맴 들키겠다 싶으면 심술로 가리는 게 니 할머니 특기잖어. 더구나 인정해 버린 사위 앞에서 얼마나 낯 뜨겁겠어."

문득 희주의 가슴이 두근거렸다.

"할머니가 삼촌을 인정하셨다고요?"

"어쩌겠냐. 둘이 만리장성까지…… 어험! 그보다 희주야, 너 환자 돌본다고 갔던 날, 내가 전화했잖어? 내가 니 할머니한테 당해 버렸어. 어쩐지 니 친구한테 전화 걸어야겠다고 광고를 하시더라. 너한테 얼른 알려 주려고 몰래 전화 걸었는디 말여……."

짐작대로 과연 경자 이모는 빤히 알고 전화를 걸었던 것이다.

"……마치고 돌아보는디 니 할머니가 떡 버티고 서 계시지 뭐여. 너하고 슈퍼맨 신사하고 엮인 날만 보일러가 고장 났던 게 할머니 촉에 걸린 겨. 추워. 어서 들어가자."

희주는 아무 일도 없었던 것처럼 자리에 함께했다. 할머니는 시종 시큰둥한 표정이었지만 생선으로 향한 젓가락질은 게으르지 않았다.

"잘 먹었네."

새침하게 재하의 노고에 답도 해 주셨다. 그릇을 치우며 희주가 속삭였다.

"이젠 시험 끝난 거죠?"

"어림없는 소리. 니 눈물 값까지 받아 내려면 멀었어."

따지고 싶었지만 아까 본 할머니의 시린 모습이 떠올라 입술만 비죽였다.

주방에서 나온 할머니의 팔을 진우가 잡아끌었다.

"빨리 가요."

"에구, 할미가 뭔 영화를 본다고."

"누나가 의리 없이 할머니는 떼 놓고 갔다면서요. 제가 대신 모시는 거예요."

"거참!"

"저랑 같이 팝콘 먹으면서 함께 영화 보는 게 싫어요?"

"그려, 우리 진우가 원하니까 할미가 가마. 기다려. 옷이나 갈아 입게."

할머니가 주방에 딸린 쪽방으로 들어가자, 진우가 재하에게 속 삭였다.

"세 시간은 확실히 책임질게요."

음흉한 웃음으로 반색할 줄 알았던 재하가 자못 진지하게 진우 의 어깨로 손을 얹었다.

"넌 그길로 올라간다고?"

"예, 형."

재하가 주방 안의 경자 이모와 영미를 힐긋 보고는 진우를 멀찍 이 떨어진 테이블로 데려갔다. 희주도 조용히 따라갔다.

"진우야."

부르는 재하의 목소리는 진중하고도 부드러웠다.

"친척 만나는 게 영 내키지 않냐?"

진우가 미간을 찌푸리며 고개를 끄덕였다.

"스물한 살 때 내 모습하고 지금 네 모습을 비교해 봤다. 결론 은 네가 훨씬 훌륭하다는 거야. 그러니 당당해도 돼. 영화 끝나면 돌아와서 같이 가자. 네가 누굴 피할 이윤 전혀 없어."

"그냥 짜증 나서요."

"짜증 나도 누나를 위해 보여 줘. 누나가 널 이만큼 잘 키워 줬 다고 멋지게 보여 줘. 나 빈말 안 하는 거 알지? 내가 봐도 넌 멋 지게 자란 거 맞아."

진우의 얼굴은 시종 일그러져 있었다. 버려질지 모른다는 공포에 떨었던 어린 날의 상처는 온전히 치유되지 않은 상태다. 그것을 알고 있는 희주가 재하를 제지했다.

"놔주세요. 진우는 아직 준비가 안 됐나 봐요."

재하가 진우의 어깨를 토닥였다.

"기억해라. 네 옆엔 할머니가 계시고, 형하고 누나도 있다."

할머니와 진우가 가게를 벗어나자, 경자 이모가 두 사람을 내몰았다.

"영미하고 난 가게 지킬 사람이고, 도움 안 되는 사람들은 어서 나가셔."

가게 밖으로 나서는 두 사람을 경자 이모가 짓궂게 배웅한다.

"볼일 천천히들 보셔. 늦어도 되니 일 보다 말고 오진 말구."

"무슨 볼일인데요?"

곁에 선 영미가 갸웃하자, 경자 이모가 옆구리를 쳤다.

"야가 어딜 끼어!"

✕ ✕ ✕

진우가 보장한 세 시간을 조금 넘겼을 뿐인데도 식당 안으론 많은 일들이 벌어져 있었다.

멀리서 봐도 안에 앉아 있는 사람들이 누구인지 알 것 같다. 가까이 가서 봤더니, 과연 할머니가 빨리 돌아오게 된 이유가 된 큰아버지와 고모 내외였다.

"진우야, 어여 들어가자."

할머니의 애원에도 진우는 문 앞에서 버티는 중이다. 재하와 희주를 발견한 할머니가 진우를 가리키고는 안으로 들어갔다. 재하가 눈짓으로 안을 가리키며 묻자, 희주는 고갯짓으로 그들이 맞다고 답해 주었다. 재하가 진우 옆으로 다가가 어깨를 감쌌다.

"잘 왔어. 진우가 힘들 때 누나가 지켜 줬지? 그때 누나 판단이 옳았던 것 같아?"

진우가 끄덕였다.

"이제 누나가 옳았다는 걸 진우가 보여 줄 때야. 가자."

진우는 그대로 선 채 희주를 멀거니 바라보았다. 천천히 재하의 손을 떼어 놓았다. 그러고는 제 발로 가게 문을 열었다. 큰어머니는 끝내 오지 않았는지 보이지 않았다. 할머니는 주방으로 들어가 경자 이모와 영미에게 무언가를 시키고 있었고, 홀에는 세 사람이 앉아 있었다. 정중히 묵례를 건네고 돌아서는 진우에게 큰아버지가 혀를 찼다.

"저놈은 나이를 먹어도 입이 열릴 줄 몰라."

고모가 두둔해 준다.

"오빠도 참. 원래 말이 없는 애잖소. 그래도 인사는 예쁘게 하네."

큰아버지의 시선이 재하를 훑다가 희주에게로 옮겨진다.

"누구?"

마땅한 호칭이 떠오르지 않아 희주가 머뭇거리자, 고모부가 시큰둥하게 재하를 훑어보았다.

"거 본인 소개 좀 합시다."

인테리어 사업에 실패한 뒤 험한 현장을 떠돈 탓인지 함께 살 때보다 말씨가 더 투박했다.

"누구신데요?"

재하가 퉁명스레 받아쳤다.

"뭐요?"

고모부의 눈썹이 찌푸려졌다.

"제 소개를 받을 자격을 있는지 알고 싶어서요."

나직하고도 냉담한 말씨였다. 힐끔거리던 할머니가 서늘해진 분위기를 알아채고 대신 답을 준다.

"내가 한 번 말했잖어. 회사 사장."

고모부의 얼굴로 비웃음이 번졌다.

"아! 산적이란 양반 말이죠!"

일부러 낸 큰 소리였다.

"이 사람이!"

할머니가 재하를 힐끔 보며 고모부를 꾸짖었다.

"매형이에요!"

순간 모두의 시선이 진우에게 쏠렸다. 주방 앞으로 서서 등만 보이고 있던 진우가 찬찬히 몸을 돌렸다.

"그래서 하는 말인데요. 함부로 말씀하지 마세요. 저희 누나하고 결혼할 형이에요."

"저 새끼가."

고모부가 벌떡 일어났다. 고모부도 한 덩치 했지만 재하와 비교가 되진 않았다.

"앉으시죠."

어깨를 누르는 재하의 완력에 고모부는 도로 의자에 엉덩이를 붙였다.

"저 새끼가 아니라 내 처남 될 사람입니다. 예의를 지킵시다."

재하의 칼날 같은 눈길과 고모부의 비릿한 눈길이 대치했다. 큰

392

아버지가 두 사람 사이로 끼어들었다.

"지금 뭐 하는 거야. 좋은 날에 어머니 앞에서."

"엄마, 아직 멀었어요? 빨리 나갑시다!"

고모가 미간을 찌푸리며 할머니를 채근했다. 그러고는 희주에게 눈을 흘겼다.

"어디 무서워서 앉아 있겠니. 예나 지금이나 사람 보는 눈이 이리 없어서야, 쯔쯧."

순간 지난날 오로지 그들의 기준에 어울리는 삶을 강요하던 고모 내외의 모습이 떠올랐다. 입술을 깨물어 더운 눈시울을 다스리고는 조소를 흘렸다.

"고모는 옛날이나 지금이나 변함없으시네요. 진우는 성숙해져서 한껏 넓어졌는데 말이죠. 사람 보는 눈이 없다고요?"

이내 흐느끼며 목청을 높였다.

"예의를 지키세요. 저뿐만 아니라 진우까지 사랑해 주는 사람이에요. 통 적응이 안 되고 또 안 되어도 저의 할머니란 이유로 다 받아 주고 감당해 준 분이라고요!"

재하가 희주의 손을 잡아챘다.

"그만 가자. 적어도 우리 의무는 다한 것 같다."

재하는 희주를 안아서 토닥거리고는 진우를 보았다.

"진우 너도 네 몫의 예의는 다 차린 것 같다. 아니, 네가 가장 어른이었다. 가자."

진우는 움직이지 않은 채 할머니를 아픈 눈길로 바라보았다. 가슴을 움켜쥐고 홀을 주시하던 할머니에게 재하가 꾸벅 고개를 숙였다.

"분위기 깨서 죄송합니다."

"알아서 다행이네."

고모부가 빈정거렸다. 그때 할머니의 삿대질이 고모부를 겨냥했다.

"자네야말로 뭘 모르네! 어째 다들 어린 진우보다 속이 없는겨! 그리고 말여. 저 양반 산적 아녀. 내가 잠깐 눈이 멀어 실수한 겨. 지들 큰아부지도, 고모도 외면했던 불쌍한 남매를 살뜰히 돌봐 준 신사라구!"

"엄마!"

고모가 발끈하며 일어났다. 할머니는 콧방귀로 무시하며 말을 이었다.

"그려, 밥 한 끼 사 주러 먼 길 왔으니 유세하고 싶것제. 일없어. 며느리도 아니고, 딸도 아니고 저 양반이 손수 생일상 챙겨 줘 배불러. 낮에 그 밥을 뜨려는디 저 양반이 희주하고 진우 밥을 챙겨 준 정성이 딱 그런 정성 같아서, 생판 남한테 그 정성을 받았을 짠한 얘들이 생각나서 첨엔 못 넘겼어. 저 양반이라도 없었으면 어린 갸들이 어디 제대로 된 밥이나 먹어 봤긋어!"

큰아버지가 다가가 젖어 있는 할머니의 눈을 손수건으로 훔쳐 주었다.

"저희들도 반성하고 있어요. 그만 용서해 주세요."

"봐라, 우리 진우. 얼매나 의젓하게 자랐는지. 또 어째서 지 친척이 아니라 저 양반 편을 드는지 생각 좀 혀봐."

큰아버지가 고개를 주억거렸다.

"맞네요, 어머니."

진우가 빨개진 눈을 하고 할머니의 손을 그러쥐었다. 할머니가 재하를 가리켰다.

"그리고 신사 양반, 참는 정성은 기특하디 말여. 이럴 땐 골을 내도 괜찮혀. 제 색시가 억울한 소릴 듣고 눈물 짜면 나서도 되는 법이여."

재하는 가만히 할머니를 바라보다가 피식 웃었다.

"골, 이미 낸 줄 알았는데 넘어가 주셔서 감사합니다."

재하는 실내의 모든 사람들을 찬찬히 둘러본 뒤 할머니를 향해 또 머쓱하게 웃었다.

"그보다 제가 분위기를 깬 건 맞는 것 같네요. 할머님이 수습해 주시면 감사하겠습니다."

"그려, 그려. 저녁은 우리끼리 먹을 테니 진우랑 희주 데리고 어여 가게나."

돌아가는 길에도 진우가 운전대를 잡았다. 세 사람은 한참 동안 말이 없었다. 하지만 서로의 눈길이 섞일 때마다 무언가 여러 마음들이 오갔고, 저마다 와닿는 그 마음이 제 마음과 비슷해 보여 서로 반기는 웃음을 나누었다.

식당에서 격했던 감정을 온전히 수습한 희주는 차분하게 아까의 장면을 돌이켜 보았다. 문득 생각이 나서 옆자리의 재하를 툭 쳤다.

"오빠, 나중에 할머니가 성내도 된다고 하셨잖아요?"

재하는 회심의 미소를 지었다.

"함정 같더라."

희주는 큰 숨을 내쉬었다.

"큰일 날 뻔했네. 나도 참 둔해. 이제야 의심해 보네요."

"함정 아니었어도 똑같이 행동했을 거야."

"정말요?"

"그때 난 희주가 원하는 것이 무엇일까, 생각했거든."

"맞아요. 오빠 내가 바라는 대로 행동했어요. 그나저나 오빠는 수 싸움에 능한 것 같아요."

"당연하지. 에이스의 조건이니까."

그의 눈빛이 수상하게 반짝였다. 그러곤 앞자리의 진우를 불렀다.

"넌 오늘 약속 있어서 일찍 갈라선다고?"

"제가요?"

룸미러로 비친 진우의 의심스러워하는 눈초리를 일견한 재하가 지갑을 꺼냈다.

"그러고 보니 내가 대리 비용을 아직 못 줬더라."

날름 돈을 받아 챈 진우가 문득 생각난 듯 제 머리를 탁 쳤다.

"중요한 약속을 깜박했네!"

중간의 큰 도시에 이르러 진우는 재하에게 운전대를 넘기고 유유히 사라졌다.

재하는 방향을 틀었다. 곧 전에 왔던 호텔이 시야에 잡혔다. 희주가 홱 고개를 돌렸다.

"설마. 또요?"

"오늘 밤은 할머니가 마련해 주신 선물이야. 헛되이 쓸 순 없지."

"오빠, 하루 두 번 게임하는 법은 없어요!"

머리를 감싸는 희주에게 재하가 바짝 붙어 속삭였다.

"연속 경기, 더블 헤더 몰라?"

※ ※ ※

일요일에는 딱히 끼니를 해결할 데가 없는 손님들이 들른다. 최근에는 외국인 근로자들도 휴일에는 모국의 음식을 직접 해 먹는 추세여서 경비실 직원이나 객지 생활을 하는 몇몇 사람들만 식당을 이용한다. 그들의 공통점은 음식을 감사하게 받아들인다는 것이다. 밥을 팔아 주러 왔다는 마음보단 누군가 자신을 위해 준비한 끼니를 오롯이 누리고자 하는 마음이 더 커 보였다. 그렇게 한 끼니의 밥을 통해 그들은 허기진 가족의 따스함까지 채우는 듯싶었다. 그리고 그런 모습들 때문에 별 벌이도 없는데도 점심 장사를 거르지 않는다.

첫 손님은 반가운 얼굴이다.

"재하 형은 안 왔어요?"

진우는 일전에 한 번 왔을 때처럼 재하를 먼저 찾았다. 신 사장은 반찬 용기를 열면서 물었다.

"만나기로 했어?"

"아뇨. 그냥 여기 있나 해서요."

"밥 먹어라."

이곳은 선불인지라 진우는 지갑을 먼저 꺼냈다.

"돈 먼저 받으세요."

"됐어."

"어, 그럼 다음엔 못 오는데요."

다음에 또 편하게 오길 원했기에 계산을 치렀다.

"아침은 먹었니?"

"아침 겸 점심이에요."

식판에 음식을 담아 혼자 밥을 뜨는 진우를, 신 사장은 주방에서 손을 놀리며 힐끔힐끔 보았다. 코트를 벗으니 적당히 살이 붙어 더 단단해 보이는 골격이 느껴져 신 사장은 조용히 웃었다. 붙임성은 통 찾아보기 힘들고 막연한 적개심이 엿보였던 중학생 아이가 이렇듯 멋진 청년으로 자랐다. 할머니뿐 아니라 희주의 노고도 적잖았으리라.

주방에서 데운 장조림과 뼈다귀김치찜을 그릇에 담아 진우의 테이블로 놓아 주었다. 재하나 희주가 들를지 몰라 조금씩 준비해 둔 음식이 유익하게 쓰인다.

"어, 괜찮은데요."

"있던 거 내왔어."

진우가 불편하지 않도록 커피를 들고 한 테이블 건너로 앉았다. 밥을 뜨던 진우가 고개를 들었다. 신 사장의 눈길과 마주치자 머쓱하게 웃으며 곧 시선을 내렸다. 다시금 묵묵히 음식을 뜨다가 김치찜과 장조림을 가리켰다.

"지금도 맛있네요."

무슨 말인지 바로 알아들었다. 중학생 시절에 제 누나가 무시로 챙겨 갔던 음식이니 말이다. 그 말을 건네는 게 뭐가 부끄럽다고 진우는 또 머쓱하게 웃는다.

"옛날에 첨 먹을 때부터 맛있더라고요. 다른 반찬도 다요."

볼을 살짝 붉히며 머리까지 긁적인다. 왠지 가슴이 훈훈해져 신 사장도 흐뭇하게 웃었다. 멋쩍어 말머리를 돌렸다.

"주말엔 혼자 밥 먹지 말고 여기 와서 먹어."

"특근 때문에 자주는 못 올 것 같아요."

"찬 좀 싸 줄까?"

"아니에요. 밥은 다 회사에서 먹어요."

이내 진우는 묵묵히 밥만 떴다. 드문드문 쳐다보다가 신 사장과 눈길이 섞이면 머쓱하게 웃으며 시선을 내리곤 했다. 바라보는 신 사장의 마음으로 막연히 짠한 기운이 스민다.

식판을 정리한 진우가 코트를 걸쳤다. 나가기 전에 손에 쥔 종이 봉지를 후다닥 건네준다.

"드세요."

이내 뒤돌아 밖으로 나가 버린다. 봉지 안에 담긴 건 커피믹스 상자였다. 신 사장이 즐기는 딱 그 커피였다. 문득 배웅을 못 했음을 깨닫고 부랴부랴 뛰쳐나갔다. 막 출발하려는 진우의 승용차 창이 내려졌다.

"또 와라."

진우를 붙들어 놓고는 고작 그 한마디밖에 건네지 못했다. 진우는 멍하니 바라보다가 수줍게 웃었다.

"예. 또 올게요."

신 사장은 방긋 웃으며 고개를 까닥거렸다.

※ ※ ※

곧 손님이 들이칠 시간이다. 생신을 미리 축하드린 마당에 할머니에게 일요일 주방 일을 떠안길 수 없어서 일찍 돌아가는 중이다. 장항 초입의 풍경을 훑던 희주가 운전석으로 고개를 돌렸다.

"아무래도 어머님한테 안 가 본 게 걸려요."

"됐어. 좋은 소식 가지고 다음에 가면 돼."

"좋은 소식 안겨 드릴 자신은 있죠?"

"그래서 금쪽같은 시간 포기하고 가는 거잖아."

어제 할머니의 반응으로 미루어 보면 허락한 것이나 다름없었다. 돌연 시치미를 떼곤 하는 할머니인지라 확답을 받을 필요가 있었다.

"참! 체력 관리 시켜 줘서 고마웠어요."

"나 그리 매정한 사람 아냐. 점심 장사 해야 한다는 사람한테 뭐 어쩌겠어."

"그래서 하는 말인데요."

"안 하면 안 돼?"

"호텔은 그만 가요."

"안 돼."

"왜요? 영화도 보고, 산보할 시간도 나고 얼마나 좋아요."

"안 돼."

"내가 진짜 원하는데도요?"

말이 궁해진 듯 한숨만 토하다가 볼멘소리를 한다.

"살려 주라."

"내가 할 말이에요."

희주는 고개를 절레절레 흔들었다.

"호칭을 바꿔야 할까 봐요. 짐승 오빠로."

가게는 아직 분주하지 않았고, 할머니와 영미가 여유롭게 손님을 치르고 있었다. 두 사람이 소매를 걷어붙이고 주방으로 들어서자, 할머니가 희주의 위아래를 훑었다. 옷은 호텔에서 갈아입었다.

"어디서 오는 길이여?"

"어, 축구······."

미처 각본을 준비 못 한 탓에 당황해 버렸다.

"……축구장 가서 영화도 보고 산보했어요."

"진우한테 전화했더니 야구장 갔다든디?"

"어, 같이…… 나란히 붙어 있어요. 축구장이랑 야구장이랑."

야구장을 간다고 진우와 입을 맞춰 놓고도 실수를 했다. 할머니가 혀를 찬다.

"처녀가 남자한테 홀랑 빠지면 거짓말이 는다더니. 한겨울엔 뭔 축구여. 하려면 제대로 하던가. 전화라도 혀! 어딨는지 알아야 걱정 안 할 거 아녀."

"죄송해요."

희주는 빨개진 얼굴로 푹 숙였다. 재하에겐 힐끔거리기만 할 뿐 가타부타 말이 없었다. 점심을 얼추 치르고서야 재하를 불러 앉혔다.

"먼저 묻고 싶은 게 있네."

"말씀하십시오."

"자네 어머니가 희주를 애낀다는데 참말인가?"

"네, 희주만 보면 마치 선보는 아가씨처럼 좋아합니다."

할머니는 재하를 뚫어지게 바라보다가 질끈 눈을 감고 고개를 끄덕였다.

"내가 노파심에 심술이 과했던 것 같네."

"뭐 다 희주를 위해셨잖습니까."

"그리 말해 주니 고맙네. 이번에 내 주변 사람들이 말여. 어째서 내가 아닌 자네 편을 들어준 줄 알어? 지성이면 감천이라고, 자네가 희주나 나한테 내놓는 정성이 참해 보이고 기특해 보여 그런 겨. 가만 보니 다들 자네 편이 됐어. 그럼 된 겨."

"방금 그 말씀은⋯⋯."

"그려, 늙은이 한 사람 눈은 속여도 여러 눈은 속일 수 없는 법 인디, 다들 자네 편이여. 애당초 내가 알아보고 싶은 게 그거였네. 모쪼록 우리 희주한테 그 참한 정성 잊지 말고 꼭 품고 살어."

진중히 귀를 기울이던 재하가 벌떡 일어났다.

"명심하겠습니다! 감사합니다!"

바닥으로 몸을 낮추더니 넙죽 절을 했다.

"쯔쯧, 남우세스럽게."

혀를 차는 할머니의 입꼬리가 올라갔다. 희주가 다가가 어느덧 살짝 굽어 버린 등으로 붙어 부드럽게 안았다.

※ ※ ※

산속의 펜션에서 바라본 하늘은 총총히 빛나는 별들로 가득했 다. 커다란 별무리 하나가 불꽃 고리 모양 새로 설핏 흔들렸다. 순 간 주원의 영혼은 별의 꽃가루를 뒤집어쓴 양 환희로 들어찼다. 오 선지로 향한 연필이 빠르게 움직였다.

곡이 완성되자 바로 가사를 써 내려갔다. 막히면 고개를 돌려 침대에서 잠들어 있는 아영을 바라보았다. 그러면 다시금 술술 풀 렸다. 한 공간에 있는 여자에게 연애편지를 쓰는 일은 즐겁기만 했 다. 생각한 만큼, 진심으로 그녀를 많이 생각하고 느끼는 만큼 연 애라는 실체에 점점 가까워짐을 헤아렸다.

주원은 발코니의 테이블에서 몸을 일으켜 침대로 다가갔다. 새 근새근 숨을 흘리는 그녀는 알코올 기운을 다 내보내지 못했는지 이따금 눈썹을 찌푸렸다.

머리가 아픈 걸까? 아영의 이마가 잔뜩 구겨졌다. 더운물에 수건을 적셔 와 이마를, 송골송골 땀방울이 맺힌 콧등을 사붓사붓 찍어 내며 닦아 주었다. 시선을 이불 아래로 내렸더니 살짝 삐져나온 발이 보였다. 문득 오래전 누군가의 부르튼 발에 약을 발라 주었던 일이 떠올랐다. 아영의 양말을 벗겨 낸 뒤 다시금 더운물을 수건에 적셔 발을 닦아 주었다. 한순간 맨살끼리 닿았다. 주원은 당황하지 않았다. 하지만 문득 아팠다.

6년 전 재하가 쥐여 준 약을 어린 소녀 때부터 봐 왔던 여학생에게 발라 주다가 채 덜 닦은 데가 보여 수건에 더운물을 적셔 조심조심 닦아 주었다. 한순간 부르튼 그녀의 발이 퍽 숭고하게 와닿았다. 그래서 손가락에 약을 묻혀 발라 줄 때도 거리낌을 전혀 느낄 수 없었다. 다만 깨끗한 그녀의 몸에 왠지 제 손이 닿는 게 거북해서 여러 번 닦은 뒤 약을 묻혔다.

주원은 저미는 아픔을 곧 털어 냈다. 이제 오롯이 눈앞의 아영에게 집중해야 한다. 머릿속에서 오래전 희주의 발을 닦아 주었던 것보다 더 정성을 들여야 한다고 말하는 것 같아서 머무는 시간이 길어진다.

깨끗해진 발을 이불 속으로 넣어 주었다. 왠지 그녀가 더 편하게 잘 것 같아서 뿌듯하니 좋았다. 하지만 잠깐이었다.

그녀는 더 큰 고통을 잠결에 호소했다. 지켜만 보는 자신이 미웠다. 그녀의 큰 몸짓에 이불이 젖혀졌다. 이어진 발길질에 나머지도 들춰졌다. 덮어 주려 다가섰다가 더워 보이는 그녀의 모습에 주춤했다. 겉옷을 벗겼지만 바지와 카디건과 블라우스는 차마 건들지 못했다. 문득 태연한 자신을 발견했다. 눈을 떴을 때, 특히 아파서 눈을 떴을 때 누군가 곁에 있으면 안도의 숨을 쉬고는 다시금 편안한 잠을 누릴 수 있었던 과거의 모습을 반추해 보았다.

이불을 덮어 주는 대신에 가만히 그녀 곁으로 모로 누웠다. 주원 자신이 그랬던 것처럼, 그녀가 눈을 떴다가 혼자가 아니라는 생각에 안도하며 다시금 편히 잠들었으면 좋겠다. 한순간 그녀의 팔이 주원의 허리로 올려졌다. 주원은 담담히 감당했다.

손 하나만 닿았을 뿐인데도 영혼까지 바쁘게 교감하는 것 같다.

그녀는 악몽을 꾸는 양 겁먹은 모습으로 주원의 가슴을 파고들었다. 팔에 이어 그녀의 어깨와 가슴이 주원에게 닿았다. 순간 생소한 느낌으로 머릿속이 시끄러웠다. 시끄러운 소리가 귓전에 울리는 듯싶다. 두근두근. 숨이 가빠진다. 쓰리게 아프다. 그런데도 묘하게 뇌는 경계심을 세우지 않는다.

주원은 자신도 모르는 사이에 그녀의 고단해 보이는 어깨를 감싸 안았다. 그 자세로 그녀가 누구인가를 생각했다. 그녀가 얼마나 자신에게 헌신했는지, 얼마나 신뢰해 주는지 떠올렸다. 그리고 아까 누구에게 연애편지를 썼는지를 기억해 냈다. 이내 혼자가 아니라는 생각에, 자신을 신뢰하고 마음을 드러낸 여자 곁이란 생각에 주원 또한 긴장감에서 해방되었다. 스르르 눈이 감겼다. 가물거리는 의식의 끝자락에서 주원은 소망했다. 눈을 떴을 때도 아영이 보이기를.

※ ※ ※

카페는 쉬는 날이었지만 들어찬 사람은 적지 않았다.

재하의 기타 반주로 주원이 첫 번째 노래를 마쳤다. 아영이 일어나 피아노로 향하자 주원이 맞이하여 의자에 앉혔다. 서로를 바라보는 눈빛을 통해 그들이 부쩍 가까워졌다고 희주는 생각했다. 6년 전 풀밭 위의 파티를 재현하고 싶다고 했기에 2층집이 그 장소일 거라 생각했는데 아니었다.

자리로 돌아온 재하가 곁에 앉아 희주의 손을 잡았다. 그 두 사람에게 주원의 시선이 날아든다. 예전의 애잔한 빛은 아니었다. 가득한 여유를 품고 무언가를 축하해 주는 이들의 눈빛과 닮았다. 곧 곁의 아영에게 눈길을 돌려 따뜻한 웃음을 건넨다.

아영의 피아노 반주로 그가 노래를 시작했다. 자신의 나무로 간직할 새 앨범의 곡인 줄 알았는데 며칠 전에 아영을 위해 새로 쓴 곡이라고 했다. 노래를 전하는 그의 모습이 사랑에 빠진 남자가 연애편지를 건네주는 것 같아서 희주는 아름다운 선율에 울고, 또 그 모습에 웃었다. 한순간 깜짝 놀랐다. 재하의 눈이 젖어 있었다. 처음 보았다. 그의 눈물을.

윤 여사는 노래가 이어질수록 복받치는 감정을 감추지 못했다. 희주와 다시 함께한 모습을 소망해서 자리를 부탁했었다. 어쩌면 아쉬움만 곱씹어야 할 자리였다. 그런데 지금 아들은 누군가를 진심으로 사랑하려는 의지를 보이며 마음을 노래에 실었다. 두 사람의 눈빛이 섞일 때마다, 그 눈빛에 가득한 사랑과 신뢰가 담겨 있어서 윤 여사는 가슴이 벅차올랐다. 더불어 복받치는지 곁에 앉은 하 총장이 잡은 손에 힘을 주었다.

최 교수 부부는 딸의 노래를 채 감상하지 못했다. 큼직한 상처를 겹겹이 숨기며 세상을 향해 날을 세우던 딸이 누군가에게 제안을 온전히 드러내는 중이다. 본디 가지고 있었던 인간에 관한 신뢰를 말이다. 그 신뢰감을 되찾아 준 투명한 영혼을 가진 가수에게 딸은 피아노와 눈빛으로 답하는 중이다. 그의 시선이 날아들 때마다 딸은 고개를 돌려 속속 마주하며 건반을 눌렀다. 오로지 두 영혼의 오롯한 교감만이 보여서 귀는 제 기능을 쉬는 중이다. 품 안의 손녀도 엄마의 눈빛을 읽었는지 그 충만한 기쁨을 따라 했다. 그렇게 한 사람의 웃음이 가족 모두의 것이 되었다.

마침내 그들의 무대가 끝났다. 일어선 아영의 손을 주원이 먼저 잡았다. 맞잡은 손을 하고 박수에 응답할 때 누군가의 뜨거운 탄식이 터졌다.

사람들이 카페를 빠져나갔다. 문밖의 아영과 주원이 무언가 눈짓으로 이야기를 나누었다. 아영이 부드럽게 웃으며 주원을 안으로 떠밀었다.

카페에는 세 사람만 남았다. 희주가 피아노 앞으로 앉았고, 재하가 기타를 들었다. 주원은 6년 전의 그날처럼 'Summer snow'를 불렀다. 이대로 계속되어지기를 소망했던 풀밭 위의 파티가 눈앞으로 펼쳐졌다. 희주는 이제 더 이상은 욕심내지 않는 자신을 발견했다. 영영 머물고 싶어도, 더 머물고 싶어도 자리를 털고 일어날 줄 알아야 하는 어른이 된 까닭이라고 스스로 답해 본다.

— fin

에필로그

주말의 경기장은 관중의 열기로 더욱 뜨거웠다. 초여름의 뜨거운 햇살이 구릿빛으로 그을린 피부를 콕콕 찔러 댔다. 보름 전까지 머물렀던 2군에서 충분히 치러 냈기에 낮 경기에 관한 부담은 없었다.

점수는 2 대 1의 리드. 주자는 3루에 있다. 단타 하나면 동점이다. 폭투 하나에도 동점을 허용할 터였다. 이제 스트라이크 3개를 남겨 놓고 있다. 재하는 경호의 사인을 확인하고 힘껏 볼을 던졌다.

"스트라이크!"

주심의 우렁찬 소리가 심장을 날뛰게 한다. 가라앉혀야 했다. 세상 밖으로 다시 나오게 해 준 여자를, 모난 감정에 유익한 고삐를 채워 준 여자를 떠올렸다.

희주야.

습관이 되어 이름만 불렀는데도 들뜬 숨이 가라앉는다. 집중해야 한다. 늘 마지막 고비를 넘기지 못해 사달이 났다. 스무 살 때처럼 힘으로만 하는 수 싸움은 한계가 있는 법. 로진백을 더듬은 뒤 108개의 실밥이 박힌 공을 손안에 굴렸다. 여러 경우의 수를 충분히 가늠한 뒤에 공을 놓았다.

"스트라이크!"

타격 1위의 상대팀 타자가 어이없는 헛스윙을 했다. 예상치 못했던 아주 느린 공이었기 때문이다. 완급 조절. 운동장 밖에서 깨달은 미덕이 썩 유용했다.

1군으로 승격되어 패전 처리용 기회에서 무실점 피칭을 했다. 두 번째 등판에서도 2이닝을 무실점으로 막았다. 스무 살 시절처럼 구속은 나오지 않았다. 하지만 완급 조절에 능숙해진 덕분에 수 싸움이 훨씬 유리해졌다. 물론 투구 수도 확 줄었다. 지금은 대체 선발 자리를 꿰차 완투승을 눈앞에 두고 있다.

이제 공 하나다. 현재 타자는 심리적으로 불안한 볼 카운터를 안고 있다. 승부를 하고 싶었지만 경호의 사인대로 하나를 뺐다. 이어서 던진 떨어지는 커브에 타자의 방망이가 돌아갔다. 타격 1위의 교타자는 거의 땅에 닿는 공을 맞췄다.

딱!

빗맞은 공이 내야의 애매한 곳으로 날아갔다. 동점이 될 상황인 그때 내야수가 질주해 몸을 날렸다. 아슬아슬하게 글러브로 공이 빨려 들어갔다. 역시 세상도, 야구도 혼자 힘으로는 승리할 수 없나 보다.

운동장으로 관객의 함성이 쏟아졌다. 한순간 세상의 모든 소리가 멈추었고, 그 찰나의 틈으로 여자의 맑은 목소리가 들린다.

봐요. 오빠 할 수 있잖아요.

불끈 주먹을 쥐고 비릿한 웃음을 흘렸던 스무 살 때와는 달리 달려오는 호수비의 주인공을 향해 조용히 모자만 벗었다.

※ ※ ※

희주는 업무에 앞서 전날 경기의 주요 장면을 다시금 감상했다. 수훈 선수 인터뷰를 클릭해 보던 중 노크 소리에 답했다. 직원들이 줄줄이 사장실로 들어왔다. 짓궂은 웃음을 담고 있는 그들이 박수를 쳤다.

"승리 투수 사모님 등극을 축하합니다!"

"어, 고마워요. 근데 제가 지금 바쁘니까 방해는 마세요."

"네, 사장님!"

예를 차린 직원들이 우르르 나갔다. 희주는 다시금 모니터의 수훈 선수 인터뷰에 집중했다.

— 아내한테 미안하죠. 저한텐 하고 싶은 일 마음껏 하라고 밀어 주고 자기는 하고 싶은 일을 포기했으니.

희주는 입술을 비죽이며 속으로 답했다. 알긴 아는군요.

작은 분식집일지라도 현장 일이 더 즐거웠다. 하지만 재하의 거듭된 설득에 어쩔 수 없이 회사로 복귀했다. 더불어 자신이 야구선수로 활동 중이니 직함이 안 맞는다며 사장 명패까지 떠넘겼다.

다음에도 완투를 할 수 있을 것 같냐고 아나운서가 물었다.

— 처남에게 주는 제 사인 볼 가치를 위해서라도 더 열심히 해야죠.

시종 딱딱한 표정으로 정면만 바라보는 모습과는 영 어울리지 않은 내용이었다. 그런데도 나쁘지 않았다. 늘씬한 미모의 아나운서에게는 눈길 한 번 주지 않았기에.

어제 인터뷰가 끝난 지 얼마 안 되어 진우가 전화했다.

'누나, 집에 야구공 열 개 갖다 놓을 테니 나 없을 때 매형 오면 사인 받아 놔.'

'야, 저번에 많이 받아 갔잖아.'

'동호회 회원들 나눠 주고 없어.'

진우는 직장인 야구부에서 활동 중이었다.

'그래도 내가 양심은 있어서 공은 제공하는 거야.'

'오, 양심이 있으면 뻔뻔해지는구나.'

'그렇게 말하면 섭하지.'

'아, 알았어. 그만해.'

당시 재하는 자신의 희생을 자처한 처남의 숭고한 희생정신을 기리고자 사인 볼 무제한이란 상을 안겨 주었다.

요즘 들어 진우는 특근이며 부업을 탐하지 않는다. 겨울엔 슈퍼카라도 사려고 악착같이 돈을 모으는 줄 알았다. 그렇게 모은 돈은 할머니의 손을 거쳐 결혼식을 앞둔 희주에게 쥐어졌다.

'니가 돈 아쉬운 건 없겠지만 누나 기어이 챙겨 주고 싶은 진우 기특한 맴을 봐서 받아 둬.'

그 돈을 전하는 할머니 앞에서 왜 그리 사무친 양 울었는지 모르겠다.

진우의 어린 시절이 떠오른다. 공부는 꼴지를 다투고 제 속을 드러낼 줄 모르던 녀석이 그래도 먹성은 좋았다. 아니, 신 사장의 음식을 가져간 뒤부터 먹는 양이 늘었다. 문득 오늘 전략 회의 시간에 해 줄 말이 생각난다.

노크 소리에 이어 민지, 아니, 김 대리가 들어왔다.

"사장님, 20분 후에 회의인데 예정대로 준비할까요?"

"그래. 참! 김민지 대린 박하 팬이지?"

"불멸의 팬이죠. 특히 이번 앨범 치유의 시간 여행은 감동 그 자체였어요."

"다음 주 공연도 가겠네?"

민지의 얼굴이 단숨에 구겨진다.

"예매 실패했어요."

주원의 공연 티켓은 예매 사이트가 열리기가 무섭게 동나 버렸다. 희주가 생긋 웃으며 서랍을 열었다.

"두 장이면 되겠어?"

"세상에! 사장님, 사랑합니다!"

해죽거리며 티켓을 받아 들고는 갸웃한다.

"사장님은 어떻게 구하셨죠?"

희주는 개구지게 웃었다.

"아는 언니가 자그마치 박하 매니저야."

"아는 언니……."

"응. 내가 좋아하는 언니. 여기까지만. 더는 비밀."

민지가 나가자 곧 진숙이 들어왔다.

"올케, 회의 전에 잠깐 해결해 줄 일이 있는데 나와 봐."

희주는 부드러운 웃음만 지으며 대답하지 않았다.

"올케?"

희주는 움직이지 않고 생글생글 웃기만 했다. 진숙이 문득 생각난 듯 웅얼거렸다.

"아, 여긴 회사 안이지."

공손히 손을 모으고 정중히 말한다.

"사장님, 잠깐 나와서 도와주세요."

그때서야 희주는 몸을 일으켰다.

"가시죠, 실장님."

화난 얼굴로 진숙을 찾아온 거래처 책임자를 대신 상대해 준 뒤 휴게실로 향했다. 좌석을 꽉 채운 직원들을 둘러본 뒤 희주는 전략 회의에 앞서 맑고 또렷한 목소리로 맛에 관한 제 의견을 소개했다.

"예쁜 맛이란 무엇일까요? 음식을 대할 때 그것을 먹을 사람을 우선 사랑하세요. 정이 담긴 음식은 맛이 예쁩니다. 열매를 맺어 널리 퍼집니다. 유능한 영업사원이 되기도 하지요. 참 예쁜 맛이 죠?"

※ ※ ※

휴일 발코니 너머로 장맛비가 내리꽂혔다. 원정 경기를 마치고 일주일 만에 돌아온 재하는 씻는 중이다. 희주는 재하가 갈아입을 옷을 준비한 뒤 영미와 통화 중인 진우의 머리카락을 한 번 헤집 어 주었다.

"이게 우리 영미 부사장한테 은근 사심 있어 보여."

영미는 대학 진학을 포기하고 취직을 염두에 두었기에 3학년이 되어서는 장항분식을 더 열심히 다니는 중이다. 자그마치 할머니 다음 서열인 부사장으로 승진해서 말이다.

진우가 통화를 갈무리하고 찌푸렸다.

"비가 많이 와서 안부 전화한 거야."

"그게 사심이 아니고 뭐니."

욕실에서 나와 머리카락을 털어내던 재하가 희주의 말을 받았다.

"처남, 영민 아직 고등학생이다."

진우가 어처구니없는 눈초리를 날렸다.

"어디 형만큼 하려고요. 형이 사심을 보낼 때 누나가 몇 살이었더라?"

"야, 난 먼저 말 한마디 건 적 없다."

"그래서 하는 말인데요."

"안 해도 돼."

"난 형처럼 겁쟁이가 아니거든요."

"어쭈! 처남 진짜 영미 좋아하구나."

진우가 찌푸리며 재하의 웃통과 반바지 차림을 가리켰다.

"옷이나 입으세요."

"입긴. 곧 다 벗을……."

희주가 황망히 그의 입을 막았다.

"착한밥상 부사장님, 예의를 차리세요, 네?"

"으흠. 알겠습니다, 사장님. 근데 진우 너는 어디 안 나가냐?"

"저녁밥도 아직 안 먹었는데요?"

"저녁. 그렇군."

"형도 안 먹고 내려왔다면서요."

"난 밥보다 더 급한 허기……."

다시금 희주가 재하의 입을 틀어막았다. 그러고는 준비한 옷을 안겨 주었다.

"어서 입어요."

재하는 입지 않고 기어이 진우를 내보냈다.

"근데 진우야, 어머니가 기다리실 텐데 너 먼저 가서 먹어라. 우린 점심이 소화 안 돼서 늦게 먹는다 전하고."

✕ ✕ ✕

겨울의 끝 무렵에 아들이 결혼한 뒤부터 신 사장은 일을 줄였다. 직원 한 명을 더 채용하고 이른 퇴근을 했다. 그동안은 가게가 아니고는 딱히 재미를 찾지 못해서 진득하게 붙어 있었는데 이제는 집에서도 사는 재미를 만끽하는 중이다.

저녁 준비를 얼추 마쳤을 때 같은 아파트의 앞집 문이 열리는 소리가 들렸다. 곧 진우가 들어왔다.

"저녁은 저만 먹으래요. 매형이랑 누난 야식만 먹는대요."

상황을 대충 가늠한 신 사장은 앞집을 향해 찌푸리고는 진우를 식탁으로 앉혔다. 음식을 데우면서 힐긋거리자니 상황이 우스꽝스러워 웃음이 새어 나온다. 재하가 원정 경기 때는 그곳의 숙소에서 잤기에 진우는 제 누나와 함께 지냈다. 하지만 출퇴근을 하는 홈경기 때는 이렇듯 신 사장과 지내야 했다.

"재하가 홈경기 할 적마다 식구가 바뀌지구나."

"그러게요. 누가 보면 사장님하고 저하고 한식구인 줄 알겠어요."

"난 좋던데?"

"어어."

진우가 눈을 동그랗게 뜨다가 수줍게 웃었다.

"나도 진우하고 별반 다를 바 없는 신세야. 진우가 쫓겨났다면,

난 아들한테 버림받은 신세 아니겠니."

신 사장은 짓궂게 웃으며 진우의 말버릇을 흉내 냈다.

"그래서 하는 말인데, 우리끼리 따로 식구 해. 잘해 보자."

내민 손을 진우가 머쓱하게 잡았다. 설핏 눈빛이 흔들리는 진우의 체온이 꽤 따뜻하다. 아들에게 용기를 내서 손을 내밀었더니 이렇듯 다른 이에게도 손을 내미는 일이 어렵지 않다.

두 사람은 마주 앉아 천천히 식사를 함께했다. 잇달아 생선 살을 발라서 밥 위에 올려 주자, 진우가 문득 숙인 고개를 들지 않고 가만히 있었다. 열심히 눈을 슴벅거리더니 찬찬히 고개를 들었다. 채 수습하지 못한 붉어진 눈을 하고 머리를 긁적인다.

"누나가 그러던데, 맛이 참 예쁘대요. 어머니 맛 같다고 했던가?"

모락모락 온기를 피우는 음식 사이로 예쁜 생각들이 몽글몽글 떠올랐다.

작가 후기

세상에는 참으로 다양한 가족과 사랑이 존재합니다.
여느 때처럼 제 몫의 이야기를 가늠해 보았습니다.
이번 선택은 특히 편집부에 수고를 안겨 드렸네요.
많이 미안하고 또 고맙습니다.
부족한 글에 마음 깊게 소통해 주시며
힘을 주셨던 독자에게 이 자리를 통해 감사 인사 올립니다.
더불어 삶의 이유를 오롯이 확인시켜 주는 빈이와 겸이,
그리고 아낌없는 사랑을 주시는 그들의 큰아빠와 고모와 외삼촌
과 석범 PD님에게도 고마움을 전합니다.

2018. 12.

솔겸